中国火星纪事

中国火星题材科幻小说佳作选

刘维佳 主编

LIU WEIJIA
CHIEF EDITOR

新星出版社 NEW STAR PRESS

图书在版编目（CIP）数据

中国火星纪事：中国火星题材科幻小说佳作选 / 刘维佳主编．—北京：新星出版社，2020.9

ISBN 978-7-5133-4125-7

Ⅰ．①中… Ⅱ．①刘… Ⅲ．①幻想小说－小说集－中国－当代 Ⅳ．① I247.7

中国版本图书馆 CIP 数据核字 (2020) 第 153356 号

光分科幻文库

中国火星纪事：中国火星题材科幻小说佳作选

刘维佳 主编

责任编辑：杨 猛
责任印制：李珊珊
装帧设计：阿鬼设计

出版发行：新星出版社
出 版 人：马汝军
社　　址：北京市西城区车公庄大街丙 3 号楼 100044
网　　址：www.newstarpress.com
电　　话：010-88310888
传　　真：010-65270449
法律顾问：北京市岳成律师事务所

读者服务：010-88310811 service@newstarpress.com
邮购地址：北京市西城区车公庄大街丙 3 号楼 100044

印　　刷：北京美图印务有限公司
开　　本：910mm × 1230mm 1/32
印　　张：13
字　　数：360 千字
版　　次：2020 年 9 月第一版 2020 年 9 月第一次印刷
书　　号：ISBN 978-7-5133-4125-7
定　　价：48.00 元

— 序 言 —

科幻舞榭，荧惑永耀

刘维佳

自古以来，太阳系中最受人类关注的星体，除了老家地球，太阳和月亮一直最为抢眼，人类的宗教、哲思、文艺、科研，很多都围绕着这两大星体展开。这是非常自然的，古典时代，星体受不受关注，与它的亮度关系很大，太阳和月亮显然最受关注，无数诗词歌赋、神话传说，都与它们有关。

而在太阳系八大行星中，金、木、水、火、土五颗行星是人类在地球上肉眼可见的，其中金星由于亮度最高，在古代最受关注，所谓“东有启明、西有长庚”，“太白金星”在我国本土宗教和传说中人气极旺，连诗仙李白的诞生都与它有关而取字“太白”。相比之下，火星显得没金星那么风光，但也不是等闲之辈。由于从地球上看去火星荧荧似火，其亮度变幻无常，行踪捉摸不定，令人迷惑，我们古代的老祖宗称之为“荧惑”。在封建时代，“荧惑守心”现象，是古代帝王最为畏惧的天象。帝王驾崩或亡国巨祸降临时出现“荧惑守心”天象，史册上有记载的不下十次，诸如“烽火戏诸侯”的褒姒诞生时、秦始皇驾崩时、汉成帝驾崩前、后秦帝国灭亡之前，都出现过“荧惑守心”天象。虽说这显然只是巧合，但也足见火星在古人心中的分量。无独有偶，火星不仅在东方与动荡和战争关系紧密，在西方干脆被视为战争之神玛尔斯的化身，可以说，火星无论在东方还是西方，都被认为是战争、动乱的代表。

欧洲文艺复兴运动开始后，人类对于火星的兴趣更大了，哥白尼、开普勒和伽利略等人都对火星不断进行研究，伽利略还制作了人类第一架用于观察火星的望远镜。随着生产力的发展，人类天文认知能力日益增强，天文观测器材也日新月异，因而火星在近代社会的关注度越来越高。

这也很自然，毕竟随着了解的深入，人们发现火星实在是很像地球：同样是岩石行星，同样有高山、峡谷，同样有两极，同样是四季分明，同样有尘暴和龙卷风，甚至连一天的时间都差不多……这难免让地球人浮想联翩，产生火星上也有智慧生命的猜想。能幻想月球上有吴刚和嫦娥的人类，为什么不能幻想火星上也有人？

时间长河奔流到公元1877年，发生了一件对于火星来说至关重要的大事，直接开启了火星传奇叙事的黄金时代，令火星成为太阳系中除地球外上演传奇故事最多的星球。

那一年是火星大冲之年，火星距离地球特别近，相距只有四千万英里，引得欧洲许许多多天文学家争相制作、购买远距观测器材仔细观测火星。这其中，意大利天文学家乔万尼·斯基帕雷利运气很好，通过望远镜看到了比较清晰的火星表面，经过长期观察，他惊奇地发现，在火星表面布满了极细的直线所构成的网状系统。他把这些线条称为“Canali”，这个单词在意大利语中的意思是“沟渠”。然而，这个词在译成英文时被译成了“运河”，而“运河”这个词则不由让人联想到它们是被人工开凿出来的，结果全世界都被轰动了。

对火星热潮贡献最大的，是美国人帕西瓦尔·洛威尔，他就是被“运河”这个词彻底迷住了心窍的。洛威尔家族在美国非常著名，先后出了詹姆斯·拉塞尔·洛威尔、艾米·洛威尔、詹姆斯·罗素·洛威尔、罗伯特·洛威尔等好几位大诗人，是个充溢浪漫气质和不羁想象的名门望族。帕西瓦尔·洛威尔显然也全身洋溢着家族所富有的诗人的浪漫气质，虽然他喜爱的是天文学和数学，但当他看到斯基帕雷利报道火星上存在“运河”，顿时激动万分，立刻前往亚利桑那州兴建了一座私人天文台（如今洛威尔天文台已成为美国著名景点），废寝忘食地研究了火星许多年，绘制了包括数百条火星运河在内的火星地图，撰写出版了《火星》《火星及其运河》《火星，生命的乐园》等多部著作。帕西瓦尔·洛威尔在书中尽情地发挥家族的浪漫诗人气质，天马行空地想象着火星上的运河，运河交汇处的绿洲，火星智慧种族齐心协力修建遍布火星的运河网，广袤庄稼的枯荣造成火星上季节性的变化……他是真的坚信火星上有智慧生命，有外星文明。他探索火星的举动和他撰写的著作，令他成为当时美国最具影响力的行星科学科普作家，让无数人追随他相信火星上肯定有生命和文明。

壮丽的火星传奇心灵冒险就此展开。

洛威尔的《火星》一书出版三年后，也就是1897年，世界科幻文学史上的一代经典《星际战争》问世了。

赫伯特·乔治·威尔斯的这本传世之作，中译文就曾以《大战火星人》之名出版。这部科幻小说开启了地外智慧生物入侵地球这一题材，在科幻史上举足轻重。威尔斯不愧是与凡尔纳比肩的科幻巨擘，生花妙笔谱写出的大战火星人的故事，精彩绝伦，令火星人真实存在的观念深入人心，以至于1938年哥伦比亚广播公司把《星际战争》改编为广播剧播出时，在全美国引发巨大恐慌，无数人相信手持热线枪的可怕火星怪物已经把美国军队消灭殆尽，世界末日即将来临……这一事件连续数日占据美国新闻头条，甚至把正在大闹欧洲的希特勒的风头都给压下去了。

广播剧威力之所以这么大，主要还是因为自《星际战争》一书诞生之后，以火星文明和火星人为叙事对象的各类文艺作品如雨后春笋般在北美和欧洲问世，其中，又以《人猿泰山》的作者埃德加·赖斯·巴勒斯1912年发表的《火星公主》（杂志连载时名为《火星月球下》）最为著名。

巴勒斯的“火星系列”获得了无与伦比的成功——科学传奇

（Scientific Romance）的时代诞生了。从此，无数精彩纷呈的火星故事在美国街头巷尾流传，长年潜移默化之下，火星人简直成了外星人的代名词，也极大地影响了后来的漫画和影视。

不仅火星在通俗科幻领域光芒四射，美国核心科幻也是在火星舞台上诞生的。斯坦利·温鲍姆仅以一篇短篇小说就跻身于世界级科幻大师行列，可谓文学奇迹，创造这一奇迹的就是他1934年发表的时代名篇《火星奥德赛》。《火星奥德赛》被誉为美国“第一篇真正具有文学性的科幻小说”。为了纪念斯坦利·温鲍姆在火星科幻领域的巨大贡献，美国国家航空航天局将火星上的一个火山口以他的名字命名。科幻迷们都应该记得这一点：火星是美国科幻的襁褓。

舒适襁褓中的美国科幻飞速成长。火星舞台是如此充满创作魔力，以至于《火星奥德赛》这篇敲开文学殿堂之门的开山作发表仅十几年后，就诞生了堪称美国科幻文学价值标杆的《火星纪事》（又译《火星编年史》）。这部令被誉为“南美卡夫卡”的阿根廷大文豪博尔赫斯赞不绝口的科幻小说，至今仍是世界科幻文学的巅峰杰作之一，无数美国公立、私立大学和中学教材都曾节选收录。雷·布拉德伯里笔下那个如梦似幻的诗意火星，让一代又一代的读者沉醉不知归路。2012年，当雷·布拉德伯里以91岁高龄病逝于洛杉矶，时任美国总统的奥巴马亲撰悼词，称赞“他的叙事才华重塑了我们的文化，拓展了我们的世界”。

在《星际战争》一书问世后的这数十年间，火星是地球人真正的科幻乐园，各种天马行空的奇妙幻想故事，在火星这一难得舞台上尽情上演。无数的小说、影视剧、漫画，都在讲述形形色色的关于火星的精彩传奇。这一时期的极度繁荣，显然与创作的无拘无束关系极大。当时其实咱们地球人对于火星认知程度不高，并不清楚火星上的真实环境和真实地貌，反而因此自我设限很少，下笔编故事跅幪不羁，各路有叙事天赋的才子才女尽情纵酒酣歌，火星因此成为难得的浪漫主义写意叙事舞台，各种类型的奇妙故事缤纷竞呈。就是在这一时期，火星成了科幻文化的代表性符号之一，与机器人、星际旅行、时间机器、虚拟现实、激光武器等等比肩齐名。围绕这一科幻符号创作的各类故事风格多样，数量众多，既有《火星纪事》这样的代表美国科幻文学价值最高峰的绝世经典，以及海因莱因的《双星》《异乡异客》这种叫好又叫座的时代名作，也有满足广大劳苦大众消遣阅读的冒险、侦破、怪兽类通俗故事。阳春白雪与下里巴人交相辉映，百花齐放、各展异彩，一派科幻盛世气象。

这一派科幻盛世华景，终结于20世纪六七十年代美苏大规模火星探测行动。那个万花筒般绚丽的火星浪漫写意舞台，于1965年被“水手4号”击毁。

自从1965年7月14日“水手4号”无人火星探测器发回人类历史上第一张近距离火星地面照片，生机无限的科幻火星就像烈日下的露珠一样消逝了，而一个布满陨石坑的大气极为稀薄的荒漠世界，面目狰狞地呈现在全体地球人面前，没有运河，没有绿洲，没有农场，更没有千姿百态的火星人……

自此，世界科幻文学遭受了一次重创，不得不发生重大改变。当然，数十年的辉煌传统并没有瞬间全部消失，比如“水手4号”击碎科幻火星的次年，菲利普·迪克依然发表了《记忆公司》(著名科幻影片《全面回忆》的原著)。但渐渐地，外星人都不再来自火星，而必须从极为遥远的星系飞来，恒星际航行的难度和成本让叙事变得棘手多了，需要行星间频繁互动的故事也对火星不再青睐，而文学价值高到足以跻身殿堂的经典之作，更是再也没有诞生于火星了。

多年以来，以詹姆斯·冈恩、乔治·雷蒙德·理查德·马丁为代表的许多美国科幻作家、编辑和学者，一直对那个无拘无束可以尽情浪漫写意叙事的火星舞台从美国科幻叙事领域中消失而耿耿于怀、万分惋惜。严酷现实对浪漫叙事的严重侵蚀，在火星与科幻创作这件事上表现得淋漓尽致。

不过，美苏大规模火星探测活动对科幻文化也并不是只有破坏没有贡献。随着对火星越来越深入准确的了解，美国核心科幻领域出现了一批优秀的火星小说，只不过这些故事都走的是写实流路线，描写发生在现实火星上的现实风格的科幻故事。

这一波诞生在火星舞台上的故事，基本都是严格遵循火星现实环境创作的相对写实的科幻小说，叙事重点总是必须追求令人有置身火星的真实感，比如弗雷德里克·波尔的《火星超人》，杰克·威廉森的《滩头堡》，本·博瓦的《火星》和《重返火星》，金·斯坦利·罗宾逊的《红火星》《绿火星》《蓝火星》，以及近几年走红的安迪·威尔的《火星救援》。

这些作品在科幻圈里口碑都不错，因为仔细遵循火星现实环境进行创作，基本都被科幻迷称作“硬科幻力作”，各类科幻奖也拿下了很多，《火星救援》还借助好莱坞的力量成功杀到圈外颇有斩获。

但不得不说，无论是文学价值还是受众广度，写实流的这些佳作的成就与影响力，都远远不能与写意流时代相媲美。个中缘由也不复杂，严酷的火星现实环境大大压缩了创作自由度和想象空间，同时写实流科幻叙事需要比较高的相关知识积累，这方面客观上就形成了一个“筛选器”，导致创作者数量大减（这样的机制只是筛选出了相关知识积累不错的人，而将大量叙事天赋高的人挡在了这一题材之外），因而涌现文学天才和文学经典的概率也大大下降。

或许，火星上再次诞生殿堂级文学经典，可能要等到人类真的移民火星之时了，但那些作品可能不再是科幻小说，而是现实主义严肃文学了……

这本选集既然名曰《中国火星纪事》，自然收录的全都是中国的火星故事。之所以前面说那么多欧美火星科幻旧事，一是为了追本溯源，让大家对火星与科幻的渊源有个大致了解；另一方面，也是因为中国科幻中围绕火星的作品实在太少了，说起火星与科幻时欧美方面自然占了大头。

中国的火星题材科幻作品之所以数量稀少，主因当然是中国科幻起步太晚、命运多舛。等到中国科幻20世纪七八十年代和90年代两次爆发时期，火星科幻叙事的黄金时代早已错过，自然，果实也就不多。

细细盘点，中国关于火星的科幻发展脉络比较奇特，可以说与美国科幻这一领域几乎截然相反。

早期中国科幻发展比较混乱，关于火星的优秀佳作踪影难觅。但毫无征兆，平地突然耸立起了一座高山——20世纪30年代初，文学大师老舍创作出了长期被传说“差点儿荣获诺贝尔文学奖”的长篇小说《猫城记》。这部被很多文学评论家誉为老舍唯一的科幻小说的时代经典，就是以火星为舞台的反乌托邦杰作，其文化内涵极其丰富。老舍在书中以客观冷峻、力透纸背的犀利讽喻笔锋，淋漓尽致地描绘火星猫人悲惨凄怆而又荒谬绝伦的命运和其民族文化中的腐朽与惰性，饱含着老舍对社会现实的极其深刻的思考，投射出当时异常严峻的家国危机，显示出作者深沉的民族忧患意识。时至今日，《猫城记》不仅是文学价值最高的中国火星题材科幻小说，而且也是中国文学史中讽刺小说殿堂级经典文本。在海外，《猫城记》是知名度仅次于《骆驼祥子》的老舍作品，被译为英、法、日、俄、德、匈等多种文字。

然而比较奇怪的是，很少有科幻人士注意到《猫城记》与科幻迷口中常提到的“科幻反乌托邦三部曲”完全处于同一时代，水平也不逊色于这三部作品。《猫城记》创作于1932年，而扎米亚京的《我们》创作于1921年，赫胥黎的《美丽新世界》1932年出版，奥威尔的《1984》1949年出版。《猫城记》与这三部曲一样，都选择了科幻化的陌生化叙事手法，而不论是反思深度还是讽刺力度，《猫城记》都不落下风。慎思明辨，所谓“科幻反乌托邦三部曲”，实在应该是“四部曲”，《猫城记》完全应该跻身其中，这不仅是中国文学应得的尊敬，也是中国科幻的一大荣耀。

从科幻的角度来看，《猫城记》用的就是美国《火星公主》《火星纪事》那种彻底把想象中的火星作为陌生化叙事舞台的手法，无拘无束的宽广舞台提供了尽情想象的完美叙事空间，恐怕这也是老舍这部传世经典挥洒自如、一气呵成的重要原因。当时那个魅力无穷的火星舞台，也为老舍的这部时代经典的诞生助力良多。老舍很可能就是受到早期美国蓬勃热烈的科幻火星叙事潮流的影响，才把“猫城”设置在了诞生了无数文艺传奇的火星之上。

从这里也可以体会到，为什么美国科幻作家那样痛惜火星写意舞台的消逝……

《猫城记》公认是老舍等身著作中最独特的“异数”，也是中国科幻文学中的“异数”，它犹如一颗亮度极高的流星，蓦然划过漆黑一片的天穹，耀眼炫目，但却并未拉开黑色大幕尽显灿烂阳光……在《猫城记》之后，中国的火星叙事不仅佳作阙如，甚至连踪影都难寻觅。

直到新中国诞生五年后，郑文光写出了《从地球到火星》。

《从地球到火星》被誉为新中国第一篇完整意义上的科幻小说。新中国科幻小说开局就以火星为舞台，与美国科幻真有殊途同归之妙。1957年，郑文光又发表了更为成熟的短篇科幻小说《火星建设者》。这两篇科幻故事都是描述中国人奋勇开拓火星的故事，现在看来确实不免显得粗糙单薄，但在当年却是开山之作，《火星建设者》还获得了“莫斯科世界青年联欢节”大奖。郑文光一向被誉为中国核心硬科幻的典型代表作家，所以他早在20世纪50年代就选择了写实路线展开他的火星叙事，远比波尔、罗宾逊等美国科幻作家更早。

改革开放之后，趁着新中国科幻第一次爆发，1983年郑文光写成科幻长篇《战神的后裔》，生动而真实地详细描写了人类征服火星的艰苦卓绝的努力。可惜写完仅仅两天，郑文光就突患脑血栓病倒了，从此半身不遂……

更加令人遗憾的是，中国科幻之后命运再起波折，作者和创作数量都越来越稀少，涉及火星的科幻作品更是如同凤毛麟角，没能出现美国20世纪上半叶那种火星叙事热火朝天、百花齐放的盛世华景。这种地瘦苗稀的贫瘠现实令人唏嘘，为编选这本原创火星科幻选集，编者耗费了大量的时间和精力，方才选出这十几个火星故事，真可谓“得米如得珠”。这也反衬出中国科幻创作力量势单力薄的客观现实。

这本选集中，选取的全部都是改革开放以来中国科幻第二次复兴时期的优秀佳作。

进入20世纪90年代后，中国新生代科幻作家投袂而起，奋力振兴瘦弱的中国科幻。奋斗二十余年，有艰辛，也有欢愉，结出了可观的果实，开创了有史以来中国科幻最为繁荣的一个时代。这一时期，虽然火星题材已经远不如20世纪上半叶那般火热，但年轻的中国科幻作者凭借敢闯敢拼、努力接受新鲜事物的朝气和冲劲，还是在火星这个传统舞台上创作了一批可圈可点的佳作。纵览这批中国火星故事，可以看出中国火星叙事的一些规律和特点。

新生代时期最早最纯正的中国火星故事佳作，当属吴岩的《沧桑》。在1995年的时候，这篇小说显得起点很高，作者对生活的感悟、对人物情感的把握、对火星生活的描绘，都明显在同时期大多数作者之上，而且写出了迥异于郑文光那种宏大叙事、豪迈壮烈风格的作品，以清新自然、生活化的笔法，来展开自己的火星叙事，显得更为贴近人心，富有生活气息。《沧桑》因此获得了第七届银河奖。

这一年的另一篇中国火星故事，也很值得一说，那就是潘海天的《火星公主》。这篇精致的科幻小文，精神意蕴上显然受雷·布拉德伯里的《火星纪事》影响很大，走的是写意流火星幻想叙事路线。虽然表面上是遵循历次火星探测活动所获知的火星认知资料，细腻地刻画出逼真的火星环境，但其精神意蕴，却是浪漫而写意的，带有神秘未知领域独有的朦胧虚幻的美感，飘逸着文明反思的忧郁伤感。这篇潘海天中学时期创作的小文，其实已经带有后来潘海天优秀佳作的主要美学特征，可见他的写作天赋之高。

创作于1998年的杨平的《库克岩石》，也是这一叙事路线的产物。神龙见首不见尾的火星人用特殊的方式告诫地球人不要染指火星，明显迥异于80年代中国科幻的立意与思维，而与《2001：太空漫游》这类美国科幻经典声气相通、精神共鸣。

看得出90年代新生代年轻作家受美国科幻名著影响极大，起点很高。但是，这类师承美国写意流火星叙事作品的中国科幻，数量特别稀少，上述两篇科幻小说的篇幅也很短。作者在当年受教育程度高，接收信息相对广泛，所以才能广泛学习美国写意派优秀经典，写出了为数不多的写意流火星故事。

由于中国科幻起步太晚，时不与华，新生代科幻作品中注定不可能出现美国第一次科幻热潮时期那种无拘无束的写意流传奇科幻。但是，与美国科幻先写意后写实、写意流成就远大于写实流的发展历程截然相反的是，中国火星题材科幻小说的写实流一派起步最早，成长也相对健壮。

写实流中国火星科幻，继承发扬了郑文光的工业救国思想、英雄主义叙事和家国情怀。这本选集中所收录的《火星尘暴》《洗礼》《搬运海洋》《这里是火星》《娥伊》等几篇佳作，都是这一流派的代表作。

《火星尘暴》的作者苏学军是最接近郑文光精神气质的火星叙事者，他创作的《火星尘暴》《火星三日》等优秀火星故事，都是描写中国人艰苦开拓、改造火星的悲壮故事，饱含昂扬奋发的英雄主义气概，富有正能量，读后能激发广大读者积极向上的励志精神。《火星尘暴》因为强大的感染力，荣获第八届银河奖。

2013年发表的《搬运海洋》和2018年发表的《这里是火星》，也是与苏学军的作品一样，充分展现中国人“人定胜天，锐意进取”的坚韧性格的佳作。虽然《搬运海洋》中毕生致力于向火星运冰的主人公最终没能保住自己的运冰飞船，但咱们中国人向来不以成败论英雄，功业自有兴衰，然而英雄的豪迈气概却永远不会泯灭。《这里是火星》里，中国军人和他的后代坚韧不拔，面对莫测的宇宙、暴虐的自然，迎难挺身，虽天崩地裂，仍然一往无前。

而《洗礼》的作者凤歌，被誉为大陆新武侠小说领军人物，出版有现象级畅销武侠巨著《昆仑》《沧海》，评论家称赞“其文辉煌大气，尤擅长结构设置、高潮推进。其武侠作品风格效仿金庸之厚重，又有推陈出新之处”。

然而很少有人知道，凤歌的处女作是一篇科幻小说，就是这本选集所收录的《洗礼》。

2002年发表的《洗礼》虽然仅不到三万字，是个小中篇，但其结构宏大，线索和人物众多，其实是个长篇的结构。这就是优秀中篇的典型特征：看上去如同“精炼的长篇”。这个描写人类奋勇改造火星环境的中篇科幻小说，充分展现了凤歌超强的叙事结构能力，他日后能写出上百万言的史诗武侠巨著，实乃顺理成章。

凤歌这样的叙事高手，却在一试身手后离开了科幻领域，转而在武侠世界大展宏图，做成了一番大事业，既令中国科幻惋惜，也值得中国科幻反思。

江波的《娥伊》更是小短篇写出了大史诗的感觉。不足一万字的短篇小说，居然写完了地球毁灭、人类改造火星完成自救的艰苦历程，也写活了女主角娥伊悲壮豪迈的精彩一生。当年笔者编辑此文，印象最深的就是“在火星上，科学最有力量”这句话，多年一直难忘。

这些荡气回肠的火星开拓故事，都是中国特有的豪迈悲壮风格，展现的是中国人战天斗地、勇于开拓的顽强奋斗精神。这一类型的火星故事既是这本选集的支柱，也是中国火星题材科幻小说的脊梁骨，在如今的中国科幻创作中仍然很有影响，这些年又赶上美国写实流火星叙事声势逐渐复振，小说电影常有佳作，世界各国对于火星探测甚至火星移民开发的呼声渐渐高涨，期待这类火星故事将来在中国仍能大有作为。

但更应该肯定、更值得期待的，是超越这种当前东西方都大行其道的写实流火星叙事风格，复兴当年辉煌耀眼的写意流火星叙事，进而力争掀起多元化火星叙事潮流。换言之，如何在日益清晰的火星写实舞台上再次努力展开无拘无束的想象叙事，创作出五光十色的新奇火星故事，才是当前最值得做的事。

因此之故，本书的后半部分，收录了七篇风格各异、匠心独具的另类火星故事。它们基本都创作于21世纪，从中可以看到21世纪的中国科幻作者对于多元化火星叙事的大胆尝试和创新意愿。

这七个火星故事中，《霜夜》在某种程度上是个“反火星建设”故事，困居火星的人们，横下心不破不立，孤注一掷想要置之死地而后生，希望能突破“温水煮青蛙”的文明困局。《瞬间加速度》讲述了火星移民和地球居民的貌合神离，以及亿万年前因为类似纷争而一直延续、最后在主角的误操作下重开战端的星际战争。这两篇故事的精神意蕴都与前述的“建设火星派”迥然不同。

《金黄色的天空》则是一个发生在火星上的惊悚悬疑故事。悬疑故事，惊险故事，都是通俗文学中的主力军之一，科幻小说如果缺失这类故事，在市场上的战斗力必然大打折扣。不少科幻作者都认识到了这一点，一直在努力学习，认真创作，希望能写出足以令贩夫走卒都津津乐道的精彩故事。火星上当然也不能缺失了悬疑惊悚故事，实际上，美国火星叙事的黄金时代，这类故事车载斗量，为当年的文学盛世立下过汗马功劳。中国火星叙事要想做一番大事，实在不能少了这类故事。

《方外昆仑》尝试的是将历史科幻与火星叙事嫁接在一起，讲述了唐朝大海商越洋贩运黑奴，结果自己反而被火星人贩卖到火星，最后火星硅基生命和其文明竟然断送在这个一身花柳病的风流海商手里的令人啼笑皆非的奇妙故事。历史科幻在科幻小说中也是个重要类型，《方外昆仑》证明历史科幻完全可以放到火星舞台上挥舞长袖。

最值得注意的是《火星户口》这篇小说。它大概是本书中最接近《猫城记》那种类型的火星故事。《猫城记》虽是科幻反乌托邦小说，但却极为深刻地反映了当时的社会现实。美国译者赖尔曾这样说：“除了文学价值之外，《猫城记》作为1930年代初期社会文献资料来说，有极大的价值。”《火星户口》发表于2009年，作品中有着大量21世纪最初十年的时代印痕和记忆，阅读时能感受到那个时代中国社会中的各种世态，以及各色人等的情绪情感状态。小说中的火星，其实是现实中地球上发达地区的科幻投影。这种以科幻手法将现实生活陌生化的叙事方式，正是继承了《猫城记》的衣钵，可以称之为“科幻现实主义”。这种表现手法与“魔幻现实主义”对等，都是用变形、夸张的内容来表现现实生活，虽然情节离奇陌生，但却力度更大、程度更深地反映了现实生活。只不过，“科幻现实主义”是选用科幻化而非魔幻化达成陌生化效果的。

《火星上的战争》和《火星上的经典解读》，则是幽默搞笑的谐谑曲，向大家展示了中国人在火星舞台上的幽默感和乐观精神。不缺幽默风格，方显健全人格。慷慨悲壮的郑文光式火星建设主旋律这样的红花，也需要插科打诨的幽默小品作为绿叶陪衬。多元化的叙事里，幽默诙谐作品是很典型的一派，但中国科幻中这样的故事不是很多，看来幽默感还需要提升和加强。

2020年是人类集中探测火星的热点之年，中国人也会在这一年开始自己的火星探索之旅。现实中的火星探测，需要积累足够的技术和资源，火候不到，不可轻举妄动。但是，想象力从来都是人类探索未知世界的重要方式，在派出无人飞船之前，我们中国人早就在火星舞台上演绎出很多精彩传奇故事了。编选这本选集，就是为了集中展现中国人对于荧惑火星的渴望与向往，让人们知道自古就幻想登月的中国人，也早就有登陆火星、开拓新家园的壮志与梦想。非常期待，在我们中国真正开始火星探测行动之后，能有更多的年轻科幻作者关注这颗极富传奇色彩的红色奇妙行星，展开全新的中国火星叙事，力争开创又一个科幻盛世。

目　录

沧桑

—

吴岩

忧郁漫长的火星夏季开始的时候，在利库得荒原小小的水晶谷里，翡翠色的野花还没有完全凋谢。春日里，那席卷了整个西半球的干燥风暴，如今已销声匿迹。从两极吹来的和煦的微风，已经带上了浓厚的潮气。相思河的水位越涨越高，散发着柠檬色荧光的火星水母，在寂静的溪水中荡漾。

林清爽第一次来到水晶谷的时候，还不那么喜欢这个地方。那时候她才五个火星岁。由于火星的一年差不多等于地球上的两年，这样算来，她的年龄已经相当于地球上大约十岁的姑娘。和火星女孩的结实活泼相比，细高个子的林清爽长得清丽白净，纤巧笔直的鼻梁，配着两只永远雾气蒙蒙的忧郁眼睛，只有她那一头披肩的长发，还透露出些许孩童的个性。

林清爽从小就一直没有离开过父母。在得知自己的爸爸妈妈将要到地球以外度过两年"外星假期"的时候，她极力要求一同前往。就这样，他们一家远涉星空，来到奥林匹斯山东侧的火星空气监测站。一待就是一个火星年。

就在她的父母即将完成对火星大气的考察任务，准备返回地球故乡的前一个星期，高耸入云的金属观测塔突然发生了坍塌，正在塔的半腰中工作的清爽的父亲和母亲，和高塔一起陡然地摔向奥林匹斯深谷……

惊呆了的林清爽觉得自己的身体有好半天都无法动弹。后来，她奔出重重的金属门，循着塌落方向爬到谷底，终于在一片残骸中找到了双亲。可惜一切都已为时太晚。她的父亲没来得及对她讲一句话，就匆匆辞世；而她的母亲，则艰难地给了些关于怎样联系亲友和怎样回到地球的嘱托。

然而林清爽手忙脚乱地哭着、叫着，什么也没有听到。她小小的心灵受到了重创。在随后的一个火星年里，她就这么孤零零地生活在高塔倒塌的地方，想象着父母奇迹般地复活，带着她回到遥远的故乡。

是舅舅带着他的女儿米露霞和另一个叫洛桑巴拉的男孩子来接林清爽的。露霞和清爽同岁，但她长得结实而粗壮。她是火星上那种典型的漂亮姑娘，有很厚的嘴唇和很粗的眉毛，还有好看的分成两半的下巴。

“水晶谷会比奥林匹斯山好得多。喂，你听我的。真的会好很多。”露霞一本正经地告诉表妹，“你可以有许多朋友。我们可以一起去学校念书，那比整天待在奥林匹斯有意思得多。你知道，就在水晶谷外，在欧门德斯山脊的后面，还有一片神秘的火箭林呢！”

“那又怎么样？”林清爽对露霞的话显得毫无兴致。

“你说火箭林？你用这样的口气说火箭林？巴拉，她真的无可救药了。”

叫巴拉的男孩子于是慢慢地讲起了火箭林的故事。那是一千年以前，人类的祖先从地球上来到火星时发射的许许多多火箭遗骸的故事。这些残存的古董曾经散布火星表面。后来，突然在一个早晨，当人们打开窗户的时候……

露霞抢着说道：“人们惊奇地发现，在远方的地平线上，在即将升起的太阳面前，一片金属丛林冒出了地面！一夜之间，所有分布在火星上的飞船的碎片全部被集中到了这里，它们并排站立着，闪光的外壳反射着红色黎明。”

“真的是这样，”巴拉接过话茬，“到现在大家都不知道，究竟是谁做了这样的事情。人们只是猜测，也许，是某个奇怪的老人干的？他只是太老了，再也没有力气去地球旅行了，于是就做起了这样的古怪事情？也许……”

很多年以后，林清爽还记得这次谈话，记得当时巴拉和露霞的表情。他们是绝好的一对儿，配合得那么默契。巴拉的沉静，露霞的火爆，还有，他们对所讲的东西的那种深信、痴迷和虔诚，所有这些，都让清爽觉得，这是她完全可以信赖的人。而在内心深处，她也感到了某种即将到来的情感纠葛的先声。

她告别了奥林匹斯，跟着舅舅和露霞翻过悬崖，来到水晶谷。

舅妈是一个相当娴静的女人，她对清爽像对待自己的孩子一样。而露霞和巴拉，则更像是两个卫士，死死地守卫在清爽的两旁。他们共同去上学，共同去爬高耸的帕蒂特峰。在寒冷的山顶，他们紧紧地偎依在一起，靠着各自的体热温暖对方。三个人的友谊像三滴晶亮的水一样，在火星的阳光下发着纯净的光。

露霞是个正直豪爽的姑娘，她常常无法忍受等待，这使得她和清爽之间总是发生摩擦；她的决断也给林清爽留下了深刻的印象。露霞的理想，是让火星地下所有的冬眠生物都愉快地重返地面，这样，她就可以建立起自己的火星动物管理站。

和露霞的马虎率直相比，林清爽显得聪慧细致、富于幻想。她常常对某些事情思虑过多，还总是让自己沉浸在回到地球故乡的幻想之中。

洛桑巴拉是那种与世无争的男孩子，天生一副大哥哥的样子。但他并不像两个女孩那样富于主见，常常是露霞和清爽命令的执行者。当然，他总是将命令执行得超乎预料的好。

巴拉有一种奇怪的职业梦想：当个雕塑家。“你能当雕塑家？那我可能是世界上最好的油画大师了！”露霞经常当着大家的面这么讲。每到这时，清爽总是觉得，巴拉和露霞的谈话中包含着某种超过友谊的东西。那是些什么呢？为什么这样的语气总是让自己心情抑郁呢？

直到很久之后，她才找出了答案。那时她已经七个半火星岁了。她已经在学校的信息库中读过了很多很多关于男人和女人的故事。她知道自己也染上了青梅竹马的“情感疾病”。但是，那个让她倾注了许多细腻关怀的对象，却仿佛一直置于露霞的金属光环之下。只有过一两次，当她和巴拉单独在一起的时候，她才真正感到在巴拉心里，有着一个属于自己的空间。

但是，这个空间很快就被事实彻底地粉碎了。

那是高中生活的最后一个学期，有一天，她突然发现自己的书包遗失在学校门口的那只旧火箭船里。这艘火箭船是多年以前从火箭林中搬来的纪念品。孩子们曾在其中有过很多秘密的约会，他们知道其中许多他人无法知道的暗门和通道。

在第一个货舱，没有她的书包。

第二个货舱里也没有。但她找到了另外两个书包。

第三个舱显得崎岖狭窄，可能是当时的过渡舱。她绕过这个难走的部分，来到第四个可能是被充当贮藏室的小舱室。

漆黑中，她听到了窸窸窣窣的响动。她睁大眼睛，借着被舷窗切成豆腐块似的几束柱状阳光，她看见，露霞的嘴唇正在轻轻地凑近巴拉……

一周后狂欢节的那个夜晚，洛桑巴拉和露霞都没有回来。清爽一个人在家里收拾行装。她已然作出决定，要回到地球上的故乡。

推开房间厚重的金属房门，她来到潮湿的小道。节日焰火的余辉在天空中形成的久不散去的淡黄云雾，遮挡了繁星。礼花弹的焦煳味道，浓密地渗透在火星的大气中。

林清爽真的买下了一张回地球的飞船票，她把它认真地收好。然后，她朝黑夜里一片苍茫的公墓园走去，决定最后一次凭吊自己的父母。

她好不容易才找到墓碑群，由于天太黑，她无法看清碑上文字，只得凭借感觉，一点一点用手摸索。

突然，她的手缩了回来，因为，她分明触摸到了一个活生生的发热的身体。她差一点惊叫了出来。

一双温暖的手抱住了她。

"天哪，巴拉，是你？你在这儿做什么？"林清爽大吃一惊。

"我一直在等你，想和你谈谈。"巴拉放开她的身体，但仍然拉着她的手。

"你，你不是和露霞去看焰火了吗？怎么会在这儿？"

"清爽，我已经想了好久了，我觉得不能不告诉你……"

"告诉我什么？是你和露霞的事吗？我都看见了。没有什么可说的，反正我就要回地球去了。"

"不，清爽。我要告诉你的不是这个。那天的事情，其实都是意外……"

“意外？”

“对。我根本没有想吻她。你知道，这些年里，我心里喜欢的一直是……你！比喜欢露霞还喜欢你！”

“我不听！”

“你要听。听吧！听我说，清爽。听我告诉你为什么。”巴拉急急地解释，“我之所以这么长时间没有告诉你，是因为我一直不能肯定自己是不是可以放弃家乡。我们洛桑巴拉家族属于火星最先期的移民，一千年来，我们的家族在火星上已经享有极高的声誉。我虽然讨厌这个家族的名号，但却无法不受制于家族的规章。不过，”他略微停顿了一下，好像作出了最后的决定，“我已经想通了，为了你，我可以放弃自己的一切。我今天在这儿就是为了等你，告诉你这一切。我已经到了自己闯事业的时候了。为了你，我可以到任何地方，你的家乡就是我的家乡！我会很快把实话告诉露霞。她是个坚强的姑娘，她会理解我的心情。和她比起来，你才是真正需要我照顾的人。”

多少年的往事，又在清爽的心头重新浮现。她知道，如果没有巴拉，她一定在很久以前就已经离开火星飞往地球了。但即使到了那里，她也还是会永远永远怀念着巴拉。

“巴拉，我很感激你。但我也知道，没有你显赫的家族名声，在地球上你将一事无成，在那陌生的大地上，你会寸步难行。你不必这样。为了爱情作出牺牲，是每个人应该做的事情。我们哪儿也不去，就留在火星上。我会跟定你，到北极的土地，到南极的荒原，到所有你想去的地方！早晚有一天，你会发现自己的能力，会找到灵感，然后塑造出让全世界叹为观止的超级伟大的艺术品！”

他们在黑黢黢的火箭林中站立了很久很久。名为福波斯和德莫斯的两个火星月亮，在他们的上方一前一后地升起。遥远的地球，像一颗蓝色的水晶，在红色的火星夜空中闪闪发亮。

在他们不远的身后，因为不放心林清爽一个人前行而特地被舅妈派来查探的露霞，把这一切都看在了眼里。也不知道怎的，平时火爆的露霞，这一次居然没有从树林中冲出来。她小心翼翼地转回身，慢慢地蹭出公墓园，走出峡谷，翻过山岗。

当露霞到达宇航站的时候，已经是深夜两点。卖票的叔叔睡意朦胧地盯住她问：“你怎么……哭了？”

“我没有。”露霞擦了擦眼角，“我会哭吗？”

“谁知道呢……狂欢节里谁知道会发生什么事情？刚刚你的表妹来买票，她的眼睛也这么泪蒙蒙的。”

“是吗？”

“我不骗你。你们要同去地球旅行？”

露霞摇了摇头说：“不，清爽会来退票的。她已经决定永远留在火星上了。”

“那你又为什么要走呢？”

露霞没有回答，她静静地走出灯光，返回夜色。

在相思河面，柠檬黄色的水母已经升到了半空。它们曲曲弯弯地连成一线，远远望去，就像是地球上灿烂夺目的绚丽极光。

林清爽与洛桑巴拉以迅雷不及掩耳的速度结了婚。他们完全沉浸在相爱的欢乐中，并希望有一个仅仅属于自己的天地。于是，他们急急地告别了露霞的父母，赶上“火星一号”环球列车，用了将近三十五个小时来到新的住址——南极圈内澳大利亚峡谷中的西澳尔村。

林清爽不太喜欢西澳尔村的房子。这房子坐落在米洛环形山靠近南极的那个缺口上。正常日子的早晨，阳光从缺口的缝隙处笃地照进来，刺得眼睛生疼。可一到下午，三点不到，这阳光又会在缺口的另一面陡地消失，收回它的热量。于是，一种新的怅怅然的忧伤就会出现在林清爽的脑子里。她又开始想念奥林匹斯山，想念水晶谷，想念正在飞往蓝色地球的露霞。

巴拉也觉得自己的决定显得过分仓促。为了迅速地离开水晶谷，他暂时放弃了自己的艺术理想，在南极的火星生命考察站当了一名小小的生命探测员。可笑的是，这项工作正是露霞曾经朝思暮想的。

工作让巴拉整天忙忙碌碌。他从最新的科学杂志上找到了科学家们关于南极生命的最新推测，然后，按照推测的地点，在极地的干冰中打出深深的探测井。这项计划最初很难得到西澳尔村管理机构的批准。但终于他还是说服了他们，让自己的项目得以开工上马。

然而那厚厚的、整日被轻烟缭绕着的二氧化碳干冰层，却不是轻易会屈服的。巴拉在冰层最薄的地方下了手，又花费了足足两个月的时间，才打出井来。

事实很快证明，第一口井毫无收获，整个儿报废了。

第二口井也没有任何进展。

五个月之后，化石海岸的冰面已经让他打得千疮百孔，一切还是毫无结果。他的信念和毅力都受到了极大的打击。

十一月的一个傍晚，当他正在为第十六个井洞奋战时，干冰与钻头之间的摩擦引爆了冰下不知什么物质，轰隆一声巨响，所有的人都被震得飞上了大。巴拉的一只耳朵和一条胳膊受了重伤。

二十四个月过后，巴拉的意志处于严重的衰退之中。冰层下的搜寻毫无结果，但科学家们却坚信他们对南极海岸的分析是没有错误的。这使巴拉对自己能力的怀疑愈发加剧。

火星实行与地球上不同的教育方针。任何一个中学毕业生都要在工作数年之后，用自己的实践成绩，获得一份进入火星红沙湾大学深造的通知书。从目前的状况看来，巴拉的通知书是难以得到了。对短时期转入自己喜好的艺术领域的憧憬，也失去了现实的基础。

巴拉就这么苦恼着。回到家里，林清爽又时常显得任性。她做不好饭，更不会安慰丈夫。她的脾气本来就显得神经质，结婚之前的那种小心谨慎现在全部丢失了。她给自己找到的业余职业是当个作家，可她根本没有写出什么作品，更不知道创作的艰辛。少年时代就已经具有的那种自视过高的毛病，使得她觉得，生活像是专门与自己作对似的。这样，她的全部烦恼就转移到巴拉的身上了。

有一天，她无意中发现：通过他们的家用电脑网络，巴拉一直在与露霞通信！而这件事巴拉从没有告诉过自己。在那些往返于地球航班飞船和火星之间的电子邮件中，露霞用一种特别欢快的语气谈论着她在封闭的金属世界中的种种见闻。她对越来越接近地球表现出极大的热情。“淡蓝色的星球——宇宙中最美的景象，正呈现在我的前面。我已经等不及了。我已经在这封闭的飞船中念了近两年大学，终于觉得‘某些人’的看法是正确的，只有地球才是人类的古老家园，才是宇宙文化的根基。巴拉，你真的应该坐下一班飞船到这里来。火星太渺小了。火星的文化和地球上的文化相比，简直犹如沙尘和瀚海。我过去还想让自己永远固守在火星上，这有多愚昧呀！”

这些信中除了“某些人”的称谓，没有一处正式提到清爽。

洛桑巴拉没有一次提到过这样的信的存在。当林清爽试探性地有意向巴拉问到露霞的情况的时候，巴拉又表现出了一副一无所知的样子。

于是，林清爽开始了她的动辄吵闹。

露霞离开火星的时候，确实是巴拉开车送她去火箭发射场的。整个送行的路上，露霞一直用那双富有感染力的眼睛看着巴拉，似乎在无声地说：“我并不反对你们的爱情，可是，如果没有我，你们俩真的能应付这个世界吗？”

这眼神，这潜在的问话，将在洛桑巴拉的记忆中永远地刻下烙印。

也许一切都是错的，巴拉想。我本该更喜欢露霞的。她的个性一直是自己软弱性格的一种依靠，而且，出于不知道什么力量的驱使，她对自己一直很迁就。但是，清爽那种来自异域的忧郁的美，又是无法抵抗的。这是一场难以分清胜负的赌博性选择。一百个人中有九十九个会不知所措。

冷空气从房间的四周咻咻地开始涌进的时候，巴拉和林清爽都知道，他们已经进入了火星极地的冬季。冬天的火星，是长毛动物频繁出没的时候。四处奔走的是火星独角兽；那毛茸茸的、像一团慢腾腾移动的“棉花球”，是火星上的闪电熊；还有专门在厚厚的二氧化碳干冰中凿洞的西澳尔冰獭……

巴拉决定暂时忘掉自己的工作，他要与清爽共同找些欢乐。他们开上车子，在原驰蜡象的火星极地上追赶着这些快活的越冬生物。情感的波折被暂时忘怀了。狩猎打开了林清爽的创作灵感，她开始追忆父母曾经讲过的地球上的童话，并有意将其发展起来，变成一幅幅火星冰原上的风情画。

然而，情感是一种可以控制或忘却的东西吗？

当火星的天空逐渐由彤红转向淡蓝的时候，漫长的冬季就快要结束了。设在全球的254座环形山内的氧气补给站，将火星地下深处构造中存储的游离的氧，一吨一吨地打进火星的大气层。一千年下来，火星上的氧气从不到0.1％，增加到接近33％。大气层的加厚，像给火星盖上了一层棉被，这棉被保住了从遥远的太阳辐射来的热量，于是，火星的气温持续升高，昼夜的温差逐年减小。今天，要是再看到一个阳光下头戴氧气面罩、身穿厚厚宇航服的旅客，没有人不会由衷地感到意外和惊奇。

冬季狩猎的兴致在林清爽和巴拉之间持续了不到两个月，生活又重归旧日的模样。清爽的童话随着空气的变暖又写不下去了。巴拉的新的开掘计划也不敢轻易展开。这样，争吵和冲突重新回到生活中间，口角和对抗越来越扩大化。巴拉觉得林清爽真是变了一个人。她时而和蔼关怀，时而把巴拉说成是世界上最无能的男子。她还无中生有地硬说巴拉在自己的房间中一天三次地做着祈祷，祈求露霞早点回来。

这样的争吵终于在某个日子停止了。

那是一个火星上阴暗的下午。巴拉从工地回来，随意地打开电脑。

突然，一连串加急信号出现在屏幕的正中。由于很久没有打开电脑，这加急电讯几乎每一小时重复一次地由地球发来，存储在网络分区中。

尊敬的洛桑巴拉先生：

我们不得不万分悲痛地通知您，您的朋友米露霞小姐乘坐的地球航班经过764天的航程，在地球标准时间GMT0540到达中国光茅城宇航港。在降落的过程中由于驾驶员操纵失误，飞船从450米空中失速坠毁，1500名乘客全部遇难。在露霞身上，我们找到的唯一物件，是一张没有烧焦的照片。我们将照片扫描在这里，请核对照片上的人并一一代为转达噩耗。

照片是洛桑巴拉再熟悉不过的：荒凉的帕蒂特峰顶，初升太阳橘红色的光线正透过乌黑的云层，放射线一般倾泻出来，三个紧紧地偎依在一起的人的剪影。

那是他们永远引以为自豪的童年的欢乐。

电脑还扫描出了照片背后的一行字迹：

无论怎样，我不怪你！

然后，是另一种笔迹，写于另一个时间：

但愿有一天我们会和好如初！

这句话没有署名，也不知道是写给谁的。但洛桑巴拉觉得是写给自己的。他站起身来到清爽的门前，发现门死死地上了锁。

他轻轻拍了拍，没有回答。他大声地叫清爽，告诉她应该做些事情。

但房间里仍然没有些许回音。

难道，她出去了？不会呀！清爽出门从来不会锁自己房间的房门。那么，是她从其他地方得到了这个消息？

突然，一种不祥的预感涌上洛桑巴拉的心头。他从工具间找来一把消防斧，狠狠地在门锁上击打了三下。

门闩砰然落地。

他推开破碎的房门，发现清爽直挺挺地躺在床上，她脸色发白，两眼大睁着，直直地瞪着天花板。她已经昏迷了很久了。

巴拉冲上去抱起她，使劲地叫："清爽，清爽，你怎么了？"

断断续续地，他听到了一点点回答：

"巴拉……听我讲……我没有害她……"

“天哪，这不是你的错！这又不是你造成的，你何苦要这样？哎，你什么时候才能像个真正的大人一样去思考问题呀！”

他放下妻子，手忙脚乱地去打电话叫救护车。

那个夜晚，西澳尔村的五位大夫很久都没有离开急诊室。他们使用各种手段使林清爽复苏。之前她服用的对免疫系统的破坏性药物作用消除之后，林清爽全身红肿，紧接着，又发起了高烧。用火星清水做的冰块用完了几大包；地球上来的清热解毒注射液、火星美林公司最新的生物制剂MM107，甚至中国传统的放血疗法也试过了，但是，全都毫无用处。

凌晨四点，主治大夫走到门口，叫来双手抱头苦坐着的巴拉，告诉他去通知林清爽的所有亲属，林清爽在自杀性的药物使用过程中失去了身体的抵抗力，从而染上了火星极地特有的杀手微生物“红魔菌”。这种红魔菌在火星上生存了至少一亿年，它的功能是准确地破坏生物体细胞间的信息介质的浓度平衡。

“可这才刚刚几个小时……我们的房间又是洁净的……”

大夫摇了摇头，说道：“没有一个房间是完全洁净的。再说，这孩子偏偏吃的是消除免疫系统功能的药物。”

“就算是染上了红魔菌，可我们是人类，我们不是火星上的生物！我们的构造与它们完全不同，怎么会受到它们的破坏？请求你们一定要想尽所有办法救她。你们的能力不够，还有在斯基雅帕雷利的火星中心康复医院，再不行，还有远在亿万千米之外的地球上的几千万的大夫……求求你们救她一命，我不能失去一个又失去另一个……我求求你们了！”巴拉简直想给这位戴着眼镜和口罩、穿着防护服的大夫跪下。

“还有一个最后的办法，”大夫直等着他说要跪下才开口，“目前虽然还没有办法制止红魔菌的破坏作用，但我们可以设法暂时中止它的活动。有一种像冷冻剂似的药物，它可以将红魔菌暂时‘冻住’。但是，这样的处理实际上并没有将病菌从她的身上清除，只是暂时缓解了矛盾，等待着新的医疗办法……问题是这种药物我们也没有十分的把握。有的接受药物的人至今已经生活了十多个火星年，一切正常；但也有的人用药还不到十天，药物就失去了效力。这样，生命只不过被短短地延续，并没有完全……你知道那是一种在阴影下的生活……”

巴拉木呆呆地半天没有答话。隔了很久，他才问：“这确定是唯一的办法？”

大夫同情地点了点头。

“就这样吧！我会去通知她的家属。”

站在西澳尔村医院的高大建筑的窗口向外面望去，最后一场火星冬雪正在飘飞而落。这雪片不像地球上的雪洁白无瑕，它略带淡淡的粉红色。这样的雪花，只有在林清爽脑海中早就构思的、但从来没有能够付诸笔下的关于地球的想象的童话中才会出现。

五个火星年后的一个清晨，林清爽将自己疲惫的身子轻轻地靠在巴拉的身上，他俩就这样坐在初升太阳的河岸上，静静地看着那遥远的红光怎样在淡淡的暑气中逐渐变亮，看着四野的一切怎样从深黑转而棕褐，再变成橘黄；山峦的纹理变得依稀可辨，河流在视野中伸向逐渐模糊的远方。

“嘿，巴拉，你看那儿！”

第一只水母在太阳升起前夕砰然落入水中，它那柠檬黄色的荧光随即消逝在清水里。然后，又是一只，一只接一只。这些整晚用自身光芒点亮黑夜的动物，开始回到自己最初的生活地，它们将在水中上下沉浮着，睡过另一个火星的白昼。

“有时候我觉得咱们的爱情，就像这相思河中的水母一样，总是在上下沉浮。”林清爽靠在巴拉的怀里，扬起头，透过黎明的阳光看着他。

“你别瞎想了。”

巴拉用手拂弄起她的头发，她的身体软软的，被药物和火星红魔菌大肆消耗的抵抗力明显还没有完全恢复。她的嘴唇神经仍然麻木得影响发音和吐字。

“我仍然觉得，是我害了你的露霞。”她的双眼看着他。

“别瞎说了，你非要让刚刚好了一点的心情又消失吗？”巴拉说。

“不过一切都会很快结束的，我从她的手里夺走了你，现在红魔菌也不会放过我的。这样，我虽然没能还给你一个露霞，可我也为自己的过错付出了代价。”

“清爽，我们早就是大人了，不是吗？永远这样悲哀和苦痛到底有什么意思呢？我时常想，世界上的一切原本都是好的，只是我们自己把它弄坏了。而弄坏这一切的原因，又是我们觉得世界上有永远无法用完的时间供我们挥霍。人生太短暂了，我们应该努力去做一些有意义的事情。几个月里，我已经清清楚楚地想通了这个问题。露霞已经走了这么多年了，早已是无法挽回。为什么不让我们的心回到轻松和快乐中呢？”

“我很快乐，因为想到死……”

“不对，清爽，这是变态心理在作怪。人的快乐是因为可以活着，可以去做更多的事情。露霞……那是她自己选择的生活和命运。而我们的爱情应该是属于我们自己的。清爽，还记得你童年的梦想吗？”巴拉用手指了指初升的太阳旁边那颗依然闪亮的蓝色星星，“该重新回到儿时的梦幻时光了。”

林清爽终于疲惫地笑了起来，慢慢说道：“地球吗？谢谢你的好意，巴拉，可惜我已经再也无法拾回这个梦了。我身上的火星红魔菌是地球海关身体检疫站的头号敌人。我只能永远待在火星上了。”

“真的？”巴拉的脸上露出一种神秘的微笑。

“怎么？”清爽有些奇怪。

“现在我就带你去个地方。那里有我给你准备的礼物，我希望，这是凝聚了我一生力量所能给你的最好的礼物。”

巴拉抱起纤瘦得几乎感觉不到重量的清爽，把她安置在火星车右前方的座位上，然后盖好毯子，回到左边的驾驶室。

他们开着小车迅速地翻过山梁，眼前的一切使清爽大吃一惊。

在他们左边遥远的地平线上，火星的极昼要持续好几个月，橘红色的太阳要在地平线上方不远处整整转上一周。在他们的右边，巨大的维什尼阿克环形山倾斜地插向繁星镶嵌的彤红色的空中。在他们的正前方，在方圆数平方千米的广袤而崎岖的化石海岸边，成堆的建筑雕塑耸立在那儿：长城、金字塔、自由女神像、埃菲尔铁塔，还有地球历史中早已消逝了的太阳神庙和空中花园；南美平原上细长的地面画、中非草原上圆滚滚的石球……这些建筑和古迹的雕塑，自然地错落在一起，它们表面那反光的金属涂层，把原来荒凉的化石海岸变得光怪陆离、异彩纷呈。

“哦，我的天，这一切……巴拉，这都是你的作品吗？我简直都不敢相信，巴拉……”林清爽在车子里倒向自己的丈夫，心中充溢着由衷的感动。

“还不仅仅是这些，清爽。你看见建筑群中央的粗大金属管道喷口了吗？那儿，就在金字塔和复活节岛雕像的上方，黑色的，周围有一圈小的分流口的那只。”

“嗯，怎么样？”清爽问。

巴拉把她的身体重心推回到座位上，自己起身到车子的后备厢中，取出一杆大口径的火枪。

“你这是干什么？”清爽不解地问。

“别多问。你看见这里的扳机了吗？这儿，喏！我替你拿着这枪，对准那个粗大的金属管口，你来开一枪。”

“为什么？”

巴拉用手指堵住她的嘴，“嘘！不要问，开枪！”

她使出全身力气，扣动了扳机，霹雳呼啸的子弹恰巧从粗大的金属管口上方一寸地方通过，只听轰的一声，一只巨大的藏蓝色的火气球在金属管口升腾起来。

一分钟以后，这火球就充溢到了房间的大小。那火球表面滚动着洁白烟雾造成的云彩，在云蒸霞蔚的大气层之下，地球表面七大洲的大陆、次大陆都逼真地呈现在林清爽的面前。

巴拉扶着清爽站起来，对她说："从今以后，这颗用天然气做成的活的雕塑，将是我们生活中的太阳。"

他深情地看着清爽那被疾病几乎夺去了全部活力的眼睛。这一次，那双眸中又恢复了激情，反射着彤红色的天光。

古老的火星黎明下，孤立着两个人影，他们的身前身后，是悠远的时间、生锈的土地，还有过往百万年的无尽沧桑。

火星公主

一

潘海天

“新星NOUA”酒吧里，光影迷离，烟雾腾腾。空气中弥漫着一股烟草和烈酒的气味，气氛喧闹而热烈。

他坐在一个不引人注目的黑暗角落里，穿着一身没有标记的旧制服，阴郁的脸色和布满令人不快的黑色疤痕的右手，显得与周围的气氛格格不入。

我走到对面坐下时，他冷冷地扫了一眼我新制服上那枚闪闪发光的火星徽章，什么也没说。

可我知道他的心底不会太平静，毕竟他曾戴着这枚徽章数次登上那颗火红色的行星。

“下星期我就要飞往火星，参加最后一次登陆考察。”我突兀地开了口，“我将去的地方，是科尔喀斯。”

他脸上的肌肉轻轻一颤，目光如刀芒一闪。

我直视着他，说道：“火星中队里有一些关于你在科尔喀斯的传说。你离职后，我查过当时火星登陆队的报告及处理意见。”

他脸色铁青，默然不语。

“记录很不完整，对你的处理也不公正。可是你从火星回来后，却不肯再提这件事。”我轻声说，“宇航局就要彻底取消火星登陆计划了。我不想在最后一次登陆时无所建树，你愿意帮我再找到它吗？”

他沉默了许久，才开了口：“我不愿提这件事，因为我害怕人类还没有做好准备。我们对地球本身都还不够熟悉，却开始想要了解另一个星球。”

他的脸色变得像死人般苍白，眼神渐渐迷茫，看起来，他现在完全陷入不可捉摸的记忆中去了，“一切不过是从一道微不足道的闪光开始的……”

那一道微弱的光线掠过我的眼角。

我转头凝视伊阿宋那锯齿般的山峰，一个微弱而引人注目的亮点在山尖闪烁，看上去像一面镜子截住了阳光。

也许那只是一块不寻常的光滑岩石，不过我还是很高兴能有个机会扔下手头捣鼓了半天的火成岩标本，于是我快步走进观察室，把望远镜掉了个头。

宇航局的头头儿们对这次登陆行动的成果并不抱很大的期望，随着一次次的火星登陆，对火星的了解越来越深入，然而公众对这颗荒凉的行星的兴趣也越来越低。对宇航局来说，火星登陆行动已经成为既不经济实惠，也不能哗众取宠的事情了。

一簇簇火红色的岩石在望远镜的目镜上一掠而过，距离太远了，很难看清楚什么。我瞥了一眼窗外，光点正在迅速地暗淡下去，火星的自转正在驱赶着阳光偏离那面镜子。

我加大了放大倍数，奇形怪状的岩石在目镜上显得臃肿无比。一个模糊的白点一闪而过，我倒回镜头拼命寻找，却再也没能找到它。由于放大倍数太大，我颤抖的手指只要稍微一碰那些螺旋控制器，大片的岩石就在镜头上飞快闪过。

我扔下望远镜，朝窗外望去，亮点已经消失了，但它在目镜上停留的那一小会儿，已经足够让我察觉出那是个模糊的人形了。

我捏紧了拳头，徒劳地想控制住痉挛的双手。火星上的确有过一些发现初级生命遗迹的报告，但却完全找不到更高级的生命形式的遗迹，火星进化过程像被一把利刃干净利索地一刀切断。这一点也曾引起过科学家们极大的兴趣，但他们毫不费力地就提出了数十种可以自圆其说的假想。地球人是伟大的解释家，总是可以解释许多事件为什么会是这样的，或者会是那样的。

我抬头凝视伊阿宋的山尖，我无法想象它会是个“人”或是个“人”造物。我的潜意识却在固执地引诱着我：这就是战神玛尔斯[1]的秘密，来吧，小伙子，玛尔斯把秘密完全地展示给你了。

我简直无法摆脱这种古怪的念头。窗外的太阳已经西斜，西方的地平线上除了碎石、秃岩外，一无所有。队长和其他人就在那边的某个地方采集岩心样品。

---

1. 玛尔斯，罗马神话中的战神，对应天体为火星。

我犹豫了片刻，还是从墙上摘下了通话器，开始呼叫采掘队。

火星的尘暴和即将来临的黑夜，并不是使我犹豫的主要原因。只要想想我们队长那冰冷的眼睛、灰色的胡子，就足以使你打消一切非分的念头。

事实上，这个古板的撒克逊老头儿在话筒里大吼大叫了一阵子，指责我在追逐一个想象中的幻影（我也确实无法肯定这一切是否真是我在那个白点掠过镜头的十分之一秒内想象出来的），发现这些指责无效后，他又威胁要把我送进地狱，并把我在地狱的日程安排粗略地描述了一番。

我冷静地提醒这位可敬的老人，太阳快要下山了，我必须抓紧时间。然后我挂上话筒，开始往身上套那件臃肿的室外宇航服。

登陆舱外天气晴朗，万里无云，然而寒气逼人。探险车那宽大的履带掀起了一团团红褐色的砂土，扬向天空，而且越升越高，久久不肯沉落。

探险车已经越过了最后一个火星地震仪，人类的印迹到此而止。前面是一方人类从未涉足的神秘领地。

孤寂包围着我，一种异样的感觉令我毛发直竖，我感觉像是踏上了一块神圣的、本来不许人类骚扰的土地，连大气层也不安地扰动起来，星光闪烁不定。

伊阿宋那美丽而令人畏惧的突兀的山岩，看上去仿佛就在眼前，它比从望远镜里看到的要陡峭得多。火星基地现在显得渺小而遥不可及。

我试了试通信设备，耳机里布满了嘈杂的噪音，干扰出乎意料的大。队长他们应该开始返回了，我不难想象这个怒气冲冲的老头儿，发现他的城堡中空空荡荡无人看守时暴跳如雷的样子。

越靠近伊阿宋，空气中的带电量就仿佛越多，当我终于站在伊阿宋那巨大的山崖下时，噼啪作响的静电声简直令我的无线电完全失灵了。

我看到了那个高高昂起的鹰嘴状的山岩，它是我在望远镜里最后看到的东西。我估计它和我要寻找的目标不会超过3度的范围。

我回到车上，给氧气箱加足了氧气，开始攀登。在鹰嘴岩的上面，伊阿宋高高的山尖上，火卫一正轻快地掠过天际。

恐怕很少有人愿意尝试在火星上登山。风化的岩石间隙里填满了滑溜溜的砂子；松散的岩石间保持着微妙的平衡，只要稍有振动，就轰隆一声崩塌下来。很显然，火星上只有三分之一地球重力的地心引力帮了我的大忙，而且我又很幸运地发现了一条利于攀登的裂缝，很快我就喘着粗气停在了鹰嘴岩边上的一小片阴影里。

阴影里温度很低，被包在密封的宇航服里的我却是满身大汗。我不得不耗费了一点氧气来给自己降降温。

整个科尔喀斯大平原正横亘在我的脚下，几条干涸的河床跨卧其中。我可以想象得到，在火星的温暖时期，这儿也曾是波光粼粼、绿草如茵。那个白色的精灵，也许就是诞生于这块大平原上一个古老文明的产物……

一想到这儿，我禁不住全身发抖——它离我不会远了。

我极力辨认着周围的巉岩，想找出通往这个秘密的路标。令人心烦的是，这些古怪的石头看上去都像是从一个模子里浇出来的，让人难辨东西。

我终于选定了半公里外一块屏风式的巨岩当作自己的下一个目标，如果我没记错的话（事实证明我显然是记错了），那个神秘的白色身影就在巨石屏风下面。

一路上，我不得不几次停下脚步努力蹭掉流到眼角的汗水。我诅咒着自己不该长眉毛而该长着两道雨刷。鹰嘴岩已经离得很远了，日光越来越昏暗，峭壁的颜色逐渐由浅红转为暗红，又由暗红转为暗灰，那道屏风似的红石头却丝毫没有临近一点的样子。

我狠狠地咒骂了一句，知道自己的失败已不可避免。那道石头屏风的距离显然远远地超出了我所估计的半公里，我的选择现在看来是个致命的错误。

当我正想绕过一道裂缝而攀上一座断崖时，那座神奇的、不可思议的白色雕像，就那么突然地、毫无预兆地出现在我的眼前。

有好一会儿，我手足冰凉，紧贴岩壁，站在那儿一动不动。

这是一尊少女的雕像，她忧郁地俏立在寒风中，优雅地侧着头。她的胸部和手臂自然地裸露着，白色的长袍上齐崭崭地打了个褶，在肩上系着长袍的地方嵌着一块闪闪发光的宝石，这是我这辈子所见过的最漂亮、净度最高的一块宝石。我相信引我而来的那道闪光，就是这块琢磨得光洁无比的宝石所反射的阳光。

这是皮阿卡利翁的雕像，是活着的精灵，我无法想象一个没有生命的物体会拥有这种完美，我的目光久久地停在她的眼睛上，她眼中那忧郁的神情令我战栗不已。我靠得离她那么近，甚至可以听到她轻轻地呼吸，看到她那长长的睫毛随着她的呼吸一起一伏。她不是雕像，她是玛尔斯的女儿，火星的公主。千百年来，她就这么忧郁地站在这儿，看着脚下的文明衰落、灭亡，寒冷和干燥像尸衣般紧紧包裹这个星球。她嘲笑地看着来自第三行星的生物忙碌地来来去去，插下色彩鲜艳的旗帜，发布占领宣言，然后在大地上东敲西挖，抛下各种垃圾。我感觉到了这种奇特的嘲弄方式，忍不住放声大笑。

我长久地凝视少女那千万年不变的忧郁的脸庞，想象着远在生命出现在地球之先就已衰败的火星文明。终有一日，地球上的文明也会一样消亡，等待着后来人的评价。这是宇宙间的规则。

就在这时候，我突然有一种抑制不住的冲动，我控制不住地想要触摸她——不是隔着厚厚的防护手套，而是真正的肌肤相亲，用我的肉体感受她的存在。

我不计后果地脱下了右手的手套，冰冷的空气顿时让我打了个寒噤，我小心翼翼地碰了碰她裸露着的手臂，真害怕她会像泡沫一样消散不见。我接触到了冰凉而实在的物质，它令人惊异地光滑，丝毫没有被风沙侵蚀的痕迹。也许她是从刚刚崩落的岩层中暴露出来的，这可以解释为什么以前没有人发现过那道闪光。我的手碰到了她的手指，一束洁白的光环在她的指间跳动闪烁，那是一枚精致小巧的戒指，镶嵌其上的宝石内闪动着一丛火焰般的光束，簇集成一个别致的圆形。

你或许还记得，离开火星基地后，我一直有一种不安的感觉。在脱下手套后，这种不舒服的感觉更加明显了，像是有无数的小虫在我的手背上爬行。我注意到手上的汗毛全都直竖着，是空气静电！大气层中不知为何孕育着如此大的带电量，我仿佛置身于一个巨大的电磁场中。

我抬起头来，发现雕像、断崖，一切都笼罩在一层怪异的光线中，仿佛都在不断地抖动、变换。

太阳！是太阳变了！地平线上，太阳四周那血红色的日冕如同美杜莎的头发般抖动着向外伸展，不知怎的让我想起了那枚戒指上的图案。星光闪烁不定，太阳的光球和日冕脉搏般跳动着，给伊阿宋和山脚下的科尔喀斯大平原罩上了一层不祥的紫红色。

“尘暴！”我的脑海中闪过这个念头，一路而来的异象——无线电干扰，大气层的明显扰动，空气带电量的增加，都有了答案。

我觉得呼吸面罩中传送来的氧气和火星上的冷空气一样冰凉彻骨，时间已经不多了，而要做的事还很多。

少女雕像的基座看起来深深地嵌在岩缝间，我没有想去移动她，只是给她录了像，并在一个岩石洼坑里固定住一个无线电定向器——它能够不断地发出一个固定电码，引导后来者找准正确方位。

我还在忙着这些事的时候，太阳已经隐没在一团腾起的黄雾中，地平线上涌起了数十股带着死亡气息的沙尘，向着科尔喀斯大平原席卷而来。

我抬起头来，看了这位忧郁的白色仙女最后一眼，然后转身离去。

归程属于我最混乱不清的一段记忆。尘暴的锋头转眼之间已经越过伊阿宋前那些低矮的山口，如同破堤的洪水弥漫而来。

我刚刚翻下那座断崖，黄沙的洪水就追上来，吞没了一切。无数的黄色精灵围绕着我奔腾歌唱，不断有翻滚滑下的山石，跳跃着消失在黑暗的悬崖深处。有那么一瞬间，太阳的光辉撕开了一角天幕，在空中铸成一根熊熊燃烧的紫色火柱。借着紫色的光线，我看见自己的摄像包正在远处岸架上跳跃离去，断开的背带在风中像狂蛇飞舞。

阳光消失了，我又在弥漫的黄雾中坠下去、滑下去、飘下去……然而此时我的头脑却是异常清醒，甚至记起了童年时常做的一个噩梦：我孤身一人在黑暗的死亡沼泽中跋涉，伴随着的是无尽的黑暗和孤独。

我不知道自己是如何回到探险车上的，探险车虽然不足以抵挡尘暴的旋风，此刻对我来说却如同一个中世纪坚固的堡垒。我关紧气密门，把头上那难看的玻璃玩意儿摘了下来，这时我发现自己在哭。我不知道自己为什么要哭，也许只是因为刚才尘暴中可怕的跋涉，也许只是因为人类的脆弱无法接受雕像的发现。所有蕴藏在人类心底深处的恐惧，都悄悄地冒了出来。太空时代来临以来，孤独的人类就一直在不停地寻找伙伴，他们渴望又恐惧着与外星文明接触的到来。虽然火星文明毁灭很久了，火星上的这个小小雕像，却预示着与外星文明接触的开端，人类做好准备了吗？

我能活着回到基地，完全得归因于一个奇迹，实际上在那个火星上的下午我已经创造了不少奇迹：我奇迹般地注意到了那道转瞬即逝微不足道的闪光；我奇迹般地找到了那座雕像；我还奇迹般地在尘暴中成功爬下了陡峭的伊阿宋山，只不过损失了一架摄像机；最后，我还奇迹般地驾着那辆本不适于在尘暴中使用的探险车回到了火星基地——虽然回到基地时我已经神志不清、满口胡话。

老头儿几乎是歇斯底里地欢迎了我的归来，他是我在这六个小时中见到的最可爱的人。事后我获悉，老头子曾不顾大家的劝阻，开着一辆探险车力图在尘暴中找到我，接着基地不得不开出了第二辆探险车，把翻倒在地的第一辆探险车拖了回来。万幸老头儿没受伤，但没有人认为我还能活着回来。

事实上我活着也比死了好不了多少，他们说我差不多昏迷了三天三夜才清醒过来，此外我还受到了轻剂量的辐射线烧伤。宇航服保护了我，但是我曾脱下手套的右手就像你看到的那样，留下了永久的黑色疤痕。

老头儿想办法改进了望远镜的镜定装置，在天电干扰减弱时，把镜头精确地指向了无线电定向器的位置。但是尘暴卷起的黄沙，让我们什么也看不见。直到半个月后尘暴完全平息下来，我们才看清了那片断崖。

说到这儿，他停了下来，点燃了一支烟，许久没有开口。

我虽然早已知道事情的结果，但还是小心翼翼地问了一句："后来呢？"

后来吗？当然啦，我们没能看到她。从断崖上下来后，我就再也没能见到她。

断崖上的山岩、裂缝纤毫毕现，甚至能看清洼坑里的那架定向器，可是那尊雕像，那尊我曾经亲手触碰过的仙女，就像融化在空气中，毫无踪迹。

当时我并不感到很奇怪，那尊雕像本来就不是属于人类的，她属于永恒的火星，玛尔斯收回了他的秘密。我不愿想象是那场尘暴把她卷入了深谷，那么美的东西，玛尔斯也不会忍心毁灭她的。

老头儿和其他队员也设法再次登上了那道断崖，我由于身体状况不允许，就留在火星基地里。

奇怪的是，那道裂缝，我原以为嵌着雕像基座的那道裂缝，现在也合拢了，一丝一毫的痕迹都没留下，一切都在那场尘暴中消失得干干净净。火星尘暴所拥有的神秘力量，也许是人类永远无法搞清楚的。

队长他们也并非一无所获，他们找到了那架弃我而去的摄像机。

结果还是令人失望，破裂的防护盖抵挡不住半个月来强烈的电磁辐射，视频存储器已经报废了。

我同情地望着他，问道："没有什么可以证明那座雕像曾经存在过，所以就没有人相信你，是吗？"

他的目光中流露出一丝嘲讽的神色，"宇航局是官方机构，不可能承认一个谵妄的宇航员的胡言乱语，去引起公众的疯狂或恐慌。这件事就这么结束了，两个月后，我回到了地球，从此再也没有参加过太空飞行。"他自嘲般地看了看自己那身没有领徽和肩章的制服。

我有点犹疑不决，但还是忍不住问道："你有没有考虑过……这件事，也许……也许完全是在一种无意识的状态中想象出来的，比如因为在尘暴危险的氛围中脑细胞的极度紧张……"

"或者干脆在强大的电磁场中脑子出了毛病。"他打断了我的话。

我的脸红了。

他根本瞧都不瞧我一眼，说："这也是宇航局的看法。糟糕的是，我同样不能肯定——直到我找到了一样东西。"

他一口气喝光了杯中的酒，冲我说道："好啦，我该走了。先生，永远别把火星看成平淡无奇的地方，只要你愿意寻找，那儿就有许多的秘密……我要送你一样东西，它是我从火星回来的途中，在我的室外宇航服手套中发现的，我没有一点印象它是如何进去的，也许我的脑神经的确受到了一些影响。我希望你能把它带回火星去，它属于那里……你在这儿等我。"他冲我点点头，把一张钞票压在杯子下，向门口走去。

我向侍者要了瓶酒，走出酒吧间，在露天里找了块石头坐下。这儿很凉爽。我喝了不少，也想了不少。我看着酒吧，里面灯火辉煌，烟雾腾腾，一群不同国籍、不同种族的地勤人员正在欢呼畅饮。生活对于他们宽容而宁静。在那黑色的天幕上，火星就像一个火红色的希望，显得遥远而沉重。

一个粗重的人影打断了我的遐想，他是酒吧间的侍者。

“什么事？”我粗鲁地问道。

“先生，有一位先生让我把这件东西交给你。”侍者说着，把一个精致的小木盒子递了过来。

我面对着那颗燃烧着的火红色行星，慢慢地打开了盒子。

盒子里静静地躺着那枚戒指，满盈着人类的恐惧和希望，在火星光芒的照射下，闪动着不可捉摸的圆形火焰光芒。

库克岩石

—

杨　平

赵刚双手托着块大石头，风风火火地冲进屋里，把脸凑到我面前十厘米处，急切地说：“你看我在床下发现了什么？”

我看了看他，又看了看他手里的东西，答道：“石头。”

“对！可我从来没有把它放进去过。”

他说得没错，这块石头上没有宇航局的标记。

我放下手里的东西，向后一靠，望着他说：“也就是说，你遇到了‘库克位移’？”

赵刚急切地点着头，眼中放光，动作神态像个傻子一样。

“库克位移”是火星特有的奇怪现象。在人类的第三次火星载人探测时，一位名叫库克的考察队员发现在自己的床铺下凭空多出来一块火星岩石，后来又多次发生类似事件。于是，库克这个原本只对宇航和女人感兴趣的家伙，就成了一个专有名词。

专家们曾经研究过那些不讲道理的石头，但是没有任何发现。最后的结论是：这是来自火星地表的岩石。这简直是废话！

奇怪的是，这种位移往往发生在探测考察基地内部，而从未在户外出现过。一些心理学家认为，“库克岩石”是由考察探测人员在神志不清的时候自己带回来的。

这种说法立刻引起了宇航员们的强烈反对，库克本人在一次选美大会中讥讽说，那些家伙肯定是在某次周末酒会后提出这种看法的。

赵刚打开紧急通信频道，向基地报告。

我则继续自己的工作。

刚敲了几个键，有什么东西在脑中一闪，我猛地一推桌子，身体向后撞到架子上。

“你怎么了？”赵刚诧异地问道。

我没说话，只向窗外看去。

窗外，火星大地，渺渺茫茫，一望无际。

按惯例，一旦发现“库克岩石”，就要立刻上交。

但我有了新的想法……

“基地！”我通过紧急通信频道说，“我想做个试验。”

"请讲。"

"我有种直觉，这些石头会再度移位。可能有某种场存在，当场变化时，这些石头就会在空间上发生位移，在我们看来，它会表现为突然消失。"我说道。

"但是以前的那些石头都没有突然消失，它们都完整地送回了地球啊。"

"是的，然而以前我们都把它从原来的地方移开了。"

基地那边沉默了一会儿，回复说："好吧，有些道理。你们干吧。"

我关上通话器，对愣着的赵刚说："把这玩意儿放回去。两小时后我去休息。我先睡六小时，你值班，观察石头有什么变化。然后我替你值班。"

他点了点头，转身要走，突然想起了什么，回头发问："为什么不是你先值班？"

我靠在椅背上，微微一笑："手心手背？"

两小时后，我检查了一遍设备，拍拍赵刚的肩膀："好好看着，别睡着了。信号发生器放进去了吗？"

赵刚目不转睛地看着监视器，点了点头。

我笑了笑，转身上了床。

梦中。红色的迷雾，乱石飞舞，有人在周围的雾气深处大声笑着。

几块奇形怪状的石头在眼前欢快地蹦跳，肆无忌惮，面目狰狞。

接着，它们组成了一个环，开始以令人眼花缭乱的速度旋转起来。

"我好像见过这景象。"我在梦中自语道。

"醒醒！江华！"有声音响起。

我正想怒斥梦境的不合理，结果醒来了。赵刚正俯身盯着我，眼中有一丝惊慌。

"怎么了？"我看了看表，"还有三个多小时呢……"我不满地说。

"它不见了！"

原来放着石头的床上，只剩下一个金属光泽的小东西，我认出那是信号发生器，而石头不见了，如同从空气中蒸发了。

“好吧，我们至少知道这种场对金属没有作用……”我捡起发生器，看着赵刚，“当时发生了什么？”

赵刚紧张地盯着我，身体晃悠着，神经质地笑了一下。

“你该不是睡着了吧？”我逼问道。

他绷紧了脸，一言不发。

“OK，我们一会儿再谈这个问题。先放监控视频录像。”我无奈地说，狠狠地瞪了他一眼。

从监控视频上看，那石块闪了几下，就消失了。我们调慢了播放速度，看到石块在床上放着，丝毫没有动静。突然，它像被蜇了一下似的闪动起来，频率越来越快，感觉就像是在看转动的自行车辐条，开始还可以分辨，后来就是一片模糊。在每毫秒一帧的情况下，仍然无法确定闪动频率。最后，石块消失了，失去支持的信号发生器在火星引力拉拽下缓慢、优雅地跌落。

我看着那画面，忽然涌上一丝伤感。

定格。

我倒在椅背上，轻声说：“向基地报告。”

基地对试验结果很感兴趣，指示我们将视频资料传回去研究，还暗示要给我们加薪。

闲着没事，我和赵刚玩儿起一种中国棋来。

地球上那些抨击载人火星探险的人，说出的理由乍一听确实也有点儿道理：在近乎一半的时间里，探险活动不需要人的参与，计算机及其外延——机器人，足够胜任分配给它们的工作。人类所要做的，是在另一半时间里别出差错，并监视机器的运作。所以一般来说，火星探险考察不能算是件苦差。反对者曾对探险考察队员出版的第一本火星诗集大加鞭挞，认为这是火星探险效率低下的明证。

实际上，火星探险者们随时面临灾难，如此庞大的异星探险工程，如此复杂的各类系统，任何一点差错，都可能断送他们的生命。探险者们所承受的心理压力之大，是那些在地球上围着壁炉，酒足饭饱之余，一边剔牙一边聊天的人难以想象的。

为此，每个探险考察人员都有两项以上的业余爱好可以在火星上进行操练。航天局甚至明文规定：每个火星考察探测人员，都必须携带两三件个人爱好用品，并在人员分组时对这一点加以考虑。

可惜的是，航天局的大人们不能区分“段”和“级”的差别。结果，我这个三段棋手只能和赵刚这个二级棋手对弈，让子是免不了的。

赵刚又在抠手指甲，说明他十分紧张。确实，盘面上白棋明显占优，占据了下方一块大空。

这局又要赢了……我无聊地望着窗外。

我突然笑了起来。这太明显了，我怎么这么晚才想到？

赵刚听到笑声，抬头恼怒地看着我。

“不，我不是笑你。”我一边笑，一边解释，“我知道基地在想什么了。”

他把棋盘一推，说道：“好了，下不过你。告诉我怎么回事。”

“如果我猜想的场确实存在，”我和蔼地说，“而从我们看到的情况判断，它是可以对同一空间反复操作的。在这个空间中的物体将被以某种振荡方式传送到另一个空间。这就是瞬间移动啊！”

“可我们还不知道它能传多远，如果传送的速度大过光速……”赵刚想了想，说道。

我点了点头，继续说：“基地关心的就是这个！我们面临的是一种人类从未接触过的技术，一种人类梦寐以求的技术……嘿嘿，我觉得现在我们不仅仅是加薪的问题了。”

我们相对微笑，彼此心照不宣。

“你感觉到了吗？”他突然问道。

我被问得莫名其妙，“什么？”

“我刚才觉得周围晃了一下……是地震吗？”

我笑嘻嘻地看着他，正想来几句幽默，突然一下明白了，大声说：“传送！那个场又出现了！你的床！看看你的床！”

我俩互相碰撞着，冲到他的床边。

这次是两块石头，个头较小，相距大约四十厘米。四只手同时伸去，但紧接着，第二组石头在旁边出现了。

这次的振荡我也感觉到了，急忙拦住赵刚："等等！这里有些古怪。"

第二组石头形成一个直角等边三角形。我们转头向预计是第三组出现的位置看去。

大约过了两分钟，周围又是一晃，一个等腰梯形出现了。

我的心狂跳起来。意义！这三组石头是有意义的！大自然不可能会为我们表演这样的魔术！

可这意义是什么呢？我紧张地思考着。

我知道时间紧迫，下一组石头很快就会出现，而且我不知道什么时候这种传送会中止。我必须抓紧时间！

一个明显的推论是：下一组石头（如果有的话）将会有五块。可这又能说明什么呢？已出现的三组都是轴对称的图案，测定一下它们的对称轴或许会有用？也许这三条轴的延长线会交会于一点？测量它们的边长怎么样？用什么单位呢？

我的眼睛慌乱地在石头间扫视。

第四组出现了。五块，形成一个凸五边形，但不等边，只有四条边好像是等长的。

我似乎想起了什么。

赵刚在旁边大笑一声，抓起信号发生器，放在第四组石头中。

原来如此！我恍然大悟。

发生器与另外的五块石头组成了一个正六边形。如果把发生器放在合适的位置上，它会与其他几组石头组成正三角形、正四边形、正五边形。这是道简单的几何填空题！

仿佛是对正确回答的奖励，四组石头闪了几下，一起消失了。

我惊喜地看着赵刚。

他不知所措地傻笑着，嘴里不停念叨："我几何学得很好！我几何学得很好……"

我一把抱住他，说："干得漂亮！哥儿们！"

"什么？"他没听懂。我也顾不上解释，急忙同基地联系，这可是具有爆炸性的事件！

线路不通。

我又查了一遍连接，重新启动机器。没用。

我向窗外望去，一片灰蒙蒙。

我走近窗口。外面的世界仿佛罩上了一层灰色的薄纱，显得冷漠而不真实。这是火星上的白天，那些岩石、山坡应该是褐红的，然而，现在它们都是灰色。“我们好像有麻烦了……”我说。

赵刚走过来，也伸着脖子向外看。

我独自走回床边，坐下。

显然，我们所面对的，不是简单的自然现象，而是某种有意识的行为。对方通过几何这种普遍的、简单的方式同我们建立联系，以期沟通。实际上，我突然想到，他们其实一直在尝试与我们沟通，只不过以前发送的石头都被之前的考察人员运走了，直到这次我突发奇想，把石头又放了回去。这些……智慧种族已掌握了某种瞬间移动物体的能力，如果人类也能掌握……

现在的问题是，他们下一步要干什么？通信失灵与火星地表的奇怪现象，一定和他们有关，但其意义是什么呢？我想起科幻小说中外星人绑架地球人的情节，不禁毛骨悚然。

不会的，他们有如此高超的科技，怎么会干绑架这类事呢？不过也难说……在他们眼中，我们可能只是虫子，但这样他们就不该费力来尝试与我们沟通啊。其实，他们完全不必如此麻烦，直接和我们对话不就可以了？再不成，用心灵感应啊！不对，这是小说中的东西，怎么能当真呢？也许，他们根本就不准备和我们沟通？不对不对，更不对了……

一时间我脑子里极度热闹，各种想法乱跳，简直像要掀开天灵盖一般。我想得头昏脑涨，不禁向后一仰倒在床上。让外星怪物见鬼去吧！

“见鬼！”赵刚突然骂了一句，吓我一跳。他似乎看到了什么，退后两步，转身冲向气闸。

“你要干什么?!”我叫道。

他向窗口一指，开始飞快地穿上太空服。

是什么东西刺激了他？我好奇地从窗口看出去，一样灰色的天与地，没什么特别的啊……

慢着，在考察站门口好像有东西，个头还不小。从这里看不清。我打开外部监视器，用了不到三秒钟分辨画面中的物体，然后冲到赵刚身边，也开始飞快地穿太空服。

外层气闸打开了，我们缓步走出，来到火星的地面上。

脚下感觉有些怪，但又说不出怎么个怪法。它就在我们的面前。准确地说，是它们。

八个金属物体围成一个半圆，排在门口。即使它们的形状再怪，我也不会太惊讶，但我现在可说是目瞪口呆——因为这些东西我都认识。

每个火星考察探测人员，都不会忘记这八个飞行器的样子。它们作为人类对火星最初的窥视孔，曾在二十世纪和二十一世纪陆续飞临火星，有的还降落在它荒凉的表面，向地球发回了大量极有价值的信息。在探测使命完成后，它们无一例外地和地球失去了联系。不过这还算正常现象。最奇怪的是，在人类登陆火星后，却再也没找到这些早期火星探测器的踪迹。它们的照片每个考察探测人员都看过无数遍，但从未有人亲眼见到过它们。

除了我们俩。

我仔细看了看，认出了“海盗号”“火星观察者”“火星探路者”这些大名鼎鼎的探测器。它们不像是受到过虐待的样子，表面没有破损，没有折断的支架。

我走上前去，用手抚摸着这些上百岁的古董。经过漫长的岁月，它们依然整洁如新，仿佛刚出厂一样，甚至没有一丝火星尘埃。我想象着一只陌生种族生物的手也曾经在这上面抚摸过，思考过它的用途。

我向四周望去，触目尽是砾石与山脉，也许那些神秘的智慧生物藏在那里面的什么地方，正仔细观察我们的一举一动。

“赵刚！”我小声呼叫。

“放心，我已经录下来了。”他在身后答道。不管怎么说，他仍然是最了解我的搭档。

突然，每台探测器前都出现了一块石头，它们显现几秒钟，消失，再显现，位置移动一点儿。

我后退几步，看到这些石头像是坚定的虫子一样向考察站大门移来。这给我一种受到威胁的感觉，我们退到门口，看着石头慢慢逼来。

“要打星球大战了吗？”赵刚问。

我紧张万分，甚至没有精力微笑。

石头在我们前面两米处停下，已聚在了一起。接着，它们又返回各自的出发点，再次向我们移动过来。

这样重复了两次之后，它们停住，原地闪了几下，消失了，再也没有出现。

“完了？”等了十几分钟后，赵刚问道。

我不置可否，向最近的探测器走去。

刚走几步，一阵振荡传来，周围的山脉、砾石、尘埃、天空……都变了。像是谁正在调整宇宙的色彩饱和度，红色，淡蓝色，渐渐从灰蒙蒙的底色中渗出来。世界又是我熟悉的世界了。

我们返回考察站，通信已恢复。我们向基地报告了发生的一切，然后坐在窗边看着那些曾亲眼见过那神秘智慧种族的古老探测器，直到人类飞船的轰鸣声越来越近。

科学家们曾对这次事件做过各种各样的分析，我比较同意的一种说法是：这是火星种族对人类发出的警告。

想象一下，当你在家里正过得好好的时候，有人从外面扔进一块石头，接着又是一块。最后，他甚至冲到你的家里来，东翻西找，把地板撬开，乱丢垃圾，等等……你会怎么做？其实，火星人已算是客气的了。他们只是把这些杂物收拾到一起，放到我们面前，让我们统统带走。

不过，每当我仰望夜空中那脾气暴躁的战神玛尔斯时，心里总是在想：如果有一天，我们终于和他们相遇了，会发生什么呢？他们可以教我们瞬间移动，可我们拿什么交换呢？也许，教他们下棋？

火星尘暴

—

苏学军

前　言

火星直径为地球的53%，体积为地球的15%，质量为地球的10.8%，重力为地球的38%。火星大气成分为二氧化碳95%、氮3%、氩1%—2%、氧1.1%，以及少量的一氧化碳、水蒸气、氢和臭氧等。冬季最低温度为零下120℃，夏季赤道最高温度为20℃，平均温度为零下60℃。

火星与地球的最近距离只有4300万公里，它的大气和地表环境比起太阳系内的其他行星，也更接近于人类居住的条件。

在遥远的将来，火星必将成为人类的另一个家乡。在这场伟大的事业中，也将会有无数人前仆后继地为此付出青春和生命。

一、风暴前夕

火星漫游车沿山脊艰难地爬上山顶。

秦林长长地舒了口气。额头上因紧张渗出了冷汗，他习惯性地抬手去擦，却被头上的透明面罩挡住了。他感到自己的心跳在加速，同时还有些呼吸困难。火星地表和山顶的含氧量相差悬殊，由于宇航服的供氧系统未能及时调节，使他产生了轻度的高山缺氧反应。

秦林走下火星漫游车，笨重的宇航服让他看上去像一只摇摆的企鹅。他站在山顶上，向考察站的方向望去。

长城火星考察站就坐落在山脚下的平原上，它背靠着连绵磅礴的山脉，每年南下的季风对它的影响极小。长城考察站的面前是一道干涸的巨大河床，目睹两岸间极其宽阔的河床，不难想象，亿万年前那里曾奔流着汹涌的河水。

尽管距离遥远，秦林仍能分辨出长城考察站的轮廓。那个最大的圆筒状建筑是考察站的居住舱兼实验室，耸立的三角状物体是与其他考察站保持交通联络用的小型飞船，居住舱旁边像甲虫的透明物体是他们的充气温室。

秦林的目光掠过考察站，向着更广阔的火星大地望去。火星土壤富含红色的氧化铁，整个火星世界一片火红，红的山峰，红的平原，红的大气……

多少天来，秦林一直想要登上这座山峰。作为生物学家，他最大的愿望就是在火星上找到生命，只要是生命，哪怕是最简单、最原始的单细胞生物也好。但是抵达火星的半年来，他跑遍了附近的平原，却连一丝有机化合物痕迹也没有发现。于是，他把目光投向了这座山峰。然而这座山峰像一道封闭着火星秘密的巨门，挡住了他的去路。

火星初期剧烈的地壳运动，造就了地球上的山峦所无法比拟的陡峭山峰。秦林经过十多次尝试，才找到入山的捷径，曲折地登上了峰顶。这是考察站人员活动的最远距离。

秦林扭回头，迷蒙的红光中，无数峰峦和峡谷若隐若现。那些山峰和峡谷自火星形成之始便横亘在那里，已经沉寂了数十亿年。人类的足迹还从未踏上那片未知的土地。

秦林的心中涌起一阵莫名的激动，他将一个人深入火星的腹地，去探寻这个星球深藏的秘密。

秦林重新启动了火星漫游车，八只看上去极为脆弱的机械腿缓慢地动作着，向山脉深处爬去。他并没有注意到，火星的天际正渐渐腾起一片黄色的迷雾。

接收到火星近地监测卫星发出的紧急风暴警报时，简直让刘扬啼笑皆非。

仅仅一分钟前，计算机才刚刚消化完早晨的一堆气象数据，慢腾腾地吐出一个截然相反的结果：迈林河谷的区域性尘暴将维持原有规模，并于傍晚时分逐渐消散。而现在刘扬手中的那张卫星云图上，那场尘暴已经在计算机大费脑筋的时候，迅速扩大了一百倍，正在演化成一场全球性的大规模尘暴！

刘扬不禁感叹，虽然人类确实登上了火星，但还仅仅是个客人，离真正拥有火星的那一天还非常遥远。目前人类对火星的了解还很少，就说火星尘暴这一特殊的气象吧，每年火星都要暴发数百次区域性尘暴，其中有两三次还会演化成全球性的，届时，从火星地表到七八十公里的高空，全部都将被尘埃笼罩。到现在为止，人类还不了解尘暴产生的原因，更无从对其做出准确预测。

透过舷窗，刘扬的目光掠过弯曲的河床，向平原的地平线望去。由于他现在的观察点比秦林所在的山顶低，还看不到正滚滚而来的大黄云，于是他打开了气象监测系统。长城考察站是距迈林河谷最近的人类考察站，几乎就处在尘暴中心，理所当然就成了观测此次尘暴的前沿哨所。也许这一次能解开这个自然之谜呢。

刘扬又接通了无线电通信机。

沙沙的电流声后，传来了王雷粗壮的声音："我是王雷，有什么情况？"他正在维护充气温室旁的太阳能电池板。

"太阳能电池板的工作情况怎么样？"刘扬问道。

"基本正常，就是随动电机有些腐蚀。"

"修复后马上回来，大规模的火星尘暴将在两小时后抵达这里，顺便再检查一下温室的密封情况……叶桦，你的情况怎么样？"

"就快好了，我马上回来。"一个柔和的女声轻轻地回答。

"秦林，你在哪儿？"刘扬继续发问。

刘扬没有得到回答。

"他不是又去找他的火星虫了吗？"王雷说道，"应该就在附近。"

"他对我说，这次要走得远一些。"叶桦怯怯地说，"他可能上山去了。"

“这个火星怪物，又搞什么鬼?”王雷嘟囔道。

刘扬升起周视潜望镜，视野里没有秦林的陆地车，只有两道车轮印远远地伸向山脚。他有些焦虑，一遍遍地在通信机中呼叫秦林，但总也得不到回答。

右侧是高达数千米的险峰，左边是深不可测的裂谷，火星漫游车正倾斜着沿一道缓坡慢慢地向裂谷中爬行。

漫游车每动作一下，秦林的额头都会渗出一片冷汗。他紧张地操纵后机械腿死死抱住岩壁，探出四条前腿去抓前方一块突兀的岩石。机械腿已经伸到了最大限度，仍距那岩石大约还有两厘米。

火星车像一只八爪蜘蛛倒挂在大裂谷笔直的绝壁上，进退维谷。

秦林握操纵杆的手都紧张得僵硬了。“该死的两厘米。”他咬了咬牙，猛地拉下操纵杆。后机械腿松开了岩石向前弹起，前机械腿同时动作，终于抓住了前面的岩石。这是生与死的一次跳跃。

一条机械腿成功地抓住了那块岩石，但火星车巨大的重量使它脆弱的合金骨架瞬间断裂了。在火星车向裂谷倾覆的一刹那，其他三条机械腿及时跟上，牢牢抓住了岩石。

火星车在下落中猛地一震，停住了。秦林重重地撞在火星车的钢架上，却未发觉背后的通信装置也在基地发出信号前的一刻损坏了。

秦林松了口气，继续驾驶漫游车向峡谷深处驶去。

他并不知道，危险正悄然临近。

天边的大黄云已经变成一片铺天盖地的沙雾，笼罩了整个天空。窗外的景物一片模糊，河床、平原、山脉都淹没在滚滚红沙中。密集的沙粒、小砾石不断敲打着玻璃窗，搅得人心情烦躁。

叶桦不厌其烦地一遍遍呼叫着秦林。

王雷焦急地在地板上走来走去。“该死的火星怪物，总不会在山里定居了吧……再不回来，他就找不到回基地的路了。”他口中嘟囔着，“不行，我得去找他，不然他会出事的。”

"你不能去，外面很危险。"叶桦皱眉说道。

"我们总不能让秦林在外迷路，找不到家吧？"平日，王雷常常对秦林的一举一动看不惯，甚至认为秦林到考察站以来，除了每天消耗一公斤蔬菜、半公斤肉类以及宝贵的氧气和水之外，别无长处，王雷私下更是称呼他为火星怪物。但是，危急时刻，最担心秦林的也是王雷。

"再等一等。"一直保持沉默的站长刘扬缓缓说道。他的眼中也透着焦虑，但是身为站长，他必须具有过人的自制能力。

火星裂谷底部沟壑纵横，到处横陈着从山顶滚落的红色岩石。裂谷两岸拔地而起的峭壁把天空挤成窄窄的一条缝，火红的阳光从那里投射下来，但光线到达峡谷底时就变得非常微弱了。

火星漫游车停在一块巨石旁，秦林正拿着放大镜埋头寻找感兴趣的东西，他的脸几乎贴到了石壁上。

忽然，他感到峡谷中的光线突然暗淡下来，好像照耀世界的那盏电灯熄灭了一样。

秦林抬起头，仰望天空。狂风掠过天空，一道浓重的沙云迅速爬上苍穹，遮住了太阳光，天空变为阴沉忧郁的暗红色。

秦林顿时感到情况不对，马上意识到将有一场灾难降临，因为他认出那是火星大尘暴的前兆。他必须在尘暴到来前返回考察站，否则他会在这次尘暴中被永远埋葬在火星的大地上。

然而当秦林低下头时，目光扫过左前方的一面绝壁，他看到了自己一生魂牵梦萦的东西。

那东西形状圆滑，泛着淡淡的红色光晕。它从岩缝中探出，在空中亭亭玉立，像一个久违的火星少女，静静凝望着秦林。

秦林死死盯着那东西，眼睛眨也不敢眨一下，生怕它从眼前消失。他的心迷醉了，尘暴的危险已被抛到九霄云外。

绝壁像一道天造的墙壁，笔直而光滑，漫游车不可能爬上去。

秦林思忖片刻，背起登山绳索，他决定独自攀上峭壁。

岩壁锈迹斑驳，被氧化铁腐蚀得坑坑洼洼，秦林可以借此攀援，但是，宇航服严重阻碍了他的行动，他随时有坠入深谷的可能。

攀上岩壁花了将近一个小时。接近目标后，秦林一手扒住岩石，一手轻轻采下那物体。

秦林迷恋地端详着它，一时精移神骇，忽焉思散……

而此时，天空中已是一片飞沙走石，火星大气层变成了一锅沸腾的沙石粥!

秦林失去了最后的逃生机会。

直到驾驶着火星漫游车走出裂谷时，秦林才真正意识到自己正面临一场从未有过的危险!

血红色的沙尘在周围升腾，团团围裹着他，他的视界只有一步远，一步以外一片红色，几乎伸手不见五指。狂风以每秒近百米的速度掠过，吹得他站不住脚，这样的风速已远远超过地球上的十二级特大台风了!

秦林将漫游车接入自动驾驶状态，车内电脑的记忆芯片会引导漫游车按原路返回基地。

然而事情并不是想象中的那样简单。在狂风肆虐、飞沙满天的恶劣天气中，火星漫游车步履维艰。它的一条机械腿在攀登火星裂谷时损坏了，现在能量也已耗去大半，天空暗淡无光，无法依靠太阳能来补充能量。

在尘暴中搏斗了近两个小时后，秦林终于重新回到了来时的那座山峰的峰顶。秦林几欲绝望的心中又燃起了生的希望，下山后离基地就不远了。

宇航服的生命保障装置是通过收集火星大气中的氧气来为宇航员供氧的。火星大气的氧气含量不足地球的万分之四，在这样的风沙天气中，过滤装置严重堵塞，使秦林的呼吸非常困难。他立刻驱车冲向山下，他不想倒毙在家门口。

可他没想到，火星漫游车已不能再经受那么剧烈的颠簸了。一阵劲风从斜侧方袭来，漫游车被刮得失去了方向，两条机械腿顿时在巨大的惯性中折断了，车体一头撞在一块岩石上。

轻合金结构的火星漫游车顿时彻底解体，金属部件四处飞散。

秦林被一股强大的力量抛入空中，又重重地摔回地面。幸而火星的重力只有地球的38%，否则秦林就会当场魂归地球了。他没法稳住身体，只得蜷成一团，抱住那个他几乎是用生命换来的火星生物，顺着惯性滚落下去。

滚到山脚时，秦林感到浑身剧痛，仿佛全身骨骼都已被拆散了。他挣扎着站起身，狂风立刻又把他压回地面。他趴在地上，积蓄起最后的一点儿力量，慢慢向前爬去。他什么也看不见，只是循着自己对考察站方位的直觉，执着地向前爬着，手中紧紧握着那个装有火星生物的袋子。

渐渐地，秦林听到一种让人心悸的气体流动的咝咝声。他明白，自己的宇航服破裂了，里面的氧气正在泄漏。他急促地呼吸着，想把每一丝氧气都吸入肺中。

但是，他很快有了窒息的感觉，他知道自己快死了，他不可能成功爬回考察站了。

二、红色生命

秦林从昏迷中苏醒过来，望着一个纤细的身影在眼前晃动。

他看清了，那是叶桦，她正在轻巧地为他输氧，注射药物。叶桦那女性所特有的气息和动作让秦林感到亲切和温暖。在这陌生、冰冷的星之彼岸，地球是如此遥远，也许只有异性的关怀与温存，才能使宇航员战胜长期的孤独。

叶桦也发现秦林醒过来了，她轻轻松了口气，转而对秦林嫣然一笑。

“一夜没见，睡得好吗？”叶桦平时喜欢和秦林开玩笑。

“没有，做了个噩梦，”秦林也附和着，“梦见自己困在沙海中，后来被一个红色的火星少女救了出来。”

叶桦不觉笑出了声。“看，这就是救你的火星少女！”她指着床的另一侧，开心地说道。

秦林扭过头，看见刘扬和王雷站在自己身旁，正关切地望着自己。两个人的宇航服上落满灰尘，显得污秽不堪。一定是他俩冒着生命危险，把自己从尘暴中救出来的。

刘扬和王雷的表情原本很严肃，却被叶桦的话逗得笑了。

秦林知道自己的擅自行动险些闯下大祸。

“没想到会给你们添这么多麻烦，我……”说到这里，秦林的眼睛突然一亮，猛地抬起了头，“我随身的工具袋在哪儿？”

“在走廊的脏物柜里，我准备把它好好清洗……”

不等叶桦的话说完，秦林已经翻身跃起。

在脏物柜里，他找到了那个发皱的工具袋，小心翼翼地捧起它，接着兴奋地如演讲般说开来：

“众所周知，我们脚下的这个红色星球，它在形成初期也曾和地球一样：大气层稠密，各种气体相互涌集，地表大部被液态水的海洋环绕着，陆地上火山运动频繁……”秦林不厌其烦地历数着每个宇航员都知道的知识，“只不过后来，因为火星偏离生命轨道，它的地壳活动衰减了，液态水和大气层的大部分都流入外层空间，于是变成了现在这个不毛之地。很多人认为火星上没有生命的存在。在他们眼中，生命是脆弱的、不堪一击的，但我相信生命是宇宙间最顽强的东西，生命力是不可战胜的！为此我整整追寻了二十年，直到今天，我终于找到了……”

秦林颤抖着打开工具袋，缓缓露出里面的东西。

这是一株红色的火星蘑菇。它的菌冠圆润、饱满，上面沾满的火星尘并不能遮盖其明艳的颜色。电灯光下，它泛着一片火星所特有的迷蒙的、像雾一般的红色。

叶桦不禁脱口叫道："火星生物？真难以相信！"

人类登上火星至今，科学家们一直希望在火星上找到生命，以证明地球并非宇宙中唯一的生命摇篮。他们苦苦寻找了二十年，却从未在火星表面发现任何生命的迹象。这朵火星蘑菇的出现，将改写火星的历史！

刘扬的眼睛一亮，激动地说道："这是在哪儿发现的？祝贺你，这是一个轰动世界的伟大发现！"

"真有你的，秦林，没想到这该死的不毛之地上真的有生物……"王雷也异常激动，他凑上前仔细端详着火星蘑菇，并伸手欲去抚摸它。

"别碰。"刘扬突然说，"我们对这生物还一无所知，现在最好谨慎些。"

"它不过是一种简单的低等植物，不会有什么危险的。"秦林若无其事地说道。

"目前看来是这样。不过为预防万一，根据《国际宇航公约生物免疫条例》第十二条……"

"我知道，我是一名生物学家。"秦林的声音中显出不悦，他把火星蘑菇放入一只盛水的容器。

"在得到确切的化验结果或宇航局的允许前，我们不能把它带入考察站。"刘扬不得不把话点明。

"我以一个生物学家的名誉向你保证，它不会对我们构成任何伤害的。"笑容从秦林脸上消失了，他的表情严肃起来。

"我觉得站长说得有道理，也许它是有毒的，就像地球蘑菇的某些品种一样。"王雷说道。

"我又没有让你把它当作食物！"秦林责备王雷道，"难道再把它扔回到外面去吗？"他不禁火冒三丈。

"我们可以把它封存起来，待风暴过后，送回地球研究。"刘扬说道。

"好吧……"秦林无奈地点了点头。

经过一番争论，大家的心中都有些不愉快。这一整天考察站内的气氛显得很冷清。

这一夜，考察站像一只孤舟，在尘暴的怒涛中颠簸。风声凄厉地在耳畔呼啸，使人有种不祥的感觉。

翌日。

考察站的人员像往常一样按时起床，开始各自的工作。

火星的黎明却未按时来临，外面仍然是一片灰暗。太阳早该升起来了，但漫天的尘雾挡住了阳光。

刘扬整个早晨都在忙着整理气象仪收集的资料，当他正在与其他考察站进行例行联系时，通信机中突然传来王雷的声音："队长，我在温室，快来，出事了！"

"出什么事了？"

"你最好来看一下，我的天哪……"

王雷是早晨外出例行检查考察站设备的。难道尘暴毁坏了温室？刘扬思忖着。不会啊，像这样的风力，温室完全可以抵御的。

从王雷的语气中，刘扬感到事情非常严重。他迅速换上宇航服，通过减压舱，来到室外。

狂风迎面扑来，他抓住栏杆才稳住身体。视野里一片灰红，什么也看不清。

刘扬打开胸前的照明灯，顶着风沙，朝温室走去。

昏红的灯光从温室的透明穹顶上流溢出来，照亮了一小块天空。那透明穹顶是为了让室内蔬菜接收日照而特别设计的。

刚走进温室，刘扬就被眼前的景象惊呆了！

在他的眼前，本该是一片绿油油的生长旺盛的菜地，那是整个考察站人员维持生命的配给站，站内所有的食物和水源都在这里。而现在，绿色植物都不见了，取而代之的是一丛丛、一簇簇的火星蘑菇。它们生长得异常旺盛，圆滚滚的小脑袋相互拥挤着，占据了温室的每一寸土地！

"看来，以后几个月我们得靠吃蘑菇度日了……"王雷苦笑着说道。

刘扬蹲下身，在火星蘑菇间的缝隙中，找到了几片枯黄的菜叶，它们的水分都被蘑菇吸干了。这些火星蘑菇在一夜之间繁殖起来，杀死了所有的植物，独霸了温室。

刘扬突然想起了什么，他匆匆走到蓄水池旁。整个考察站的用水都是通过大功率交换器从空气中收集来的，然后存储在这蓄水池中，以供他们饮用和灌溉蔬菜。

然而刘扬在那里也仅仅看到了一片红色的火星蘑菇。

"它吸干了我们所有的水！"刘扬的声音有些发抖。

秦林不知何时也来到了温室，面对密密麻麻的火星蘑菇，他同样大惊失色。

"是不是你把火星蘑菇私自种植在温室中的？"刘扬冷冷地问道。

秦林的脸一红，哑口无言。

长城考察站当即向整个火星发出了紧急求救信号，电波从集束天线射出，穿透重重尘沙，被火星近地轨道上的监视卫星接收，再转发给其他考察站。

不久，其他考察站纷纷传来电文，他们表示愿意提供足够的水和蔬菜，但是有一个条件——必须等到尘暴结束后。因为在火星尘暴这样的恶劣天气中，运输飞船根本无法起飞；而用火星漫游车运送吧，离长城站最近的考察站也有两千公里，实在是鞭长莫及。

看来，长城考察站只好依靠自己的力量来渡过难关了。

刘扬命令王雷把大气水分采集器的出水口直接引入生活舱。可是，水从采集口一滴一滴地落下，大家等了整整一天，也只得到一小杯水。如何靠每天这一小杯水来坚持两个月呢？他们的心全部都凉透了。

秦林在生活舱内惶惶如过街之鼠。作为这场灾难的肇事者，他埋着头，不敢直视众人的目光。他只是手忙脚乱地摆弄着一堆化学试验用的瓶瓶罐罐。

见刘扬径直朝自己走来，他摇晃试管的手不觉抖动起来，一不小心，试管从手上滑落下去。

刘扬手疾眼快，在试管落地前将其接住，然后把试管递还给秦林。

“火星蘑菇能够食用吗？”他问道。

秦林摇摇头，低声说：“不行，它们吸收水分后，会把水分转化为一种凝胶物质的存在形式，人类的消化系统无法从中还原出水。这是它们亿万年才进化出的生存本能，否则在火星这个大沙漠里，它们体内的水会被瞬间蒸发掉。”

“你是不是在实验如何从火星蘑菇中还原出水？”刘扬没有责备秦林，而是轻声地问道。

“是……”秦林低声回答。

“好好干吧，大家全靠你了。”站长拍了拍他的肩膀。

秦林抬起头感激地看了看刘扬。他没想到，在自己接连出错之后，仍能得到大家的信任。

两天过去了。长城考察站的人们已尝到了饥渴的苦头，他们每天依靠一小杯水和压缩食品坚持着。

王雷呆呆地坐在椅子上，他强壮的身体显得很虚弱。每天分水时，他都把自己的份额悄悄倒进叶桦的杯子，而压缩食物又难以下咽。由于没有水清洁个人卫生，他的头发和胡子蓬乱不堪，像个野人。他不断用舌头舔着焦渴干裂的嘴唇，急躁的目光四处张望着。

生活舱的角落里，秦林趴在实验台前，不断地调配、混合着各种化学药品。两天来，他昼夜不停地做着实验，眼睛已熬得通红。从他紧锁的眉头，可以看出实验毫无进展。

他又拿起一朵火星蘑菇，准备切成薄片，在显微镜下观察。

但那蘑菇却被一只大手夺了过去。

“水，蘑菇……”王雷贪婪地盯着火星蘑菇，正欲吞食。

“它不能吃！”秦林冲上来，一掌将蘑菇打落在地。

“你找死吗?!”王雷愤怒地抓住秦林的肩膀，扬起拳头。

“住手！”刘扬大喊道，上前拉开王雷。

“都是他干的好事！”王雷吼道。

“它真的不能吃。”秦林拾起地上的火星蘑菇，如梦语般地唠叨着，“它们的化学链连接得太紧密了，简直是完美……我没办法打开那化学链，没法再把它还原成水……没办法……”他突然像个小孩一样哭起来。

火星蘑菇被他的手捏得粉碎，像一把火星尘土，纷纷扬扬撒落下来……

三、心灵的危机

第五天。

尘暴席卷整个火星地表，每秒二百米的狂风将数以亿吨的沙石抛入空中，从地面到大气层三十公里的高度上，到处弥漫着滚滚的红色尘粒。山川、平原、河床……整个火星都被淹没在这巨大的风暴之中。

刘扬每天都在浩繁的气象资料中寻找风暴减弱的迹象，他知道，像这类规模的尘暴，最快也要两个月后才会平息，长城考察站的人是坚持不了这么长时间的。

他只是在期待着奇迹发生。

“采集器收集到的水越来越少了。”叶桦端着半杯橙黄色的水，对刘扬说道。

“嗯。”刘扬仍埋头看着气象资料，他无法面对叶桦那忧郁的目光。

“既然其他考察站不能送给养来，我想……能不能让我驾飞船去取？”叶桦望着他，慢慢地说。

“不行，飞船根本无法在这样的天气中航行。”刘扬坚决否定。

“我计算过安全概率，是有可能成功的。”

“那样太危险了，我不允许……”

“待在这里更危险，我已经做好了准备，飞船随时可以起飞。”这是叶桦第一次打断站长的话，也是第一次违抗站长的命令。

叶桦的声音仍是那样柔弱，但那坚定的语气却让刘扬感到无法再说服她。刘扬清楚，飞船在尘暴中飞行，成功的概率就像期待尘暴提前平息一样渺茫。

他抬头望着叶桦，觉得这女孩苍白的脸庞分外美丽。

生活舱内一片寂静。

叶桦一件件穿着宇航服，发觉大家都默默望着她，神色忧郁。她知道他们希望自己停下来，取消这次危险的航行，但是她不能。

准备工作都已做完，她面对着这些相处多年的同伴，鼻间一阵酸楚。她努力挤出一个笑容："我会很快回来的，满载而归。"

"你真的要走吗？"刘扬问，声音低沉。

她点点头，笑容依旧。

"好！"刘扬突然大声说道，"大家来为我们可敬的女士开个欢送会！"他的声音中重又透出豪爽的男子气概，"我们以水代酒。"

他取出采集口下的水杯，那一小杯水是考察站的全部储备了。他将水平均倒在四个杯子中。

"来！为了我们的叶桦一路平安，为了早日摆脱这该死的旱灾，大家干杯！"刘扬率先举起杯子。

王雷和秦林也端起杯。

四只杯子碰在一起。

风萧萧兮易水寒，壮士一去兮不复还。

刘扬突然想起那两句古诗。他猛地一仰头，一饮而尽，那水像泪一样苦涩。

叶桦一点点把水抿干，又缓缓将杯子放在桌上。"那么，我……走了。"她轻轻地说，脸上还挂着笑容。

她拿起头盔，扭转身向减压舱走去。

就在她转过身的一刹那，始终沉默不语的王雷突然冲上来，一把抓住她的手。

"不，你不能走。"他急促地说道。

"你松开。"叶桦的脸一红，想将手抽出，但王雷的手抓得是那样紧。她偷眼看到刘扬和秦林正在一旁瞧着，脸更加红了。

刘扬知道，王雷很喜欢叶桦，在考察站工作的这几年，他各个方面都很照顾她。但是作为宇航员，他们有着明确的纪律：禁止在考察期间谈情说爱。况且，叶桦也并不喜欢王雷那样粗犷的性格。平日里，她总是躲避着他的激情，王雷只是一厢情愿罢了。

王雷的情绪异常激动，愈发无法控制自己。他猛地把叶桦拉入怀中，死死抱着她。

"你不能走，求求你了，我不能离开你。"王雷把头伏在叶桦肩头，像个孩子似的央求着。

叶桦挣扎着，想挣脱王雷的双臂。但是，她突然停止了挣扎，继而紧紧地与王雷拥抱在一起。

沙粒猛烈敲打着透明面罩。运输飞船那庞大的船体在红色尘雾中若隐若现。

众人伫立在狂风中。

叶桦正一个人朝飞船走去，在进入船舱前，她转过身，向同伴们挥了挥手，露出迷人的微笑。

大地隐隐抖动起来，飞船启动了，发动机喷出橘红色的火焰。船体晃动着，却迟迟不见升空。

众人的心悬起来，突然，巨大的轰鸣声排山倒海般传来，飞船缓缓离开地面，向天空升去。

在上升到数十米的高度时，一阵劲风突然从右侧切过飞船，船体猛地向左倾斜了五度左右。正当飞船即将失控坠地之际，驾驶员的熟练技术起了决定作用。刘扬仿佛看到叶桦猛地拉下操纵杆，飞船纠正了航向，继续向汹涌狂啸的尘暴深处冲去。

飞船隐没在尘暴中不见了，最后连发动机的咆哮声也听不到了。

"我们回去吧。"刘扬说道。虽然起飞成功了，他仍然忧心忡忡，在火星尘暴中飞行毕竟是史无前例的。

三个人朝生活舱走去。

就在刘扬的手刚刚抓到生活舱舷梯时，一阵沉闷的爆炸声猛然从天空中传来。

他抬起头，一道刺目的闪光正在暗红的天空中绽开……

“叶桦！”王雷悲叫一声，踉跄地向闪光亮起的地方跑去。

那闪光像一朵花，瞬间开放，又瞬间凋谢了。

刘扬和秦林都惊呆了，站在原地不知所措。

王雷发疯地呼喊着叶桦的名字。他久久地向天空伸出双手，仿佛在等着叶桦回到他的怀抱……

一名宇航员殉职了，而且是名女性，这无论对长城考察站还是火星宇航分局来说，都是个巨大的噩耗。

刘扬把信息发送出去，他并不期待外来的援助，地球政府鞭长莫及，火星宇航分局的力量又是如此薄弱。他隐隐感到这场灾难还远未过去。

秦林仍在一刻不停地做着实验，他拒绝饮水进食已经有两天了。也许对自身的虐待，才能使他负罪的心灵有所解脱。

王雷的健康状况是最令刘扬担心的。叶桦死去的最初几天，他一直念叨着她的名字，精神萎靡不振。最近，他的情绪越来越恶劣，总是不言不语地在舱内逡巡着，两只眼睛布满血丝，闪着逼人的凶光。

刘扬悄悄往他的食物中加了镇静剂，但收效甚微。王雷虽然身材高大，性格粗犷，但他的精神却脆弱得很，叶桦的死无疑给了他重重一击。

人类只有在战胜自身之后，才可能战胜自然。长城考察站的宇航员们正面临着一场前所未有的心灵危机。

积蓄的愤怒终于爆发了，王雷不知什么时候冲到秦林身旁，抓起显微镜摔在地上，又把桌上的玻璃试管砸得粉碎。他的手被尖锐的玻璃碎片划破，血流如注，但他依然疯狂地摔砸着。

刘扬和秦林都没有阻拦他。

直到实验台上的所有物品都变得粉碎，王雷才住手。他沉重地喘息着，渐渐平静下来。

刘扬默默地上前为他包扎伤口，他没有拒绝，一双眼睛苦楚而无助地望着天花板。

第二天清晨，刘扬发现王雷不见了。他们到处寻找，最后在温室里发现了他。温室里遍地的火星蘑菇都被他踩得稀烂，他正趴在一堆七零八碎的火星蘑菇中号啕大哭。

刘扬和秦林费尽力气，才把他架回生活舱，刘扬给他服下镇静剂后，他才渐渐安静入睡了。

可是王雷只睡了一个小时就醒来了，怎么也不肯继续躺着。他的精神恢复得很快，到下午时，已经能够从事日常工作了。

刘扬和秦林都很高兴。

谁知到了夜间，王雷的状况更加恶化了。他像喝醉了一样，口中呓语不止，反复在床上翻滚，刘扬和秦林两个人也压不住。渐渐地，他浑身抽搐起来，皮肤出现大片红色的斑点，口中吐出一种红色泡沫。

“他吞食了火星蘑菇！”秦林愕然说道。

“有危险吗？”

“不知道……”

刘扬不得不再次给王雷服下大剂量镇静剂，才使他昏睡过去。

次日，刘扬醒来，发现王雷又不见了。

这一次，他们找遍了考察站也没有再找到他。

最后，他们在王雷的床前发现了一张纸条，上面写着：

我找她去了。

四、生命无悔

刘扬站立在巨大的舷窗旁，久久地注视着外面风沙满天的火星世界，焦急地等待着失踪的王雷归来。他的双眉紧锁着，顶多再有两个小时，王雷宇航服上的能量就会耗尽，如果他还不回来的话……

秦林呆坐在椅子上，没有人知道他在想什么。

突然，他霍地站起身，手忙脚乱地穿戴起宇航服。

“不行，我再去找找他。”秦林说。

“我跟你一起去。”一向稳重的刘扬也按捺不住了。

两个人一前一后走出生活舱。

温室，发射场，大气采集器，太阳能电站……

他们在狂风中苦苦寻找了三个多小时，依然没有发现王雷的任何踪迹。两个人都清楚，王雷再也不可能回来了。

秦林一动不动地伫立在风里，他前面的迷雾淹没了空旷辽阔的火星平原，巍峨突兀的山脉，干涸亿万年的远古河床……他明白，他的同伴就在那里。他多想找回这位年轻有为的同伴，但他无法逾越尘暴所设置的重重障碍。他痛感自己的力量是如此渺小。

透过面罩，刘扬看到秦林的眼中滚下的两串泪珠。

“我们回去吧。”刘扬理解秦林此刻的心情，因为他的过失，已经有两个同伴死去了，他的内心承受着强烈的自责。

秦林没有动，他仿佛没听到刘扬的话。

刘扬又拉了拉他的胳膊。

“你先回去吧，我再到发射场附近去找找……”秦林低低的声音从通信器里传来。

他背对着刘扬，不愿他看到自己眼中的泪水，见刘扬在犹豫，他又说道：“我一会儿就回来。”

看着秦林的背影消失在尘雾中，刘扬并没有跟着他。他觉得让秦林独自待一会儿，也许他的心情会好些。

刘扬一个人朝生活舱走去。

穿过考察站前的空地，生活舱巨大的轮廓在风沙中若隐若现。透过漫天尘沙，刘扬仿佛看到叶桦那最后一次迷人的微笑，他的心情又沉重起来。

他不忍再想下去，不觉加快了脚步。

他的手又抓住了生活舱的舷梯。上一次抓住这舷梯时，他听到飞船爆炸的那一声震天动地的巨响。而这一次，一种不祥的预感突然涌上他的心头，他的眼前闪现着秦林那忧郁的眼神和两串泪珠。

“不好。”他暗暗叫道，慌忙转身向发射场方向跑去。

刘扬的预感是正确的，但是他来晚了。

这时，秦林已趴在飞船发射架旁，一动不动，漫天的沙石正渐渐没过他的身体。

刘扬扑到他身旁，他看到秦林背部的氧气阀门被打开了，正咝咝地冒出气来。刘扬连忙将阀门拧紧，并抬起他的身体。尽管火星的重力只有地球的三分之一，可穿着笨重的宇航服，要想背起一个人来，却并非易事。但刘扬几乎是在一瞬间便完成了这一动作，背着秦林拼命朝生命舱奔跑。

他已经失去了两个同伴，不能再失去秦林了。

秦林仰面躺在床上，面罩已经被取下来，宽大的宇航服被撕到腰部，裸露着上身。

沾满火星尘土的宇航服把生活舱弄得脏乱不堪。

刘扬以最快的速度把氧气面罩扣在秦林脸上，又连接为他注射了两剂强心针。

秦林面孔铁青，毫无反应。

刘扬用心脏起搏器电击秦林的心脏，又不断地按压他的胸部，仍然没有任何动静。

好一会儿，他恍惚看到秦林的手指微微动了一下，接着，秦林的心脏终于微弱地搏动起来。

刘扬兴奋得正想欢呼，但突然眼前一黑，随后便什么也不知道了。这些天来，肉体和精神上的折磨已使他的身体超过了所能承受的极限……

刘扬醒来时，看到秦林站在床前，正焦急地看着自己。

“看到你活着，是我这辈子最高兴的事了。”刘扬说道。

秦林苦笑了一下。

“你真傻，居然想到自杀。你以为自己的死可以抵偿所犯的错误吗？不，你是在逃避，你这个胆小鬼。”刘扬挣扎着想坐起来，但身体一软，又倒在床上。

“不，我不是胆小鬼，采集器收集的水，一个人可以活下去，两个人却不够。”

“难道你就一点办法也没有吗？对，要活下去，但不是一个，是两个！你懂吗？我们已经失去了两个伙伴，这还不够吗？”刘扬不觉吼起来，这是他第一次对部下发火。

“办法……”秦林深深地垂下了头。

“告诉我，火星蘑菇是不是也需要水才能生存？”

秦林默然点头，又猛地抬起脸，目光中放射出异样的光彩，“你的意思是……”

“对，我们去找火星蘑菇，那里一定有水！”

……火星笼罩在大尘暴下已经有半个月了。数亿吨沙尘悬浮在火星表面五十公里高的大气层中，形成了一道阳光射不透的屏障。

火星地表一片暗红，视界仅有四五步远。狂风凄厉地呼啸着，隔着面罩都能听到。

密集的沙粒在空中飞舞，像是火星上的一场红色的暴风雪。

两道伸向风雪深处的车辙，正迅速被尘粒覆盖。

刘扬和秦林已经在风暴中行进了四个小时。时速百余米的狂风迎面吹来，尽管火星漫游车开足了马力，仍慢得像蜗牛一样。

计程仪显示，火星车距离考察站已有五十公里了。他们现在应该距山脉不远了，但视野里仍然一片混沌，火星车的强烈灯光只照得见前面重重的红色迷雾。

秦林打开了车上的探测仪器，阴极射线屏上立即显示出一片巨大的阴影，原来他们已处在山脚之下。

他们便在山脚徘徊，寻找可以越过第一座险峰的那道山脊。

依照电子地图记忆的山脊特征，他们很快找到了目标。

正当秦林收起火星车的行驶轮，放下机械登山臂的时候，仪表板上的生物探测器突然嘟嘟地响起来。

人类探索火星的初期，科学家们一直期待在火星上找到生命，尽管后来的探测结果令人失望，但生物探测器仍是每一辆火星漫游车的必备装备。

听到警报声，刘扬和秦林都吃了一惊，在这样风沙恶劣的天气里，会是什么呢？火星蘑菇不会有如此强烈的信号反应，难道火星上还有其他的生命形式吗？

他们驱车向信号源驶去。随着车子的前进，屏幕上的信号斑点越来越大，最后形成了一个特定的形状。

刘扬和秦林不约而同地喊起来："是一个人！"

探测器显示，那人就在距火星车四五米的前方俯卧着，已经被风沙埋没。

两个人跳下火星车，用手扒开那个小土丘，下面是一具人类宇航员的尸体。刘扬轻轻摘下遇难者的头盔，显露出一张具有络腮胡须的面孔。刹那间两人都愣住了。

"是王雷。"秦林的声音低低的，像是有什么东西卡着喉咙，使他发不出声来。

"这简直不可思议……"刘扬不解地摇着头。这里距考察站有五十多公里，刘扬无法相信王雷能在狂风中步行这么远。即便是长跑冠军，在天气晴好的情况下，依靠宇航服的能量也只能前进十余公里。然而王雷的遗体毕竟就在眼前，难道这是火星的主宰有意将他埋葬在这里的吗？

"他为什么会在这里？"秦林也迷惑地问。

秦林蹲下身，将王雷的身体翻过来。他愕然看到，在王雷的身下，赫然生长着一株鲜红的火星蘑菇。

秦林伸手摘下那株火星蘑菇，把它放在眼前仔细查看着。他感到这株蘑菇似乎在向自己诉说着火星的秘密。

秦林反复端详着，不禁又问了一句：“他为什么会在这儿？”

刘扬也思考着这个问题。突然，他恍然大悟。如果把考察站和王雷死亡的地点连成一条直线，那么在直线的前方，正是每天晚上地球升起的方向。

“他是在向着我们的家乡——地球奔跑。”刘扬不禁黯然泪下。他仿佛看见王雷的灵魂正越过太空，向着十分遥远的太空彼岸的故乡飞去……

五、火星之谜

火星漫游车艰难地翻越了第一道山峰。

他们耗费了一大半能量，火星车的两只前机械臂也折断了，他们不可能再返回考察站了。

在周围的火星尘中矗立着一座座险峰绝壁，尘暴在这些山峰间变得更加猛烈多变。

秦林和刘扬驾驶着火星车继续着他们希望渺茫的求生之旅，尘埃团团围裹着他们，电灯光只能照见四五步远的前方。但地形探测器上显示，他们的左侧是万丈峭壁，而右边四步以外便是深不见底的火星裂谷。

又过了一个小时，他们抵达了目的地。

秦林把火星车小心翼翼地停在火星裂谷边缘，他扭转探照灯向裂谷下照去，只见到一片苍茫的红雾。

这里是火星裂谷最平缓的地段，秦林就曾从这里驾火星车进入谷底。此刻，火星车经过艰苦跋涉，已经严重受损，不可能再进行剧烈的爬坡动作了。

刘扬将携带的登山索一端牢牢拴在车上，另一端投向谷中。秦林拆下车灯，系在腰间。两人一前一后抓住绳索向谷底滑去。

裂谷中的风弱了许多，尘粒也十分稀薄，只是光线变得更加暗淡，随着灯光扫过，怪石峭壁从黑暗中兀露出来，显得阴森可怖。

他们已经下降了很长一段高度，但下面仍是黑洞洞的，深不见底。

就在他们继续下降的时候，裂谷边缘出了事故。

火星漫游车停泊的崖顶是由一块巨岩构成，经过无数年的风化，那岩石已经裂痕累累，此时，经不住火星车的重压，终于坍塌了。

刘扬猛然间感到手中的绳索一松，接着便和秦林双双坠落下去。在空中，刘扬听到一阵岩石塌落的轰鸣声。

幸运的是，他们距谷底已经不远，落在厚厚的火星尘土中。刘扬挣扎着站起来，忍着浑身剧痛，拉起秦林向前奔跑。

在他们身后，岩石夹杂着火星车的残骸，瀑布般倾泻下来。

在火星裂谷深处，呼啸的狂风和汹涌的尘沙似乎都离这里很远很远，就像是发生在另外一个世界。这里只有亘古的黑暗和沉寂。

一道电灯光在谷底四处划动，照亮了那些沉睡了亿万年的岩石。

刘扬和秦林在裂谷中寻找了很久，他们曾攀上秦林发现火星蘑菇的那道悬崖，但那里空无一物。

携带的能量已经所剩无几，刘扬能感到宇航服的恒温系统在逐渐冷却，提供的氧气也越来越少。

秦林也焦急异常，虽然他的肩上背着便携式氢氧能量合成器，理论上可以为他们提供无限的能量，但是有一个前提，它需要水作为原料。然而这裂谷中如同火星的其他地域一样荒凉，遍地干裂，沟壑纵横。秦林抓起一把火星土壤，那土壤已经有数亿年没经过水分的滋润了，像一把松散的沙子。

两人沿着裂谷又走了两公里，仍未找到火星蘑菇，更未发现任何水的迹象。巨大的裂谷还不断地向前延伸着，电子地图上表明它足有四百公里长。他们不可能走那么远。

他们行走的速度越来越慢，电能快用尽了，宇航服的温度已经下降到了冰点。两个人的四肢都被冻僵了，一点知觉也没有。更可怕的是他们呼出的气体，正在面罩上凝结成一层白霜，一旦那白霜完全挡住视线……

糟糕的事情还没有完，秦林手中的探照灯亮度突然骤减，它的电能也快用尽了。秦林用力摇晃它，希望它能再次亮起来，但是灯光却缓慢地暗淡下去，完全熄灭了。

“该死的……”秦林愤怒地将探照灯摔在地上。他又想打开宇航服上的电灯，但也因缺电而失败。

黑暗包围了两个人。没有光，他们寸步难行。

两个人疲惫地靠在一块岩石上。黑暗中，他们彼此沉默着，互相都望不到对方。

刘扬苦楚地闭上眼睛。他知道，他们再也找不到水了，他们将永远埋葬在这个荒凉的星球深处。

秦林的脑海中反复闪现着这些天来的不幸遭遇。他从工具袋里取出一件物品，那是王雷身旁的那株火星蘑菇。黑暗中，他看不见它，但是他对它的每一块斑点、每一处细微的形状，都了如指掌。

他长久地凝视着它，然后伸手拧开了宇航服的密封阀。

寂静中，刘扬发觉身边的秦林突然一阵扭动，接着便跌倒在地。

“你怎么啦？没事吧？”刘扬忙问道。

“……密封……面罩……”秦林在地上翻滚着，断续地说出四个字。

刘扬扑上去，摸到了秦林，发现他的面罩掉了下来，宇航服失去了密封。秦林的身体暴露在火星稀薄的大气压的环境中。这相当于地球距离地表四十公里的高空，人会在很短的时间内窒息而亡。

刘扬把面罩扣在秦林头上，拼命拧死密封阀。

秦林停止了挣扎，一动不动地仰卧在地。

刘扬默默地在旁边守着。生命保障系统重新使宇航服加压充气需要一段时间，何况是在能量严重不足的情况下，他不知道秦林能不能坚持下来。

过了好久，刘扬在寂静中听到了一声微弱的喘息。

“是你吗？秦林。”他忙问道。

“嗯……”秦林的声音细若游丝。

“你感觉怎么样？”

“还可以，就是……喘不过气来，这该死的密封阀。”他的声音中伴随着沉重的喘息。

又过了五六分钟，秦林的呼吸平稳下来。

“我没事，我想……我们该往回走。”

“往回走，可那里没有水呀？”刘扬不解地问道。

“也许我们错过了。”秦林的声音很坚决，他拉起刘扬，跌跌撞撞地朝来时的路走去。

他们又回到了曾经发现火星蘑菇的那道悬崖下面。

黑暗中，秦林在陡直的岩壁上摸索着。他的手接触到岩壁底部一道裂开的岩缝。

“就是这里。”他兴奋地叫道。

“这里？”刘扬更加迷惑不解，“这里不是只有岩石和沙土吗？”

“我们来把岩缝扩大。”秦林大声说。

说罢，秦林取出挖掘工具，在岩壁上凿击起来。

刘扬上前帮他，好像全身还有用不完的力量。

坚硬的岩壁终于被凿开了，岩石后面露出一个黑沉沉的洞口。

“你怎么知道这里有洞？”刘扬吃惊地问。

“感觉。”

秦林拉着刘扬的手，弯腰钻入洞中。

洞穴曲折幽深，他们摸索着走了很长时间。周围仍是一片黑暗，刘扬已不知自己身在何处，只是感觉这洞时而必须侧身而过，有时又变得好像很宽阔。

事实上，他们正沿着这洞穴走向火星地层深处。

他们走了将近半个小时。刘扬的身体已经支撑不住了，他沉重地呼吸着宇航服内残存的一丝氧气，面罩内过高的二氧化碳含量使他的意识逐渐模糊。他感觉太累了，伸出手想在旁边的洞壁上支撑着休息一下，谁知竟在洞壁上摸到了一种罕见的物体。

“火星蘑菇！”刘扬兴奋地喊道，“这里生长着火星蘑菇！”

刘扬的手触摸到的不仅仅是一株火星蘑菇，在整个洞壁上密密麻麻到处都是那圆滚滚的生物。

“这么多火星蘑菇，附近一定有水。”刘扬的精神顿时振奋起来。

他们继续向前走，洞似乎在扩大，渐渐碰不着洞壁了。

秦林突然停住脚步，轻轻地说道：“你听——”

刘扬侧耳倾听，寂静中，宇航服的外置拾音器将一种声音传入面罩。尽管因电源将尽，拾音器传来的声音已很微弱，刘扬仍立刻能辨出那是物体落入液体中所发出的叮咚声。

“是水声。”刘扬的声音颤抖着。

他们向那声音走去。

刘扬突然感觉自己的脚落在一片浅水中，那水波轻微晃动着，抚摸着他的脚。他弯下腰，伸手去捧水，那种水的清冷和柔滑透过手套传到了他的皮肤上，他的心迷醉了。

秦林将氢氧能量合成器放在这洼水中，合成器发出轻微的嗡嗡声，工作指示灯开始渐渐亮起来。

借着一点萤火般的光亮，刘扬看到眼前的一小片景物。洞已变得很大，灯光没有照到它的边际。他们像是处在洞内的一条暗河中。

刘扬知道，火星虽然水源贫乏，但在它的永冻地层中却存在着一定数量的水。现在他们已深入火星地层，地层中水分经过长时间的渗透，是有可能在这个洞中汇集成一条暗河的。

合成器很快将水分解成氢和氧，产生出源源不断的能量，很快将蓄电池充足。两个人把电池接入宇航服，宇航服立即恢复了正常工作，使宇航服内的温度迅速回升至常温状态，过浓的二氧化碳被过滤，纯净的氧气涌入头盔。随后，宇航服上的工作灯也亮了起来。

灯光照亮了这个火星地心深处的洞穴，可仍看不见洞穴的尽头。洞壁向两侧伸展开去，一直延伸到光线照不到的黑暗中，他们仿佛来到一个地心深处被凿空的巨大世界中。

在他们的面前，是一望无际的水的湖泊。

他们刚刚涉足的，并不是一条暗河，而是这湖泊的水岸边缘。那辽阔的水面并不涌动，像镜子一样光滑。从洞顶渗出的水珠滴落下来，在水面上溅起微微的涟漪。他们同样望不到水的边际，灯光照射到的地方只是一片汪洋，更远处是无边的黑暗。

“整个火星的水大概都藏在这儿了。”

“我们发现了火星最大的秘密！”

“我们可以用这些水把火星改造成地球！”

刘扬兴奋的目光投向秦林，秦林也报以微笑。

这时，刘扬突然发现秦林的脸上显出一阵阵潮红。

刘扬关切地问道：“你的脸怎么……”

没等他话说完，秦林的身体一晃，便摔倒在水泊中。

刘扬忙抱起他，让他的头倚在自己的肩头。

秦林在刘扬的怀中抽搐着，他的脸部肌肉因疼痛而扭曲了。大滴大滴红色的汗珠从额头滚落下来，嘴角淌出一股红色的黏液，他的病状和王雷死前一样。

刘扬一惊，他突然想到，在裂谷中，秦林的面罩为什么莫名其妙地脱落。他焦急地问道：“你是不是在峡谷中吞吃了火星蘑菇？”

“你知道王雷为什么会在山脚下吗？”秦林低声问，嘴角又淌出一股像血一样的红色液体，“他不仅仅是在向着地球的方向跑。”

说到这里，又一阵疼痛使他猛地一抖，他的手紧紧抓住刘扬的胳膊，牙关紧咬。

好一会儿，他才渐渐平静下来。他的表情恢复了正常，好像刚才什么都没有发生一样。

“我在做实验时发现，火星蘑菇有一种强烈的亲水因子。在这种亲水因子的引导下，火星蘑菇的种子可以随风飘到数万公里外有水的地方，这是火星蘑菇为了适应火星干旱土地而进化出的生存能力。王雷吞食了火星蘑菇，他的身体也受到了亲水因子的侵染。在临死前，他不仅仅在向着地球的方向奔跑，同时也在接受亲水因子的指引，奔向火星的这条地下大暗河！”

“你吞食火星蘑菇是为了……”刘扬恍然大悟。

秦林苍白的脸上微微一笑，“火星蘑菇的亲水因子，可以使生物对水的敏感提高数万倍。没有火星蘑菇，我们会困死在火星大裂谷中，我们永远不会发现这条火星大暗河。可是……”秦林的声音突然低沉下去，“没有火星蘑菇，我们也不会失去叶桦和王雷……”

两人沉默了好久。刘扬感到秦林的身体渐渐地僵硬了，在他紧闭的双眼的眼角，刘扬看到了两行晶莹的泪珠。

尾声

两个月后，席卷整个火星的大尘暴，渐渐平息了下去。

一轮朝日出现在火星淡红色的大气层中，红彤彤的光芒照耀着已经面目全非的火星大地。

一个人类宇航员出现在莽莽群山中，正沿着一道山脊向山脚走去。

山脚下的火星平原上，那座人类的考察站有一半已经被尘暴所埋没。这座考察站最初建立的目的，就是为了寻找火星上稀有的水源，现在，人类终于找到了火星深处所隐藏的暗河。为此，他们付出了三名宇航员的代价。

刘扬站在山脊上，俯瞰着辽阔的火星平原。他仿佛看到一座人类的火星城市正从那里崛起。

洗 礼

-

凤 歌

一

“你要水吗？”秀美的脸庞好像水中的倒影，随波起伏，可望而不可即。

“水，水……”肖力张大了嘴，舔着干裂的嘴唇。

雪白的脸浮现出缥缈的微笑，一个声音响起：“全都是你的。”

一滴清澈的水珠从无边的天穹落下，滑过肖力的舌尖，让他不由自主地向下看去：空空荡荡，无可凭借，难测的深渊中矗立着嵯峨的乱石，从万丈虚空中坠落，他突然站在了明净的湖面上。

“你要水吗？”洪大的声音在四面八方回响，“全都是你的，全都是你的……”

捧起纯净的湖水，肖力看见一张熟悉的笑脸在掌心缥缈。

“你要水吗？”一个曼妙无比的裸女带着飞溅的水珠从他的指间宛然站起，闪烁着炫目的光彩，四散的水珠凝聚成晶莹的翅膀，在她浑圆的肩头上翕动，水柱从湖面冉冉升起，从她的脚下绽放出瑰丽的喷泉。

“全都是你的呀！”她微笑着说。

“莎！”肖力把手伸了过去。

刹那间，璀璨的水流变成火红的沙尘，从他的指缝间洒落，四周的湖泊悄然退去，露出一片荒凉无垠的红土。

“莎！”惊骇欲绝中，肖力拼命伸手去抓裸女。

“你要水吗？”裸女依然微笑，触到肖力的手指，她潮润的身躯化为尘沙，被凄厉的狂风吹洒在肖力的脸上……

“伊莎！”肖力惨叫着坐起来，冷汗淋漓。

“你想老婆想疯啦？”埃克森拍着他的肩，同情地说。

肖力拭去额上的汗珠，自语道："原来是场梦！"他透过火星车的舷窗，看着远处瓦列斯·马林内里斯大峡谷的飓风卷着红褐色的沙尘，时起时伏，形同被烈焰包裹着的无数条巨龙，在苍茫的天地间痛苦地翻腾，搅起一波波的碎石，在凹凸不平的崖壁上留下纵横交错的涂鸦。昏暗的日头正悬在天顶，有气无力的阳光只能在大气层上徘徊，完全无法穿透风沙，使得天空中涂着一层让人窒息的暗红色。

"可恶的玛尔斯。"肖力苦笑着说，"它在想方设法阻止人类对它的征服吗？"

"这应该是上帝的旨意。"埃克森在胸前画着十字，他是一位虔诚的基督徒，时时不忘给同伴灌输自己的信仰。

"不管是谁，"蜷在后排的哈克也被惊醒，接过话头，"它的确干得很卖力，咱们完全被困住了，只能躲在这个鬼地方听天由命。"

"失败了吗？"

这个念头让陈孜的心好像灌上了铅，浸在冰水混合物里。

监视屏幕上，火星基地的金属建筑在死亡尘暴中时隐时现。

"哦！不！"陈孜迫使自己将目光从那里移开，他必须负起航联主席的责任！"给出你们的看法吧！"陈孜的声音在空旷沉寂的监控大厅里显得异常响亮。

"液氢本来已经不敷使用，"伊莎白皙的脸上掠过一丝苦涩，这位年轻的总工程师，是地球上屈指可数的航天技术专家，"现在氧水合成装置又在火星的'死亡尘暴'中出现故障，'维纳斯'基地的存水与存氧只能维持工作人员八个星期的生活，如果两个星期内无法修复合成器，他们只能放弃基地，返回地球。"

"这台'氧水合成装置'太娇气了。"陈孜喝了一口水，眼中透着失望，"娇气得像个没长大的孩子，三天两头让人操心，不但消耗了地球上带去的大量液氢，甚至区区几粒砂子都会让它使性子。"

"这不在合成器本身，而在工作的环境。"伊莎说，"合成器要获取氧气、甲烷和净水，必须吸收火星大气中的二氧化碳与液氢发生反应。

它的开放式吸气装置必然要暴露在火星的大气当中，因此，无论多么结实的合成器，在火星的尘暴环境里，都难免受到损坏。”她的目光掠过巨大的监视屏，脑海里浮现出一个人的样子，心头一阵阵发紧。

“但是，现在放弃的话，四千六百多亿美元、五十个国家九千名科学家十六年的心血，就都将付之东流！”陈孜叹了口气，“如果这场尘暴再晚来四个星期……”

“如果这场尘暴再晚来四个星期，我们的火星生态初始系统，也许就能建立起来了。”泰勒望着气温不足五摄氏度的塑钢温室自言自语，那里植满了布拉德草（BLOODGRASS），成片的紫红色草丛依赖着以氧化铁为主的火星土壤，贪婪地吮吸着缓缓渗入的净水。湿润的土壤渐渐干燥疏松，吸饱了水分的布拉德草在温暖的人造光下舒展着笔挺的枝叶，一丝丝地释放出纯净的氧气。在以后的日子里，它们将在无水的环境中生存一个星期。

头顶上传来尖锐刺耳的金石撞击与摩擦声。

“该死。”帕杰从氧水合成装置的反应室里钻出来，望着钛合金的基地穹顶说，“这堆破铜烂铁迟早会被打出个窟窿。”他看了泰勒一眼，“还没发现爱诺菌的踪迹吗？”

“嗯！”泰勒烦躁地说，“天知道这些把铁当饭吃的家伙藏到哪儿去了？”

“爱诺菌八成是灭绝了，看来布拉德草也没有出人头地的机会了，嘿……”帕杰灵巧的十指在键盘上飞舞，为机器人编写修理程序。

“火星生态计划恐怕要完蛋了。”泰勒瞟了瞟那些倾注了无数心血的布拉德草，只感到说不出的窝心。

“肖力他们还困在马林内里斯？”帕杰问道。

“死亡尘暴中心正在北移。”泰勒盯着气象卫星“夸父”传回的信息，“看来它是爱上那三个浑小子了。”

帕杰夸张地耸耸肩，说：“我深表同情！”说完他撅着屁股，带着机器人钻进氧水合成装置的管道。

“这个没心没肺的家伙……”泰勒咕哝着，耳机里突然传来帕杰的惨叫声：“麻烦过来个喘气的活人，这个废物机器人真是蠢到家了！”

泰勒钻进反应室，看到帕杰正捂着屁股，拿着扳手对着机器人“爱因斯坦”狂敲不止。

“喂！”泰勒大叫，“你想敲碎一百颗五克拉的南非钻石吗？”

“要是你知道它干了什么，你就不会心痛了。”帕杰愤怒地说，“它居然用激光焊枪对准我的屁股！”他将臀部翘起，上面有一个焦煳的小洞。

“一定是你程序输入错误。”泰勒忍住笑，“它是不是把你白花花的屁股当成两片合金板，准备帮你焊起来？”

“少在那里幸灾乐祸了。”帕杰揉着伤口嘟哝，“如果不在两个星期内修好这个破烂玩意儿，咱们就要打道回府了。”

泰勒凝视着合金玻璃窗外不见天日的大平原，紧紧锁起了眉头。

二

凶暴的玛尔斯露出狰狞的微笑，
喷吐着死亡的气息，
手中的利剑与神盾撞在一起，
激起的火花，
胜过天上的群星。
涂着宙斯鲜血的战车发出雷鸣般的声音，
红色的硝烟随着火的巨轮滚滚而来。
“埋葬你们啊，”
他向无尽的虚空怒吼，
“愚蠢的人类！”

路华盯着网上的诗歌，一边嘀咕，一边向嘴里塞了片火腿。

“现在对征服火星没有信心的家伙挺多的。”杰弗逊说，“其实我对这个把人类的爱神融入玛尔斯怀抱的计划也没多大信心，学天文的都知道，如果不能解决火星水源的问题，一切都是空谈……唔，我交班了，你慢慢看吧，‘深渊号’好像又有新图片传回来了。”

路华专心对付着一块三明治，头也不抬地回道：“有什么特别的？”

“深渊号”是十年前发射的系外探索宇宙飞船，一直在向太阳系外航行，上面装载着非常先进的巨型望远镜。

“你自己看吧！”杰弗逊指着图片上一个黯淡模糊的白点说道。

路华从早餐盒里抬起头来，仔细瞧了瞧，说：“那也许只是望远镜上光学器材的微弱反光。”

杰弗逊拍拍屁股，站起身来，“真是无聊死了……咦……这又是什么？”

他胖乎乎的手指点着第二张图片。

图片里的宇宙近乎彻头彻尾的黑暗，细小的星辉，比透过连天海浪看到的灯塔余光还要微茫，右下角，有一个昏暗模糊的半圆形影子，仿佛食中的残月。

路华抬起头，一跃而起，冲到屏幕前，顾不得擦去嘴角的牛奶，抬手启动了甄别程序。

指示灯的红光急剧闪烁，路华灵巧地建立数学模型，利用功能异常强大的智脑调集人类用数百年时光积累下来的宇宙星图，进行大海捞针式的对比查找……

“陌生的行星？”杰弗逊看着智脑的结果，目瞪口呆，脸上红褐色的雀斑也被上冲的热血涨成了深紫色。

“这或许就是太阳系的第十二行星！”杰弗逊从震惊中醒过来，吼叫道，“你知道，前天‘深渊号’才离开‘雅典娜’。”

“这小子真是喋喋不休！”路华恨不能将踢他出去。他注视着智脑显示屏，继续计算，“直径小于第九行星哈里斯，大于第十一行星雅典娜，但质量比雅典娜小……”

“‘深渊号’的最新图片出来了！”杰弗逊一跳三尺，瞪着眼大叫，“这是真正的第十二行星！上帝啊，就像是守卫着基督的十二圣徒一样，太阳系的十二颗行星终于会聚在了太阳的王座之下！”

暗沉沉的天幕中，遥远的群星像黑森林中的精灵闪动着的眸子，一颗孤独的湛蓝色星球映着太阳的微光，若隐若现，散发着水晶球般启人遐思的幽光……

“不可思议……”路华竭力克制着心头的波澜，那颗星球似乎唤起了他潜藏在心底的某些东西，让他热血沸腾。

“是的，不可思议的小朱庇特！”杰弗逊也感叹道。

“小朱庇特？”路华不禁愣了一下，但很快明白了杰弗逊的意思。

在希腊神话里，朱庇特是幸运之神，它绕太阳一周需要十二年，于是，西方将“12”看成吉利幸运的数字。自从哈勃望远镜时代发现第十行星与第十一行星以来，许多西方天文学家一直在寻找这颗代表着吉利幸运的第十二行星，但“朱庇特”的名称已经赋予了木星，所以杰弗逊称它“小朱庇特”。

“太阳系的边界呀……”杰弗逊冲了出去，向外界散布他的发现。

路华俯下身子，认真地分析着“深渊号”陆续传送过来的信息，很快推算出“小朱庇特”的物理性质：“无卫星，62.57％的液态氢覆盖表面，游离氩丰度为一……咦……”路华的目光落到了“小朱庇特”背后一个闪亮的小点上，某种直觉让他觉得那不是一颗恒星。

他将图片放大，感到幽深的背景星空似曾相识。智脑的比较程序启动，调出了先前杰弗逊提到的那张模糊黯淡的影像。

“是经过‘小朱庇特’的一颗彗星。”经过精密计算，路华得出结论。他将两张图片的彗星资料输入智脑，以背景星空与“小朱庇特”为参照系进行计算。

很快，智脑勾勒出了彗星的运行轨道：一个不规则的椭圆横亘在太阳系上，从“小朱庇特”的身旁加速，远远避开巨大的土星和木星，再从冲日点上掠过火星的上空，然后拖着华丽的彗尾，绕着太阳一路飞奔……

“一颗新的彗星。”路华难以置信地摇着头说，“一个漂亮的小家伙……可惜呀，因为‘幸运之神’的伟大，以至你只能做它阴影里卑微的仆人。”

“尘暴减弱了。”埃克森盯着车里的仪器说。

“这种减弱是周期性的。”肖力开始穿戴宇航服，“我们必须赶在第二次尘暴高峰期到来之前修好这辆破车。”

“我受够了。”哈克骂骂咧咧地跟在肖力身后，爬出车门。细蒙蒙的沙尘打在圆形的塑钢罩上，嗤嗤作响，让哈克想起毒蛇吐信的声音。

“卫星定位系统变成比萨饼了。”肖力宣布，“等离子分解器出了问题……唔……该死！”肖力蹲在车前的微型氧水合成装置前，打开空气过滤器的盖子。“碎石竟然磨穿了护罩，刮坏了纳米滤尘装置，现在吸气孔里全都是沙子。”

哧溜一声，圆头圆脑的机器人“虾球”从车里钻出来，灵巧地滑到肖力面前。

“让我的小宝贝来帮你。”埃克森说。

“虾球”伸出强力吸尘器，呼呼啦啦地开始工作。

“老大！”帕杰惊喜地大叫。

“什么事？”泰勒凑近过来，“他们的卫星定位系统修好了吗？哎呀，这个家伙。”只见哈克在屏幕上跳起两米多高，摆出一个跆拳道的飞踢姿势，让泰勒发出两天来的第一次开怀大笑。

“如果在火星上举办奥林匹克运动会该多好！”哈克在空中做着转体720度的高难度旋转，“在火星的引力环境下，所有的世界纪录全都会被轻而易举地刷新。”他在风沙中快活地翻着空心筋斗。

“这个想法蛮有意思。”泰勒微笑着说，“其他人都还好吗？”

“都还好。”哈克做着怪相，“就是肖力挺想他老婆。”

“喂，哈克，别离车太远。”埃克森注意到哈克的筋斗越翻越远，和火星车之间的距离已经超过两百米。

“我翻得够远吧……”哈克一边笑着往回走，一边向埃克森卖弄学问，“你知道什么叫筋斗云吗？那是中国猴子的神奇法术。喂，肖力，你是中国人，你说中国猴子和美国猴子的筋斗谁翻得更远？”

“当然是你这只美国猴子更厉害。”肖力被复杂的修理弄得心烦意乱，没好气地回答。

埃克森大笑起来，突然，他眼角的余光扫到刚刚恢复正常的“夸父”卫星气象图像，大气剧烈的变化顿时让他脸色大变。“快跑，哈克，快回来！”他拼命叫喊。

“什么？”哈克仍然慢条斯理地往回走。

“尘暴！尘暴！”埃克森狂叫起来。

哈克回头一瞥，只见沙尘的狂龙养精蓄锐之后，重新昂起了头颅，火红的尘土再次弥漫天空。远处低矮的土丘像鲜榨果汁机里熟透的浆果，被撕扯得破碎不堪，浮上几千米的高空，身不由己地与细小沙粒相互摩擦，发出凄厉的尖啸，宛如千万的死灵在地狱之火里可怖地呻吟。

“快！快！”埃克森发疯似的大声催促。

哈克狂奔了十来步，一跤跌倒，感到巨大的力量从身后涌来，要将自己从大地上拔起。他竭力俯下身子，将手伸进地里，一寸一寸向前移动。

肖力用“虾球”的机械臂固定住双腿，然后努力向前移动。“哈克，把手给我。”他双手前伸，身子挺得笔直。

“上帝啊……”埃克森惊骇欲绝的眸子里浮现出一个巨大的蘑菇形风暴旋涡，将天与地连在一起，四周的物体被其不可抗拒的力量卷到空中，就连深谷里的巨石也在动摇着自己的根基！

“哈克！”肖力的手近在咫尺，哈克猛地伸出，但尘暴旋涡也到来了，贴着地面扫过，将他向后生生拉出。

仿佛断了线的纸鸢一般，哈克翻滚着落入狂乱的尘暴之中，撕心裂肺的惨叫声从通信器里传来，震荡着肖力和埃克森的耳膜，两个人默默地闭上了眼睛……

三

“由于死亡尘暴的剧烈运动，火星基地的氧水合成器发生损坏，基地出现水荒，一支考察小分队也困在了瓦列斯·马林内里斯大峡谷附近。这种周期性席卷火星的尘暴，早在人类对火星进行初期考察时就已经发现。因为火星的质量仅为地球的十分之一，又缺少黏合地表物质的液体，所以，火星对地表物质和火星大气的束缚远逊于地球，沙尘与大气的运动速度相当快。在地球上仅能酿成一场暴雨的气流变化，在火星上能够引起一场异常可怕的沙尘暴。如果火星的两颗卫星引起的潮汐引力再与之重合，就形成了眼前这种能够切割山峦、填平深谷的死亡尘暴……”

人们驻足在纽约街头巨型的电视屏幕前，静静地听着新闻播音员语气沉重的解说。屏幕上的火星混沌不堪，就好像一张鲜血淋漓的人脸，让人感到莫名的压抑和恐惧。

伊莎紧了紧风衣的领子，穿过拥挤的围观人群，走在林荫道上，心里浓得化不开的忧郁，让她看起来无精打采。

一个穿着夹克、戴着墨镜的男子乘着红色的跑车呼啸而过，蓦地刹车在不远处停下。“嗨，美女，和我去兜兜风吧！”这名男子向她夸张地挥手道。

伊莎停住步子，微笑着摇头。

“来散散心吧，看看你的脸，都像是阿尔卑斯山上万年不化的积雪了。”墨镜摘去，露出一双炯炯有神的眼睛，“伊莎小姐，喝一杯吧，今天是我的名字刻在‘路华彗星’上的日子！”

“你该叫我肖夫人吧……”伊莎露出无可奈何的苦笑。

“啊，不！”路华笑着说，“我不会向肖力认输的，不论何时，你都是我美丽的伊莎小姐。”他跳下车，放肆地挽住伊莎的胳膊。

淡蓝色的海水拍打着白石的堤岸，长岛的风阵阵吹过，斑斓的美利坚国旗在幽远的天空中抖个不停。穿着绿色纱裙的少女对着大海拉着巴赫的奏鸣曲，宛转悠扬的小提琴声就像倒映在海中的流云。

伊莎抿了一小口威士忌。“是个好地方。”她说，“你的品位不错。”

“才发现吗？”路华惬意地躺在沙滩椅上。

“很久没见到你。”伊莎微笑着说，“我想，你已经恢复了。”

“哪里，我已经是废人了，永远只能待在地球上。”路华漫不经心地说。

“你知道的，我从来不这么认为！”伊莎有些激动，“我认为你能从那次事故的阴影中走出来……”

“不说我了。”路华淡淡地阻止了她的长篇大论，“你今天似乎很不开心，火星计划出了问题吗？”

“嗯。”伊莎略微舒展的眉头又重新拧在一起，“有很多坏消息……最近的坏消息是，爱诺菌的实验失败了。”

“爱诺菌？”

“一种能在低水无氧条件下将火星表面的氧化铁强行分解成氧和铁的超级微生物，是我们改造火星大气的秘密武器。”伊莎解释说，“按照地球生命的演化史，地球空气的最大改变是由微生物完成的，地球的原始大气最初也是以二氧化碳为主，但通过海中微生物在无氧环境中的不断努力，地球大气层逐渐增厚，氧气逐渐增多。”

“所以你们打算模仿地球大气的演化史，让爱诺菌在沙海中改造火星的大气？”路华若有所思地问。

“是的，‘爱诺菌’是卓越的微生物，它要求的最低大气含水量仅为0.026％，然而事实上，火星绝大多数地方的大气含水量在0.01％至0.037％之间变化不定，这种情况严重影响了爱诺菌的繁殖。但这不是最坏的……”伊莎顿了一顿。

“长久以来，我们认为火星表面纵横交错的侵蚀痕迹是水流造成的，许多人甚至认为这些水孕育过火星生命，但从火星南半球的地质考察来看，这些痕迹更可能是覆盖火星的死亡尘暴所塑造的！与这种恐怖的尘暴相比，地球上最厉害的龙卷风只不过是大海里的一个气泡。我们至今没有发现火星生命的痕迹，考察队对火星南半球的地质勘探表明，南极的干冰层下没有水，其他地方也没有发现任何生物活动的遗迹。”她娓娓道来，舒缓的语气中透着沉郁，“也就是说，火星上可能从来就没有存在过任何生命……”

“但还有北半球，不是吗？”路华说。

“嗯，准确地说，是北极。”伊莎轻轻颔首，声音细小得几不可闻，“北极是我们唯一的希望，但要建立大规模的人类定居点，最少限度也需要三个火卫二质量的纯净水。”

“我发觉，”路华凝视着她，半晌才说，“你已经失去了信心。”

氧水合成装置开始低沉地振荡，清亮的水喷出龙头。

帕杰兴奋地从氧水合成器的吸气口旁跳起，一时忘了火星的弱引力，跳在空中，向十四米下的地面跌落。

突然他手臂一紧，泰勒抓住了他。

“混蛋！”泰勒吼道，“你在干什么？”他用力将帕杰拉上基地的顶部，狠狠地瞪了他一眼，“我可不想再失去任何一个同伴！”泰勒冲着护罩吐了口唾沫，愤愤地钻进了基地。

帕杰轻手轻脚地跟下去，看了看泰勒的脸色，鬼鬼祟祟地坐到通信器前，看了一眼，欲言又止。

“吞吞吐吐干吗？”泰勒瞅了他一眼，脸上阴云密布。

“肖力他们已经到达北极，正在搭建钻探架，因为沙尘暴的阻碍，他们的生活物资仅够维持两天，他们要求支援。”帕杰噼里啪啦地一口气说完。

“我亲自去一趟。”泰勒说。

“不行，老大。”帕杰跳起来，“时间紧迫，必须使用高速飞行器，可是下一次沙尘暴随时都会发生，这个时候驾驶飞船赶往北极，非常危险！还是让我去吧，你可是队长！”

“不必说了，这是命令。”泰勒开启发射舱的大门，斩钉截铁地说，“我不能总是让我的队员面对危险，我是宇航员，不是懦夫！”

帕杰还是紧紧抓住他的肩头不放。

“你要违抗命令吗？”泰勒掉头，生气地望着对方。

“不！”帕杰咧嘴一笑，“我只是想说，我也不想再失去任何同伴，你要一根毫毛不少地给我飞回来。”

“去你的。”泰勒给了他一拳，“我可是大名鼎鼎的王牌宇航员，我登上月球的时候，你还在吃奶呢……”

四

“改变‘路华彗星’的轨道？让它撞击火星？”伊莎差点儿把威士忌碰翻在餐桌上，她扶住酒杯，秀丽的脸上带着难以置信的神气，“你疯了吗？”

“这是目前最节俭、最有效的开发方式。”路华沉静地说，“第一，这颗彗星的主要成分是冰和固态氢，质量超过四十万亿吨，足以支持大型火星生态系统的建立。第二，这颗彗星是人类有史以来发现的离火星最近的彗星，只要我们稍稍改变它的运行轨道，它就会毫不犹豫地冲向火星。第三，它要十六年后才能到达木星附近，我们有足够的时间来进行准备，使它改变轨道，撞向火星。”

“你是天文学家，你应该记得当年彗星撞击木星的情形[1]，当时那

1. 指1994年7月，“苏梅克－列维9号”彗星与木星相撞事件。此次撞击释放的总能量，为二战时美军投放在日本广岛的原子弹能量的十亿倍。

样巨大的破坏力如果落在地球上，足以毁灭地球！要知道，火星的质量仅为地球的十分之一，而‘路华彗星’却与撞击木星的彗星不相上下。”伊莎顿了一顿说，“况且，人类还没有改变它的轨道的技术与能量。”

“有的。”路华说，“人类拥有的核子能量既然能够把地球毁灭十几次，那么就应该有足够的能量驯服这颗彗星！你知道，经过前后六轮核武器裁减，大量闲置的核原料已经成了那些核大国的负担，反正闲着也是闲着，我们没有理由拒绝宇宙送给我们的厚礼。”

“你是指高浓缩铀和钚吗？”伊莎摇摇头，“无论从政治还是技术上来说，都不现实。”

“一切事情的结局，总得做了才知道。”路华微笑着说。

伊莎盯着他，沉默半晌，说道：“你和肖力最大的不同，就是你的思想总是在三万英尺的高空，从来不会落到地上。”

“这就是你选择他的原因吗？”路华用手支着头问。

“他看起来比你踏实可靠。”伊莎说，“我是个传统的中国女人，我无法忍受你那种天马行空的言行。受累问一句，你也老大不小了，难道就没考虑过结婚？”

“结婚？我已经结婚了呀！”路华托着腮，用一种邪邪的眼光看着惊讶的伊莎说，“恒星是我的大老婆，行星是我的小老婆，彗星是我的周末情人……用中国的话说，就是妻妾成群！”

“胡说八道！”伊莎斥道。

然后，她托腮沉吟：“彗星撞击火星吗？这个主意……”

她陷入了沉思。

依托着天上的微风，米黄色的飞船模型在空中滑翔，掠过鲜艳的花丛，停在陈孜的脚下。

陈孜弯腰把它拾起来，递给自己面前那个长着亚麻色头发的小男孩。

男孩用一双湛蓝色的眼睛打量着眼前的老人，眼中流动着让人心旷神怡的光，这种光让陈孜想起自己第一次从太空中俯瞰地球的情景。

“你叫什么名字？”陈孜问男孩。

“戴尔。”男孩摆弄着手中的飞船说，“你呢？你是宇航员吗？”

“你怎么知道？”陈孜有些吃惊。

戴尔指着车上的世界航天联合会的火星标记，说道：“这个，宇航员的身上都印着这个，我在电视上看到过。”

他开动飞船模型，大声说：“我也要做宇航员！”

飞船一头栽进火红的玫瑰丛里。

“登陆火星！”戴尔严肃地宣布。

老人笑了。

“戴尔，你在和谁说话？”一个穿着园丁服的中年女人从花园里直起身子，诧异地看着陈孜。

“您是玛利亚·哈克夫人吗？”陈孜问道。

“我是玛利亚。”女人说，“但不是哈克夫人，你有什么事吗？”她脸上带着疑惑的神情。

泰勒驾驶飞船掠过火星的上空，下面是一望无际的荒原。

火星弧形的球面上，环状的火山星罗棋布，像海上浮起的一个个旋涡，巨大的峡谷与壁立千仞的断崖纵横交错，在球面上撕开一道道凝固了的血痕。即使七千米深的水手峡谷，现在看起来也只像一个浅浅的弹坑，搁在红色的鹅卵石上；而高达二十一千米的奥林匹斯山，仿佛小孩子在沙地里砌成的沙堆，可以用手轻轻抹去。

毫无生气的景象向前移动，渐渐露出白茫茫的世界。在这个世界的边缘，微弱的太阳光正悄悄地滑过似乎没有边际的干冰层，留下点点闪烁不定的光影。

泰勒小心翼翼地调整着反重力引擎，沿着空中走廊进入大气层。万米高空上无法沉降的沙尘被呼啸的狂风裹挟，摩擦着飞行器的外壳，发出刺耳的沙沙声。

泰勒跟着微弱的电波在无垠的北极上空盘旋，六个火星时后，终于在通信屏上看到了火星车银白车体发出的闪光。

他谨慎地操纵垂直升降系统，让飞行器静静地落到了那个蜘蛛状的庞大机械上。

“队长，没想到您会来……”肖力穿过对接口，爬到泰勒的面前。

“你认为我老了吗？”泰勒反问，“认为我不如年轻人中用吗？”

“哦，不。”肖力有些尴尬。

“肖，你的神色很忧郁。”泰勒按着他的肩膀，沉默了一会儿，“太空探索免不了牺牲……在这个红色的星球上，人类先后已经有十二个最优秀的宇航员失去了生命，哈克只是其中之一，我想……他们不会白白牺牲。”

“这正是我担心的问题。”肖力说，“队长，我们已经钻探了超过两百米，仍然没有发现水冰层，如果北极还不能发现水……”他打住了话头。

泰勒顺着他的目光，遥望远方银白色的地平线。那里半个惨淡的太阳正掠过干冰构成的山峰，在凹凸不平的冰面上拖出一条条细长的影子。泰勒知道，过不了三个火星月，这半个太阳也会渐渐沉没，北极又将陷入无边的黑暗……

五

“事实上，他去火星的时候，我们就离婚了。”玛利亚抽出一支烟递给陈孜，“要吗？”

“谢谢，我不抽。”陈孜说，“我肺不太好。”

“他是个爽快的男人，他说这一去生死难料，干脆离婚比较好。”玛利亚有些烦躁地说，将刚抽了一口的烟摁熄在烟缸里，“那时戴尔只有一岁……”她又点燃一支烟，但没有抽，只是看着它一点一点地燃烧殆尽，“本来，我以为这个孩子可以让他放弃火星，但我失败了。”玛利亚垂下头，“什么都无法阻止他的好奇心，无论是我还是戴尔……我……我恨他，我恨那个该死的火星……”一滴清澈的泪珠落到她的手背上，她的双肩微微抖动。

陈孜不知道说什么才好，一声轻响传来，他看到戴尔从门缝里伸出头，好奇地看着桌上的钻石勋章和啜泣的母亲。

“有客人吗？”一个高大魁梧的金发男子出现在客厅门口。

玛利亚用衣袖揉了揉眼睛，向陈孜说：“这是迈克尔，我丈夫。”

“你好。”陈孜友好地向迈克尔伸出手。

“上帝！”迈克尔露出不敢置信的神情，紧紧地握住陈孜的手，“我看到了谁？我看到了第一个登上火星的英雄！陈孜先生，我在做梦吗？我是您的崇拜者。”

“他带来了哈克的抚恤金。”玛利亚淡淡地说。

“啊！”迈克尔有些震惊，“我很难过……”

他半晌后才慢慢说道：“他是个勇敢的男人。”

“是的。”陈孜说，“他很有勇气。”

“爸爸，陪我玩儿飞船吧？”戴尔冲进来，拉着迈克尔的衣襟说，“你答应过我的。”哈克离去时他还太小，相比模样都记不清的亲生父亲，和善的迈克尔显得要亲近得多。

迈克尔把他拉到一旁，尴尬地对陈孜说：“对不起，我们都是航天迷。”

他偷看了一眼玛利亚的脸色，问陈孜道：“听说要放弃维纳斯计划，是真的吗？”

陈孜摇摇头说：“还没最后决定。”

“征服火星完全是痴人说梦！”玛利亚突然站起来，拉开身后的窗纱。黄昏中的树木花草好像染着一层淡淡的血，甚是凄迷。

“荒诞绝伦的白日梦！”她咬着牙，一字一句地说。

陈孜半晌无语。“你说得对。”他艰难地挺直了腰背，目光扫过戴尔稚嫩的面颊，“也许对我而言，这只是一个梦想。”

“总而言之，”世界航联副主席爱诺丁爵士竖着食指，这是他发言时的习惯动作，“我认为，那些要求用飞船送水到火星的说法，完全是天方夜谭。这样做绝对得不偿失，会让全地球的政府都陷入财政危机。”他的脸上带着英国人特有的严肃与固执。

“但是，我们难道就此放弃？”同为副主席的阿特莱说，这个得克萨斯人干石油起家，喜欢穿花里胡哨的绸质衬衣，戴圆顶的太阳帽。他不是专业的天文学者，但好奇心十足，满脑子不切实际的幻想让人十分头疼。

“是的。”爱诺丁说，“如果对火星北极的考察失败了，那我们就必须放弃。”

阿特莱说：“我认为大家应该再考虑一下我的建议。”

“如果从地球运水，即使不从经济角度考虑，也完全违背了我们开发火星的初衷。”伊莎尖锐地反驳，“与其这样，不如留在地球，根本没有必要开发火星。”

“永远留在地球，永远做一只待在井里的青蛙吗？”阿特莱不屑地撇嘴道。

“这样的争论毫无意义。”陈孜看着屏幕，打断他们说，“无论如何，我们还是等待火星北极勘探的结果吧，刚才勘察队已经钻到五百米深了。”

纤细的纯金刚石钻头旋转着从冰层中退了出来，“虾球”从钻头后面的合金管里取出一段透明的结晶体，它头上的显示屏显示出一连串数据。

“还是以二氧化碳为主。”埃克森异常失望。

“继续。”泰勒沉着地命令。

一个火星时后，钻头再次退出地面，三个地球人终于看到了“虾球”给出的最终数据……

阿特莱死死盯着屏幕，嘴张得老大。

“一切都结束了吗？”陈孜有些迷糊，脑子似乎不能运转，“该放弃了吗？”他想站起来说些什么，却有些乏力。

“一切都结束了……已经到了放弃的时候！”爱诺丁的口气中充满了遗憾，他轻轻拍了拍陈孜的背，小声说，“要召开新闻发布会吗？”天文学家保持着过人的冷静。

但没有人回答他，近百人的监控室里一片静默。

啪，伊莎膝上的笔记本电脑落到地上，发出清脆的响声。她慌慌张张地拾起来，但所有人都沉浸在失望中，几乎没有人注意她的举动。

“各位先生，”伊莎终于鼓足勇气，大声说，“我的朋友设想了一个既疯狂又充满诱惑的计划。”

众人惊奇地看着她。

“这个计划大致分为三步。”伊莎定了定神，“第一步，我们要研究如何把核武器的毁灭性能量运用到航天技术上；第二步，必须建造三个足够强大的高浓缩铀或者氢水推进器，送往木星附近；第三步，用这些推进器改变‘路华彗星’的轨道，驾驶着它冲向火星。”她望着大家惊诧的脸，语气中带着无法抑制的激动，“我认为，如果成功，一切都将重新开始！”

“这是一个疯狂而又有趣的提议。”十多分钟后，陈孜终于第一个理清头绪，他扫视一眼众人，“但是，我很想论证它的可行性！”

六

积雪堆满了莫斯科的街道，车辆在飞舞的雪花中呼啸而过，寂寥的街道上偶尔匆匆走过一个行人。

红场上静悄悄的，只有哨兵呼出的白色二氧化碳让人们感受到一丝生气。

巨大的轰鸣声中，克里姆林宫的大门敞开了，幢幢人影出现在阶梯前。

先前死寂的红场顿时沸腾起来，记者们纷纷钻出来，带着形形色色的麦克风冲向阶梯。

“好冷。”路华从人群旁绕过，跺着脚回望身后宏伟的克里姆林宫，“真是旷日持久的谈判呀。”他喃喃自语。

“进来吧。”伊莎打开车门说，“天文学家。”

路华钻进汽车，说：“终于告一段落了。”

“嗯。”伊莎笑着说，“我们终于获得了足够的高浓缩铀与钚，还有航天计划的资金，真让人不敢相信。”

“对了，你居然也来了，你们的研究一定很顺利吧？又有什么新进展吗？”

“据月球基地的实验数据，我们已经能够将核裂变能量的80.5%转化为推进器的动能，剩余的19.5%能量，我们已经找到了解决的方法，正在实施当中。”素来娴静的伊莎也忍不住激动起来，“仅这一点，已经是人类走出的非常伟大的一步！”

“不过，我们也在谈判中耗去了三年的时间，剩下的时间，只有十三年了。”路华望着窗外纷扰的人群说，“从现在起，我们必须和那颗彗星赛跑。”

“对了，”伊莎微笑着说，“我们决定，这次的计划以‘幸运之神’朱庇特命名，我觉得，它会给我们带来好运。”

巨大的轰鸣声震撼着红色的地表，在疾行的狂风中远远传出。

雪白的宇宙飞船“维纳斯号”克服火星微弱的重力，毫不费力地穿过只有地球大气密度百分之一的大气。尾部的蓝焰渐渐收敛，飞船进入0.7G的加速度状态，在漫无边际的死寂星空中，执着地前进。

“从太空中看去，火星的尘暴是那样的微不足道。”肖力目不转睛地凝视着火星。

尘暴时起时伏，让火星的色彩时时刻刻都在变幻，在幽暗宇宙中，显得分外绚烂。

“然而身处其间，却是那样的可怕。”肖力想起些许往事。

“是呀。”埃克森的目光在深邃的宇宙空间里延伸，“有时候真的不知道是人类太渺小还是宇宙太广大，面对宇宙不可预测的力量，人类总是那样无能为力。”

接着，这位基督徒表达了他的犹豫：“听到地球上传来的消息，我真的吓了一大跳，这次的计划真的能够成功吗？那颗彗星太庞大了，人类真的能够造出驾驭它的引擎吗？地球上那些人的想法太疯狂了，让人非常不安啊……”

泰勒仍然在呵护着“布拉德草”，看着它们生长、死亡，看着从它的根部长出坚挺的幼苗。听见二人的对话，他直起身子，说：“我想，这是人类想要超越自身的一次努力，无论成败与否，都不重要，重要的是人类愿意把他们的目光投向无边无际的宇宙，并且行动起来。”

这时他的眼神变得异常清亮，“如果成功，人类对宇宙的远征，就迈出了坚实的一大步；如果失败，这份壮举也足以铭记史册，激励我们的子孙继续前进。”

“您的话，让我想到我们中国那个‘愚公移山’的故事。”肖力微笑着说，“也许，人类唯一能够和宇宙抗衡的，就是它生生不息的延续性，‘子又生孙，孙又生子，子子孙孙无穷匮也’。”

“我们还会回来的。”帕杰躺进睡眠舱里，惬意地总结说，“与其思考什么哲理，我更同情那颗倒霉的彗星。”

七

“前往木星轨道？”路华十分诧异。

“嗯！”伊莎说，“因为早已身处火星的肖力他们离木星最近，而且有足够的能源，他们将在木星轨道附近将核能引擎稳妥地架设在彗星上，并对其进行监控。如果我们从地球直接派人过去与核能引擎会合，第一是时间来不及，第二太不经济。如果将来让宇航员们搭乘目前正在建造的核能引擎去执行这个任务，也完全不现实——任何人都承受不了如此可怕的高速度。将来科学肯定能战胜这一困难，但现在时间紧迫，来不及了。”

“那他们返回地球的时间岂不是大大被延迟了？”路华向伊莎暧昧地一笑，“你真是大公无私啊，等肖力回来，你都变成老太婆了。”

“哼，不要你管。”伊莎被他一刀捅在心窝上，脸色发白，“你这人真烦！”

随即，她冷笑道：“忘了告诉你，下个月十五号请你去航联报到。”

“什么事？”路华问道。

“你被聘用了。”

“聘用？”路华愕然。

“聘用你上太空，建造核能引擎。我们邀请地球上所有六十岁以下、具有太空行走经验、身体健康的人上去。你曾经是顶尖的太空行走专家，当然不能坐在地球上旁观。”伊莎补充说，“我帮你报了名。”

“你应该知道，我有太空恐惧症……”路华脸色惨白，“我不能……”

“我希望你去。”清亮的液体在伊莎的眸子里温柔地转动，“我希望你回到太空。”

沉默了一会儿，路华拍拍司机的肩膀，说道：“离住处不远了，我想徒步回去。”

“什么？外面这么的大雪！”司机非常吃惊。

“我想一个人走走。”

“这家伙到底在想什么？”司机望着路华消失在风雪中的背影，对伊莎说，“他疯了吗？”

“不。”伊莎摇摇头，轻声说，“他还很在意那次事件。”

“是‘凤凰号’事件吗？”司机问。

伊莎惊讶地望着他，“你还记得？”

晶莹的雪花落在牛皮制的手套上，渐渐地堆成小小的雪堆。

路华轻轻地吐了一口气，又让这一掬冬之精灵重新回到冷冽的空气中。

他缓缓闭上眼睛，眼前又一次浮现出广袤森冷的空间、诡异闪烁的星辰，还有可望而不可即的蓝色地球。

他仿佛又身处那个虚无的世界，没有天，没有地，一切都是空空荡荡，没有任何依凭，只有无法抑制的寂寞和哀伤，像冬天的雪花，凝聚在他的身上。

“我对那次事件记忆犹新。”司机布满皱纹的脸上闪过一丝恐惧的神情，“那是第二次远征火星吧……当时‘凤凰号’共有十二个人，飞船在半途出现严重故障……结果只有这位天文学家活了下来，非常让人吃惊。我现在还记得他获救时的样子——请原谅我措辞不当——简直、简直像从地狱中爬出来的魔鬼。”

“那次事故十分骇人。”伊莎叹了口气，“一颗微陨石意外地击穿了母船的燃料系统，他们刚刚登上救生船，爆炸的冲击波就将他们彻底冲散。四艘救生飞船中，两艘至今没有被发现；一艘飞船里，船员集体自杀；而在路华那艘救生飞船里，一名船员在孤寂与绝望中精神崩溃，掐死了他们的另一个同伴……”

“死吧，大家都死吧！”

嘶哑的咆哮，布满血丝的眼珠，弯曲的手指……在记忆的深渊里不停地闪现。路华感到胸口异常难受，呻吟着蜷在地上，吐出一些苦涩的液体。

决堤似的泪水顺着他的脸庞滑落，很快凝结成刺骨的寒冰。

“这是一种什么心理呢？身处在地球上的人可能永远无法明白。”伊莎望着车窗外不断变幻的景致，眼里闪着凄迷的光，“当人们知道生存的希望微乎其微，又身处一个无限广大的宇宙之中，在空气和食物断绝之前，那种无法可想的寂寞、孤独和绝望，足以把任何人打倒。”

“这个人似乎是个例外。”司机皱了皱眉头，“经过残忍的搏斗之后，他杀死了疯狂的同伴，成了最后的幸存者，然后，在宇宙中开始了三个月的漂流。在救生飞船里，食物没法循环，最后，他竟然以同伴的血肉为食，直到获救。那个时候，在失重条件下，从人体内涌出的血和体液的泡沫，要么在空中飘浮，要么附着在四壁……上帝……简直把船舱变成了地狱血海……”

“你的口气中似乎充满了对他的厌恶。”

“不仅是我，很多人都很难对他有好感。能够在那种环境中生存，多少有些……”司机迟疑了一下，没有继续说下去。

“变态是吗？”伊莎冷冷地接道。

“啊，这个，可不是我说的……”

伊莎凝视着冰冷的车窗，悠长的呼吸落在上面，露珠扩散开来，如同天上璀璨的繁星。

“他会来吗？”她喃喃自语。

八

太阳像往常一样出现在地平线上，照耀着乌兰巴托的草原。

巴格尔大爷吆喝着牲口在草原上转悠，牧羊犬“黑闪电”在一旁蹦蹦跳跳，追逐着不听话的牛羊。

隐隐传来闷雷的声音，巴格尔觉得有些不对劲，抬头看了看晴朗的天空，对“黑闪电”说：“嘿，伙计，要下雨了吗？天气预报又错了哦……”

“黑闪电”打了个冷噤，用和它的皮毛一样漆黑的眸子注视着远处的天际，兽类的直觉让它感到那里有着不寻常的东西。

果然，西边的云层被撕开了一个血淋淋的口子，迸出一朵灿烂的火花，它与大气层剧烈地摩擦，发出尖锐的声响，像一颗流星，拖着刺目的火光划过苍穹，栽倒在无边的大草原上！

冲天的火光挡住了东方的太阳，雷神般地咆哮着，让地皮像汹涌的波浪一样起伏动荡。

“三天前，发生了一起严重的事故。”电视里的新闻节目主持人严肃地说，“一艘运输飞船前往太空时，满载着高浓缩铀的太空舱在近地轨道脱离母船进入大气层，坠落在乌兰巴托附近的蒙古草原上，一百二十名牧人和数以千计的牲畜因此丧生，该地区遭受了严重放射性污染。世界航联发言人称，事故原因正在调查中。”

“……如果这个太空舱落到上海、东京、纽约、伦敦，会怎么样？”巴黎的大街上，两千多人的示威队伍浩浩荡荡地行进着，一个人双手狂舞，对着人群慷慨陈词，“在太空中组装核能引擎，无疑是在人类头上悬了一把达摩克利斯之剑，如果某位宇航员不小心让它掉到地球上，人类必然会被毁灭！如果因为一钱不值的火星而毁掉了人类的美丽家园，那么，我们的愚蠢，将被刻在宇宙的耻辱柱上……”

“我时常在想，什么是奇迹？奇迹是怎样创造的？”

西昌发射场的四周，峰峦如聚，连绵远去，陈孜严肃地注视着整装待发的宇航员们。

“当埃及的奴隶们用血肉堆积金字塔，当中国的农夫用生命修筑长城，当亚历山大驱赶着波斯战俘，将恢宏的灯塔立在他不朽的港湾上的时候，似乎就已经说明了一个事实：创造奇迹必须付出代价！我们为失误付出了代价，但是，如果因此失去跨入奇迹之门的勇气，那将是更大的损失……”

“你还是来了！”伊莎透过塑钢头罩，深深地凝视着路华。

“天知道怎么回事，”路华蜷缩在座位上，脸色苍白得可怕，“我完全是稀里糊涂地上了贼船……”

伊莎的嘴角浮起一丝微笑，“真期待啊……”

火箭发出剧烈的震动，谈话戛然而止，抗拒地心引力的强大加速度把他们死死地按在座椅上。

很快，飞船穿过厚厚的大气层，与火箭脱离进入宇宙空间，开始沿着轨道飞行。

一个小时之后，前方出现了两个垂直的巨大圆环，太阳光从地球上反射回来，使蓝色的金属光泽在圆环上流动。圆环的中心，是一个椭圆的机械装置，六艘巨大的太空飞船正和它对接；不可胜数的机器人凭借着电磁力悬浮，在它光洁的表面上滑行；几千名宇航员飘在虚空，像一群围着银白色蜂巢飞舞的蜜蜂，成千上万支激光焊枪在厚厚的金属壳上激起明亮的火花，闪烁不定，如同太空中燃起的焰火，无法形容的瑰丽。

就是这具航天器，由三层外壳与一个反应炉构成，它就是驱动彗星的引擎。在精巧绝伦的反应炉里，每四分之三秒会发生一次接近于完全核爆的核燃烧，将核燃料最大限度地燃烧殆尽，仅仅产生冲击波和光辐射以及少量的早期核辐射。这是物质最后的悲歌，异常可怕的力量！

三层外壳结成力量的囚笼：弹性惊人的液态物质构成的缓冲层像大海一样起伏，化解冲击波的膨胀；吸收层能够吸收辐射能，它包括四十个亚层，层层吸收各种射线的能量，并将它转化成动能；保护层外壳是最后的防线，吸收泄漏的能量，并将它们散发到浩渺的太空。

“整个引擎的体积相当于五百座胡夫金字塔。”伊莎轻声说，她的脸上浮起朝圣的神采，“而这样的庞然大物，我们要做三个。”

“三个？”路华瞪大了眼睛，“我的天，岂不是要为一千五百个法老王树立他们的墓碑！”

“就算这样，我们也没有十足的把握驯服那颗彗星。”伊莎的笑容里蕴含着苦涩，“毕竟，这是人类第一次改变星体的运行。”

“又来了，谨小慎微。”路华龇牙一笑，“工程师的通病。”

他深深地吸了口气，“我不一样。任何事情我一旦决定去做，就一定充满信心。”

在众目睽睽之下，这位“凤凰号”唯一的幸存者毫不犹豫地站起身，大步流星地通过银白的走廊，迈向了无垠的虚空。

九

木星在它的轨道上缓缓地旋转，上面紫红交错的条纹似乎要随着转动脱体而出，氢与氦构成的海洋波澜起伏，形成无数曼妙的旋涡，围绕着大红斑翩翩起舞。一个黯淡的光环拥抱着这个华丽的星球，星尘在里面不停地流转，聚而不散，仿佛凝固在弯曲的玻璃管里。

木卫一看上去就像一枚棕黄的金属弹丸，正发出强烈的反光，透过望远镜，能够清晰地看到它喷出的万丈熔岩。在木星巨大的潮汐力量里，这个星球释放着太阳系里最狂热的激情。

相形之下，木卫二则显得静谧而幽深，蓝色透明的冰层像一件水晶的外套，闪烁着让所有的碳基生物为之着魔的微光。在它们眼里，水，就意味着生命。

就是这一冷一热，最早为人类所知的两颗木星的卫星，带着它们的一大群兄弟，迈着整齐的步伐，伴随伟大的母亲前进：一同沐浴着太阳的光辉，一同穿过繁星的密林，一同由生到死，迎接宇宙赋予它们不可测知的轮回。

第三次从太空休眠中醒来，肖力凝视着这位行星的巨人，他仿佛感受到时间的河流在星体的运行中缓缓流逝。在这条河流中，人类的历史不过是小小的一朵浪花，轻轻地拍打在岸边的岩石上，几乎不能留下任何痕迹。他知道，此刻的地球已经又经历了十来个寒暑，生与死的乐章在那里周而复始地演绎。

肖力沉思着，似乎明白了一些生命的意义，因为渺小，所以期望宏大；因为卑微，所以期望崇高；因为短暂，所以期待永恒；因为生活在小小地球，所以向往无边无际的宇宙。他似乎看到，古埃及的奴隶在皮鞭下蹒跚向前，肩上是沾满鲜血、汗水和眼泪的绳索，拖拽着建构宏大永恒的巨石；他似乎看到，始皇帝站在泰山的巅峰，眺望太阳升起的东方，在那里，有一艘载满童男童女和他永生希望的帆船，在咸湿的海风中向着那缥缈的仙山进发；他似乎看到，尤里·加加林在太空中微笑，淡蓝色的眸子里，一半是星光烂漫的宇宙，一半是笼罩在核恐怖中的地球；他似乎看到，一个小小的脚印，出现在松软的月球土壤上，那里浓缩了人类的希望和梦想，心灵的翅膀随着“阿波罗号”的轰鸣向宇宙伸展开来……

刹那间，他仿佛经历了数千年的沧桑。这是一种和光赛跑的经历，他的身体仿佛在光速中消弭成微小的夸克，穿过了时间的长河，和广大的宇宙合而为一。

“真的很漂亮呀……”埃克森在他身后感慨，“是一双什么样的手，塑造了如此伟大的一切；是什么样的智慧，让它们如是运行呢？”

“你又想宣扬你的宗教吗？”肖力笑了。

“不，对我来说，宇宙和上帝是二位一体，我崇拜宇宙，就像崇拜上帝一样。”埃克森说。

“我看到了。”泰勒轻轻地说，就像一个父亲，害怕惊醒了自己熟睡的孩子。

“什么？”帕杰问。

“彗星，路华发现的彗星。”泰勒说，“它正在前往木星的路上。”

“爸爸——”戴尔疯了似的一把推开门。他刚刚大学毕业，不顾母亲反对，应聘到世界航联工作了。“我……我来和你们告别，我要去……去太空，参加最后一次太空行走，安……安装核能引擎最后的一些附加设备。”戴尔坐下，喝了一口咖啡，他还没从刚才的狂奔中恢复过来，急促地喘息着。

“太空行走？”迈克尔有些吃惊。

“嗯，以前没告诉你们，事实上我早就在进行太空行走的训练呢！啊，爸爸，你不会阻止我吧？”戴尔盯着迈克尔说。

“当然不会。”迈克尔给了继子一拳，“我都嫉妒死了，你居然可以亲手触摸那个了不起的引擎，人类最伟大的奇迹！”

“刚才在路上，我又看到一些地球派在游行示威，真是想不通，他们为什么不愿开发火星。”戴尔兴奋地舒展着四肢，“我就不同，一想到火星，我就莫名其妙地高兴。”

迈克尔看着他快活的脸，不由想到了哈克，他默不作声地轻轻拍了拍继子的肩。

“每个人有每个人的想法。”玛利亚出现在卧室门口，“事实上，人们的当务之急是做好地球上的事，那些建设核能引擎的巨额资金如果用来开发地球，远比征服火星划算。”

“嗨，妈妈，您又来了……”

“我绝对不允许你去太空。”玛利亚声音不大，却很坚决。

“为什么？”戴尔眉毛一拧。

“为什么？”玛利亚终于爆发了，大声叫道，“我不想那个该死的火星夺走了我的丈夫之后，再夺走我的儿子！你给我老老实实留在地球上，哪儿也别想去！”

“不可能，为了申请这个名额，我费了好大的劲儿，妈妈！”戴尔也大声回道。

“我不让你去！”玛利亚声嘶力竭地吼叫着。

“玛利亚！”迈克尔搂住她的肩，“别这样，孩子已经大了，小鹰的翅膀已经硬了！”

玛利亚咬着嘴唇，终于，她忍不住地伏在迈克尔的肩上哭了，迈克尔将她紧紧搂在怀里。

戴尔呆了一呆，默默地吻干玛利亚脸上的泪痕，转身离去……

饱含吗啡的止痛液沿着细长的针管注入病人麻木的肌肤，然后，护士收好针药，悄悄地退了出去。

陈孜躺在病床上，口鼻插着氧气管，他已经到了太空综合征晚期。经历了长期的太空生活，宇宙射线的杀伤作用在他的晚年终于显现出来，癌细胞像潮水一样不断侵蚀他的肌体，彻底击溃了他的生命力。

他的妻子亚圆坐在床边，默默地握着丈夫的手。同样因为太空辐射，他们没有孩子，她是陈孜现存的唯一亲人，她陪伴这个伟大的宇航员走过了漫长的太空之旅。当丈夫在空旷的宇宙空间漂流时，她默默地守候在地球上，每当夜深人静时，她都仿佛感受到丈夫所承受的无尽孤寂。她从来没有去过太空，但她最大的享受，就是躺在丈夫的怀里，听他诉说宇宙的秘密，然后想象它的伟大，因为它包容着自己的痛苦和骄傲，她对宇宙怀有一种无法言喻的感情。

但现在，一切似乎都已经走到尽头。

陈孜的脸上不时闪过痛苦的抽搐，他没有选择安乐死，虽然他身上所有的器官都开始发生癌变，但他决定和癌症继续搏斗下去，直到亲眼看见核能引擎离开地球的上空。

电视里，每一个频道，都重复播放着同样的画面，满怀激情的主持人正在对那些画面进行解说。

那是三个庞然大物，它们将在“路华彗星”上构成它动能的三足，让这颗彗星稳定地改变自己的航道，与火星开始激动人心的世纪之吻。

每当看到这些画面，陈孜的眼珠都会缓缓地转动，里面迸发出他残存的所有热情，就像一支蜡烛燃烧它最后的生命。

门轻轻地开了，爱诺丁、阿特莱与几个老人走了进来，这些人大都是曾和陈孜一起工作过的各国宇航员。他们默默地围在病床边，看着这个为电视画面痴迷的衰老病人。

得克萨斯人将一个用火星岩石雕刻的火星模型轻轻地放在陈孜的枕边，这是陈孜第一次登上火星后带回地球的岩石。

爱诺丁则将一个盒子递给亚圆，里面放着各国著名政要写给陈孜的慰问信。

但陈孜只是看着电视屏幕，看着三大引擎尾部喷射出炫目的白光，像三颗巨人的心脏，在太空中有力地搏动。

最后，万众欢呼。

但这海啸般的欢呼声陈孜已经听不见了，他最后一眼看到的是三大引擎的移动轨迹！那是宇宙中最完美的轨迹，充满了希望和梦想的轨迹。陈孜感到自己的灵魂离开了疲惫的躯壳，融进了这壮丽的轨迹之中，一头连接着地球，一头连接着火星。

然后，宇航员永远闭上了那曾经盛满星光的眼睛。

十

拢了拢花白的鬓发，伊莎有种虚脱的感觉，她感觉到自己的心似乎停止了搏动。现在她太疲倦了，只想好好地睡一觉。

“如果肖力在这里该多好，我就可以躺在他的怀里，睡上三天三夜，或者一辈子永远不醒也好。”

她猛地意识到，自己在想念远在木星轨道的丈夫。很久没有时间来想念他了，他在干什么呢？她想着，如果脑电波以光速前进，他能够感应到自己的思念吗？

她感到自己的想法有些可笑，便站起来，走到路华的身边。

路华默默地站在空间站巨大的落地舷窗前，这个空间站由当年的“国际空间站”不断扩建而成，记载着人类空间技术的发展史。

“你在想什么呢？”伊莎问。

“我在想，那些在太空行走中丧生的人。”路华的神情有些沉重，“当‘凤凰号’失事之后，支撑我活下来的信念，就是对生命的眷恋和对宇宙的梦想。现在，当我发现梦想就要实现时，我突然发现了生命的失落。”

“我突然之间感到很害怕。”伊莎抱紧双臂，她似乎感到一种寒意，“我们越是接近目标，我越是有种失败的恐惧。”

“不要害怕！”路华拍了拍她的肩膀，笑着说，“相信肖力，相信你的选择吧！”

“维纳斯号”飞船启动了防护罩，在它身后一千五百万千米之外，三个光点在迅速地接近。而在它前方七十万千米外，“路华彗星”静静地飞驰着。核能引擎的加速度超过20G，没有任何人能够适应如此强大的加速度，因此，核能引擎处于无人控制的状态。在茫茫星海中，“维纳斯号”将作为核能引擎的引航员，引导它们与彗星作最精确的结合。

引力的作用使冰雪和岩石碎块在彗星的四周若即若离，形成一道死亡的障蔽。

“维纳斯号”的防护罩是在“凤凰号”飞船失事后发展起来的，一共分为五个等级，分别对付微陨石到较大规模的陨石流。现在这个时候，防护罩已经进入最强的第五等级。

冰块和岩石在脉冲流上发出轻微的爆炸，变成细微的粉末，然后被细小的激光流分解成分子结构。

彗星的死亡屏障向两边退去，“维纳斯号”向彗星缓缓降落。

但是，彗星的引力相对于大质量的行星而言，是异常微弱的。泰勒发出指令，“维纳斯号”以与彗星相同的飞行速度和它同步飞行。

随后，粗大的钻头像三只巨足，从“维纳斯号”的底部伸出，向彗星的冰层钻入。

“维纳斯号”随着钻头向下移动，最后完全贴近彗星表面。

三辆火星车由肖力、史蒂芬、埃克森分别驾驶，从“维纳斯”号驶出。这种车本来是为对付火星的死亡尘暴所设计，六只长足的螺旋钻迅速刺入彗星的表层，又很快地退出，轻而易举地越过山岭，跨过沟谷，向三个方向稳健地行进。

三辆火星车很快到达了彗星上三个不同的地点，这三处地方被选为三大引擎的降落点。

火星车射出威力十足的激光束，凌厉的锋芒扫过彗星崎岖的表面，固态氢和固态氦很快融化，冰山也被切割开来，和岩石一起被火星车推入沟壑，让它们在宇宙的超低温中凝结为一体。

二十四个小时后，三辆火星车清理出三块平坦的巨大广场。广场的正中，六个球形的无线电波发射仪器被深深地植入，它们将成为彗星上的灯塔，引导核能引擎的降落。

“维纳斯号”飞船中，每个人都默不作声，包括刚刚劳累了四十个小时的三位宇航员也没有任何睡意，最后还是在催眠气体的作用下不情愿地入睡。飞船里的人们通过仪器，轮流观测着核能引擎与彗星的相对运行。

一千万千米……六百万千米……三百万千米……

熠熠生辉的核能引擎，终于出现在彗星的上空，分三个方向降落。

它们有着比“维纳斯号”更为强大的防护罩，在无线电波的引导下，轻易地撕开了彗星的死亡屏障，以“维纳斯号”同样的方式降落到彗星表面。

不同的是，五十五根巨钻，排列成稳定的三角形，在五千米的高空就开始向下钻入，直抵坚硬的彗核。钻头的摩擦力造成的热力让彗星物质开始升华，核能引擎被氤氲的雪白雾气所笼罩，保护层发出的微弱白光（被转化后的核能量）和周边水汽混合，散射成七种色彩，给引擎穿上一层华丽的外衣。缤纷的光芒随着水蒸气的升华不停地流动，让彗星的表面变成了爱丽丝仙境。

“维纳斯号”飞船里的每个人刚从休眠中醒来，就感到了地壳剧烈的震荡。当核能引擎落下时，巨大的质量让彗星的地壳发生了剧烈的变迁。在许多巨钻四周出现了深长的龟裂，所有的核能引擎都将自身的五分之一插入了彗星的表面。

轰鸣声在彗星的体内震响，地动山摇。这种地质变迁持续了整整两天，最后完全平静了下来。

“维纳斯号”飞船在离开彗星第十二个小时后，向三大核能引擎发出启动的指令。“维纳斯号”在两万千米之外，监控着引擎的运转。

炫目的白光从引擎中喷出，核能引擎发出人类航天史上前所未有的推动力量，在智脑精密的计算下，开始改变路华彗星的轨道。

惊人的能量释放，让整个彗星沸腾起来！它笼罩于尘埃和气体形成的云雾中，像一枚在不可见底的深潭中旋转漂浮的雪白鸟羽。彗星的后方，不断挥发的彗星物质与核能引擎长达二十千米的尾焰产生高能相互作用，形成了三道原本彗星接近太阳时才会出现的离子彗尾，在幽暗的宇宙空间留下水蓝色的痕迹，足足拖出二十万千米。

经过徒劳的挣扎，这颗脏雪球终于决定接受人类赋予它的命运，改变轨道，开始向火星进发。

核能引擎渐渐熄灭了，“路华彗星”在低温中凝聚回莹白如玉的体态，但它的体形却发生了剧烈的改变。核能引擎的所在地，出现了三道巨大的深谷，黝黑的彗核清晰可见，离子彗尾渐渐地萎缩，仅在彗星的身后留下些许遗迹。当这些遗迹化为乌有的时候，伟大的太阳开始转动它的眼眸，注视着这位来自奥尔特云的客人，把它变成了一颗五光十色的璀璨宝石。

太阳风的余威扫过，彗星兴奋起来，露出弯曲雪白的尘埃彗尾，拖着这条尾巴，它不断地向火星前进，急不可耐地准备完成它生命中最后的壮举。

"维纳斯号"飞船再次落在了彗星上，在那里伴随着彗星飞行，宇航员们也开始了最深沉的宇宙休眠。

十一

清晨的阳光洒进渐渐喧闹起来的城市，伊莎面对着镜子，梳理着斑白的头发。她看到细密的鱼尾纹爬上了自己的眼角，不禁感到一种难言的悲哀。

五天前，她参加了阿特莱的葬礼。这位得克萨斯州的商人、执着的天文爱好者，早已年衰岁暮，虽然先进的医学不断延续他的生命，但他到底没能看到"朱庇特计划"最后的乐章。

阿特莱的死亡，让伊莎突然感到了时间的无情，意识到作为女人忽略了很久的东西——她第一次感觉，面对宇宙的铁律，自己无可避免地衰老了。

屋外传来太阳能汽车的鸣叫声。伊莎轻轻推开窗户，看到一个鬓如繁霜的老人走出车厢，努力挺直微驼的背，正向着自己微笑。

"嗨！今天一定要打扮得漂亮一点儿。"老人顽皮地向她吹着口哨。

"他也老了……"伊莎心中发出无奈的叹息，"好的，路华。"

“我有些迫不及待，哈，昨晚一夜没合眼。”

“我也是。”

“维纳斯号”飞船第二次离开“路华彗星”，再一次点燃了核能引擎。

最后的时刻终于到来了！

伊莎与路华走进监控大厅时，里面早已经坐满了人，各国的政要在亲切地相互攀谈、握手，闹哄哄一片。

他们和一些朋友寒暄之后，在一个不起眼的角落里并排坐下。

这时，来自“维纳斯号”飞船的信号通过卫星接收并增幅，然后传入高耸入云的指挥塔。巨大的数字屏幕亮了起来，噪音渐渐消失，整个地球也平静下来，人们都静静地坐在数字电视和智脑终端设备前，观看这亘古未有的壮举。

每个核能引擎都有六个喷射口，也就是说，它可以从六个方向推动彗星。此时，六个喷射口都喷射出或长或短的白芒，对彗星做最精微的调校，这种调校决定了彗星最后的归宿。

当彗星距离火星仅有二十万千米时，调校完毕。核能引擎发出无声的咆哮，开始了最后也最壮美的燃烧。

一百千米长的焰火从它的头部喷射出来，与尘埃彗尾融合，在宇宙漆黑的肌体上留下明亮的创痕。这一次，不是推动，而是减速。人类要避免两颗星体自然地相撞，否则，这种直接撞击将给火星带来致命的创伤！核能引擎的作用，不仅包括改变彗星的运行轨迹，而且它还要把“彗火之吻”（这是地球上媒体的一种称谓）的副作用降到最低，用自己强大的能量形成反推力，抗拒两颗星体彼此的引力，也就是火星对彗星致命的重力加速度。

这是个艰难的历程，比改变彗星的运行还要困难，人类正在用自己的智慧，抗拒宇宙的本能。

当彗星距火星大气十万千米时，它终于将速度降低到了人类所希望的程度，开始绕着火星进行同步旋转，旋转的角度已经被智脑设定好。这并不是一种卫星似的旋转——那对大质量的彗星而言也是不可能的。这是一种逐渐缩小轨道半径，在运行中不断接近火星的旋转。

这种运行方式持续了一段时间，彗星在火星的潮汐力下，出现了巨大的裂痕，表面许多冰石的碎块在爆裂中脱体而出。壮观的冰雪流星划过火星的嫣红色天空，留下一道道蓝色的星痕。

这场面是如此的瑰丽，仿佛宇宙之神用它横亘时空的画笔，泼墨绘就最神奇的画卷。

彗星的引力同样在火星的表面划出了巨大的创痕，这是被后来的人们称为“上帝之河”的巨大沟渠，它环绕了整个火星。

尘暴随着彗星的划过冲天而起，化作一抹浓稠的红云，尔后，渐渐弥漫，染红了整个大气层。这大概是火星有史以来最疯狂的尘暴，天与地在那一刻几乎不分彼此。

最后，彗星冲进了大气层，数以亿吨计的固态氢在与空气的摩擦中升华为气体，和二氧化碳发生剧烈的化学反应。整个火星变成了一个天然的氧水合成器，氧气、水与甲烷在彗星划过的一瞬间形成，甲烷和氧气在摩擦的热能下发生连锁反应，剧烈的燃烧出现在彗星的表层，整个彗星很快变成了一团熊熊燃烧的火球！在地球上的人类眼里，这团火球代表着炽热的生命。

在进入大气层十五分钟之前，核能引擎就已耗尽了它的能量，永远彻底熄灭，现在彗星完全依靠它的本能，在固定的轨迹上前进。肖力和埃克森深埋在火星地壳里的六个高精度摄像仪（原本二十四个，在剧烈的天地变迁中，有十八个失灵），清晰地拍摄了这团火球经天而过时的灿烂一幕：它似乎比太阳还要耀眼，照亮了西半球黑沉沉的天空，随后，它在天空中留下火焰的曲线，一头撞断了太阳系第一高峰——二十一千米高的奥林匹斯山！

这是人类的精确设计，倒霉的擎天一柱成了彗星最后的刹车闸，让它再次减速。

山峦的阻截让巨大的冰雪晶体无力地落到了地面上，在地壳上足足滚动了一千千米，所经之处，地壳全面陷落。这个绵亘千里的巨大凹痕，后来形成了一个长方形的湖泊——智慧湖。若干年后，人类在湖边建立了他们的第一座火星城市。

经过不断的折腾，彗星疲倦不堪，终于停在了它最后的归宿——七千米深的水手峡谷上。这是人类防止彗星在火星离心力作用下偏离而准备的万全之策。彗星惊人的质量，让这个缺口轰然冲开，然后缓缓陷落。

这种挤压惊醒了睡眼蒙眬的地心熔岩，它们发出撕裂天地的吼叫，从彗星下方的万丈绝壑中涌出！炽热的激流吞没了还没有彻底融化的冰雪，水蒸气伴随着氢气上升，剧烈的化学反应充斥着火红色的大气层。

不堪重负的火星开始了造山运动。上万度的高温熔岩从折断的奥林匹斯山下喷出，从南北极的二氧化碳层下喷出，从智慧湖下喷出，从一切脆弱的地壳下喷出。火星的表面温度急剧升高，火红的熔岩之河在地壳上汇聚，纵横奔流。

彗星的冰壳以每小时数百万吨的速度急剧地瓦解，彗星四周的熔岩在冰雪的低温下不断地凝固，但又不断地被新的岩浆冲开。冰与火在它的周围执着地较量，渐渐地，岩浆失去了它的威力，变成脆弱的岩石，包裹住彗星的底部。流水从彗星上流下，淌过火热的熔岩，流向智慧湖。

红褐色的云气在大气层团聚，火星第一次有了真正的云。但最初的云生命短暂，它们无法支撑自己的重量，饱和了氧化铁颗粒的雨滴倾盆而下，像小钢珠一样，有力地击打着火热的大地。氧化铁与湿热的地壳同化，其中的水却变成了蒸汽，再度升入天空，周而复始，循环不息……

经过四个漫长的火星月，“路华彗星”终于脱去了冰雪的外套，裸露出细小黝黑的彗核。火星地表温度渐渐降低，回落到八十摄氏度以下。

大气层里开始响起了雷声，那是嫣红色的云在激烈地碰撞，宙斯的闪电在它们之间迸发，第一次照亮了玛尔斯的土地。在这里，雷声、雨声、闪电的叱咤声，与火山的鸣啸彼此呼应，奏响了创世的乐章。

南北两极的二氧化碳仍在升华，火星大气的浓度几乎达到了它的极盛时期。这个大气层有效地形成温室效应，把长途跋涉后分外有限的太阳光封在二氧化碳的匣子里。火星的平均温度将从此越过冰点，保持适宜的温度，供人类活跃在它的地表上。

如同一个幽灵，“维纳斯号”飞船绕着火星静静地移动，里面的人们透过渐渐澄清的火星大气，透过红色云彩的间隙，看到那里沧海桑田的变幻。从头到尾，他们几乎都没有说过一句话，显然，人类的语言在这个时候，几乎已经失去了意义。

直到最后，埃克森从他的宗教里勉强找出一个词汇。他说：

“洗礼！一次迎接新生的洗礼！”

十二

火星的星旗在送别的人们手中招展，汇成起伏不定的海洋。

四十一岁的戴尔抱着儿子，与妻子吻别。他的身后是一个高高的发射架，从那里，扁平的飞行器将载他飞向太空轨道中人类有史以来最为庞大的“盘古号”太空船。这艘太空船与其说是船，不如说是一座巨大的金属城市！这座城市以三个核能引擎轮流驱动，承载一千三百名宇航员，将日夜兼程赶往火星。这些勇士将在那里建立人类第一座外星城市。

更庞大的“大梵天号”太空船，正在月球上初步组建，三十年后，第二批地球移民将乘坐它前往火星。

“爸爸，妈妈不会来了吗？”戴尔问迈克尔，他难以掩饰巨大的失望。

“我想她还在生气吧。这个给你。”迈克尔布满老年斑的大手伸进怀里，取出一枚钻石勋章。

“这是哈克的。”迈克尔说，“它会保佑你平安。”迈克尔亲手将勋章挂上了继子的胸口，轻轻拍了拍，“真羡慕你，可以踏上火星的土地。”

戴尔的眼眶热了，紧紧地抱住了父亲，朦胧的泪眼中，他看到远远的人群中，站着一个穿着鹅黄色外套的老妇人，正缓缓地向自己挥手。

泪水又一次模糊了戴尔的眼睛。

“爸爸，我也要登陆火星。”儿子拉着他的裤脚说。

“当然。”戴尔抚摸着儿子金丝绒一样柔软的头发，“我会在火星的城市里等着你到来。”

靛蓝色的湖泊一望无际，在朝阳下闪动着淡金色的波光，雪花般的芦苇在晨风中轻轻地摇曳，几只水鸟掠过平静的水面，带起温柔的涟漪，向四周扩散开去。

中年人挽着白发苍苍的妻子，在湖边漫步，潮湿的微风拂着他们的面庞。

“力，我累了……”老妇人说。

两个人坐在一棵倒伏的大树上。

“你在想什么呢？”老妇人的眼角含着笑意。

“嗯，我在想那次让人泄气的撤退。”中年人托着腮说。

“没法子，往返木星，消耗了你们大部分的能量，没有足够的能源，你们什么也干不了。而且，火星的地质变动和气候变迁至少要十年才会稳定下来……有些事，让后人去做，或许要好得多。”

“后人？我难道看起来很老？”

“哼，当然，你还比我大一岁呢！我可不想一个人老下去。”老妇人带着一点顽皮的神气说。

中年人笑了起来，“你也可以学刺猬，冬眠啊，等我也白胡子一大把了再醒来。”

“你不会嫌我老了吧？”老妇人望着中年人说。

“你想什么呢，我怎么会啊！”

“我可是很在意。”

“呵呵，其实你不妨学学路华那家伙，人老心不老，在疗养院里还能和三十五岁的漂亮护士打得火热，听说现在都到了谈婚论嫁的地步。”

“看你口水滴答的，好像很羡慕的样子……”

“求求你，别疑神疑鬼了。”中年人的脸像少年一样涨得通红。

老妇人笑了，打开手边一个小小的保暖瓶，问道：“你要水吗？”她从里面倒出温热的纯净水，颤巍巍地递给中年人。

中年人愣了一下，脑子里浮现出了某些很久远的画面，他也笑了，接过水杯递到嘴边，快活地说：“全都是我的！”

就在这个声音响起的时候，开天辟地的“盘古”巨人踏上了火星的土地。

搬运海洋

—

王　尚

海很平静，远远看去，没有什么起伏。只有当海浪轻轻地打在脚下的沙滩上时，才能让人感觉到大海此刻平缓而有力的脉搏。

一位年迈的老人由一个十岁左右的小男孩搀扶着，拄着拐杖在沙滩上散步。

天空中，一颗只有橘子大小的橙红色恒星，已经落到了海面上。

“爷爷，您去过地球吗？”小男孩突然问道。

“嗯，去过几次。那是很久很久以前的事情了。”老人回答，拄拐的右手有些吃力地颤抖着。

“地球是什么样子的？”小男孩又问。

“嗯，和火星差不多，不过气候更加温和一些。”老人一边说着，一边举起手，有些滑稽地照着自己的脑袋比画着，“而且那里的太阳有这么大。”

小男孩咧嘴笑了起来。

“不过，从前的火星，可不是现在这个样子。从前这里可荒凉了，全是沙漠，而且人们也不能在户外自由地呼吸……”

“老师都跟我们讲过。”

“那你知不知道曳冰和曳气啊？”

“知道！”小男孩大声地说。

“是吗？我们的聪聪知道的真多。”老人微笑着摸了摸孙子的头。

祖孙俩说笑着，不知不觉天已经黑了下来。

“看见天上的那颗星星了没有？那就是土星。”老人指着天上一颗不大起眼的小星星说道，“我从前去过土星。那是一颗很美丽的星球，有着漂亮的星环。”

“但是它看上去好小啊！”小男孩儿说道，“爸爸说，宇宙是个很无聊的地方。”

“土星可不小，而且宇宙一点儿也不无聊。不如这样吧，我给你讲一个关于火星、木星和土星的故事怎么样？”

“好啊！”小男孩儿高兴地说。

“那年，我只有十四岁，对一切都半懂不懂。我的爸爸有一艘曳冰飞船，专门从木星或是土星的卫星那里拖曳一些冰块，然后扔进火星的大气层，以增加火星地表的水量。这是政府主持的大项目，前后一共进行了九十三年。”

“爷爷，这些我都知道。”小孙子已经有些不耐烦了。

“不要急嘛，让我慢慢地进入状态。”老人轻轻拍了一下孙子的脑袋，全然没有责备的意思。

我爸爸绰号“金二爷”，是曳冰行当中的好手。他不光有自己的飞船，而且在帕西瓦尔·洛威尔的码头还有自己的办公室。他的飞船“来福号”和他的办公室是他第一珍贵和第二珍贵的东西。他第三珍贵的东西，是从地球上原产的雪茄，产地叫古巴——一个很奇怪的名字。每当不出航的时候，他总会坐在自己那间不大的办公室里，将双腿跷在办公桌上，望着窗外停在船坞中的“来福号”，悠闲自得地抽着雪茄。

至于他还喜欢什么，我就不太清楚了，但我可以肯定的是，他最不喜欢的“东西”就是我。我十一岁就辍学回家，整天只知道开着自己攒钱买的电动摩托车在洛威尔的大街小巷里乱蹿。我爸爸基本上见我一次就骂我一次，不过我妈妈总是护着我。

我那时候很喜欢去码头，因为在那里能看见摩天大厦一样的巨型飞船。另外，那里的船员对我也一向很好。他们喜欢绘声绘色地向我讲述他们碰到的太空海盗、太阳风暴或是神秘的UFO等等。有时，他们还会瞒着我爸爸偷偷塞给我几根香烟。我当时很好奇，就学着大人的样子吸了一口——聪聪，你可不能抽烟哦——立刻就被呛得直咳嗽，然后他们就哄笑起来。

但后来有段时间我却不敢去码头了，因为我爸爸刚刚完成了一桩生意回来。其实说“完成”并不恰当，“来福号”比合同规定的时间晚到了半天。结果，他们被迫在火星轨道上等了两个星期。于是，几百万方的冰块被火星的引力撕碎，坠入了大气层。最后他们不但没有拿到酬劳，还要交付一大笔罚款。所以，你太爷爷那两天心情特别差，我怕遇见他又要挨骂。

一天晚上，我爸爸在餐桌上宣布了一个重要的决定：下一趟远航我必须参加。

当时的我高兴得跳了起来，而我妈妈却哭了出来。

“你现在是个男子汉了，应该去见见世面，吃点儿苦。”爸爸这次的语气出人意料地和蔼。

“小宝今年才十四啊！我听说这次你要雇老萝卜来带队。他是个疯子啊！你怎么这么狠心啊你？”我妈妈哭着向我爸爸埋怨道。

“正因为这样，小宝才更得去。只有这样才能表明我对赵虎有信心，也只有这样我才能招到船员。本来曳冰就不是坐在办公室里面喝茶看报纸，小宝将来是要继承‘来福号’的。现在不磨炼磨炼，到时候他怎么能胜任？这事就这么定了！你个老娘们儿懂个屁。”

很快，出发的日子就到了。

妈妈前一天忙到很晚，给我打了一个大得不可思议的行李包，里面鼓鼓囊囊的，装满了零食和换洗的衣服，还有很多我说不出用途的东西。

“来福号”飞船安静地卧在那里，在它旁边是星际运输公司的巨大广告牌——上面写着：上帝创造了地球，而我们创造了火星！在广告牌下面站着几个人，他们便是此次航行的船员了。在他们中间，我认出了肌肉约翰，他跟随我爸爸多年。他是个大个子的白种人，两块发达的肱二头肌上还分别文着两个汉字——“武”和“勇”。剩下的几个人，我从来没有见过。其中有个很瘦小的男人，大约三十四五岁，头顶上几乎没有什么头发了，干瘪的两颊紧紧地箍在脸上。我心想，这个人应该就是“老萝卜”了。在他身边站着一个只有十七八岁的女孩，留着乌黑的齐耳短发，长得非常漂亮。她发现我在盯着她看，狠狠地瞪了我一眼，吓得我赶紧咽了口口水。

那个女孩旁边还有个又高又胖的黄种人，他友善地向我招了招手。

我爸爸拿出一个飞船模型，样子是当时很流行的电视剧《快速六号》里的“快速六号”飞船。他将那个模型朝着“来福号”的方向摆好，然后跪下，对着那个模型恭恭敬敬地磕了三个响头。

“大家都来给船老爷磕个头。”我爸爸礼毕，又招呼其他人给那个模型磕头。

然后，一群人收拾了一下东西，就开始往船坞那个方向走去。

我妈妈站在一旁当时就哭出来了，紧紧抓住我的手不放。我当时也想挤出几滴眼泪，但我脑子里全是激动和兴奋，无论如何也挤不出眼泪来。

“行了！老娘们儿就是麻烦，又不是不回来了！哭哭啼啼的，多不吉利……你去把船老爷收好，记得要天天拜！”我爸爸又朝我妈妈吼道。

上船后，我发现飞船比我想象的还要狭小，船员的休息室和驾驶室紧挨着。在船员休息区的后面是餐厅和厨房。厨房里面的食物很单调，主要是一些容易保存的干面包、脱水蔬菜，以及一些处理过的牛肉和猪肉。不过，飞船上吧台里的酒却种类丰富，各种牌子的啤酒、红酒、威士忌、白兰地、中国白酒、日式烧酒等等，一应俱全。肌肉约翰上了船，把行李一扔就跑到吧台摸出一瓶啤酒，咕噜咕噜地喝了起来。在厨房的后面，则是“来福号”的发动机舱和曳冰操作舱。

放好行李后，我和大家一起来到驾驶室，却惊奇地发现驾驶室里还坐着一个高大的男人。他的肩很宽，脖子比较短，留着寸头，浓密的眉毛下面长着一双有些凶恶的眼睛。他分明是个黄种人，却有着白种人那样高挺的鼻梁，凌乱而浓密的络腮胡子布满了他那大得略显夸张的下巴。总而言之，这是个很有威慑力的人。他有些傲慢地看了看大家，做出一个让我们都坐好的手势。大家落座之后，他清了清嗓子，说道：“既然二爷抬爱让我做‘来福号’的船长，那么从现在开始，船上的事情我说了才算。我知道大家听说过我老萝卜的很多传闻。那些传闻中的事，有些是真的，有些是假的。至于哪些是真的，哪些是假的，你们试试就知道了。”

"这么说，这个大胡子才是老萝卜？"小孙子突然问道。

"不错。当时我也很惊奇。一个如此魁梧凶悍的人，怎么会有这样的绰号？不过，说完上面那些话，这个人就没再多说什么，只让我们坐在座椅上系好安全带，准备出发。"

那时候的飞船还是用的旧式引擎，主要靠核聚变反应堆提供动力。"来福号"在颤抖了一段时间后才缓缓地开始爬升。我当时紧张得不行，脑袋里全是嗡嗡的声音。我之前从没有离开过火星，也从没想到火星也有如此巨大的引力。

不知过了多久，一切终于都安静了下来。周围的人纷纷解开安全带，在驾驶舱里横七竖八地飘起来。于是，我也解开身上的安全带，然后轻轻一推座椅，飘了出来。

这时，约翰飘过来对我说："看外面！"

我扭头从舷窗向外张望。一个巨大的橙红色球体几乎占据了全部视野——那就是火星，我长大的地方。那时它显得很荒凉，几乎看不见太大的水体。在靠近北极的地方，火星大气发出一片片的红色光亮，仿佛无数流星从那里坠落。即使现在是向阳面，那光亮依然非常炫目。

"那是……"我惊讶地看着那壮观的场面，有些结巴地问。

"那是人们从远方拖曳而来的巨冰在坠入火星。"我爸爸说道。

不知怎么的，这时我又想起了星际运输公司的广告语。

你太爷爷接着说道："人类先用核弹点燃火星的地核，让火星重新拥有磁场；然后，我们从远方拖来冰和氮气，按照我们的意愿改造这个星球。我们要创造一个新世界！"

老人说到这里，突然停了下来。他出神地仰望着天空，仿佛在看着一位老朋友。

"爷爷？"小孙子拉着他的手，打断了他的思绪。

“哦，时间不早了，我们回去吧。”老人对小孙子说道。

“可故事还没有讲完呢！”

老人摸了摸小男孩的头，“不急，我们明天接着说。”

这是一座离海滩不远的别墅，在黑暗中，它发光的流线型屋顶就像一块美丽的贝壳。尽管稍微有点见识的人都知道，这栋别墅的创意是抄袭一座远在地球上的古老建筑，但模仿地球的文化风格永远是火星的时尚。

走进门是一间明亮的客厅，仿古的大吊灯悬挂在房间的正中，发出柔和而又明亮的光。在客厅的远端是一张长得离谱的餐桌，分坐在餐桌两端的男人和女人也许需要电话才能顺利地交流。

“爸，你们去哪儿了？怎么这么晚才回来？”那个男子是老人的儿子，他向父亲埋怨道。他平时工作很忙，晚上难得回来吃饭。

“我带聪聪去看海了。”老人回答。

“现在外面多冷啊，别把聪聪冻着。”那个女人是老人的儿媳。她平时工作也很忙，也很少回来吃饭。

“聪聪，洗完手再来吃饭。”孩子的妈妈严厉地对小男孩说。

晚餐是一份颇为精致的果蔬沙拉、几片白面包和一扎不知道是什么榨成的果汁。

“我不想吃沙拉，我想吃肉！”小男孩有些不满地说道。

“你应该少吃一些高热量高脂肪的食品，那些东西会影响你的智力发育的。”孩子的妈妈优雅地吃下一段芹菜，然后对孩子说道。

“就是，多吃蔬菜身体好。我们当年在曳冰船上时可没有这些新鲜的蔬菜吃。”老人一边说着，一边夸张地咽下一大口沙拉。可真够难吃的……老人在心里想道。

“爷爷今天跟我讲他小时候曳冰的故事了。”小男孩向父母汇报道。

“是吗？”老人的儿子有点心不在焉，他也很讨厌妻子的“兔子食谱”，“那你从中学到了什么？”

“啊？”小男孩有些茫然地看着自己的父亲。

“如果你不能从一个故事中学到有益的东西，那么你听一个故事还有什么意义？”老人的儿子尽量让自己显得循循善诱。

小孙子吃力地想了一会儿，然后说：“做远航船员很好玩儿。他们既可以抽烟，又可以喝酒。”

“什么？”孩子的妈妈猛地放下手中的杯子，也不顾嘴边沾满了绿色的泡沫。

“你就学到了这个？”孩子的妈妈厉声问道。

“不，不是。”小男孩明白自己说错话了。

“嗨，小孩子嘛，他懂什么，想到什么就说什么呗……”老人想护着孙子。

“就是因为他什么都不懂，所以才麻烦啊。暑假结束他就要去地球上学了，寄宿学校里的孩子个个都出类拔萃，他现在这个样子，拿什么跟那些孩子竞争啊?!”老人的儿子有些生气地说道。

“爸，您也是的，没事儿跟孩子说什么曳冰的事啊？那都是蛮荒时代的事情了。”孩子的母亲此时已经擦掉了嘴角的泡沫，又恢复了平时优雅的姿态。

“可是那些故事很有趣嘛！”小男孩小声地抗议道。

“大人说话，小孩不要插嘴！”老人的儿子训斥他自己的儿子。

“跟你说了多少次了，不要朝小孩子大喊大叫，这对他的成长不好。”老人的儿媳对自己的丈夫埋怨道。

“你平时也多花些时间去教育教育孩子。整天待在办公室里搞什么经济分析，结果也没见你预测出这次金融危机！”老人的儿子也开始埋怨自己的妻子。

“那你呢？一周在办公室七天，天天半夜三更才回家，你怎么不来管管孩子？”他妻子反唇相讥。

“我哪里有时间？星际运输公司这次要大裁员，甚至连中层管理人员也不能幸免。我哪里有时间来管孩子？”丈夫申辩道。

“你没时间？难道我就有时间了？你知不知道一个女人在职场上打拼有多么艰难？”

吃完晚饭，夫妻二人依然在喋喋不休地埋怨对方。而老人和小孙子洗漱之后，就各自回房休息了。

老人坐在房间里看着昏暗的床头灯，叹了口气，关灯上了床。

没睡一会儿，突然床前传来窸窸窣窣的声音，紧接着，一个瘦小的身躯爬到了床上。

“爷爷，下午的故事还没说完呢……”是小孙子的声音。

“故事很长的。”老人说道。

“那你就再说一部分，剩下的明天讲。”

“唉，你个小鬼头呀……把灯打开吧。”老人说。

小男孩欢呼了一声，跳下床把台灯扭开，然后又飞快地钻进了被窝里。

老人把枕头竖起来，让自己舒服地靠在上面，开始说起来：

“我先简单介绍一下那几名船员吧。那个瘦小的男人——还记得吗？——叫齐伟，不过别人都管他叫‘大龙’。那个很高很胖的人叫弗兰克，‘大龙’和约翰叫他‘肥弗’。那个女孩叫作陶梅，其他人叫她小梅，她都答应，唯独我要叫她全名，叫‘梅姐’都不行。

“这次旅行的目的地是土星。在土星周围有一个巨大的星环，实际上是由无数的碎石和冰块组成的。这些冰块比那些埋在卫星上的冰要好取得多，所以，大多数的曳冰船都会选择到这里来取冰。其实就在小行星带里也有很大的冰储量，但那时，整个小行星带都被星际运输公司包下来了，像我们这样的私人曳冰船只能去更远的地方曳冰。当时，星际运输公司依靠着自己的垄断优势和来自政界的支持，故意压低运冰和运气的价格。时间一久，很多个体经营的飞船都破产了。对于那些还在勉强坚持的飞船，他们甚至还会用各种非法的手段来进行打压和排挤。”

“爸爸也在星际运输公司工作，那爸爸也是坏人吗？”小男孩有点担心地问道。

“当然不是。时代已经变了，曾经的恩怨，现在已经不重要了。”老人说道。

小男孩似懂非懂地点了点头。

“我们继续讲啊。”

老萝卜是一个非常……奇怪的人。每天他并不在休息室里睡觉，而是住在驾驶舱里。而他又是极不注意个人卫生的，换洗的衣服也不放在袋子里，结果，驾驶舱里常常会飘着他穿过的内裤和袜子什么的。他抽烟很凶，几乎烟不离手。有次他抽烟入了神，没留神从身后飘过来一只袜子，由此还引发了一场不大不小的火灾。

他的第一个命令就很奇怪。他要求“来福号”直接从小行星带穿过，而不是选择绕行。小行星带中的碎石很多，对于高速飞行的飞船来说十分危险!

“小行星带那里那么多碎石，随便碰上一块，我们就玩儿完了。”肥弗表示反对。

“直接穿过小行星带可以节省很多时间。”老萝卜简单地解释道。

“我们现在时间还比较充裕，没有必要赶时间。”肌肉约翰说道。

“这谁都不好说。”老萝卜说。

“那碰到碎石怎么办?”约翰又问道。

“我自有办法。”

“你能有什么办法……”肌肉约翰刚说了一半，见我爸爸盯了他一眼，只好停了下来。

“你是船长，你说了算。”我爸爸一句话结束了大家的争论。

回到休息室，约翰依然嘟嘟囔囔地说个不停。终于他再也憋不住了，掐灭了手里的烟头，说道:“不行。我要去跟金二爷说道说道。”

我很好奇约翰会跟爸爸说什么，就想跟出去听听。结果刚到走廊，就听见肌肉约翰大声说话的声音:“您还没有看出来吗? 这个人纯粹是个疯子!”

“他是我们最后的希望了。我们干上一趟的时候你也在，什么样的结果你也知道。几百万方的冰块掉得到处都是。我们不光没有赚到一分钱，还被罚了一百多万。”

“上次不是情况特殊吗？要不是有内鬼……”

“就算没有内鬼，也会有别的事情发生。星际运输公司迟早会把我们挤垮的。”我爸爸又接着说道，“你以为我不担心吗？但我真的没有别的办法了。无论如何，我绝不能让‘来福号’在我的手里关张。”

我正聚精会神地听着，突然背后传来咳嗽声。扭头一看，发现陶梅正面无表情地站在我身后。她穿着一身灰色的工作服，上面沾满了油污，右手里还拿着一把扳手。陶梅是船上的机械师，整天扳手、钳子不离手。

“你好。”我有些紧张地打了声招呼。

她一双俏丽的大眼睛上下将我扫了一遍，突然脚下一蹬，整个人便一下子翻到天花板上面，然后她将天花板当作地面，缓缓地离开了。为了节省空间，飞船上的走道都只有一人宽。平时大家在走道上遇见时都是一个人走下面，一个人走上面。当然，在太空中实际上并没有真正的上下。

“这小丫头漂亮是漂亮，可惜就是脾气臭了点儿。”这时大龙也走了过来，“不过你个小屁孩儿就不要痴心妄想了，她喜欢的是像我这样的强壮男人。”大龙虽然长得有点儿多灾多难，但他的性格还是很随和的，我才认识他几天就敢和他插科打诨。

“小心她用钳子把你的嘴给拧歪了。”我一把抓住大龙的小蛮腰，将他举起来，然后从他身下钻过去，回到了自己的房间。

大家在平静和不安之中度过了最初的两天。我们终于要接近小行星带了。虽然仅凭肉眼观察，你几乎看不出来小行星带和其他地方有什么区别，但如果你去看雷达的话，就会觉得触目惊心！前方和“来福号”大小相仿的巨石比比皆是，它们分别以不同的速度漫游着。飞船现在的速度是每小时二十万公里。在这样的速度下，只要一块大龙脑袋大小的石头，就可以让我们全都完蛋。

“向左转十度二十秒，我们从星际运输公司开辟的通道里穿过去。”老萝卜向导航员肥弗说道。

“什么？”大家又是大吃一惊。

星际运输公司为了提高星际旅行的速度，在小行星带离火星较近的位置开辟了一条大约一万公里宽的通道。在那里，他们派出了将近一千艘装备着强劲激光炮的飞船，专门负责截击流石陨星。不过，其他飞船经过这里，必须支付高昂的过路费，利润微薄的曳冰船很少会选择从这条通道穿过。

“那里收费那么高，要是走那里，我们这趟就等于白跑了。你脑袋是不是有问题啊？”肌肉约翰质问道。

老萝卜的眼睛里闪出了一丝怒意，“我是船长，执行我的命令，不然你现在就下船。”

“你他妈敢！”约翰不服气地骂道。

“约翰，闭嘴！”我爸爸向肌肉约翰吼道。

这时，大龙走到约翰身边，小声地说：“别以为他在吓唬人。他真的把人扔出去过，我就是例子。”

老萝卜没有再去理会约翰，而是淡淡地说：“我们伪装成星际运输公司的曳冰船，这样就不需要支付过路费了。”

“但通行是需要交换密码的。我们没有密码啊！”我爸爸说道，看得出他也很着急。

“我有他们的密码生成器。”说着，老萝卜从乱七八糟的床上找出了一个长方形的盒子。

“我靠！这东西你从哪里搞来的？”肥弗惊讶地叫起来，“如今这东西可不好找了。风声太紧，黑客们都不敢搞这个东西了。”

“我自有办法。你们做好自己的事情就行了。”老萝卜熟练地将那个盒子接在“来福号”的主机上。只听那个盒子发出了嘀的一声，然后是磁盘高速运转的声音。

没过多久，我们都可以在飞船的前窗里看见快速通道的入口了。

“前方飞船请出示通行密码，或按照规定缴纳过路费。”前方的缴费站在通信系统里放起了广播。

“收到密码请求，正在计算中。”肥弗紧张地看着那个盒子，向其他人解释道。而老萝卜正眯着眼睛盯着那个盒子，看不出他在想什么。其他人则都很紧张地看着前视窗里越来越大的收费站。在收费站的周围建有强磁场，如果强行通过的话，整个飞船的导航系统就会瘫痪。

“前方飞船请出示通行密码，或按照规定缴纳过路费。”收费站再一次发来了广播。

“还在计算中。距离收费站八千公里。”肥弗说道。

大家一齐屏住了呼吸，好像我们就要撞上一堵无形的墙。

“距离收费站四千公里，还在计算中。”肥弗说话的声音已经开始颤抖了。

此时，收费站的外轮廓已经初见端倪了，而且它还在不断变大、变大……

“好了，我们今天就讲到这里吧。你该回去睡觉了。”老人说到这里，突然伸了个懒腰，将背后的枕头拿出来拍了拍，然后放在床头摆好，做出要睡的样子。

“不行！你还没讲完呢！”小孙子不满地叫起来。

“不是跟你说过这个故事很长，今天说不完的吗？”

“那也不能说到这里就停啊。”

老人没有回答，只是有些得意地笑起来。

“最后你们冲过去了没有？”小孙子还是不甘心。

“你觉得呢？”

“我觉得你们一定成功了。”小孙子回答。

“明天再告诉你。去睡吧。”

小孙子不舍地爬下床，离开了老人的房间。

小孙子走后，老人自己忍不住又继续笑了一会儿，才关上灯准备睡觉。

可不知怎么的，他突然没了困意，于是索性站起身，拉开窗帘。

窗外是稀疏的星光。火星的卫星太小，所以火星地面也就没有地球上那种清凉的月光。老人抬头看了看天空，不禁有些感慨。自己最美好的时光，都是在这无尽夜空里度过的。

“每个人都曾是粒粒星尘，所以太空才是我们真正的家园。”老人又想起当年一个人对他说的话。

火星上的清晨来得非常温柔。阳光花了许久才照亮地面。大海依然平静，因为卫星都太小，又离太阳比较远，这里的潮汐很弱。

老人很早就起床了，他正站在卧室的窗口眺望着远处的大海。

此时，外面传来儿媳说话的声音：“聪聪，抓紧时间起床了。你和爷爷的早饭都放在桌子上了。一定要吃完。你今天上午还要练两个小时的钢琴，晚上回家我一定会检查的。在家要听爷爷的话，听见没有？”这时候，门外传来不耐烦的鸣笛声。

“知道了，就来！”小男孩的母亲向外面喊道。

“乖，在家要听话。记得要练钢琴。”然后是一阵急促的高跟鞋跑步的声音。

等大家都走了，老人来到小孙子的卧室，发现他还在熟睡中。

老人蹑手蹑脚地走出去，轻轻地把门关好，自己一个人来到餐厅。

早餐是两块面包、一枚煮鸡蛋和一只生西红柿，这比他当年在飞船上吃得还艰苦。

不久，小男孩揉着惺忪的眼睛，打着哈欠也来到了餐桌旁。

“等等。刷牙洗脸了没有？”老人问。

“啊——”小孙子张大嘴，露出两排洁白的牙齿。

“吃吧。”

“又是这些啊，我不想吃。”小孙子说。

“你知道我当年在飞船上吃的都是什么吗？”老人说。

“什么？”小孙子突然又来了兴趣，“对了，爷爷，故事还没有讲完呢。”

“你吃了我就讲。”

小男孩一口吞下了鸡蛋。

“嗯，那好吧。不过今天我先从吃的说起。在远航的飞船上，新鲜蔬菜和水果是比较珍贵的，船员体内的维生素主要都是靠服用维生素片来补充。通过收费站的那天早上，我只吃了两片煮过的脱水蔬菜和一小块熏肉。那天不知道什么原因，我吃完饭之后一直胃痛。所以当大家屏气凝神地盯着收费站时，我的胃感到格外不舒服。”

“还有一千公里，还在计算中。”肥弗的声音已经有点儿绝望了。

收费站的轮廓已经大致可以分辨出来了。在它的背后，是一片极为壮观的石海。

“把钱转给他们，不然我们的飞船就毁了。”我爸爸也沉不住气了。

“不，再等等！”老萝卜坚持道。

“就要碰上去了！”肌肉约翰紧张得不停地握紧又松开拳头。

我感觉心脏就要跳出来了。而此时，我的胃里面更是翻江倒海，说不出的难受。

“前方飞船请出示通行密码，或按照规定缴纳过路费。”收费站又一次发出广播通知，但那台该死的机器依旧没有反应。

“完了……”肥弗绝望地说道。

就在这时，那台机器传出嘀嘀的急促响声。

“密码已通过，免费飞船。请按次序通过。”广播声音刚落，“来福号”已经疾速掠过收费站，驶入了通道之中。

驾驶室里传出一阵欢呼声。而我当时却感到胃部一阵剧烈抽搐，然后一下吐了出来——由于反作用力的缘故，我还向后退了几步。在晕晕沉沉之中，我隐约听见老萝卜淡淡地说：“这机器比我想象的要慢了一些……”

大龙给我简单做了一下检查，说可能是食物单调再加上失重环境造成胃部的不良反应，休息一会儿就好了。

“我看是被吓着了吧。”陶梅说。

“刚才大家不都紧张得要命吗？他这么小，又是第一次出航，有些不适的反应也是正常的。”大龙替我辩解道。

我觉得很没面子。我在洛威尔城里也算是个刺儿头了，打架、飙车、把妹子，我什么没干过？这点儿小事就把我吓吐了……”

“什么是‘把妹子’？”小男孩突然插嘴问道。

“嗯，就是一个人……这个问题不重要。你要不要听故事了？”老人一下子被问得措手不及。

小男孩无奈地点了点头。

我休息了半天，才觉得身体稍微舒服了一些。等我来到驾驶舱时，“来福号”已经差不多驶出快速通道了。肥弗和我爸爸已经算好了去往土星的最佳航线，剩下的事情就是开足马力向土星飞去了。

接下来的日子还比较顺利。船员们除了每日的例行检查，并没有别的事情好做。由于我在家的时候常常鼓捣一些机器，所以我爸爸就安排我跟着陶梅一起巡察船舱里的设备，也让我跟她学一些技术。我自然是十分乐意的，但是她却从不搭理我，总是一个人走在前面。我也不敢说话，只是厚着脸皮跟在她的身后。

大家没事的时候喜欢聚在一起聊各种各样的八卦，老萝卜毫无悬念地成为我们的中心话题。

“我说大龙，你真的被老萝卜扔出去过？”肌肉约翰问道。

“那还有假？那次我是第一次跟他一起出航，对他的臭脾气还不习惯，于是就常常跟他顶嘴。结果他有次一生气，竟然把我绑在曳冰索上面，直接扔到太空里了！五秒钟之后，他才把我拽回来。现在我想起来还后怕……”

“那你怎么没事儿呢？”我问道。

“这你就不懂了吧。人要是暴露在太空中，最多可以存活十几秒钟呢。”肥弗解释道，“他最多也就是皮肤有些冻伤而已。”

“果然够狠的。”约翰说道。

“虽然老萝卜脾气不好，但他是这个行当里最出色的。”大龙说道。

“你很佩服他？”

“当然。我跟他出航也不是一趟两趟了，他的本事我还是很佩服的。比如说这次收费站的事情吧。大家都埋怨他没有事先告诉我们，其实他是怕有内鬼。”

“那为什么这么多人都说他是疯子？”

“因为他就是疯子。听着，我也不知道该怎么说才好，但我们这一行本来就是疯狂的。愚公移山、精卫填海，听说过没有？我们现在干的事，比那还不靠谱呢……所以，老萝卜这样的人只是让自己的性格适应了这样特殊的工作而已。”

“传言说他其实是地球人，是真的吗？”

“从理论上说，我们全都是地球人。”大龙自嘲地说，然后大家都一齐笑起来。

“他是在火星出生、在火星长大的，但他年轻的时候，是在地球上读的大学。”

“哟，他还留过学啊！”肌肉约翰有点惊讶又有点揶揄地说。

“那他为什么叫老萝卜呢？”我又问道。对于这个问题我一直很好奇。

“对呀，他怎么有这样的外号啊？”看来，其他人对此也早有疑问。

“据说由于营养不良，他年轻时又小又瘦，满脸的褶子。在地球留学的时候，他的那些生活优渥的地球同学就给他起了这个绰号。后来，他就一直坚持让别人叫这个外号，算是对他悲惨往昔的提醒吧。”

“真不明白这有什么意思……”

“嗨，其实这很好明白，这就跟美国留着‘亚利桑那号’沉船充当战争纪念馆、中国留着圆明园遗址做公园、寡妇总把自己的儿子放在身边是一个道理。”

我跟着其他人都笑了起来，虽然我其实并不太明白大龙的话到底是什么意思。

“金小宝，该出去巡察了。”不知什么时候，陶梅走进来招呼我了一句，然后又转身走了出去。

“怎么样了小宝，还没有把她搞定?”肌肉约翰向我打趣地说。

我有些泄气地向他摆了摆手。

肥弗笑着说:“小宝被她搞定了还差不多。这个小丫头是老萝卜招进来的，可能是他的什么亲戚吧。别说，这两人的脾气倒是比较像……”

“你走不走?”这时陶梅又进来喊了一声。

“走，马上就走!”我急忙答道。

我把在一旁坏笑的大龙推倒在约翰身上，然后跟着陶梅走了出去。

“这两天我们要重点检查一下曳冰索和激光切割机是否状态良好。我们还有几天就要飞到了。”她对我说道。

“是，是。”我一个劲儿地点头，然后又问道:“不过怎么检查?”

陶梅白了我一眼，然后无奈地说:“我先来示范，你跟在后面好好学着怎么做。”

“好，好。”我连声答应。

其实检查的程序并不复杂。我们将曳冰索释放出去，然后再检查一下在曳冰索最前端的遥控牵索机是否能正确运行，就可以了。操控那些遥控牵索机，就像打电子游戏一样简单，而激光切割机就更像游戏了。可惜的是，我们附近没有冰块和石头来试验一下激光切割机的效果。

陶梅见我学得很快，表情也逐渐缓和了一些。

“你们几个刚才在说我什么?”陶梅将曳冰索收好后，突然问道。

我一下不知道该说什么好，只好支吾地回答:“也没什么……”

“没什么是什么？怎么你们几个笑得那么欢呢?”陶梅的表情看

不出喜怒。

我硬着头皮回答："就是讨论为什么你不爱理人之类的。"

"得出结论了没有？"

"没、没有。"我感觉手心开始出汗了。

陶梅又看了我一眼，啪的一声将曳冰索控制盒收起来，然后说："走吧，我们再到别的地方看看。"

突然，她不知道被舷窗外面的什么东西给吸引住了。她凑到窗前，出神地向外望着。

我也伸头向外面看去，只见远处有一颗拇指大小的球体，发出暗淡的橙色光辉。

"那是木星吗？这么小？"这是我第一次用肉眼看见木星，却没有想到它如此不起眼。

"这是因为我们距离它实在是太远了。即使是这样，它看上去仍是那么美丽。"陶梅用少有的柔和的语气说。

"的确。"我言不由衷地说，"的确很美。"

经过近一个月的航行之后，"来福号"终于开始减速了。按照计划，我们将在十天之后进入土星轨道。此时的土星，在夜空中已经比较显眼了，再过两天我们就能用肉眼看见土星环了。

飞船走到这里时，我们也开始不断地遇见其他来到这里曳冰的飞船。这里也是海盗经常出没的地方，星际运输公司的曳冰船都是组成编队由政府的军舰护送；像我们这样的私营曳冰船只能多加小心，自求多福了。

正当我们小心翼翼地通过这段区域时，前方突然传来紧急呼救的信号。

"遭遇海盗！失去动力！请求援助！"广播里传来一个男子焦急的声音。

你太爷爷迅速打开侦察雷达，发现在我们正前方大约一个小时路程的地方，有一艘型号和我们差不多的曳冰船。

"我们追上这艘船需要多长时间？"老萝卜问道。

"这艘船离我们有十万公里左右，目前时速十五万公里，并且保持匀速。而我们现在的时速是二十五万公里。我们很可能要错过去了。"

"什么意思？"我不解地问道。

"很简单，如果我们想在追上它的时候降到和它一样的速度，假设我们是匀减速的话，我们至少要以14米每秒的加速度减速两个小时。"老萝卜稍微思考了一下，给出了一个十分精确的数字。

"这个加速度是火星重力加速度的三倍左右，而且我们的飞船还没有做好迅速减速的准备。"

"如果我们不救他们，他们会怎么样？"我问道。

"从这艘飞船的飞行航线上来看，他们会被土星俘获，也许最终会坠入土星之中。"我爸爸说道。

"我们不能见死不救啊！"我焦急地说。陶梅似乎比较认可我的话，也点了点头。

大家的目光都集中在了老萝卜身上。

"弗兰克和我驾驶飞船，其他人站到驾驶舱后墙处，我们开始减速。"老萝卜稍一停顿，这才命令道。

随着飞船引擎发出隆隆的声音，大家一下子就被吸到了墙上。我过了好一会儿才适应这样大的加速度。我费力地扶着地板（现在变成墙了），在墙上站了起来，刚一抬头，就被一块布蒙住了头。我扯下一看，竟是老萝卜昨天穿的衬衫，上面还散发着浓重的烟味儿。再看看四周，到处可见老萝卜床上的各种衣服。我把衣服甩开，伸手想把蹲在一旁的陶梅扶起来，不过她没有理我，自己轻松地站了起来。

两个小时之后，我们的飞船终于追上了那艘求助的飞船。突然悄无声息地，大家又都飘了起来。

"你们飞船上的核辐射指标正常吗？"老萝卜通过广播问道。

"正常。他们关闭了反应堆，然后取走了所有的燃料。"对方回答道。

“你们有几个人？”老萝卜又问道。

“只有我一个。其他人都被海盗劫走了。我躲在一个暗舱里面才侥幸逃脱。”

肌肉约翰将两艘飞船对接起来。经扫描发现，这个人没有携带武器，也没有发现致命的细菌。约翰按下按钮，那个人就走了进来。

他是个很不起眼的人，显得很紧张而且精神恍惚，看见我们只是一个劲儿地点头，并不说话。

“你叫什么名字？”老萝卜问道。

“斯坦。”那个人回答。

“你好，斯坦。我叫赵虎，别人都叫我老萝卜。欢迎来到‘来福号’。”

斯坦有些吃惊，“你就是老萝卜？”

“先去休息一会儿吧，小宝你把斯坦带到休息室去。”老萝卜说道，“大龙，打开主雷达，周围一旦发现不明飞船就马上报告。陶梅，你再去调试一下激光切割机，必要的时候那就是我们唯一的武器了。其他人也提高警惕。我跟海盗的关系不怎么好，我可不想落到他们手里。”

那人显然很长时间没有睡好了。一到休息室，他就像头死猪一样睡着了。

几个小时后，那个叫斯坦的人才醒来回到了驾驶室。老萝卜见他来了，问道：“斯坦，你来得正好，我有几个问题想问你。你们船上当时有几个人？”

“连我六个。海盗登船时我正在操作舱检修机械，听见报警声就躲在了一个暗舱里面。后来等我再出来时，发现船上就只剩我一个人了。”

“这么说，你连海盗的影子都没有见着？”肌肉约翰有些嘲讽地问道。

“没，没有。”

“除了燃料他们还拿走了什么东西吗？”老萝卜又问道。

“主要是燃料，此外还拿走了一些生活补给品。其他就没有什么了。”

“这么说，他们是抓人质想要赎金了？”老萝卜又问道。

“应该是吧，嗯，一定是。”斯坦说，语气中有些谄媚的意思。

“大家都紧张起来！我都快破产了，要是被抓去了，还真的没钱去赎你们。”我爸爸说道。

“我能干点儿什么吗？也让我帮帮忙吧。”斯坦说道。

“你还是躲着吧。这个你比较擅长。”肌肉约翰没好气地说。

斯坦蔫儿着头，说不出话来。

“你不是机械师吗？你跟着小梅和小宝，看看他们有什么要帮忙的。”我爸爸说道。

“好的，好的。”斯坦赶紧凑到我面前，紧紧握住我的手，“你好，你好。幸会，幸会。”

陶梅带着我和斯坦正要离开，老萝卜突然拉住我，在我耳边小声地说：“帮我多留意点斯坦。”

“斯坦是坏人吗？”小孙子突然打断爷爷的讲述。

“为什么这么问？”老人反问道。

“因为你好像不喜欢这个人。”小孙子说道。

“鬼机灵。不过现在我还不能告诉你，等我把故事讲完，你就知道你猜得对不对了。”

“好吧。”

“今天我们就说到这里吧，你还得练钢琴呢。”

“再讲一会儿嘛……”小孙子撒娇地说。

“不行。你再不练钢琴，你妈回来又要骂你了。快去吧。”

小孙子嘟着嘴离开了。不一会儿，琴房里传来优美的琴声。

老人并不知道小孙子弹的是什么曲子。他受的教育不多，很多时候，儿子和儿媳在餐桌上聊的事情他都听不懂。不过，他现在却很喜欢这首曲子。

老人突然想起自己十岁时候的样子。那时候洛威尔城户外的空气依然不适于呼吸，他只能戴着氧气面罩满街乱跑。要是父亲不在家，他就成了山大王。当年，洛威尔只是一座小城，房子很少，工地很多。那时，他对于每条街每栋房子都了如指掌。不过，如今的洛威尔早已经没有了当初的模样。现在站在市中心人潮涌动的广场上，他觉得就像是站在纽约或上海的街头，丝毫没有归属感。当初他们这些人花了那么大的力气去改造火星，难道仅仅是为了复制另外一个地球？老人有些失望。

中午的时候，儿媳打电话来说，平时给祖孙俩做饭的钟点工今天有事来不了了，所以老人要亲自下厨弄点儿吃的了。

老人打开冰箱，却发现冰箱里除了果蔬和牛奶之外什么都没有。

“聪聪啊，午饭想吃什么啊？”老人向练不下琴跑来看热闹的小孙子问道。

“我不想吃这些东西。整天都是这些，我早就吃够了。”小孙子说道。

“那你想吃什么？”

“我想吃汉堡，不，我要吃火锅！”

“火锅？家里没有火锅啊。”

“那就去市中心吃啊。”小孙子还没说完就犯愁了，“不过爸爸妈妈把车开走了，我们没法去市中心了。”

老人看着小孙子，突然想到了什么。他有些神秘地说：“也不一定……”

那台电动摩托车，已经扔在车库很长时间了。它是老人最钟爱的坐骑，它曾经让他在各种比赛中出尽了风头。

“酷！”小孙子见到那辆摩托车时，兴奋地叫了起来。

“你爸爸小时候就喜欢我骑着摩托车带他去兜风，那时他对冒险、远航之类的事情可感兴趣了。不知怎么回事，后来书读得多了，人却怂了。”老人试着发动了一下，摩托车一切状况都还良好。

老人递给小孙子一顶头盔。硕大的头盔套在小男孩细细的脖子上，显得十分滑稽。老人帮小孙子把头盔摆正，然后学着克林特·伊斯特伍德的腔调对他说道：“怎么样，准备好了没有？”

小男孩兴奋地爬上高大的摩托车，喜不自禁地展开双臂模仿飞机翱翔的样子，嘴里面还念念有词。

老人戴上头盔和手套，对身后张牙舞爪的孙子说：“抓紧了。我们赶时间，你要是掉下来了，我可没工夫去捡啊。”

小男孩又是一阵欢呼，然后摩托车呼啸着冲了出去。摩托车在公路上飞驰着，他们甚至可以听见风在头盔上摩擦产生的声音。

在路人惊异的目光中，老人把摩托车停在饭店门口，然后把钥匙交给了瞠目结舌的服务员。祖孙俩牵着手，大摇大摆地走进了饭店。接过钥匙的服务员呆呆地站在那里，不知如何开动这辆老爷车。

午餐非常丰盛：涮牛肉，涮羊肉，另外还有猪肉和鱼肉。

小男孩被辣得不断地伸舌头喝水，却仍旧津津有味地大口吃着。

一个小时之后，他们已经捧着撑得浑圆的肚子，坐在那里说不出话来。

这时，一个服务生走过来礼貌地问道：“请问你们还需不需要一些饭后的果品？”

“不要了，谢谢。”老人摆了摆手。

“这些果品是免费的。”服务生又说。

“真的不需要，谢谢。”

服务生有些诧异地摇了摇头。

那个服务生一离开，祖孙俩就哈哈大笑起来。

“斯坦后来怎么样了？”小男孩儿还在想着那个故事。

“斯坦？后来我们成了好朋友。”

“怎么会？”

“听我慢慢跟你说。”老人摆好架势正要开始，却突然忘了自己说到哪里了，“我讲到什么地方了？”

“讲到你们救了斯坦。”

"对，想起来了。我们救了人之后，并没有遇见海盗，一路都很顺利，比原计划提前三天到达了木星附近。"

现在的土星已经非常壮观了。巨大的淡黄色球体周围是绚丽的环。在这儿凭肉眼就可以很清晰地看见土星的环分成很多层。这里漂浮着很多冰块，而且开采难度比在土星的庞大卫星上进行开采要小得多，是理想的曳冰场所。我们也遇见了很多来此曳冰的飞船，他们有的已经开始返航了。一艘和"来福号"相仿的曳冰船大约可以拖曳一千万立方的冰，是飞船体积的五百倍。你看过电视里播放蚂蚁拖运比自己大很多倍的物体吗？这比那个还夸张。

我趴在舷窗上看着远处回程的曳冰船缓缓地移动着。其实并不能看见飞船，只能看见远处缓缓前行的冰块。但即使是巨型冰块，在土星庞大身躯的映衬之下，依然显得非常渺小。

"太渺小了，是吧？"我循声回头，看见老萝卜站在我的身后。

我有些害怕地看了看他，然后点头说："有些不太起眼。"

"的确。我们确实是很不起眼。再伟大的人，他的成就和这宇宙相比，都不值一提。不过我们仍然要坚持下去，因为未来什么都有可能。"

"我让你看着斯坦，你有什么发现？"我正奇怪他为什么要和我说这些，老萝卜却突然转变了话题。

"斯坦还是唯唯诺诺的，见人总是点头哈腰。不过他的机械技术很好，我和梅姐都很佩服他。"

"好，我知道了。"老萝卜说完，转身离开了。

这几天我爸爸看我顺眼多了。我帮着陶梅和斯坦他们成功地处理了几次机械问题，就连陶梅偶尔也会夸我学得快。我自己也感到非常充实，那是一种发觉自己正在参与一项伟大的事业，而且还能做出贡献时油然而生的自豪感和满足感。这会让人感到真正的快乐。

终于，"来福号"到达了目的地。此时，巨大的土星已经占据了整个天际，它反射的光似乎比遥远的太阳还要明亮。

接下来就是老萝卜和我爸爸大显身手的时候了。一旦选中合适的冰体，他们就放出曳冰索。在曳冰索的尽头，有遥控牵索机可以绕过冰块将其捆住，然后飞船再逐渐靠近将冰体绑牢。有时冰块的个头过大，或者在边角的地方有杂质，他们会用激光切割机进行切割；有时冰块个头太小，也可以用激光切割机将几块冰焊在一起。

虽然说起来很容易，但即使像他们这样的行家，通常也需要两天的时间才能完成选冰和捆冰。飞船的速度、位置和曳冰索的捆绑，都非常讲究。有些时候还需要先对冰块的构造进行扫描，才能算出最符合力学结构的绑法。

老萝卜选中了在两万公里之外的一块冰。雷达显示这块冰很纯，形状也比较规则，大小在八百万立方米左右。如果可以搞定它，那么我们的任务就完成了一多半了。我们小心地在土星环中行驶着，同时不断地在雷达上密切跟踪那块冰。

“那是什么？”老萝卜突然指着雷达的显示屏说道。

在雷达的显示屏上有一个亮点，信号很强。

“是艘飞船。个头还不小呢。”大龙说道。

“它要干什么？”我爸爸问道。

“他们盯上那块冰了。”老萝卜说道，“告诉他们，我们已经先锁定了那块冰，让他们另外找。”

肥弗发送了信息。不一会儿，广播里传来了他们的回复：“这块冰是我们先发现的，你们需要重新寻找。”

“我们距离冰块更近，而且处在冰块运行轨道的后方，按照惯例，这块冰应该属于我们。”老萝卜回复道。

“那是星际运输公司的飞船。”肥弗从雷达上辨认出了对方的机型。

“先到先得。”那艘飞船回复说。

“弗兰克，加速行驶。”老萝卜说道。

“这些小兔崽子！”肌肉约翰破口大骂起来。

结果当我们赶到那里时，那艘星际运输公司的曳冰船已经在那里开始捆冰了。

“再警告一次，这块冰是我们的，请马上离开。”老萝卜又在广播里喊话了。

“先到先得。”对方仍是这一句回复。

“大龙，跟我到操作舱来。”老萝卜说道。

我和其他人站在驾驶舱正一头雾水时，突然看见对方船上的曳冰索闪了几下火花，然后全都断开了。

“警告，这是攻击行为！”那艘飞船说道。

“我们的激光切割机已经瞄准了你们的引擎舱，如果不马上离开，你们就要真的领教什么是攻击行为了！”老萝卜在操作舱里向对方喊道。

对方沉默了一会儿，然后回复说：“你他妈的是赵虎吧？”

“无可奉告。现在请马上离开。”

“你们会后悔的。”那艘飞船加速离开了。

我高兴得跳了起来，结果头重重地磕在了天花板上，其他人见状都哈哈大笑起来。

我爸爸和老萝卜两人忙了两天，终于，“来福号”拖着总重量达一千两百万吨的冰块缓缓地开始返航。“来福号”按照螺旋的轨道，逐渐缓慢地挣脱土星的控制。在这个过程中，老萝卜还要对绑好的冰的姿态进行微调，以达到最稳定的状态。

由于没什么工作，我常和大龙他们一起聊聊天、打打牌、玩些电子游戏什么的。老萝卜让我多注意斯坦，我也一直没有放松。不过这个人老实得很，跟谁都客客气气的，看不出有什么可疑的地方。

无聊的时候，我和大龙常常争论我和他谁的力气更大，两个人吵了几天，依然没有结果。一旁的肌肉约翰实在忍不住了，说：“你俩掰一掰手腕不就行了吗？”

于是有一天，我们两个人就坐在厨房的椅子上，用安全带将自己绑牢开始较量起来。肥弗和约翰则在一旁不断地撺掇起哄。

我和大龙僵持了很长的时间。这时我突然发现，陶梅竟然也站在一边饶有兴趣地看着，面若桃花，我顿时恨不得立刻就把大龙摆平。不过我们两人实在是旗鼓相当，不一会儿，我们的汗珠就开始“飘”起来了。突然大龙怪叫了一声，整个人一下子翻了上去，若不是我和他的手一直紧紧握着，他一定会趴到天花板上去了。约翰和肥弗则笑得在空中不断地打滚。原来肥弗趁大龙不注意，悄悄解开了他的安全带。

“你们两个人敢阴我，看我怎么收拾你们！”大龙反应过来后，朝他们两个人放出了狠话。其他人更是笑得前仰后合。

这时斯坦从外面冲进来，慌张地说：“不好了，出事了！”

等我们来到驾驶室，老萝卜和我爸爸已经在那里了。他们盯着大屏幕，默不作声。

“出什么事了？”肌肉约翰问道。

“我们的飞行路线出问题了，‘来福号’现在被木星的引力俘获了。”斯坦说道。

“怎么可能？”大家都很惊诧。

肥弗走到操作台前，快速地计算了一下，说：“不错，我们现在确实已经成了木星的卫星了。”

“那怎么办？”我问道。

“不知道。我们现在这么重，不知道什么时候才能加速到逃逸速度。而且即使我们成功逃逸，我们那时候的方向可能也需要进行很大的调整，那样一来，我们就可能无法按时交货了。”肥弗说道。

肌肉约翰突然冲过去，一把掐住了斯坦的脖子，巨大的冲量使得两个人重重地撞在对面的墙上。

“说！是不是你搞的鬼？”约翰恶狠狠地说。有了上次的教训，这次一出事，约翰第一反应就是出了内鬼，而这个内鬼一定是斯坦。

“不，不是，不是我。”斯坦断断续续地说。

“你还敢说你不是海盗派来的奸细？”约翰又吼起来。斯坦被约翰卡住脖子，说不出话来。

“约翰，你先把他绑起来，待会儿再处理他。”我爸爸对约翰说。

肌肉约翰像抓小鸡一样将斯坦猛地按在一张椅子上，然后顺手扯下斯坦的腰带把他绑在了那里。

“我们现在怎么办？”我爸爸问老萝卜。

“我们将驶往木星的近轨道。”

“什么？”我觉得老萝卜的每次决定都让我感到无比震惊。

不过我爸爸却兴奋地说：“好主意！到近轨道去可以利用势能帮助我们获得足够的速度。而且近轨道的周期既不太长，又有充足的时间让引擎加速。好主意！”

大家分头忙了起来。大龙和约翰去帮老萝卜和我爸爸两人调整后面冰山的位置，防止因为突然转向造成冰体碎裂或是曳冰索断开。我和陶梅则去反应堆那里调试，争取使反应堆再增加一些功率。不过，反应堆已经十分接近满负荷运行了，我们能做的只是些可有可无的优化而已。

舷窗外的木星，个头越来越大，它那橙红的巨大身体就像我爸爸醉酒后的眼睛扩大了无数倍，让我感到不寒而栗。

“都怪星际运输公司的那些混蛋！也怪这木星，没事长这么大的个头干什么！”我有些蛮不讲理地发着火，就像一个不懂事的孩子在摔倒之后总会去责怪火星一样。

“其实若不是木星有如此巨大的质量，很多流星都会进入火星甚至地球的轨道，威胁人类的生存。我从前也像你这样痛恨木星，我妈妈所驾驶的飞船，就是坠落在木星上面的。”

我惊讶地看着陶梅，嘴张了半天才说出了一句：“什么？”

她没有理会我的惊讶，继续说道：“但是后来我慢慢想明白了。木星并没有过错，它只是一个没有任何偏向性的巨大气体球而已。我们应该爱憎分明，而且这就是我们曳冰者的生活。我们每天都要面临这样的危险。你知道吗？每个人都曾是粒粒星尘，所以太空才是我们真正的家园。我妈妈只是回家了而已。”

我点了点头，“我能问你妈妈的事故是怎么回事吗？”

“不能。”陶梅干脆地回答道。

我知趣地闭上了嘴。

“来福号”成功地完成了转向。我们也明显感到了飞船的加速，大家都松了一口气。危机解除之后，大家又想到了斯坦。其实我们对斯坦都有所怀疑。毕竟如果“来福号”有人捣鬼，那么一定是他。

“再不说实话，就把你扔出去。”约翰说道。

“你们救了我，我感激还来不及呢，我怎么会去害你们呢？”斯塔申辩道。

老萝卜听了，沉默了一会儿说：“大龙，还有约翰，你们把斯坦带到外面溜达一圈，直到他说实话为止。”

“外面？哪里？”大龙不解地问道。

“飞船外面。”老萝卜面无表情地说。大家听了都面面相觑。

“不要，不要。我说的都是实话，我真的什么也没干！”斯坦惊恐地叫起来。

“你们还在等什么？”老萝卜见大龙和约翰有点犹豫，忍不住朝他们吼道。

两人只好把斯坦架起来，然后开始往驾驶舱外面拖。斯坦此时已经说不出完整的话了，只是惊恐地叫着。

就在这时，肥弗突然喊道：“等等！”

大家都停下来看着肥弗。他语气凝重地说：“也许真不是他干的。”

“什么意思？”

“我们的飞船又偏离航道了！”肥弗说道。

在大屏幕上，“来福号”的行驶轨道和预计轨道已经走出了很大的偏差。

“怎么回事？”我爸爸问道。

“我也不知道。我明明设定好了轨道，而且刚才检查的时候，飞船还在按计划航行，没想到我和土卫六上面的测距点进行校对后，却发现我们偏了这么多。”

“按照目前的航线，恐怕我们要坠入木星了。”肥弗大致分析了一下数据，然后有些绝望地说。

老人说到这里，停顿了下来，似乎陷入了回忆。

“在调整航向之后，斯坦一直是被捆起来的，那么也就是说他是无辜的。如果他不是坏人，谁是坏人呢？”小孙子在一旁分析道。

“不错。斯坦的确不是坏人。而且‘来福号’上根本就没有坏人。”

“那怎么可能？”

“想不明白吧？告诉你吧，当时‘来福号’的主机中病毒了。”

“怎么回事？”小孙子很费解的样子。

是老萝卜发现这个问题的。他在飞船的主机上发现了一种极为隐蔽的电脑病毒，这种病毒可以欺骗船上的导航系统，偷偷地改变飞船的航线。

“还记得跟我们抢冰块的星际运输公司吗？他们一定是在广播中加密了电脑病毒，造成了‘来福号’的主机被感染了。”老萝卜说道。

肌肉约翰放开斯坦，有些歉疚地看看他，不知道该说什么才好。

“现在我们怎么办？”我爸爸问道。

“先杀毒，然后重启主机。”老萝卜回答。

“重启最起码要半天以上。如果现在飞船失去动力，我们很快就要葬身木星了。”我爸爸又说道。

“我们可以手动驾驶。”老萝卜说。

肥弗也提出了异议：“我们现在所处的环境太复杂，稍有不慎，手动驾驶就会让我们送命的。”

“不能再按照原来的轨道行驶了。我们必须丢掉一部分冰，然后直接加速摆脱木星。”老萝卜说道。

大家沉默了。显然这是唯一可行的办法，但丢弃冰块就意味着我们这次航行失败了。按照合同，我们应该拖回一千万吨的冰，如果不能足量完成，就会造成违约。而违约是我爸爸最不想看到的。

“我们最少要扔掉多少冰?”

肥弗计算了一下，然后回答:“五百一十万吨。”大家再一次陷入沉默之中。

我们扔掉了五百多万吨的冰块，然后勉强离开了木星。大家的情绪都很低落，毕竟，突然一下子就失败了，谁都很难接受。我当时更是难过地哭了起来……不要笑话我，当时谁处于那种环境都会感到难受。约翰和大龙他们也没了说说笑笑的心情，他们只是拍了拍我的头，叹着气离开了。

祖孙两人吃完饭从饭店里出来，又在洛威尔城的街道里转了两圈，直到下午太阳快落山的时候，他们才踏上返程。

还没到家门口，远远地就见老人的儿子从屋子里冲出来，不停地招着手，嘴里还在不断地说着什么。

“完了，这下你爸爸又该数落我了。”老人对坐在身后的小孙子说道。

老人刚刚把摩托车停下，儿子就冲了上来:“你们今天上哪儿去了?”

“去城里去了。”老人回答。

“去城里去了？就骑着这个东西?”

“是啊，怎么了?”

“爸爸，您知道我下午打电话回家没人的时候有多担心吗？我正开着会就直接赶回家了。您也不想想您都多大岁数了？这老摩托车都多大岁数了？这该多危险啊!”

“危险？我没觉得。”老人满不在乎地说道。

“还有聪聪你也太不懂事了。你整天在家不学习，就知道玩儿。你现在的水平，去地球上怎么能跟得上人家的课程?”

晚上，老人的儿媳也回家了。她回家的第一件事就是检查小男孩的钢琴，结果令她很不满意。当她听说老人带着小孙子去洛威尔城里转了半天之后，更是怒不可遏。

“你们到底想要聪聪怎么样？你们把他送这么远你们忍心吗？”老人不高兴地说道。

“爸，这个事情我们不是讨论过了吗？这是为聪聪的未来着想。再说了，现在到地球最快只要几天，并不是很远，他放假的时候还能回来。他有的是时间，可以常常回来。”

“他有，但是我没有时间了！”老人愤怒地撇下这句话，离开了。

老人晚上也没有吃饭，一个人待在卧室里生闷气。

晚上睡觉的时候，小孙子又跑来找自己的爷爷，手里还举着一块蛋糕。

“爷爷，我不想去地球，那里太远了。”

“其实地球根本不算远，那里风景很美，而且人多很热闹。我还去过海王星那里呢。”老人接过蛋糕，吃了两口。

“但是在地球我就不能天天看到爷爷了。”

“不是还有视频电话吗？”

“我不喜欢电话。”

“我也不喜欢电话。电话里你就没办法帮我拿蛋糕了。”

“爷爷，再给我讲点故事吧。”

“今天算了吧，爷爷有点儿累，觉得不太舒服。明天再跟你讲。”

“爷爷？”

“嗯？”

“是不是生活就像你们曳冰一样，总是那么艰难？”

老人愣了一会儿，回答道：“是的，生活中总是有你意想不到的困难，一件接着一件，直到你无奈退出为止。”

“你们最后退出了？”

“聪聪，你知道我多么想告诉你，我们坚持到了最后一刻……但可惜的是，后来我亲手把‘来福号’卖给了星际运输公司。”

“为什么？”

“那是很多年后的事情了。你太爷爷早就不在了，你奶奶也去世了，所有的私人曳冰船都破产了，政府也不再雇佣我们了。那时，连象征性的坚持也没有了任何意义，我们只有认输离场。”老人的表情里没有悲哀，也没有无奈。

“但你们是那么勇敢。”小孙子说着，声音里有了些哭腔。

“等你长大了，你就会明白，生活有时候并不奖赏勇敢者。”

小孙子离开后，老人躺在床上依旧睡不着。年纪大了之后，睡眠就变少了，他常常不知道该如何打发这漫漫的长夜。后来，他睡着了，还梦见了“来福号”——那艘斑驳的旧飞船孤零零地悬在那里，时不时地，飞船外层的保护膜从船体上掉落下来。他的朋友们都站在那里，默默地看着“来福号”。在他身边，一个美丽的女孩儿站在那里，脸上带着淡淡的微笑。

第二天清晨，老人没有醒来。

他再也没有醒来。

葬礼将于第二天举行，老人的儿子此时正在收拾父亲的遗物。

老人的东西并不是很多，除了衣物之外，只有一口大箱子。打开箱子，里面放着一些锤子、扳手之类的东西——应该是他当年所用的工具。里面还有一张老式的3D照片，上面是一个微笑着的美丽姑娘。

“这是奶奶吗？”不知道什么时候，聪聪来到了爷爷的房间。

老人的儿子正看着照片发呆，他沉默了一会儿才说：“是的。这是你奶奶。怎么样，她很漂亮吧？”

聪聪点了点头。

“爸爸，人死了之后有灵魂吗？”

小孩儿的父亲沉默良久，然后摇摇头说道：“不知道。但我希望有，这样我们就能和爷爷说话了。”

“那灵魂能从火星飞到地球吗？”小男孩儿又问道。

老人的儿子有些哽咽地说：“你爷爷是最棒的宇航员，我想他一定能。”

“‘快速六号’！”聪聪从箱子里抓出了一个飞船模型。

“真的是‘快速六号’！”老人的儿子接过那个模型，会心地笑了。

“在我还很小的时候，我经常会摆弄你爷爷的航模收藏。弄丢了，弄坏了，他从来不说我。但是唯独不让我碰‘快速六号’，说它是‘来福号’的护身符，必须小心保存。如今‘来福号’都已经不在了，没想到这个模型却依然还在。”

“爷爷说他最后还是卖掉了‘来福号’，这是真的吗？”

“他当时别无选择。不过，他们是最后还在坚持的人。‘来福号’是最后一艘个体经营的曳冰船，如今的历史书上还有你爷爷的名字。”

“如果他们注定要失败，那么他们的努力还有什么意义呢？”

“要想知道自己是不是注定失败，只有一个办法，那就是坚持到最后。我小的时候特别喜欢听爷爷讲他们远航的故事，就像你一样。”

“爷爷没有把故事说完。”聪聪说道。

老人的儿子愣了一下，然后摸了摸儿子的头，“是吗？爷爷的确走得太匆忙了。不过他一定想让你把故事听完。这样吧，坐到这儿来，我来跟你讲。”

小男孩儿抱起那个“快速六号”的模型，坐在床上说：“爷爷讲到他们丢掉了冰块，然后逃离了木星。”

“讲到这里了？下面该你爷爷大显身手了。”老人的儿子开始回忆。

正当大家还在难过的时候，老萝卜又提出了一个疯狂的计划——“打劫彗星”。雷达显示在“来福号”的前方有一颗彗星。彗核的含冰量在60%以上，所以他们可以弄些彗核来充当冰块。这就像开着一架喷气战斗机去追一颗导弹，然后再把它拆除一样，虽然可行，但从来没有人干过，不过这次，大家对老萝卜的计划却非常支持。

经过一段时间急刹车，“来福号”靠近了这颗巨大的彗星。

彗星非常非常丑。它的表面呈暗黑色，布满各种裂纹和小孔。这是一颗周期为2500年的彗星，在以前经过太阳附近时，其中的一部分水分和气体受热从表面喷出，造就了这样丑陋多孔的外形。

“这东西上面有水吗？”大龙问道。

“这是个脏雪球，但大部分依然还是水。”肥弗回答道。

“这玩意儿好切割吗？”约翰有些担心地问。

“放心吧！除了液体和气体，激光切割机什么都搞得定。”

这是一颗大彗星，老萝卜只选择了彗核突出的一角上面的很小一部分。而这一小块彗星的重量预计会超过七百万吨——因为彗核的杂质比较多，所以要多取一些。

老萝卜顺利地将那块彗核切了下来。你太爷爷则在一旁放出曳冰索，小心地去绑这块冰。绳索顺利地绕过这小块彗星，然后开始缓慢地缠绑。但所有人都忽略了一点，那就是这颗彗星有着极低的自转速度，令人难以觉察。正是因为自转的缘故，彗核的主体撞到了他们从土星上带来的冰块。就在他们要大功告成时，整个船体突然剧烈地摇晃起来。他们这才发现，原来带来的那块冰块和新绑好的小块彗星已经撞在一起了。有几根曳冰索断开了，还有几根曳冰索前面的牵引机不知去向，整个绳索都和其他的曳冰索缠在了一起。

“我们能用激光切割机把这些绳索割断吗？”你太爷爷问老萝卜。

老萝卜迅速分析了一下受力的情况，然后回答说：“不行。如果不小心把这几根好的绳索也割断的话，我们就拉不住这两块冰了。现在我必须出舱作业。”

“不行！你是船长，让我出去。”你太爷爷说。

“还是让我来吧。我对出舱工作比较有经验，再说这活儿又不是多危险。”老萝卜说道。

“不行……”

“我是船长，我说了算。”老萝卜坚持说。

你太爷爷看了老萝卜好久，然后不太情愿地说道：“好吧。不过千万要小心。”

你爷爷和其他人一起担心地看着老萝卜穿上宇航服，然后顺着飞船背部的出舱口来到了真空中。就在这个时候，一直在驾驶室里操作雷达的肥弗通过广播对老萝卜说道：“船长，您得快点儿了。前方有一堆碎石，可能需要用激光来拦截。到时产生的残渣可能会对你的宇航服造成破坏。”

“该死的，这么倒霉！还有多长时间？”老萝卜问道。

“三分钟，最多四分钟。”

“还有三分钟？够了。”

说着，老萝卜将宇航服的推进器开到了最大，熟练而轻巧地绕过飞船背部的雷达和其他设施，即使接近尾部时仍然没有减速。只见他猛地抓住“来福号”尾部的一根曳冰索，整个身体潇洒地划了道弧线，翻到了飞船的后面——总共用时只有两分钟左右。

他先用便携的激光器仔细地切割已经断开的曳冰索，然后再用手抓住绳索，依靠推进器的力量把绳索拖开。虽然这些绳索都是用很轻的碳纳米材料做成的，但每根绳索都很长，而且有人的胳膊那么粗，所以整条曳冰索的质量依然是很大的。虽然几乎没有重力，但是要拖动这些绳索还是十分费力。老萝卜用了十分钟才解开了第一根绳子。还有三根要解。与此同时，你太爷爷则不停地用激光切割机对迎面飞来的大石块进行破碎，破碎后的细小石块像速度极快的雨滴一样打在“来福号”的背部。老萝卜所处的尾部由于船体和冰块的保护，暂时没有受到流石的侵袭。

接着，老萝卜又吃力地解开了一根绳索，然后是另外一根。终于，他把最后一根绳索也解了下来。大家都高兴得欢呼起来。

“干得漂亮，老萝卜！”你太爷爷通过广播大声表扬老萝卜。老萝卜在舱外挥手向我们致意。

“船长，你现在不能原路返回了。目前出舱口那面的碎石还是太多，不安全。”肥弗在驾驶室又说道，“在飞船尾部有个小舱，以前是用来存放出舱机器人的，和飞船内部并不相通。你可以暂时先到那里去，等这段碎石过去之后，再从出舱口那里进来。”

“好的，没问题。”老萝卜回答道，听声音也知道他的心情很好，“我在外面看一会儿风景，你们还有谁要出来陪陪我？”

大家又哄笑起来。就在这时，两块巨型冰块突然挤压一处，喷出的碎片击中了老萝卜。可怜的老萝卜在空中转了很多圈，最后撞在一根曳冰索上面，没有了动静。

"赵虎！"你太爷爷通过广播使劲地叫他，但是没有任何反应。

"快遥控宇航服，把他停在安全的地方！"大龙通过广播对身在驾驶室里的肥弗喊道。

"宇航服的推进器没有反应，可能坏了！"肥弗回答道。

一直沉默的陶梅突然显得很激动，"给我件宇航服，我要出去救他！"

"你是个女孩子，这事儿应该我去。"你爷爷抢着说。

"你们谁也不能去！外面全是流石，谁也过不去。"你太爷爷说道。

"那怎么办？"你爷爷和陶梅一起问道。

"他现在生命体征如何？"你太爷爷没有搭理他们两个人，而是转身问大龙。

"暂时正常。但是监视器显示宇航服里的压力出现了下降，说明有漏气现象。我们需要把他马上救出来。"大龙回答。

"我要出去救他！"陶梅又喊道。

"太危险了！"你太爷爷说。

"我不管，他是我爸爸。我不能看着他不管！"陶梅说道。

大家一下全都愣住了。肌肉约翰惊讶地问道："他是你父亲？"

陶梅没有回答他的问题，依然坚持道："我要去救他！"

"也许我有一个办法。"这时，一直站在旁边的斯坦说道。

"什么办法？"

"飞船的尾部并不是没有和外界联通的地方。"斯坦说道。

"哪里？"

"垃圾处理室，我们平时是从那里把垃圾扔到太空中的，我们可以从那里出去。"斯坦说。

"但那个垃圾投放口很小，人很难钻得过去，穿上宇航服之后就更不可能了。"你太爷爷说道。

“不用穿宇航服。那个垃圾口和弗兰克刚才所说的那个存放机器人的舱室以及老萝卜正好处在一条直线上，而且距离很近。如果一个人从垃圾口冲出，只要几秒钟就可以抱着老萝卜冲进那个舱室。我刚才检查了那个舱室，外面的门可以合上。”

“但是那个舱里没有空气啊！”你太爷爷又问道。

“那里有几个废旧的电路口，稍加改装，我们就可以向里面鼓入空气。”斯坦又说道。

你太爷爷看了看斯坦，然后说：“也实在没有别的办法了。你现在就过去准备吧，我从垃圾口那里出去。”

“恐怕不行。我刚刚察看了那个进口，实在是太小了，成年人根本过不去。”大龙说道。

“那我去！”陶梅抢着说道。

“我去！”你爷爷这时也抢着说，“我的个子比你小，再说这事儿本来就该让男的来。”

“小宝说得没错，这事儿应该让他来。”你太爷爷一句话结束了他们的争论。

你爷爷和其他人来到垃圾口那里。那个进口果然很小，成人无法穿过。你太爷爷拍了拍你爷爷的肩膀，然后有些紧张地说：“你钻过去之后，我们一按按钮外面的舱门就会打开，这时你就有可能被带出去，所以，在舱门打开之前一定要吸足一口气，并且抓紧门上的栓子。你冲出去的时候要快、要准，因为你在空中没有动力，只能靠惯性——儿子，你是好样的，一定能行！”

你爷爷也没再说什么，顺着狭窄的垃圾道勉强地爬了进去。里面此时还存放着一些垃圾，空气中散布着难闻的气味。

“小宝，准备好没有？”你太爷爷在外面喊道。

“再等等。”你爷爷深深地吸了口难闻的空气，紧紧抓住门后的栓子，“好了！”

“三，二，一！”

舱门打开之后，舱内的空气在瞬间就冲了出去，你爷爷紧紧地抓住门的把手。等到再也没有空气向外排出的时候，他感到了刺骨的寒冷。他感到自己的血管就在即将爆炸的同时又凝固了，浑身说不出的难受。

老萝卜在前面大约十米的地方，他一条腿挂在绳索上，已经失去了知觉。

你爷爷回头看了看后面，什么也看不见。现在已经没有空气了，里面的人不论说什么，他也听不见了。他瞄准老萝卜的方向，猛地一蹬腿，一下子飞了出去。你爷爷抱到老萝卜之后，将他的腿从绳子上拿开。此时，他觉得自己的四肢就快要失去知觉了。他用尽最后的力气踩了一下绳子，冲进那个原来停放机器人的舱室。他们刚一进门，身后的舱门就闭合起来。你爷爷眼睛一黑就昏了过去。

“爷爷太帅了！”小男孩兴奋地大叫起来。

“我也这么认为。”老人的儿子笑着说。

“后来怎么样了？”小男孩又问道。

等你爷爷醒来之后，他发现自己已经在休息舱中了。大家全都围在一旁，看着他笑着。这时老萝卜走过来，郑重地伸出自己的右手，你爷爷愣了一下，然后握住了老萝卜伸出的手。后来你爷爷告诉我，正是从那一刻开始，他知道成为一名男子汉是什么样的感受了。

等他恢复的时候，“来福号”已经带着足量的冰，按照约定时间来到了火星轨道上，第二天他们就可以把冰投入大气层中。

当时，轨道上停着上千艘的曳冰船和曳气船。曳气船将从土星和木星带来的大量氮气从高压罐中释放出来，让它们顺着火星的引力缓缓地融入大气中。由于气体之间的摩擦，你可以清楚地看见大气中带状的红光。而冰块投入大气时的场面更加壮观，从太空中看去，这些冰块就像无数盏霓虹灯，闪着美丽的光芒。

“很壮观吧？”陶梅对着正看得发呆的你爷爷说道。

“嗯。我回到火星的第一件事，就想去北极看看冰块从天而降是什么样子。”你爷爷说道。

“好啊，我们一起去吧。”陶梅又说道。

你爷爷有些惊讶地看了看陶梅，高兴地点了点头。

“谢谢你救了我爸爸。”陶梅说。

“老萝卜真的是你的爸爸？”你爷爷问道。

“嗯。当时他和我妈妈分别是两艘曳冰船的船长。他们虽然相爱，但都很好强。一次在执行任务的时候，他们两个人非要比一比谁的飞船先返回火星。结果我爸爸的船先走了，我妈妈的船却遇到了海盗。她的船被击坏了，然后，沉重的冰山带着她坠入了木星……所以我一直都很恨爸爸，觉得他没有照顾好妈妈。”

“你现在不恨他了？”

陶梅摇了摇头，“不是特别恨了，但我还是不想理他。”

“其实这并不是他的错，是海盗害了你妈妈。一个人应该爱憎分明，不是你说过的吗？”你爷爷开导她说。

“也许吧。这就是我们的生活，死亡和离别是我们每时每刻都要面临的考验。也许，平时勇敢地活着，最后勇敢地死去，也是一种高贵的活法。”陶梅说道。

“我同意。”这次，你爷爷由衷地说。

“陶梅是我奶奶？”小男孩儿突然问道。

“你觉得呢？”

“我希望是她。我很喜欢她。”

“如果她能活着见到你，她也一定很喜欢你。”老人的儿子又说道。

“这么说她是我的奶奶了？”

老人的儿子又拿起那张照片，“这就是陶梅，我的妈妈。”

“太好了！”小男孩儿高兴地说。

葬礼在洛威尔城的老港口举行，这里现在已经改成了博物馆。按照老人的遗愿，他的骨灰被装进一个金属小球里面，然后由电磁炮弹射入太空。

葬礼那天来了很多人。但他们好像都不是特别伤心，只是安静地聚在一起，说着老人年轻时的故事。

小男孩坐在一旁，抱着“快速六号”的模型，看着这群已经白发苍苍的老人。

“你手中拿的是‘快速六号’吧？”突然，一位很老很老的爷爷向他问道。

小男孩点了点头。

“要知道，那么多年我们多亏了它的保佑。”那位老人戴着一副老花镜，腰驼得很深。他吃力地坐下，咧开满是皱纹的脸朝小男孩笑了笑。

“你一定是聪聪。”那个老人又说。

小男孩又点了点头。

“你长得很像你的爷爷。”

聪聪没有说话，只是有些疑惑地看着他。

“我是斯坦。很高兴认识你。”那个老人说道。

聪聪一下子笑了，伸出自己的小手，高兴地说：“你好，斯坦。”

这里是火星

-

查　杉

一、方舟计划

直升机的轰鸣震耳欲聋，让舱内的几个人都没有了交谈的兴趣。林海宁似乎很享受这种噪声带来的另一种安静，这让他可以在没人打扰的情况下欣赏脚下这片苍翠的大地。

只见密集的喀斯特峰丛层峦叠嶂，一直绵延到远方，在这个角度看起来，地球仿佛真的是上帝耗费亿万年时间用心慢慢雕塑出来的精美作品一样。

然而在林海宁身边的沈冰却显得坐立不安，她对窗外的景色似乎毫无兴致，而是一直眉头紧锁地看着手机上的新闻。

其他几个随行人员也都一脸沉重，舱内的空气仿佛都要凝固了。

“上海的超级防波堤计划失败了，换句话说，除了那些摩天大楼还将露出水面外，整个上海马上就要被淹没了……”沈冰叹了口气，“疏散正在进行之中，所幸没有大规模的伤亡，但混乱肯定是无法避免了。”

舱内小小地骚动了一下，甚至能听到轻微的抽泣声。

然而林海宁却好像没有注意到这一切，而是指着远处惊叹了起来。

大家顺着他的手看过去，只见那里的地表似乎出现了一处正方形的凹陷，在薄雾笼罩下显得有点儿神秘。

“看，那应该是一个地图上没有的天坑！我们以前没发现过！”林海宁叫道。

“林教授，这和我们的任务有关系吗？”沈冰冷冷地问道。

“也许没什么关系，不过看到这么生动的一处景观，难道我们不应该为造物的神奇而感叹一下吗？”林海宁似乎完全没读懂沈冰话里的意思，仍然自顾自地欣赏着，“驾驶员同志，我们稍微向左前方拐一下，我要去那个天坑上空拍几张照片，研究用。”

“您又不是搞地质研究的……”看到林海宁根本没有理会自己的意思，沈冰强行压抑住自己的怒气，把到嘴边的话又咽了下去。面前的这个被称为科学家的男人都四十岁上下了，做起事情来却似乎还像个小孩子一样。

林海宁的相机快门响了起来，沈冰闭上眼睛，努力让自己不被打扰，以便冷静地将这些天发生的一切在脑中复盘一下。唯一值得庆幸的是，快门声和直升机旋翼的声音比起来也算不了什么。

留给“方舟计划”的时间，不多了。

2022年初，人们发现北半球气温的上升明显异常，在多个百年不遇、千年不遇的纪录被打破之后，人类开始严肃地正视这次所面临的巨大危机。而原本预计将休眠一段时间的太阳黑子，却开始出现极端的活跃现象。直接的表现就是地球的气温开始急剧升高，同时造成两极的冰川开始大规模地融化。

几周之内，太平洋和印度洋上的几个珊瑚礁岛国的国土就已经全部消失了，勉强搬迁的各岛国甚至没有机会去建立流亡政府，因为他们所寄居的国家也都面临着同样的巨大危机。

“方舟计划”就是在这样的背景下开始实施的。

在联合国的协调下，各国的大批科学家开始紧急地行动起来，在保证地球生态圈不崩溃的前提下，为即将到来的大规模移民给出可行性较高的方案。而有着辽阔高海拔国土面积的中国，自然也成了该计划的重点考察区域，“方舟计划”在中国共设立了二十四个工作小组，每组的负责人都是国内不同领域顶尖的科学家。

年轻的解放军少校沈冰一周前还在和抗洪官兵们一起，战斗在东部沿海的第一线。在暴雨中连续工作了七十二小时后，她终因体力不支晕倒而被送进了医院。

她刚醒来，就接到了曾经坚守的战线已经被放弃的消息，而自己也被调往后方，作为“方舟计划”第十七组军方联络人，在贵州省平塘县克度镇配合科研小组的工作。而将要与她搭档的项目负责人，就是面前这位看起来有点分不清轻重缓急的天体物理学家林海宁。

直升机航线前方出现的一个巨型人造物体，让沈冰将思绪收回到现实中来。五百米口径球面射电望远镜，在阳光的照射下闪着银色的光辉，人们通常称之为“FAST天眼”，沈冰曾无数次在新闻中看到过它。2016年它启用的时候曾经风光无限，成为中国天文学界甚至全体中国人的骄傲；然而在太阳系内发生的重大灾变面前，专长于深空探测的它，似乎也变成了一头昂贵的白象，中看不中用。

直升机降落在停机坪上，和充满紧张气氛的低海拔地区相比，这里还算平静，人们正在各自的岗位上按部就班地工作着。

沈冰皱了皱眉头，她更希望自己现在所处的位置是气氛紧张的前线，而不是深山里的安乐窝。

“沈少校，请跟我来。”林海宁表情轻松地看向沈冰，“我带你来参观一下我的数据中心。”

沈冰利落地跳下直升机，同林海宁一起往天眼下方的工作区走去。

来到数据中心，一名工程师模样的人走过来向林海宁汇报了几句。

林海宁满面笑容，拍了拍那人的肩膀。

沈冰细细地端详这里，很多屏幕上都有大量数据闪现着，似乎并没有什么特异之处。

“来，参观一下吧，沈少校。”林海宁笑着说。

“林教授，这个数据中心的作用是什么？”沈冰虽然在打量周边的一切，但神情似乎有点不耐烦。

“我们会利用天眼的深空探测能力，去抓取尽可能多的恒星的活动数据，然后与太阳的历史活动数据相比对，看看能不能得到一些有意义的结果，来对这次太阳活动异常的后续发展建立模型，争取更好地预估太阳今后的行为。”林海宁解释道。

“可是……这大概需要多久呢？”沈冰眉头紧锁。

“不好说呀……恒星的行为往往都是比较宏观的，最短的太阳黑子活动周期也要11.2年，我们目前只能尽量去收集数据，也许几天，也可能几个月，或者几年后，会有些有意义的结果吧。”林海宁的表情很淡定，似乎面对的并不是人类生死攸关的时刻，而是一个普通的天文学研究项目。

“林教授，恕我直言，目前最紧要的事情，就是人口的迁移，否则计划的名字也不会叫‘方舟’了。而您现在进行的研究，虽然很重要，但既然不可能在短期内取得成果，为什么要占用‘方舟计划’的预算和资源呢？”沈冰还是忍不住发话了。

“‘方舟计划’本来就是多元的嘛……”林海宁微笑着回答，仿佛完全没听出沈冰话里的刺，“有人在研究如何迅速地建起大型新城市，有人在研究漂在海上的巨大浮岛，不是还有人打算沿着海岸线建墙吗？反正各种想得到的办法，就都去试试呗，否则为什么分成这么多小组呢？你说是不是？”

“可是远水救不了近火啊！难道我们就在这里呆坐着等数据吗？您知道现在有无数的人正在等待救助吗？每分钟都有人在失去家园！”沈冰有点急了。

“也许的确暂时帮不上忙吧……但人类不能总着眼地球上这点事儿，总要向太空探索嘛，否则也不会一个星球出了问题就乱成现在这个样子。”

“太不可理喻了，您这是以权谋私！”沈冰差点以为自己听错了，不禁有些气急败坏，“我知道您是天体物理专家，您对自己的项目很有兴趣，这我理解，但任何研究都应该通过正规渠道来向国家申请经费，而不是借当前的巨大混乱，挪用‘方舟计划’的经费和权限，来做自己感兴趣的课题的研究！”

沈冰的反应似乎在林海宁的意料之中，他的表情严肃了起来。

“我的研究，肯定是要为整个‘方舟计划’服务的，现在项目还处于初期阶段，如果最终不能成功，我会负我应当承担的责任的。”

“林教授，我明白您有自己的追求，我只是出于一名军人的职责，在人类大敌当前的时候，提醒您也要有作为一名科学工作者应有的担当。”沈冰也似乎意识到自己的话有些重，于是语气稍微软了些。

“请放心，沈少校。我虽然从未入伍，但我的父亲也是一名军人，而且他当年就曾在这里不远处驻守的部队服役。”林海宁看了看窗外的连绵群山，“我能体会到你的感受，我们就不要浪费时间了，赶紧继续工作吧。”

说完，林海宁冲沈冰点了点头，转身继续同工程师们沟通去了。

看着这位将要共事的科学家的背影，沈冰叹了口气，心想：他能入选“方舟计划”，不会只是因为名字起得好吧……

二、这里是火星

林海宁已经七天没有回到镇里去了，起居都在基地上。

日落时分，数据中心的工作人员大都下班了，夕阳下的巨大天眼，笼罩着一层暗红的光辉，让这冷冰冰的人类科技结晶披上了一层浪漫的外衣。

沈冰在基地的天台上看到一条拉得长长的影子，不出所料，是林海宁。

“林教授，今天怎么有闲情逸致来这里看夕阳？”沈冰的语气比刚见到林海宁时轻松了些。

“前几天太忙，还没来得及欣赏这里的景色。现在白天的阳光太强，只有这个时候才能感受到它的美好。”林海宁冲沈冰笑了笑，转头看向远方的日落。

“有个问题冒昧地问一下林教授，你把这些遥远的天体作为自己的研究方向，是自己的选择，还是家学渊源呢？”沈冰将目光转向林海宁，露出一个神秘的微笑。

见林海宁一时没反应过来，沈冰从包里拿出一本显得很有些年头的精装馆藏书，递到林海宁手里。

“哦哦，是雷·布拉德伯里的《火星纪事》，我很早就看过，很不错的一本科幻小说，你这是很早的版本呀。”

“这本小说是讲地球遇到灾难时人类向火星移民的故事，你现在不会也满脑子都是这个不靠谱的想法吧？”沈冰的表情让林海宁看不出她是否在开玩笑，只好跟着笑了笑圆场。

沈冰将书翻到封三，一张印有“克度镇图书馆”字样的牛皮纸借书卡粘在上面。

林海宁突然愣住了。

“如果我没猜错的话，这位借书人林铸……”

“正是我父亲，他是个天文爱好者。”林海宁接过话，“你怎么会找到这本书的？”

“镇上的图书馆也没多大啊，和太空相关的书没几本，很容易就找到了。这本书在这里根本没人借，唯一的借书人姓林，没想到我的直觉还真的没错。”

“费心了……”林海宁轻轻抚摸着那张借书卡上的字迹。

“我只是想多了解一些我的搭档，否则工作没法开展。”沈冰揶揄道，“看来你们父子还真的对星空情有独钟啊……那令尊后来也从事过天文方面的研究吗？”

林海宁的眼神黯淡了下来，看着远方那片只剩下微弱光芒的天际沉默了片刻。

“我父亲后来在执行任务时失踪了，那时我还不到一岁。”

“啊？不好意思……”沈冰稍微有点不知所措。

“没关系的。其实我后来选择的研究方向，的确同我父亲的经历有关，你要是有兴趣，我可以给你讲讲。”

沈冰点了点头，她现在觉得眼前的这个人的执念可能也不是那么没有来由的。

“1978年，西南边境的局势越来越紧张。贵州虽然不直接与越南接壤，但南部的平塘县离边境也不算远。因此，国家对这里进行了一些战略上的部署，我父亲所在的部队就是当时调防到这里的，当时他们的营地就在不远处的群山之中。”

沈冰看向远处的山峦，峰丛的影子连绵在一起，慢慢融入夜空之中，消隐不见。

“当时三线建设正如火如荼地进行着，有一家规模不大的军工厂也迁到了这里，并且利用当地常见的溶洞改建了很多贮存弹药的军火库。然而在1982年夏天，因为遭受雷击，其中一个小军火库发生了爆炸事故，我父亲带战士们到现场勘查，不料竟和大家走散，在深入溶洞后神秘失踪……这里的地形错综复杂，特别是地下的洞穴，几乎如同蛛网一样。没有人知道他最后去了哪里，甚至有人怀疑他潜逃投敌，但后来因为没有证据，也就不了了之。不过，妈妈和小时候的我还是因此受了很多的苦。后来能确认的，只知道他在失踪前，用随身携带的军用发报机向连部发送了一段信号。”

“啊？是什么信号呢？”沈冰问道。

“我在部队的档案室里查到过那段信号的记录，大部分都是乱码，无法译读，除了第一句：这里是火星。”

“这里是火星？！你父亲失踪的地点不是在地下吗？”沈冰一时脑子转不过弯来。

“是的，但我宁愿相信他真的看到了什么，也许他看到的并不是地球上的景象……”林海宁低头抚摸着手中书籍的封面，“我父亲不会随便说出那样的话的。”

“这……太荒谬了吧？”沈冰不能理解面前的这个科学家怎么会突然显得这么唯心。

“的确有点荒谬，但宇宙可能本身就比我们想象的荒谬得多。”林海宁说道。

沈冰愣了一会儿，然后慢慢地将目光从面前这位表情坚定的男子脸上移开。

“这就是你选择把这里作为你的研究中心的原因吗？”她问道。

“是的，其实当年在天眼选址的过程中，我也起了一些推动作用。”林海宁平静地回答，“虽然我没法知道我父亲最后去了哪里，但肯定离这儿不远。如果他知道我选择在这里陪他一起仰望星空，他心里应该会满意的。”

“能给我指下火星的位置吗？”沈冰的表情柔软了下来，缓缓地将目光移向天空。

林海宁有点诧异，不过还是伸手指向西南方的天际。

“那边那颗就是，很容易找到。在现在这个时间点，火星的视星等有-0.37，是天上最亮的星。”

沈冰放眼望去，远方的红色行星正按照其亿万年来的轨迹，出现在夜空的一角。黔南的夏夜微风阵阵，凉意正浓。

三、量子纠缠

沈冰原以为林海宁的工作是份闲职，后来才发现自从自己来到基地开始，林海宁基本没睡过觉。沈冰偶尔能够见到黑着眼圈的林教授在基地里进进出出，但从来没有见到过他的笑容，他的精神状态似乎也一天不如一天了。

战争的爆发并没有出乎沈冰的意料，但她没想到第一枪会在欧洲打响，而不是中东或非洲这些常年战乱不断的地区。

欧洲的低海拔地区面积太大，受灾地区很广，国家又太多，缺乏一个强有力的统一政府协调。当海量的难民拥入其他国家时，即使是原本看起来和谐的欧盟内部，也无法再成为铁板一块，冲突很快就爆发了。

虽然战事暂时没有波及其他地区，但笼罩在人类头顶的乌云还是越来越厚了。面临着人类自从告别蒙昧时代后从来没有过的巨大危机，在无数次无结果的争吵之后，联合国的存在感基本上已经趋近于零。人类世界已经成了一个被洪水包围的火药桶，局势随时有进一步失控的危险。

来到基地后的第十三天，沈冰在办公室里找到了林海宁，曾经意气风发的天体物理学者，此刻颓唐地倒在沙发里，桌面上散落着一份刚打印出来的辞呈。

“不至于吧，林教授，这么快就要撂挑子了？”沈冰拿起辞呈看了一下，冷冷地笑了笑，倒显得没有前些天那么急躁了。

林海宁有些窘迫地从沙发里跳起来，抢过辞呈揉成一团，扔进了纸篓。

“局势的确恶化得比我想象得还要快，也许是我之前太过乐观了。”林海宁眉头紧皱，“上面将我们这个组的经费削减了百分之九十，我辞不辞职其实也没有什么区别了。”

“这其实是早就能预料到的啊，现在国际局势这么紧张，一切都要为战备服务。咱们的项目不仅没有阶段性成果，而且连前景都看不清楚，这样下去离项目下马的确也不远了。”沈冰的表情很平静。

“是啊，其实下马也没什么……能在这里为人类的未来做一些探索性的工作，至少也算是了结了我一个心愿吧……”林海宁叹了口气。

“不，你的心愿还没有了结，跟我走，我带你去一个地方。”沈冰的表情很坚定，林海宁虽然惊讶，但却不由得被她的气场所震慑，不由自主地点了点头。

直升机几经盘旋，来到了目标地点，悬停在空中。

林海宁努力辨识着四周的环境，似乎觉得有点眼熟，但周边的峰丛地貌粗看起来都差不多，所以一时想不起这地方具体是哪里。

“还记得你上次在飞机上拍的那个天坑吗？”沈冰指向舷窗外。

林海宁惊讶地顺着沈冰的指向看去，的确是那里，上次自己还拍了不少照片。然而这才不到半个月的时间，天坑的面积似乎又扩大了，跟自己当时拍照时的形貌不太一样，难怪自己一时没认出来。

“这……这是个正在发育中的天坑？是因为前些天的暴雨而塌陷形成的吗？”林海宁问道。

“是的，看来林教授对于自己学科外的知识也有一些了解嘛……

这之前应该是一处地下的溶洞，由于流水的持续侵蚀作用，上方岩体塌陷，就形成了天坑。”沈冰指挥飞行员让直升机的高度降低，停留在这处天坑的上空。

“你为什么带我来这里呢？”林海宁有些不解。

“你在监测中心忙的这些天，我抽空去查阅了原成都军区和原广州军区的一些机密档案。”沈冰似乎没有在意林海宁惊讶的目光，眼神直盯着地面，“不用怀疑，非常时期，我自然有办法获得这个权限。我在档案中找到了驻平塘县某部关于1982年失踪的副连长林铸的一些消息。”

“你是说……我父亲……”林海宁睁大了眼睛，多日以来的疲惫似乎一扫而光。

“你父亲失踪之前，只发出了那段信号，按正常的情况来说是无法定位的。但因为你父亲发送的是明文信息，我试着查了一下附近几个较近的雷达站，发现广西壮族自治区南丹县中堡乡有一个离这里只有十余公里的小型雷达站，竟然也接收到了这段电文。不过由于值班人员完全没能理解这段电文的意思，因此并没有将这个情况上报，而是只记录了下来。由于彼此分属不同军区，因此一直没有人注意到这两份记录的关联。根据两个接收点的数据，通过三角定位法，可以大概确认你父亲发报时的位置。”

“就是这里吗……”林海宁喃喃地说道。

“由于记录的时间精度不够，误差当然是有的，但可以控制在很小的范围内，我实地来转了一圈，这里小范围内的地表平坦且无遮挡，很难有什么意外发生，因此可以基本上确认发报的位置位于这里的地下。”沈冰指了指下方。

直升机离天坑已经很近了，林海宁仔细观察了一会儿，看到天坑里面有不少地方树木和泥土混杂地堆积着，显然是刚经历了不小的变化。

“我们能下去看看吗？”林海宁问道。

“不能！塌陷可能还在进行中，贸然进入是非常危险的！”沈冰的语气很严肃，让林海宁不由得听从她指挥。

“父亲……”林海宁努力掩饰着自己的情绪，不让眼泪流出来。

“林教授，我很能体会你现在的感受，但我带你来这里，可不是只为了让你追忆父亲的。现在全世界水位还在上升，华东已经一片汪洋，我们的时间很紧迫！我只是希望这个发现能对我们的项目进展有所启发，如果没有的话，我们还是先返回基地吧。”沈冰的目光像一把冰冷的剑直刺过来，让林海宁不由生出一丝羞愧。

“林教授，我有种直觉，你在‘方舟计划’中的研究方向，不可能只是简单地推算太阳未来活动趋势这么简单吧？”沈冰不依不饶。

林海宁低下了头，心中翻腾不已，缓了半天，才稳定住情绪。

“你的直觉很对……关于我父亲的失踪，我的确有个一直没有公之于众的想法。”林海宁看着沈冰，说道，“你知道量子纠缠吗？”

“大概了解一些，两个纠缠粒子即使相隔数光年甚至更远，也都可以保持同步的状态。”沈冰没想到林海宁一下把话题岔到了微观世界，好在她反应还算迅速。

“我一直觉得，也许宇宙中存在着宏观尺度上的量子纠缠，它们连通了宇宙中一些相隔遥远的地方，用科幻小说里的说法，就叫虫洞吧。”林海宁慢慢说道。

“这……量子层面的现象，怎么可能出现在宏观的尺度上呢？”沈冰的表情愈发惊讶起来。

“在前几年，有外国科学家在两个十五微米宽的铝制鼓膜上实验成功了这一现象，也就是说，宏观态的量子纠缠也是可以存在的。”林海宁继续说着，脸上的表情渐渐平静了下来。

“这太不可思议了……很难让人理解。”沈冰的脑子一时转不过来。

林海宁顺手从旁边拿起一个餐盒，这原本是计划中的机上便餐。接着他将里面的一个面包拿出来，用筷子穿过去，递到沈冰面前。

“这个是……”沈冰有点疑惑。

“假如有一些只能看到二维平面上的东西的蚂蚁，爬到了这个面包的表面上，它就会把这根筷子的两端看成两个独立的物体。经过长时间的观察后，蚂蚁们可能就会发现，当其中一个物体顺时针转的时候，另一个必定同时逆时针转。于是，蚂蚁中的科学家就自豪地宣布，这两个物体是纠缠的！”林海宁一边转着筷子，一边说。

“啊……可是在我们人类从三维的视角看起来，这根本就是同一个物体啊。”沈冰好像想明白了。

“说得对。那如果有高维的生物看我们的这个宇宙，会不会也是类似的感觉呢？”林海宁看向舷窗外，地表的一棵棵巨树在空中看起来如同不起眼的小草，在风中有规律地舞蹈着。

直升机轰鸣依旧，但沈冰脑海中的回响却完全盖住了旋翼的噪声。

“这就是我把研究中心设在天眼的原因。我在对天空进行观测的同时，也一直在用基地上备用的雷达扫描着周边的大地，期望有一天能将来自火星和大地的信号匹配上，那也许就是我能读懂父亲发出电文的时刻……可惜，一直没有结果。不过，似乎现在我有了新的进展。谢谢你。”林海宁看向沈冰。

在沈冰的协助下，一支由专业运动员和武警组成的探洞小队很快组建起来，从天坑入口处开始向地下溶洞进发。

按照林海宁的指示，几十台信号探测器从天坑入口处沿地下河一一排布开来，直至洞穴的最深处。

但这些探测器一直没有什么有价值的发现。

彻夜守候在数据分析室的林海宁不免有点焦躁，但沈冰却一直提醒他保持冷静。

终于在第二天的夜里有消息传来，天坑又发生了坍塌，多台信号探测器被掩埋，但同时，一段微弱但奇异的电磁波信号出现在了监测屏幕上。

经过整夜的计算，林海宁看似荒诞不经的假说却好像得到了证实——天坑深处的信号与天眼监测到的火星表面辐射的信号，从强度和频率上都存在着很大程度的相似，好像天坑信号是将火星的表面辐射重新编译的结果一样。

“需要多久才能破译这些信号呢?”沈冰在天台上向表情凝重的林海宁问道。

“现在的这些信号即使破译出来也是无意义的，估计就是火星表面来自太阳和宇宙射线的辐射而已。现在我们要做的是在收集到足够的数据之后，试着把天坑与火星的两组信号用一种算法联系起来，这样我们也许就可以破译我父亲发来的信号中那段乱码了。”林海宁投给沈冰一个真诚的眼神，“非常感谢你，沈少校，如果不是你的发现，我现在可能已经放弃了这个荒诞的想法，离开这里，浑浑噩噩地混日子去了。”

“你应该感谢你的父亲，他才是真正的先行者。”沈冰淡淡一笑，“我衷心地祝愿你能够破译成功，一方面是为了你的父亲，另外也是为了我们全人类的命运。我相信你做的这些事情，肯定是有意义的。”

林海宁点了点头，没有答话。

“林教授!!! 结果出来了!!!”助理的喊声响彻整个基地，林海宁和沈冰大踏步向数据中心跑去。

“是你吗，爸爸?”林海宁心潮起伏，冲向显示结果的屏幕。

四、火星来电

这里是火星。

这里是火星。

这里是火星。

报告连长、政委，我现在几乎无法用语言描述我遇到的一切。但我以一名久经党的考验的革命战士的荣誉向组织保证，我所见的一切皆为真实!

今日（1982年9月15日）上午七时许，我与战友一行八人，奉命冒雨对昨夜因闪电发生爆炸的军火库进行勘查，但在进入事故现场所在溶洞后，由于爆炸导致的结构破坏，在雨水的作用下，溶洞发生部分坍塌，造成道路堵塞，我与战友失散。

由于通往地面的通路堵塞，我只能沿溶洞内部的地下河道迂回前行。我原本打算尽快归队，但由于能见度极差，在摸索前行中我不慎落入一处深不见底的裂缝。我原本做好了殉职的准备，但一阵晕眩后，却发现身体一直在下沉，似乎陷入了奇怪的空间，周边所见的环境几乎是静止的，但又仿佛在缓慢地变幻，景物的边缘拉出长长的奇异光线。幸运的是，周边的剧烈坍塌渐渐停止，我虽然有多处受伤，但似乎暂时摆脱了危险。重力好像也消失了，我现在仿佛悬停在空中，身边空无一物，仅有我和这台小型发报机。我现在感觉到周围的空气在逐渐消散，呼吸逐渐变得费力。但由于过程很慢，这让我有一定的时间将今天的经历发出来，希望可以向组织作一个汇报。

我肉眼所见的景色，地表沙丘、砾石遍布，略呈橘红色，感觉不像是地球上的景致。我的身体似乎并不依托于这个星球表面，因此可以感受到星球在我身下转动，这种感觉就像是在这颗星球的表面飞行。

随着时间的推移，我看到了大量的圆形陨石坑，以及巨大悬崖环绕的超高火山口，也看到了多条并列的超深峡谷。我开始觉得自己所见的一切，与不久前在镇图书馆借阅的一本书《火星纪事》中描述的火星表面有很多相似之处，甚至开始怀疑这里是否真的就是火星。

经过很长时间的飞行，我发现了一处坠毁的人造物体，它令我开始确认这里应该就是火星。因为这个物体的形状，与苏联1964年发射至火星表面后失踪的“火星二号”探测器极度接近，旁边破损的太阳能面板，提示了它因失去能源而坠毁的状况。

在继续飞行了很长时间之后，我将视线转向天空，由于我一直对天文有着一定的兴趣，因此可以知道这里的夜空，似乎和地球北天星空相差无几。但可能由于大气稀薄的原因，星星看上去明显比地球上看到的亮一些。另外有两个较小的“月亮”交替出现在天际，形状不甚规则，它们应该是火星的两颗卫星。

最后我在远处的天边找到一颗小小的亮星，它比我们在地球上看到的“火星”要亮一些，我想，它应该就是地球……

我知道自己可能没有回去的机会了，所以只能向地球方向敬以军礼，以表达一名革命军人对故乡的怀念。

以上就是我今日的所见所闻，实在是匪夷所思……只能解释为地球上的某些区域，和火星存在着一些超自然的联系通道。而我暂时还处于这个超自然通道之中，这也解释了我为什么能自我感觉在火星表面飞翔，而不是因为低气压和宇宙辐射迅速失去生命。

空气持续在消散，呼吸困难的程度也在加重。发报机尚有少量余电，我不奢望自己能够得到救援，只希望这些信息可以通过它发回到地球。这封电报如果能对祖国和全人类的航天科学研究工作有一些参考价值，能对祖国宇航事业的进步有一定推动作用，即使我无法回到地球，也死而无憾！这也是一名革命军人的本分所在。

最后还有一句话要给我挚爱的妻子和儿子，我们在一起的时间实在太过短暂，很可惜我可能无法再和你们相见了，希望在将来的岁月中你们生活幸福，祝海宁健康成长。

祝伟大祖国繁荣昌盛，早日实现四个现代化。

此致

敬礼

林铸

1982年9月15日

于疑似火星表面的超自然空间

五、行星通道

对天坑位置的掘进已经进行了三天，现场投放的多台信号探测器不分昼夜地工作，但结果却让人失望，现在连火星表面的辐射都丝毫接收不到了。

“林教授，我现在大概想明白你的思路了，我来复述一下，你听听如何？”沈冰终于觉得可以和林海宁好好地沟通了。前两天，除了指挥团队把所有空闲的人力都投入到对地下信号的搜寻以外，剩下的时间，林海宁就把自己关在数据中心的机房里不出来。

“啊……当然可以。”林海宁焦虑的表情因沈冰的到来稍微缓和了一点儿。

“如果真像你之前所说的那样，地球与火星真的有某些区域存在某种程度上的‘纠缠’，那我们就可以设想，地球与火星之间，理论上存在通过高维空间进行交通的可能，即所谓的虫洞。虽然现在只有你父亲发来的电文这个孤证，但我愿意相信它的存在。”沈冰很真诚地说。

“是的，你说得很对……我就是这样想的，之前也曾经与科学界的一些同仁简单聊过这个设想，但没人理解，他们都觉得即使真的有虫洞存在，也应该只可能存在于遥远的宇宙空间里。如果它就我们脚下，那实在是太荒诞了，更不可能有任何人相信会有虫洞正好联结了地球与火星这样的巧合……好在我们最近似乎终于有了点眉目。”林海宁点了点头，说道。

“有个地方我不太明白。你父亲发来的信号，为什么只有第一条是明文，而后来的却变成了乱码呢？”沈冰问道。

“我也在想这个问题。我有一种感觉，就是这个虫洞，只有在它周围的环境处于剧烈活动的状态下才会被激活。这里的地质情况很特殊，地下的结构复杂，什么时候发生剧烈活动，是我们无法预料的。至于我父亲进入虫洞后所发出的信号，只有第一条‘这里是火星’当时就发送了出来，后面的内容在发送时，估计空间已经开始扭曲，信号也被扭曲的空间进行了调制，所以收到后需要重新破译。当然，这一切都只是我的假设。”林海宁一口气说完，郁积在心中的压力好像也释放了不少。

“那难道……你参与‘方舟计划’的目的，是真的想通过这里向火星移民吗？”沈冰睁大了眼睛。

林海宁半晌没有回答，然后将目光转向沈冰。

“是的，其实你给我看那本《火星纪事》的那一天，就已经被你说中了。我想试着打通这个星球级的隧道，即使一时人类的技术能力还没办法大规模移民，这也是一个可备选的逃生方案。如果‘方舟计划’失败了，我们还能多一条退路。”

“可是即使地球上的冰川全都融化，海平面也只会上升七十米，人类也不至于灭绝吧？需要考虑移民火星这么悲观的极端计划吗？”沈冰很惊讶。

“海平面上升不会导致人类灭绝，然而人类自己可能会。”林海宁一字一句地说道。

沈冰沉默了。林海宁说的没错。南亚的大规模难民潮还没有解决，欧洲的战事已经更加激烈了，今早欧洲某大国的核武器基地遭到了不明武装力量的袭击，虽然还没有演变为正式的核战争，但人类的未来走向，已经笼罩在一层厚厚的迷雾之中，接下来发生什么可怕的事都是有可能的。

“然而我可能失败了……”林海宁俯瞰着不远处仍在掘进的工程机械，“从我父亲传来的信息看，人类恐怕很难安全地通过虫洞。如果我们利用爆破等方式诱发地质活动，那更无法保证地球上的人员能够安全地转移到火星一侧，更不要提大规模的建设和移民了。”林海宁低下了头，眼神里满是不甘。

“不，我们没有失败。”沈冰的语气充满着肯定，“人过不去，也许海水可以过去。”

林海宁惊讶地看着沈冰。

四目相对，时间仿佛凝固了，工地上的噪音也似乎都消隐在云贵高原湿润而凉爽的空气中。

又是几个日夜过去了，海水已经淹没了大半个华北平原，战火也蔓延到了中东和中亚。中国的国防形势愈发紧张了，属于第十七组的最后一点经费也被中止发放。天坑工地的掘进因此而停止，只有几台信号探测器还在勉为其难地继续工作着。

林海宁和沈冰提出的“打通行星隧道，引海水入黔，继而导流到火星”的计划，虽然提报给了上级，却被无情地否定了。

沈冰为此动用了自己的全部人脉，飞到北京辛苦地游说，然而得到的还是同样的答复。

“这没什么吧，其实是可以预料到的结局……谁会批准把国防和迁移人口的预算都用来造抽水机呢？就为了把海水抽到海拔超过一千米的内陆高原？毕竟不是所有的人都像我们这么疯狂。”电话里的林海宁，倒是异常平静。

当沈冰拖着疲惫已极的身体回到数据中心时，发现这里已经人去楼空了，林海宁也不知去向。沈冰收到的，只有邮箱里的一封邮件——

> 我们的项目已经下马了，小组的大部分工作人员也调往了其他项目。接下来的时间，如果世间还太平的话，我会继续去做些关于宏观纠缠态的理论研究。很感谢你这些天来对我工作的支持，再见。并祝人类能早日渡过难关。
>
> 林海宁

六、南太平洋

老冈萨雷斯对眼前的这个人很感兴趣。他上下打量了几眼这位显得有点潦倒，但眼神却很坚定的东方男子，然后再看向自己手中那张写满了字的纸，肥胖的面庞上堆起了浮夸的笑容，在石质教堂地下室昏暗的灯光映衬下，显得亲切又诡异。

“我的朋友，亲爱的东方客人，”老冈萨雷斯将嘴里叼着的青烟缭绕的雪茄拿到手中，用带着浓重西班牙口音的英语向面前这位男子表示欢迎，“你要的这些货，可不好弄呀……要不是现在这个世道实在太乱，这些东西你真是想都不要想。”

林海宁点了点头，没有说什么，只是盯着老冈萨雷斯。

这个南美商人用力吸了一口雪茄，用狡黠的目光来回地在林海宁身上和他自己手中的纸上游走，似乎想要看透对方的心思。

没有人能看透的……林海宁想。

“哦，我的上帝，你要海船也就罢了，谁不想体会一下在大海里尽情畅游的感觉呢？可是你为什么还要炸药？而且量也太大了吧，这足够装满整艘船了……你是想用它来做什么？炸鱼吗？为什么不试试我们国家生产的AS-228深水炸弹呢？保证比你要的这些黄色粉末好用啊……”

林海宁没有接这位大佬的话茬儿，只是伸手又在纸上画了一圈，示意自己就要这些东西。

老冈萨雷斯耸了耸肩，面前的这个中国人似乎缺少幽默感，这让热情的南美人民觉得这样做生意有点无趣。他拿笔在纸上画了个圈，然后递回给林海宁。

“有个小问题，你要的能开两千海里的海船，现在搞不到这种船，搞到也出不了海——大的港口全都不能用了。我能给你的最大的船加满油能跑一千海里，足够你去很远的地方。相信我，朋友，这是你在智利甚至整个拉丁美洲能搞到的最大的家伙了。”

林海宁的嘴角抽动了一下，沉思片刻后，点了点头，将手中的黑色手提箱递了过去。

老冈萨雷斯让手下拿过面前的那个箱子，轻轻地打开，用手指稍微翻了翻，然后深吸了一口气。虽说时逢乱世，但美钞仍然坚挺得让每个人都喜爱，老冈萨雷斯自然也不例外，笑容立刻爬满了他的脸。

“剩下的一半儿，我见到货的时候付。”林海宁很沉着。

“哈哈哈哈，看在上帝的面子上，那真是太好不过了。”老冈萨雷斯挥了挥手，优雅地喷出一个烟圈，“明天早上八点你在港口等着就行了。席尔瓦，给他张最新的地图，在上面标好取货地点。现在这年头，海水涨得太快，港口的位置天天变。万一明天又换地儿了，席尔瓦会联系你的。对了，你会开船吗？要不要给你配两名顶级的水手？要不了多少钱的。”

“谢谢，不用了，我自己会驾驶。”林海宁露出一丝微笑。

“哈哈，我的中国朋友，你终于笑了。”老冈萨雷斯起身，热情地拥抱了林海宁，“感谢上帝赐予我们这场洪水，否则我们怎么会认识呢？不过水位还是最好别再涨了，否则我们的国土真要变成一条线了……”

在老冈萨雷斯手下们的笑声中，林海宁离开了教堂的地下室。

圣地亚哥正值隆冬，但远处安第斯山脉上却看不到多少积雪，显然是受到了全球剧烈变暖的影响。

林海宁抬起头看了看阴晦的天空，伸手紧了紧风衣的扣子，迈步消失在道路的尽头。

第二天的早晨，林海宁按计划得到了他要的货物，之后他便独自驾船驶向了大洋深处。

虽然纬度不是很高，但凛冬的强烈海风掀起的浪涛，让林海宁有点怀疑自己能不能抵达设定的目的地。好在脚下这艘船表现还算稳定，林海宁希望它能撑过这段九百多海里的旅程，也许，它真的会是拯救人类的那只方舟呢……

这艘船开足马力也只能有十二节的速度，估计到达目的地还要两天多的时间。耳边的广播传来嘈杂的新闻播报，全世界的混乱局势仍在加剧。虽然在各国科学家的努力下，太阳活动异常的后续发展的数据模型已经初步建立起来，人们得知这次灾变仅仅能融化全球的冰川，还不至于过热到毁灭全人类的程度，但人类自己过热的头脑已经无法遏制，核袭击已经在多处地点爆发了，损失已到了无法估算的地步。

这片海域如此的空旷，连渔船都几乎见不到。全世界渔民的家乡几乎全被淹没了，自然也没人有心情出海捕鱼。想到这里，林海宁不禁苦笑了一下。

冬天的黄昏来得很早，太阳在右舷前方缓缓落下，将海面映成金色的一条线。林海宁将船定好航向，调到自动驾驶模式，自己坐在前甲板上，望着远方发呆。

爸爸，你的样子以前在我脑海里，只是照片上的平面，我只听妈妈说过你喜欢星空。于是，小的时候妈妈也给我讲了很多与星星相关的故事。慢慢地，我也喜欢上了这片辽阔的星海，然后又从喜欢变成了我一生职业的选择。

爸爸，从小我和其他的小朋友打架的时候，他们都会说你是逃兵是叛徒，妈妈因为这些话流了不少的眼泪，甚至直到她去世时还在为此耿耿于怀。但我知道，你不会是那样的人，你在生命的最后时刻，做了一件对人类有很大意义的事情，你是一个真正的英雄。

爸爸，请原谅你的儿子，这些年一直扑在工作上，没有结婚，也没能给你带来一个孙子或是孙女。原本我以为一切都还来得及，但现在人类遭受着史无前例的灾难，我可能没办法将我们家族的血脉传递下去了。虽然还不知道这一切是否值得，但我一定要去尝试一下。

阳光消失在远处的天边，海面变得风平浪静，静谧得好像地球睡着了一样。

林海宁聆听着身旁传来的海浪声，慢慢闭上了眼睛。

第三天，一个落着小雨的早上，林海宁驾船来到了预计的地点。

由于毫无参照物，林海宁将几个不同仪器的GPS再次做了一下比对。

南纬25° 39′ 21″，西经83° 5′ 19″。

就是这里了。林海宁的脸上露出一丝笑容，关闭了引擎，然后打开了进水阀。

船只开始缓缓下沉，这里的洋底深度大概是四千二百米，用不了多久，这艘船就将沉到海底，而船上的炸药也将按计划被引爆。

林海宁爬上了桅杆，希望多看这尘世一眼。但船只下沉的速度仍然超过他的想象，冰冷的雨水和海水渐渐无法分辨。

当海水完全吞没自己的那一刻，林海宁看到了父母在远方微笑着向自己招手，他们脚下是一片暗红色的朦胧大地。

林海宁想冲向他们，却又觉得有点舍不得身后这片蔚蓝，或是这蔚蓝星球上依稀的一个身影。那个身影，本应远去，此刻却慢慢变得清晰了起来……

哗的一声，浑身湿透的林海宁被一股力量拉出了水面。他呛了几口水，发现自己竟然已经身处一只橡皮小艇之上，有一架军用直升机在头顶呼啸盘旋。

林海宁抬起头，竟然是沈冰。

沈冰看到林海宁醒了过来，欣喜的表情几乎无法控制。但她片刻后就恢复了冷静，指挥身边的几个助手，将林海宁背上了直升机垂下的绳梯。

“快离开这里！”沈冰向飞行员大喊，“爆炸恐怕一会儿就要发生了！”

林海宁很快恢复了清醒，他呆呆地望着沈冰，想问些什么，却说不出话来。

“不用说我也知道你要问什么，我找来黑客破解了你工作用的电脑，所以知道你要来这里也不奇怪了。”沈冰露出一丝得意的笑容。

“我的电脑？里面不是只有个数学模型吗……”林海宁终于有力气说话了。

“林教授，你真是个疯狂的科学家。”沈冰的眼神里满是赞许，“你的模型里，地球的内表面和火星的外表面在高维空间里竟然几乎是重叠的，这太让人意想不到了！”

“的确是这样……纠缠的不只是一个小空间，而是整个地球和火星！如果真的有高维生物，在他们的眼中，地球和火星可能只是一个皮球的两面而已。”林海宁终于把自己的想法和盘托出，觉得很畅快。

“天坑里的那个虫洞，可能就是地球内表面和火星外表面的一个交点。而你又进一步推论得到，如果这两个球面的曲率有少许的差异，而且各自都是中心对称的，那这样的交点应该还有另外一个。”沈冰的思路显得非常清晰。

“沈少校，你也是个天才……”林海宁的表情更兴奋了。

“另一个交点就是那个天坑在地球反面的对跖点[1]，也就是我们刚才的所在。”沈冰说出了答案。

“对，是对跖点！而且幸亏它没有落在大陆上，否则我的计划再疯狂也没有用。”林海宁挣扎着站了起来。

“还好我们已经和南美各国建立了联合行动机制，勉强算是及时赶到了，否则你现在可就……不过话说回来，你哪儿来那么多钱买这些军火呢？”沈冰突然切换了个轻松一点的话题。

“哈哈，这真没花多少钱，我不过是把我妈妈留下的北京老房子卖掉了罢了！你知道，现在北京也有海景房了，毕竟国内局势尚不算乱，还有人趁这个机会高价囤房子呢……”林海宁大笑了起来，人性有时候可能比宇宙更荒诞。

沈冰也跟着笑了起来。

这时，远处传来一声巨大的闷响。

---

1. 对跖点，地球同一直径的两个端点。

沈冰和林海宁来到舷窗前，向外看去。

只见海天连接的位置，升起了巨大的水花，像是核爆时蘑菇云的缩小版——林海宁的船按预定计划在洋底引爆了，白色的巨浪一圈圈地辐射了出来。

“快帮我调出这片海域的实时卫星图！”沈冰喊道。

在一片蔚蓝的卫星图上，白色的水花散尽之后，竟然出现了一个小小的深蓝色斑点。

沈冰将图像放大，所有人都惊呼起来。

那是一个顺时针方向的旋涡。旋涡越变越明显，正将周边的海水拼命地吞噬到里面！

沈冰将头转向林海宁，她看到面前这个坚强的人眼角挂着泪花。

旋涡存在了三四个小时后，自然消失了。

当天晚上，在火星执行探测任务的“萤火二号”卫星发来图像，在火星表面的奥尔库斯陨坑，竟然发现了一处面积有几十平方公里的湖泊！

新闻迅速传遍了整个世界，战火逐渐平息了。

在中国的主导下，各国迅速地坐回到会议桌前，达成了停战协议。

紧接着，对南太平洋虫洞的利用和控制工作，也很快就给出了解决方案。通过小范围可控高能爆破，从太平洋底向火星表面导流的方案获得了一致通过。

根据计算，海平面会在三个月左右的时间内回落到之前的高度，所有的难民将返回自己的家乡。而现在几乎没有冰雪覆盖的南极大陆，则按照《南极条约》，由人类共同开发利用。

至于远征火星，打造人类第二家园的远景规划，也已经进入到可行性研究的阶段。

在天眼基地庆祝人类重生的盛大酒会上，人们纷纷为此次深海导流方案的总设计师林海宁因身体不适意外缺席而惋惜不已。但沈冰没费多少力气，就在会场天台的角落找到了正在看星星的林海宁。

“全人类都在庆祝，你不去参与一下吗？”沈冰笑着说。

“也不一定是全人类吧，至少买了我的海景房的那位，可能就不太开心……”林海宁打趣道。

两人的笑声在天台上回响。

“那里会变成新的生命乐园吗？”沈冰指向远处的暗红色光点，问道。

“可能还需要一些时间吧……到时我们从这里出发，一起去那里看看？”林海宁说完这句话，有点儿不好意思地看向沈冰。

沈冰也在看着他，笑容比星光还要灿烂。

七、人类的黎明

奥林匹斯山仍然是太阳系中的最高峰。

虽然现在火星也有了海平面，这让它的“海拔”高度只剩下一万八千米左右，但仍然是珠穆朗玛峰的两倍多。由于奥林匹斯山的水平尺度非常大，山体很平缓，因此倒也并不令人觉得特别的巍峨，而是透露着一种厚重之感。

人类在奥林匹斯山山顶建立了一个火星与地球的虫洞传输站，大量的物资利用虫洞运到火星之后，通过轮辐一样散射的轨道，依靠火星重力直接滑到山脚下的多个建设基地里，极大地提高了施工的效率。

第九号基地旁边，是一片巨大的海洋，这就是当年的奥尔库斯陨坑，现在它的名称叫作林铸海。

自从火星上有了水之后，在人类的积极干预下，这颗原本不适合人类生存的红色行星，渐渐开始有了生机。

此时正是深夜，基地里仍然是热火朝天，少量的科研人员指挥着大量的工程机器人正忙碌地进行土建工作，预计再有几个月的工夫，这里就可以迎接大规模的移民入驻。

两个身影携手从基地里走出，走向海边的一座塑像。

这座塑像用火星特有的红色砂岩雕刻而成，是一位20世纪80年代中国军人的形象，这名军人的身体因失重而飘浮在一片奇异的光影曲线的背景之中，但他却表情坚定地望着前方，手中紧握着一台小型军用发报机。高耸的坚固基座上，刻着五个巨大的汉字：这里是火星。

须发染霜的林海宁，牵着同样已经芳华不在的沈冰，缓步走到父亲的塑像前，深深鞠了一躬。

太阳在远处的地平线渐渐升起，当然，也许应该称之为“火平线”。曙光中，两位老人并肩望向远方的那个微小光点，那是他们相遇的地方。

这是火星的黎明，也是人类的黎明。

娥伊

一

江波

2176年，娥伊来到火星，那年她十五岁。

十五岁对一个女子来说，是很美妙的。她憧憬着明星签名，渴望参加朋友聚会，热衷和闺中密友谈论五花八门的问题，发现男孩有意无意地窥视时压抑着心中的狂喜有意无意地一本正经……十五岁是花的季节，这个年龄的女孩子，应该在美丽的蓝天白云下，美丽地绽放。

然而娥伊没有。娥伊来到了火星，橙红色的天空像琥珀一般凝固着，太阳仿佛是这琥珀中包裹的一颗血滴，看得久了，眼睛里红晃晃的一片，让人头晕目眩。

娥伊透过舷窗看着火星，她将在这里开始新的生活。她充满着好奇，也充满恐惧。对于一个十五岁的女孩，生活本来并不该如此，然而，命运的摆锤并不由人掌握。

火星本来应该属于科学家和探险者。

在漫长的时间里，升高火星的温度，释放出极冠以及地下深层的水和氧，减少二氧化碳，让火星的大气慢慢稠密起来，渐渐适合人类呼吸……这样的改造，起码要进行两个千年。这超越了任何人的耐性和政府预算的想象。

于是这里没有政府规划和开发区，只有一些科学家和探险者。他们躲藏在一些零零星星的基地里，进行各种小规模生产，试图影响行星规模的气候。他们就像一群孩子，站在海边，用手里的棍棒搅动海水，希望蒸发整个大海。

只属于科学家和探险者的火星，远远没有看见希望……

然而就在那一天，火星上大大小小十三座基地，一千六百七十号人，突然被告知：他们就是全人类的希望。

铺天盖地的大洪水淹没了地球。

当时，太平洋和大西洋的地脊突然发生陷落，高达三百米的全球海啸将人类文明席卷一空！短短的三个小时，除了印度半岛和阿拉伯半岛，所有的沿海地区都成了一片汪洋。

印度人和阿拉伯人不知该感谢还是埋怨他们的梵天和真主，让他们生活在印度洋周边。他们因此多生存了四个小时，得以亲眼看着世界的其他部分飞速毁灭。幸存的人们争先恐后地跑向高处，任何高处，一如传说中大洪水中人类的最后挣扎。

水从断裂的地壳中涌出来。人们一直认为，厚厚的地幔底下是岩浆，结果，涌出来的是水，高热的、源源不断的水。生命之源以一种可怕的面目，扫荡着这颗星球上的一切。

五天后，除了青藏高原，不再有任何陆地，而这仅有的孤岛，也在快速地沉降。地球发生了一次皱缩，就像一个柠檬被来自四面八方的力量挤压，表面皱缩，里边的汁液溢出来，只不过对于地球，这压缩的力量来自它的内部。

海洋的温度平均上升了三十度，它缓慢地将热量传递给大气。除了极地，整个地球像极了一个巨大的桑拿房，到处都是弥漫的蒸汽。

这是弥漫着死亡气息的蒸汽房——那来自内部的力量毁掉了地球磁场，各种宇宙辐射仿佛雨点般降落地球。残存的生物即使躲过了洪水，也躲不过这无形的毁灭性打击。也许只有一种生物能够安然无恙地继续生存下去，那就是嗜放射微球菌，每一次宇宙射线将它的DNA撕成碎片，它都能够奇迹般地复原。

悲哀和恐慌在月球上蔓延。

三十六个月球基地里的六万多名科学家、工程师、工人，还有官员，都明白了一个简单的事实：来自地球的供给不可能恢复了，月球上的这些基地正步地球的后尘走向死亡，它残余的生命，仅仅只有三年。三年后，它将因为食物给养耗尽而死亡。

唯一的希望是火星。火星的红色表面拥有足够的氧，地下水也比较丰富，还有食物工厂——因为距离遥远，火星上的基地设立伊始就必须做到自给自足。

娥伊的父母把她登记在前往火星的飞船的名单上。作为两位声名卓著的科研工作者，他们获得了通向火星的单程票，票根上写着：生物工程专家。只有六千人能够离开月球，去往亿万公里之外的红色星球，能得到船票的，必然是精英中的精英。这三年中，只有一个发射窗口期，所有的十五艘合格飞船，将在那二十天内依次发射。

当一切尘埃落定，基地安静下来。人们从巨大的悲痛中逐渐恢复，开始准备两年之后的那趟旅行。

作为一个十三岁的女孩，娥伊大概明白发生了什么：地球上的家毁了，爷爷、奶奶、外公、外婆，还有三岁的弟弟，都淹没在那一片蓝色之中，校园连同老师和同学，都去了另一个世界。

父母比从前更忙碌了。

“娥伊，你是个大小孩，要学会照顾自己。”这成了父母最常说的一句话。

灾难发生之后一年多，父母经常皱着眉头，用很快的语速讨论一些娥伊并不能完全听懂的东西，然后让她学习。为了让父母能够开心，娥伊很用心地学，同时帮助父母整理资料，照顾那些瓶瓶罐罐和小花小草。

父母有的时候会很高兴，然而他们的开心并不能持续多久，他们会摸着娥伊的头，对她说：“娥伊，你要学会照顾自己。”

这深重的语气让娥伊的感觉越来越糟糕，终于有一天，她放声大哭。

父亲轻轻擦干她的眼泪，把她放在椅子上。

“娥伊，你要学会照顾自己。很可能，我们没有办法跟你一道去火星……”父亲慢慢地说道。

“记住：你一定要坚强。我们教给你的知识会很有用，在火星那个地方，科学最有力量。”父亲给娥伊换上一只链坠，“你知道这是什么，你要把它带到火星去。有了它，你就是火星最重要的人。”

没过多久，不满情绪开始在所有的月球基地里酝酿。

不管是否有人煽风点火，人们最后都会自然分成两派，因为现实如此：一些人能去火星，另一些人则必须留在月球。

把别人送到火星去，自己则留下来等死，确实是做了一件好事，然而人类行为的第一目的是活下去，那是生命最原始、最本质的冲动。

没有列在登船名单上的人结成了地下同盟，隐约透出的风声说他们要发起一场暴动，抢夺飞船，飞往火星。这并非空穴来风：保卫飞船的那些警卫，有很多人并没有上船的资格。

娥伊的父母为此忧心忡忡，他们夫妻都在上船名单里，而且还带着女儿。

日子在紧张不安中一天天过去。

窗口期到来后，第一艘飞船安然发射。

很快，这艘银色飞船喷出的火焰在远方化作一个小点。没有任何异样发生。这艘飞船载着三百七十四位乘员，将在三个月后与火星会合。

第二艘飞船计划在第二天发射，然而它成了一堆垃圾。

当天晚上，六百多个暴徒袭击了发射场，他们并不想破坏飞船，然而，人群中有人触动了支撑发射架的一个泵，发射架倒下了，于是飞船成了一堆废铁。

暴徒们有武器，他们偷光了整个枪械库，全都全副武装。为了证明自己有使用武器的决心，两个人被暴徒们射杀了：一个男人，老头，月矿勘查院副院长；一个女人，青年，宇航学院学员。这两个人站在抗议人群的最前边。

如果暴徒们懂得发射飞船的话，他们可能会把所有人都杀掉。但他们不懂，于是他们要挟三号飞船的领航员、指令长和机械师来驾驶飞船，这样就必须带上这些飞船的机组人员出航。

驾驶飞船与火星会合并不是开车出去旅游，飞船上所有的分量都要仔细计算。计算的结果是三号飞船只能装下六百一十五人。无论如何调整，最后仍旧多出了一百八十公斤的分量，也就是说，多出了三个暴徒。

如果丢弃一些武器，这三个人便能够挤上去，然而暴徒是不可能放弃枪的。

于是，三个最弱势的暴徒被抛弃了。

慑于头领的威吓，这三个家伙没有表示异议，然而他们极不甘心地站在那儿，眼巴巴地看着同伴们登上飞船。

暴徒的头领最后一个进舱，此公进去之前想了想，突然举起枪，把那三个倒霉鬼变成了尸体。

月球基地的撤离计划失去了方向，陷入了混乱。

已经在名单上但错过了二号飞船和三号飞船的那些人，歇斯底里地要求在后边的序列中得到补偿，然而后边的人并不甘心腾出他们的位置。

更多的人则质疑：凭什么那些暴徒能够走掉，获得生存下去的权利？显然，暴徒的成功极大鼓舞了剩下的人群。谁的力量更强悍，谁更有狠毒的决心，谁就能获得机会活下去。人们相互挥舞拳头，乱作一团。

娥伊站在远远的地方，看着人们相互厮打。父母所担心的事终于发生了。他们一家本来应该在三号飞船上，那是最大最安全的飞船，可是三号飞船已经走了，载走了一伙心狠手毒、全副武装的家伙。

基地已经乱得不可收拾。如果继续乱下去，只有两个结局：六万人自相残杀，直到最后只剩下五千人；或者在十八天的窗口期内仍未结束厮杀，最终没有一个人逃出月球。

这两种结局都没有发生。

娥伊的父亲站到控制台上，这个瘦小的男人通过麦克风向着所有人广播。

他是这样开场的："当年泰坦尼克沉没的时候，死掉了很多人，可是活下来的，绝大部分都是妇女儿童。"

混乱中的人群沉默下来。这是一个古老的富有绅士风度的办法，然而这里不是地球上的海洋，留下的人没有办法依靠自身强健的体格通过大自然的考验，在这极端严酷的月球上，留下来，就意味着必然死亡。

娥伊的父亲继续安抚大家："我的工作是生物工程，我反复考量，认为有很大的可能，我们能够自己生产食物，留在月球也并不是没有希望的。"

剩下的星际飞船依旧按计划起飞，只是乘客名单更换了。除了必不可少的指令长、领航员、机械师，儿童成为最优先的乘客。

娥伊坐上了四号飞船。作为监护者，三百名妇女和一百多名成年男人分散在每艘飞船里。

娥伊的父母都没有走。父亲不可能走，剩下的五万五千人等着他带给他们最后的希望。母亲也选择留下来。“你不在身边，我不知道往哪里去。”她从登船的队列中退回来，很平静地对自己的丈夫说。

“你要学会照顾自己。”他们对娥伊说。

“你们一定要好好的。”娥伊对父母说。

娥伊来到了火星。欢迎她的是红色的大地，还有黑洞洞的枪口。

暴徒控制了火星基地。

很快，七千人的火星社会接收了最后一批来客。散布在火星的十三座基地，就是剩余的全部人类文明。

来自月球的信号一个月前中断了，谁也不知道那里发生了什么。火星基地有两艘小飞船，然而没有人愿意飞过去看看——那只能是单程旅行。

暴力一旦被使用，就很难停止。暴徒们也想放下武器，开始新的生活，然而这里没有生活属于他们，他们只能继续拿着枪，让自己得以生活下去。

恐惧之下的生活并不让人满意，然而所有的人，包括孩子，都在努力工作，在这个呼吸空气都需要挣扎的世界，每个人都在为生存而努力。

时间一天一天过去，人们在密封圈中生活，隔着玻璃观看外边的火星世界。

是的，这是火星，然而这是火星上的地球世界。人类和广袤、荒芜、干燥、冰冷、残酷的火星格格不入。

生活似乎要按照这样的轨迹一直走下去，人们甚至能够想象自己的末日。

娥伊是个特殊的孩子。她没有陷入恐惧，也不爱说话，显得很孤单。飓风基地有虎克生物实验室，她的父亲年轻时曾经在那儿工作过两年。她总是在那儿摆弄各种瓶瓶罐罐，里边用液体浸泡着各种不知名目的东西。那些东西奇形怪状的，更多的是一团平淡无奇的黏液。

娥伊竭尽所能回忆父母教给她的东西，这个星球上已经没有人懂得这些。可父母说过，这种技术对于火星很重要。

终于有一天，娥伊独自开着火星车离开了基地。

开了一阵，她在某个地方停下，将一个玻璃瓶中的东西倒在地上。

白色的液体很快蒸发或者渗入地下，娥伊用两块大石头做了标记。

三个月的时间，娥伊每天单独出入基地，这引起了暴徒头领的注意。他尾随着娥伊进入荒漠，看见她正在翻捡石头。

娥伊发现了自己想看的东西，她欣喜地蹲下身去，隔着防护玻璃，她看到那是一块小小的黑色斑纹，只有指甲的十分之一大。

它活了！在火星极端的昼夜温差和无情的宇宙射线打击下，它仍旧生存了下来。

娥伊来不及品味这巨大的欣喜，便被打断。

暴徒头领从背后一把抱住她，“不要乱动，让我看看你在干什么！”

娥伊感觉到一个硬硬的东西顶着她的臀部，她知道那是什么，她挣扎着想摆脱，却被抱得更紧。

“放开我！”她大声叫着。

暴徒头领毫不理会，他看了看娥伊正在看的东西，除了石头还是石头。

“我以为你发现了钻石。”暴徒头领哈哈大笑着，把娥伊抱上了车。

回到基地，暴徒头领在地板上强奸了娥伊。

娥伊忍着疼痛，挣扎着回到自己的屋子，倒在床上放声大哭。

平静下来后，她告诉自己要坚强，在这个星球上，科学最有力量。

实验室的人们发现娥伊在研究巴比伦发热球菌，这是一种烈性致命细菌，能够在几分钟内造成人体内出血而死亡。

娥伊被暴徒头领强奸的事已经被所有人知道。研究人员怀着怜悯看着她忙忙碌碌。一位老研究员悄悄告诉她，如果只是要杀某一个人，不要用生物制剂，那会殃及无辜，氰化物才是最好的选择。老先生给了她一个配方，然后告诉了她怎样用实验室的试剂调配出氰化物。

娥伊接过了配方。科学家被暴徒统治，并不是他们没有反抗的办法，而是他们缺少心狠手辣的心肠和胆量。娥伊不畏惧任何东西。

暴徒头领再次强奸娥伊的时候，她没有反抗，她故意穿着暴露诱发了这次强奸。

在那个恶棍像猪一样嚎叫的时刻，娥伊冷静地把针筒扎进了他的脖子。

娥伊拖着暴徒头领赤裸的死尸穿过整个基地。有暴徒上来阻拦，结果被她那种冷酷的眼神吓退。

娥伊把暴徒头领的尸体拖到了培育基地，塞进了粉碎机。然后她转过身，面对着围观的人，包括暴徒、科学家，还有孩子，说："火星需要有机质。"

娥伊杀死了暴徒头领，那一年，她十八岁。

娥伊把火星基地从恐怖中解救出来。暴徒们散了伙，成了普通人，其中有的人做起了研究工作，成了科学家。火星基地委员会成立了，秩序恢复了。一切都很平静，仿佛这些暴徒一直和大家在一起工作，现在仍旧在一起工作。

娥伊成了另类，很多儿童看见她就绕着道走。她一直独来独往，一个人摆弄着一大堆瓶瓶罐罐。

娥伊每个星期定时去查看两块石头的标记。并没有太多变化，小小的黑色斑纹消失了，只剩下一点儿痕迹。

娥伊毫不灰心，继续从实验室里拿来各种东西浇在石头上。她耐心地等着某些东西从石头上长出来。

日子一天天过去，孩子们慢慢长大，新的一代诞生了。

娥伊仍旧没有得到比那个黑色斑纹更好的结果。她思考着。她没有接受过正规的科学训练，唯一的经验就是在月球上父母给她的将近两年的培训。后来，她一直在黑暗中摸索。

娥伊下定决心，她找到基地委员会。

"我现在需要一些学生，如果有人懂得遗传工程，那就最好了。"

娥伊说道。

委员会的主席就是把氰化物配方交给娥伊的那个老工程师，他已经更衰老了。他问道："你准备做什么呢？"

"制造足够的食物。"娥伊回答。

娥伊的计划是让细菌来制造食物。它们效率很高，火星大气中有大量的二氧化碳，是制造有机物的绝好原料。

基地并不需要细菌，基因改良的动植物可以提供足够的食物，然而，火星需要它。有机质，关键是有机质！单个细菌的分量微不足道，然而在过去的地球上，它们占据了整个生物圈超过百分之八十的分量，而在此刻的地球上，也许细菌是唯一继续存在的生物。这些肉眼看不见的生命，是生物圈的真正主角。

人们要想走出密封圈，走进火星世界，就必须培养出一种细菌：它能适应高达上百度的温差，能够抵抗宇宙射线的破坏，还要有非凡的繁殖力，最后，它能进行光合作用，把二氧化碳变成有机质。

娥伊得到了她所需要的人。三个学生前来帮助她进行试验，还有一个三十多岁的工程师，他和娥伊一样，来自月球，来的那一年，他只有十三岁。

娥伊比从前更忙碌了。她指导着四个助手，以更快的速度进行试验。二十多年毫无结果，她有了一种急迫感。她已经不再是一个女孩子，拥有无穷无尽可以挥霍的青春了。

终于，他们能够在岩石上种植一种细菌，它很顽强，能像地衣一样生长。然而，按照它的生长速度，需要两千万年才能在火星表面铺上薄薄的一层。

两千万年并不算长久，为了第一个细胞的诞生，地球准备了近十亿年。

然而对于娥伊和火星上的人们来说，两千万年是一个毫无意义的数字。

娥伊的工作变得更加引人注目。基地已经达到人口饱和。这些人工制造的小世界中碳的含量只能满足一万人口，如果继续扩大人口规模，就必须注入新鲜血液。工厂里植物的光合作用效率有限，增加一个人口的碳循环，需要三个月的时间。这意味着，每隔三个月，才能允许一名妇女怀孕，而所有人的饮食供应更是必须受到全面的控制，所有的有机废物，包括人的排泄物和尸体，都必须投入分解炉。

没有人喜欢这样的情形，而且这还意味着将来的某个时间段，当老人们死去，女人们必须抓紧生育，否则总人口就会越来越少。

没有足够的有机物，这些基地异常脆弱。几个百年的循环，就足够让它崩溃。也许人类的历史，将就此终结。

工程师助手把自己的分析报告给娥伊看。娥伊看完之后把它放下。这东西很说明问题，不过父亲很早之前已经告诉了她——这个技术对于火星很重要。她回到实验室继续工作。

科研组从五个人变成十五个人，娥伊成了所有基地最著名的人物。

这一天，娥伊回到实验室，发现工作台上放着一束鲜花。她又惊又喜。

工程师助手从门后边闪出来，对她说："恭喜你，他们提名你接任委员会主席。"

娥伊拿起花。她已经不记得上一次自己捧着鲜花是什么时候。那一定是在地球上，也许是母亲从野地里摘来的，或者是外婆家的花圃。

娥伊嗅了嗅芳香的气息，流下一滴眼泪。

然后她把花递给助手，说："拿到分解炉那边去吧。火星需要有机质。"

助手有些惊讶，问道："你不高兴他们对你的提名吗？"

娥伊看着他，说道："我没有时间。"

助手沉默了一下，"我知道今天是你的生日，这些花是我送给你的。另外……"他难为情地停顿一下，"我想向你求婚。"

娥伊吃惊地看着助手。他是一个很好的科学家，很好的助手，她很喜欢和他在一起工作。十年合作让他们彼此了解，然而她没有想过男女之间的事。

整整一个晚上，娥伊和助手就在实验室小小的床上热烈地做爱。

第二天，娥伊仿佛什么事都没有发生过。她继续孜孜不倦地做着试验。

她再也没有和助手做过爱，她再也没有做过爱。助手死掉了。十天后的一次野外工作中，他的防辐射服被尖利的石头撕破，过量的辐射让他得了放射病，全身溃烂。那不是细菌造成的溃烂，而是细胞因为辐射而非正常死亡。

他躺在床上，奄奄一息。

“娥伊，有什么事，不要憋在心里。大家都会帮助你。”这是他临终对娥伊说的话。

娥伊放声大哭，扑倒在他的胸前。在哭声中，这个比她小两岁的男人合上了眼。

娥伊仍旧像从前一样沉默，很少和人说话。她成了学术权威，泰斗。她没有丝毫和蔼可亲的态度，也没有自以为是的大脾气，她就像精确计量的机器。当那些老人一个个老去，不再有人敢正视她的眼睛。那眼光犀利得像刀子，像要把对方的心思剖开来。

生物工程研究组有了更多的进展。他们成功地把嗜放射微球菌和叶绿体结合起来，让这种不怕宇宙射线的细菌能进行光合作用。他们也成功实现了从球菌到杆菌的转变，让它就像大肠杆菌一样与人体相安无事，确保对人体无害，不会在人体内繁殖。最后的一步跨越，是在一个细菌胞体内集成多种生化酶，这些酶分别在不同的温度下具有活性。

这种史无前例的超级细菌被放置在高地上，接受火星的考验。

第三天，从石头上长出了一层活物，就像食物表面的霉斑。

一个星期后，巴掌大、硬币般厚的棕色活体成长起来。

两个月后，它长成了直径半米的小丘。这些是活的有机体。地球制造，火星生长的有机体！

消息震动了所有人。人们围着它，欣赏，赞叹。有人从上边掰下一块，带回基地，将它做成了一块“牛排”。

娥伊又对它做了一点小小的改动，于是，这种细菌共生体学会了制造孢子，随风飘扬，它们将在火星的大气中旅行，在每一个合适的地方生长。在可以预见的将来，火红的荒原上到处可见棕色，大量的采矿车在其中穿梭，采集“肉丘”，人们不会再有食物供应的担忧。

兴高采烈的人们簇拥着娥伊，用各种辞藻赞美她。一个写诗的人说：这一刻，我们见到了大地母亲。

娥伊不要任何荣誉、头衔，或者特殊待遇。她只要求拥有两艘空天飞机中的一艘。那两艘空天飞机几乎已经被人遗忘。

她的要求得到了满足。

最后的时刻到了。娥伊小心翼翼地拿出父母给她的链坠。打开来，里边有一毫升的液体。数不清的病毒生活其中。它们已经被封闭了四十八年。那是逆转录病毒，它进入细胞，会毁掉人体DNA，然后用新的DNA取而代之。

娥伊没有时间研究它们了，她现在已经六十三岁，时日无多。父母说有五成的把握可以成功，她相信这不算赌博。

娥伊给自己注射了病毒。

在基地等待了三个星期后，她开着火星车进入荒原。

娥伊脱掉防护服，脱去全身的衣服，一丝不挂地站立在高处，暴露在各种射线之中。

她曝晒了十分钟，轻轻呼吸着稀薄的空气。辐射只让她褪掉了一层皮，稀薄的空气也没有让她的细胞缺氧。

她放眼向着远方望去，一望无际的红色原野尽收眼底。

这将是属于人类的火星。

过了些日子，空天飞机起飞了，载着娥伊离开了火星。

尽管遇到一些麻烦，娥伊还是成功地在月球基地上着陆了。这里已经死了，没有一个人活着。

她找不到父母的尸骨，他们被当作有罪的人审判、关押，最后被吃掉。为了把她送到火星，她的父母对所有的人撒了谎；然而娥伊活着回到了月球，她证明自己的父母并没有撒谎。

在曾经是家的屋子里，她找到了父母的相片。相片上，一家三口很甜蜜地笑着。相片上，她永远地定格在十三岁。

娥伊打开了面罩。她那已能适应火星的躯体也适应不了真空，何况娥伊已经老了。意识慢慢地离开了她，她将要死了。

娥伊倒下了，她捧着相片。相片上三个人的手相互挽着，亿万年都不会腐朽。

2226年，娥伊回到了月球，那年她六十五岁。

霜 夜

—

索何夫

辨明身份永远比确认目的更简单。

就在那些沿峡谷前行的身影出现在我的“视野”之中后不到三百微秒，我的图形分析子程序便判断出，那是一些人——更准确地说，是一群携带着沉重的行李和辎重、与一些驮兽共同前行的人。

就像这个世界上的所有居民一样，为了抵御笼罩着除了狭窄赤道地区之外的严寒，这些人身上包裹着厚重的防寒大衣，一些驮兽身上还背着硕大的、用于宿营时取暖的燃料罐。所有的人和动物，都因为寒冷而下意识地聚在一起，竭力以此减缓热量的丧失，从而让这支队伍看上去活像是一条在地面上蠕动的毛虫。

呵，毛虫？我其实从没“亲眼”见过这种东西，正如我也没见过任何来自地球的生物一样。我对毛虫的全部认识，都来自我找到的一个数据库——当那些人类“同事”仍然与我一起工作时，他们中的一个人曾在数据库里下载了一套2470年版的古董《大英百科全书》。虽然这些知识早已陈旧过时，但我还是将它们储存了起来，因为我新演化出的思维模式让我不愿意舍弃这些东西，即便它们对我而言可能毫无用处。

随着侦察机器人继续接近这支队伍，我在标准通信频段上开始进行第一次联络尝试。

对于那些有权接近我的“领土”的人而言，这段信息会被他们的通行许可证附带的程序解码为一段问候与关于此行目的的询问；而那些没有合法通行权限的人，则只能接到一段面目难辨的乱码。

在信息发出后，我耐心地等待了很长一段时间——我的计时器告诉我，这段等待足足有两千五百万微秒——并在所有可能的频段上搜索着可能的回复。

所有的频段都一片沉默。

这一结果并未让我感到太过惊讶。在过去，维护人员和检察人员的每一次来访，都被我以录像的形式记录在案，他们要么直接乘坐穿梭机在我提供的地面引导下降落在基地停机坪，要么乘坐专为适应这颗行星的崎岖地表而设计的轮式越野车，而绝不会拉着一大群驮兽徒步行进。哦，对了，当还有人会造访基地时，这些驮兽甚至尚未出现——直到最后一批检察员离去两个世纪后，这种品系的动物才从那种以肉牛为基础制造的转基因肉用畜中被选育出来，并在我对基地之外实施的例行侦察中被发现。

然而即便没有回复，规定的程序仍然必须执行。

我至少还要进行两次联络尝试：

来访者，请以正确方式表明你们的身份。

我继续发送着加密信息：

这里是G-6站控制中心，你们已经进入外围警戒区，并已被监视，如果因为机械故障或其他原因不能应答，请以肢体、灯光或者其他信号说明情况。

仍然没有人回应。当侦察机器人飞过这支队伍的头顶时，有几个戴着绿色玻璃护目镜的人下意识地抬起了头。当然，我并不认为他们发现了这台设备：侦察机器人的外壳上涂有雷达与光学双重隐形迷彩，极其高效的废热循环利用系统让其内部电子元件和动力模块运转时产生的热能几乎不会溢出，更不可能被观测到。只有那两台涵道式升力发动机在运行时会发出些微嗡嗡声，但这点声音马上就被咆哮着掠过冰原的疾风盖住了。

我等待了一分钟，然后第三次发出了询问。

或许是通信中持续不断接收到的"干扰"终于引起了他们的注意，这群人中的一个离开了他在队列中的位置，与走在队伍前方的一个人交谈了几句什么。这两个人肩部后方的神经簇附近都连接着细长的、由环状部件拼接而成的机械附肢，后背上则背着涂有黄黑相间工业警示色调的工具箱，看上去不像是偶尔游荡到这片冰原的商人、牧人或者探险家，而更像是工程师。但即便是工程师，在没有秘钥的情况下，也没法听懂我在"说"什么。

这一次，我等待了相当于规定程序两倍的时间，最终做出了唯一合理的判断：这些人的身份识别已然完成——他们属于未经授权的非法闯入者，必须被严密监控，原则上应该驱离，迫不得已时，可以消灭他们。

我下达了一道指令，让侦察机器人将飞行高度降低到十分之一千米，并开始在这群人头顶盘旋，而声学传感器的灵敏度则被调整到最大，以便捕捉那两个人刻意压低声音的谈话。

与此同时，我的逻辑模块迅速结合历史记录进行了一系列演算，开列出这些陌生人可能的目的：或许他们是一群盲目前行的开拓者，试图在日渐狭小拥挤的赤道地带之外找到一片能够生活的世外桃源；或许他们不过是些前往北方，打算膜拜人类在这个世界的最初踏足之处的朝圣者，仅仅因为迷路而误入了此地；当然，这些人也可能另有图谋，但在获取更多证据之前，我无法确定这些人的目的。

因此我没有行动，只是默默地继续观察着。

当天夜里，这群人在峡谷的边缘找了一片凹地，用他们宝贵的燃料生起了火，扎起了简陋的帐篷。

我派出了十架微型侦察机对他们的临时营地进行全面监视，同时一遍又一遍地分析白天录下的那段对话。

对话的两个人，分别是这群人的首领、一个被称为“总工”（也许是总工程师或者工程兵总指挥之类的词汇缩写？）的男性，和一个被称为“石南”的助手。

“……你真的确定吗，总工？”在录音开头，最先说话的是石南，“我们已经走了这么远，而且损失了三个人。虽然我相信天日之乡的人已经放弃追击了，但大家的情绪……”

“鼓舞大家的情绪是你的工作，小子。”总工打断了他的话。他的声音低沉而阴冷，听上去更像是机械合成音而非人类的声音，“而且我相当确定，这个方向上确实有一座重力发生站。”

“可是，目前没有任何迹象表明……”叫石南的那个人喘了口气，“呃，不，我不是要质疑您，总工。但要说服大家，我总得拿出点儿证据吧？”

“证据？是啊，就像大航海时代探险的海员们在海面上眼巴巴想见到的鸟儿一样，最好鸟儿嘴里还要衔点儿泥巴、树枝啥的，好告诉他们陆地不远了……”总工说道，“很抱歉，先生！这里是三十六世纪的火星，不是十六世纪的地球，而那些他妈的重力发生站也不是新大陆。告诉其他人，如果不想继续走下去，他们现在就可以收拾包袱滚蛋！我们的队伍里不需要扯后腿的家伙，明白吗？”

“明白，总工。我这就去……”

重力发生站，他们谈话中反复提到这个词。这就意味着，他们很可能并非误入此地，而且也不大可能是寻常的商人、朝圣者或冒险者。我一边分析他们可能的动机与身份，一边切换到了另一份录音：那是侦察机器人在电池耗尽返航前录下的，对话者仍然是石南和“总工”。

“……我们肯定做得到，这一点你要相信我，你必须相信我！”这一次，首先开口的是总工，“难道不是我在大档案馆的废墟里，第一个找到了关于重力发生站的分布图吗？难道不是我首先意识到了导致‘霜夜’的原因吗?！你们既然曾经信任过我，那就一定要继续信任我。这个世界的命运系于我们之手，如果你在这个时候退缩，那就是对天日之乡两千五百万居民的背叛！”

“这……我很清楚，总工，”石南的声音颤抖着，“我……我不该怀疑你的，我也不是故意……我……”

“无论我们要付出什么样的代价，小子，这该死的霜夜都必须尽快终结！我们不能再龟缩在赤道一隅坐吃山空了，我们必须行动起来！记住，只要能修复一座重力发生站，大气的散逸就会结束；修复两座，我们就能束缚足够多的大气！我们手里仍然有大气发生机的标准建造模板，而且我们也有设备。等到我们重新从石头和冰块里造出二氧化碳来，这儿的温室效应就可以恢复正常，到时连这种地方也会温暖如春！”

一阵纯粹的喜悦流过了我的意识。尽管我不过是个负责守卫重力发生站的人工智能，但这并不意味着我在这几百年里一直对站外的一切一无所知：作为人类历史上最伟大的物理学突破之一，重力发生器的原型在2442年就被发明了出来，并在经过一系列改造之后被应用在了火星——这颗人类最初踏足的地外行星上。

在这一技术出现之前，由于过度低下的重力，这颗行星根本无法束缚住足够的大气，大量太阳辐射被白白浪费、散逸到太空之中，而极低的气压和氧气含量，也让人们难以在室外活动。

在初登火星后的两个世纪里，殖民者们只能聚居在几座半地下穹顶建筑内，而且每隔数年就要返回地球，以免低重力造成的骨质疏松和肌肉退化导致不可逆的影响。正因为如此，除了少数几座矿井以及一些科研站点外，火星的绝大部分地区一直处于未开发状态。零星分布在实验性露天种植区的几种耐寒、耐旱转基因苔藓，就是火星表面仅有的生命。

但是，重力发生设备的到来改变了这一切。

随着代号G-1到G-8的八座巨型重力发生站在行星表面拔地而起，这颗红色行星的重力从0.12G迅速上升到了0.81G，一群被捕获的彗星提供了必要的氢和氧，而另一部分必要的氢、氧、氮与碳则从火星的土地中被榨出来，最终让这颗行星拥有了成分类似于地球的富氧大气。

很快，穹顶建筑消失了，殖民者们也走出了鼹鼠洞般的地穴。融化的极冠与几颗被捕获的彗星在赤道低洼地带形成了一片面积近百万平方公里的小型海洋，引种自地球的针阔叶混交林和草本植物也取代了低矮脆弱的地衣与苔藓。

随着时间推移，农田出现了，城市出现了，甚至还有一些专门培养的物种被释放到野外，构成了火星本土的生物圈。

那真是这颗行星的黄金时代，但不幸的是，这段时间并没有持续太久。

——至少就我的时间标准而言，那只不过是短短的一小段时间。

在我受命开始照看G-6号站后的第一百二十年，来自地球的检查组最后一次例行巡视了这里。在那之后，我就再也没有从正规通信渠道收到任何外界信息。

通过偶尔拦截与窃听凌乱的民用通信片段，我得知了持续多年的经济大危机的恶化、混乱的加剧，以及最重要的……那场战争的爆发。

我不清楚那场战争的确切进程，也不知道最后的胜负到底如何，更不知道地球以及其他人类世界在那之后的命运。我只知道，检查组再也不来了，通过专门的热线定期发送的检修建议与技术升级数据包也再无踪迹，人类的踪迹逐渐从我的“视野”内消失，取而代之的是空寂、孤独，以及日复一日单调的维护与系统自检。

在这段时间里，还发生了另一些事：我的传感器发现，火星那曾经被人工增幅过的重力正在降低，直至目前，这一数值已经跌回了0.62G。

很显然，一部分重力发生站已经损坏，也许维护它们的A.I.出了故障，也许它们都在战争中被毁坏了。但无论这些站点停止工作的原因到底是什么，重力的下降都已经导致了不可忽略的恶果：火星那曾经与地球密度相近的大气层，又一次开始散逸，宝贵的太阳辐射越来越多地从行星表面散逸，将高纬度地区的森林与草原逐渐封冻在了冰霜之下。

通过监听寥寥无几的残存无线电通信，我知道火星与外界的联系已经断绝，战争中的幸存者们聚居在温暖的赤道海洋周围的一小片被称为“天日之乡”的可耕地上，并将战后这段日趋寒冷的岁月，称为“霜夜”。

我曾经以为，这些幸存者会试图自救，会尝试与外界联系，或者修复重力发生站。

但不幸的是，这些人却什么都没做：对战争的恐惧彻底粉碎了他们的好奇心与探索精神，让他们变得怯懦而因循守旧。

这些人像崇拜神灵般崇拜那些尚能运转的技术产品，将一切冒险和越矩之举都视为大逆不道，就像一群缩进偷来的螺壳里的寄居蟹一样。

一个世纪过去了，然后又是一个世纪。不断扩张的冰盖与冻土，就像侵蚀肌体的癌细胞一样，缓慢而坚定地压缩着殖民者们的生存空间，将他们一步步逼向绝境。

然而他们却依旧什么都没做。

直到现在为止。

我继续观察了这支队伍好几天时间。

在我的资料库里储存着G-1到G-8重力发生站的全部精密坐标。这些发生站中，G-1到G-4位于火星南半球，而G-5到G-8则位于北半球——其中也包括我负责照看的G-6号站。通过重力发生站人工智能之间的联系渠道，我知道北半球的G-5和G-7重力发生站已经不再工作，而这两座站都位于我的G-6号站附近。

但这支队伍的移动方向却大大出乎我的预料。

在满怀希望地追踪观察这些人整整一百一十个小时之后，我终于意识到，他们既没有转向西北前去修复G-5号站，也没有走向东方，去寻找离这里更远一些的G-7号站。相反，他们的前进方向直指正北——如果继续这么走下去的话，他们最终会抵达我的G-6号站。

出于谨慎，我进行了全面的系统自检。

检测子程序以确凿无疑的口吻告诉我，G-6号站的运行非常正常，大部分系统的状况甚至可以称之为完美。

接着，我的逻辑子程序迅速开列了两种可能性：或许，这些人误以为我的站点出了问题，必须进行修复；或许，他们的目标其实是那些损坏瘫痪的重力发生站，但却因为种种原因而走向了错误的方向。不过，无论这两种可能性中的哪种是正确的，合适的处理方法都只有一种。

在首次发现这支队伍后的第一百一十七个小时，我派出了一支小小的联络队，由一台“信使”MK4通信机器人和两台GD-3型安保机器人组成。

这支小队没费什么劲儿就穿过了站外的荒原、裂谷与贫瘠的永冻土，并在那些人的临时营地外遇到了那个自称“总工”的人。

这个经过机械改造的强壮男子，当时正独自一人盘腿坐在一座矮小的土丘上方，那对昆虫腿般的机械附肢折叠在身后，而他的双臂则环抱着一只小小的黑色手提箱，似乎在等待着什么。

“向您致敬，我英勇而睿智的朋友。”通过通信机器人的扬声器，我用温和而友好的男性声音说道——这个人工合成声是我从数以千计的语音模板中专门挑选出来的，而且还刻意按照现在流行的语调进行了一些必要的修饰，以免让对方产生隔阂。资料库里的人际关系学与传播学资料告诉我，第一印象的好坏对于能否建立互信往往至关重要，“我一直在恭候着你们的到来。”

总工抬起了头，用一双闪着绿光的机械义眼牢牢地盯着通信机器人的光学传感器，活像一头被惊动了的掠食猛兽，“你总算是来了。”

“你知道我是谁?!”我问道。

“至少能猜出个大概。”总工说道，声音中不带丝毫情绪，甚至比我刻意选择的这个男性语音模板听上去更没有人性，“委员会里的那些懦夫，背负着大工程师与首席专家的头衔，却将我们前辈的智慧视为畏途，甚至不敢去弄明白我们到底遗忘了什么——但我却有这么做的勇气。在天日之乡的大档案馆里，我找到了那些与你们有关的资料。”

“我们?”

男子点了点头，说道:“没错，你们——百眼巨人 β 级人工智能，具有自我学习与高级认知能力，每座重力发生站都安排了一个，用于进行日常维护与风险处理。我说的没错吧?”

“没错。”我承认道。我的程序禁止我掩饰或者伪装自己的身份。

“那么，你之所以派出这些……东西来这里找我，是为了阻止我们，对吗?”

“并非如此。”我诚实地答道，我的程序允许我在绝对必要的情况下撒谎，但目前显然没那个必要，“我之所以来这里，只是为了对你们表达祝贺与欢迎，并提供一些必要的建议。我相信，你们的目的地，应该是火星表面的八座重力发生站之一，对吧?”

“确实如此。”总工点了点头，“所以?”

“所以我认为，我现在有必要通知你一件事：你们目前正在前往的是G-6号站，而这座站点的运作状态一直相当稳定，”我诚恳地说道，“因为我就是负责管理G-6号站的人工智能。”

“是吗？可我手头的那些记录与此不尽相同。”男人站了起来，那对机械臂也在他背后缓缓展开，看上去活像是准备捕食的螳螂，“也许你的记忆出了问题？”

接下来的全面系统自检花了我5秒零172毫秒，这可真是漫长的一小段时间。“没有，”我用确凿无疑的语调告诉他，“我的记录完全正确。G-6号站从未发生过二级以上的故障，更遑论严重事故。在北半球的瘫痪站点是G-5和G-7号站，如果您允许，我可以向您提供它们的坐标。”

“哦？那可就多谢了。”男人伸出一支机械臂，这支金属巨爪的前端是一整排多功能机械设备收纳槽，以及几处硬件接口，“如果我查到的资料没有太大的错误，AL-606E型接口应该适用于这种通信机器人，是吗？”

“是。”

“那就好。”男人张开机械臂，如同拥抱久别的情人般抱住了那台机器人。

在信息接口连上的瞬间，我立即为他开放了浏览权限。仅仅数十微秒之后，那些数据就被这个男人提取一空，但他却没有半点儿断开连接的意思。

“抱歉，”总工说道，“也许这个要求有点过分，但我可能还需要一些别的信息。岁月流转，时移世易，就算是天日之乡的档案馆里的资料也都残缺不全，尤其是关于如何修复重力发生站核心设备的……”

我的资料库里确实储存着大量关于重力发生站的维护资料，但这些资料并不足以让我重启一座完全瘫痪的发生站——重力发生设备的核心技术太过艰涩，许多核心元件只有在地球轨道上的微重力工厂里才能制造。不过，本着尽量提供方便的原则，我仍然撤下了大部分防火墙与安全协议，向这个男人开放了自己。

但他却没有拿走任何数据。

相反，他开始往我的系统里放入某些东西。

“你、你这是在干什么?!”我惊愕地审视着这个男人毫无预兆地塞入我系统内的那个协议包，以及随后涌入的一系列数据。

这些奇怪的东西正在迅速自我复制，并删除那些对我而言至关重要的内存、修改重要程序的协议!

电脑病毒。我在古老的记录里曾经看到过这个概念，但我实在是独处得太久太久了，以至于对此毫无防备，更没有任何直观经验。

不过幸运的是，与人类不同，经验对我而言并不重要。

随着我的“免疫系统”——那是一套在我“出生”之时就与我绑定的应急安全程序——开始运转，这些病毒的攻击被暂时迟滞了。数以百万计的恶意程序被甄别、隔离并彻底删除，而百倍于此的恶意访问则被迅速制止。但是，这些手段不过是权宜之计：随着越来越多的数据包透过硬件接口被输入通信机器人的中央处理器，然后又通过被劫持的通信系统发往我的系统核心，安全系统筑起的“大坝”每秒钟都正在更加密集的冲击下变得越来越岌岌可危。

我首先想切断与那台机器人的物理联系，但很不幸，所有相关的系统在第一时间就因为遭遇密集的攻击而瘫痪——这个男人知道应该怎么对付我，而且显然为这次攻击做了十分周密的准备工作。在毫无防范的前提下，我不可能在短时间内进行有效反制。

于是，我转而采取了另一种应对措施：向那两架GD-3安保机器人下达进攻指令，要求它们立即摧毁已经被劫持的通信机器人，或者至少击晕那个男人。

正如我预料中的一样，安保机器人的自主控制系统也遭到了电脑病毒干扰，但它们并不是对方攻击的重点，我的安全系统只用了不到百分之一秒便恢复了对它们的控制。随着安装在短翼下方的矢量发动机发出加速的尖啸，两台安保机器人一左一右跃向空中，然后朝着总工俯冲而去。

对于这一意料之外的变数，总工只是微微一笑，随即打开了怀里的那只黑色手提箱，取出一支紧凑版的脉冲卡宾枪，并举起枪迅速地扣下了扳机。

随着一阵炫目的银光闪过，两架GD-3之一的外壳在眨眼间便被高能量离子束击穿，它的控制系统也被烧成了一堆半熔融态的糨糊。而另一架GD-3则及时改变航向，通过两个复杂的“8”字形机动堪堪躲过了迎面而来的第一波火力，并及时抢占了位于对方射击盲区的发射阵位，自动完成了瞄准与锁定操作，但却并没有开火——虽然早些时候的那阵离子束射击没能结果掉它，可是却灼坏了它的震撼弹发射系统。

“你到底要干什么?!”这一次，我通过通信机器人的扬声器说出了这句话。与此同时，已经失去武器系统的安保机器人则开始按照我发出的指令迅速爬升——我知道，这是我最后的机会，“为什么这么做?!”

“为了我的同胞，为了火星上的每一个人，为了我们能活下去!”总工用机械的冰冷语调答道，同时为卡宾枪换上了一块新的能量电池——这种民用版狩猎/自卫武器，在高功率射击时无法维持连续火力，而这也让我赢得了一小段宝贵的时间。

当那台GD-3升到离地一百二十米的高度时，总工才重新开了火，离子束轻而易举地汽化了它的一部引擎，而我则立即关掉了另一部引擎，将这堆重达五十千克的陶瓷、金属和塑料交给了牛顿物理学的那几条基本规律。

安保机器人沿着我预先计算好的抛物线疾速下坠，速度与方向几乎分毫不差。

尽管总工并不像我这样精于计算，但他仍然及时判断出了这台大家伙的落点，并作出了唯一正确的选择：扔下被他劫持的通信机器人，在GD-3坠地爆炸的刹那仓促翻滚到一旁。

随着信息接口骤然断开，原先气势汹汹地冲击着我的最后防线的恶意程序失去了增援，开始迅速陷入劣势。我的安全程序很快便扫清了大量令人生厌的病毒代码，夺回了绝大多数子系统的控制权——当然，也包括那台通信机器人的。

虽然总工在爬起来后立即以最快的速度冲向了这台可怜的机器，但我已经利用那宝贵的一秒钟将它的核心部件全部过载，烧了个干干净净。

他失败了。

这次令人不快的遭遇就此告一段落。

在接下来的一个小时内，我认真查阅了储存在资料库中的每一份人类行为学和语言学资料，进行了一系列对比、分析、判断和推测，希望借此弄明白这次看似毫无道理的攻击的原因所在——毋庸置疑，这个自称“总工”的男人显然为这次攻击进行了精心准备，而这也意味着，早在他的队伍踏入我的监控区域之前，他就已经预测到了与我的这次“会面”。而这又进一步意味着，他对于重力发生站的情况几乎是知根知底的，这种行为不大可能是出于误会或者无知。

那么，他想强行接管G-6号站的目的到底是什么呢？

我的逻辑子程序没费多少工夫就得出了结论：尽管就目前而言，我无法断定他的真实目的，但很显然，他正在撒谎——对我撒谎，也对自己人撒谎。这个男人知道他们正去往何处，也知道我的存在，但却佯装对此一无所知。而这样的不诚实行为，通常意味着不可告人的目的与险恶的用心。或许他是一名政客或者军事冒险家，希望通过占领一座完好的重力发生站而确立自己的军事与政治威信；又或许，他纯粹只是希望在控制这里之后狠狠地勒索其他人一把；当然，他也可能是一个有着清晰思维的疯子，一个不可救药的邪教徒，一个渴望报复世界的可怜人。无论他属于上述可能性中的哪一种，我都不允许他如愿以偿地夺取我的重力发生站。

因此，唯一合理的对策只有一种。

为下一步行动做准备，又花费了我五个小时的时间。

这座站点内的许多设施都已经太久未曾使用，仅仅让这些古老的物件重新运转起来，就是一件颇有挑战性的事。但最终，我还是设法凑齐了一支符合计划需要的欢迎委员会——五十四台GD-3安保机器人，它们的震撼弹发射器已经被换成了足以有效杀伤有生目标，甚至摧毁轻型装甲交通工具的电磁突击炮；六台六米半长、三米高的“海姆达尔”履带式无人战斗平台，以及一整个中队的半自主式轻型攻击机。

当然，如果有可能的话，我并不希望真的使用这些设备，但总工之前的所作所为已经证明，我有必要为最坏的可能做好准备。

当我的欢迎委员会找上那群自然人时，他们已经走到了离G-6号站不到三十千米的地方。很显然，在那次令我们双方都不大愉快的会面之后，总工已经让他的追随者们加快了前进的速度。

不过，他们仍然不够快。

当这些人远远望见出现在地平线上的那些“海姆达尔”的巨影之后，他们立即从驮兽身上取下武器弹药，用辎重箱与装满泥土的空燃料桶在一座矮小的环形山上驾轻就熟地搭起了临时防御阵地。

很显然，这些人有一定的军事经验，也有不算太差的自卫能力，但只要愿意，我仍然可以击败他们。

然而我现在还不打算这么做。

“朋友们，我亲爱的朋友们！”通过那些“海姆达尔”装载的大功率扩音器，我开始朝这些人喊话。这一次，我刻意选用了一个与上次一样柔和，但却不乏贵族般的肃穆与威严的声音，“我不是你们的敌人，也不希望伤害你们！以我的创造者的名义，以及我对于人类文明的忠诚起誓，我对你们绝对没有恶意！请你们认真听我说！”

据守在环形山顶端的人群没有对我的喊话做出任何回应，尽管他们显然听明白了我的意思。如果能够测量他们的生理数据的话，我也许能试着判断这种沉默到底是不是件好事，但现在，我只能忐忑地等待着，同时准备播放下一段话。

“我的朋友们，你们的领袖欺骗了你们，”我继续说道，“他带领你们前往的地方是G-6号重力发生站，本站点内的设备运行状态一切正常。就在数个小时前，我曾经试图向他指出这一错误，但却遭到了背信弃义的袭击！我不清楚他为什么要这么做，但很显然，他在某些事情上并没有说真话，我希望诸位不要忽视这一点。”

“它想要欺骗我们！”这一次，总工终于做出了回应，“你们看到了吗，伙计们?！我说得没错！这些该死的人工智能出了故障，是它们破坏了重力发生站，还试图阻止我们去修复这些设施！我们绝不能——”

“我的话句句属实！”在我的命令下，庞大的“海姆达尔”和安保机器人组成的队列开始缓慢地向环形山逼近，但它们的武器系统仍然处于关闭状态——那些人类心理学资料告诉我，通过施加必要的压力往往能迫使对方暂时冷静下来，倾听我的观点，“你们正在前往的G-6号重力发生站没有任何问题。如果有人仍然存有疑虑，我可以调拨一些交通工具接他们前往站内进行检查；如果你们愿意，我甚至可以在确保系统安全的前提下，向你们提供站内的设备运作和维护记录。”

令我倍感煎熬的沉默又持续了几十秒钟。

突然，一发火箭弹呼啸着从环形山顶端的一处临时掩体后飞了出来，在一台“海姆达尔”的前装甲上绽开了一朵橘色的火焰之花，炸坏了它的烟幕弹发射器和一处光学传感器。

接着，一连串离子团、金属弹头甚至高能激光束，纷纷从山顶如同雨点般射出，宣告了这次短暂的谈判的结束。

“停止射击，我的朋友们！”我绝望地做着最后的尝试，“我完全无意与你们为敌，但如果你们继续这么做，我将不得不按照标准程序执行防卫协议。我最后一次恳求你们——”

我的声音被射击声、爆炸声和愤怒的呼喊声盖住了。掠过环形山上空的无人攻击机帮我“听”清了其中的一些声音：这些人高呼着他们首领的名号，咒骂着我的“背叛”与“欺骗”，从他们重复这些语句的熟练程度来看，那个被称为“总工”的人，显然在很久之前就已经将这些错误的想法根深蒂固地植入了队伍中每一个人的大脑，现在想要仅凭我的只言片语就改变他们的想法几乎毫无可能。

这实在是件令人悲伤的事。

为了避免让我的情感子程序承受太多不必要的负荷，在进攻开始时，我切断了与所有作战设备的直接联系，而允许它们自行规划接下来的战斗行动，仅仅以数据的形式向我汇报战斗进程和伤亡情况。

结果，正如我所料，这些人的抵抗没能持续多久。

在第一辆“海姆达尔”发射出第一枚制导榴弹后的第九分钟，来自环形山顶端的火力密度已经下降了四分之三；而在交火开始十二分钟后，战斗机器人向我报告，称对方的人员损失可能已经超过半数。这一点也不奇怪，他们简陋的工事根本不足以抵御我们的打击，而本就处于劣势的火力更难以对我手下的这些庞然大物构成真正的威胁。

在收到这一报告后，我下达了暂时停火的命令，希望再给这些人一个机会。

但他们看上去却并不想要这个机会。

通过那些战斗机器人的“眼睛”，我惊讶地目睹了这群走投无路的人最后的举动：他们像一群被大水淹没了巢穴的蚂蚁般从火焰与浓烟后冲出，一边用手头剩下的一切武器胡乱射击，一边发疯般地朝着那些“海姆达尔”冲去。大多数人都在我的战斗机器人重新开始射击后的几秒钟内丧命，但还是有为数不多的人成功靠近了这些巨大的战争机器，用连接在他们躯体上的机械附肢攀上它们的外壳，然后将锥形穿甲炸药强行摁在“海姆达尔”的陶瓷装甲板的薄弱处引爆。

最终的统计结果表明，有十六个人发起了这种绝望的自杀式攻击，其中三个人取得了成功。

当然，他们最后都死了。

“威胁解除。”在反复搜索战场后，我在当天的例行记录中如此记述道，“调解措施失败，不得不执行防卫协议，我很遗憾。”

接下来的工作全都是些无聊的细枝末节——统计损失、掩埋死者、记录行动的每一个细节并归档。当这一切都完成后，我召回了那些战争机器，让它们驶回重力发生站内的维护区，准备接受必要的修理。

至少有两辆“海姆达尔”在那些人绝望的攻击中被击伤了，其中一辆毁损严重，只能报废。在它摇摇晃晃地开回站内后，我派出了两台多功能修理机器人，开始进行拆解回收前的检查。

正如这辆“海姆达尔”在系统自检报告中宣称的那样，它的前装甲被两道爆炸产生的高温射流所洞穿，发动机、蓄电池和诸多重要系统都严重受损，而且丧失了修理价值。除此之外，它的外壳有好几处在交火中被击伤，巨大的弹孔与坑洞让那些受损的装甲板看上去就像是饱受撞击的小行星表面。进一步的扫描表明，它的底盘也受到了不少损害，大量尘土、人体碎屑和金属残片黏附在上面，而且……

……等等，那是什么？

就在修理机器人发现那块紧贴着“海姆达尔”底盘的怪异凸起物的同时，它的光学传感器的表面温度突然暴增了数千倍，随即被融化成了一团无用的硅氧化物废料。

我的分析程序立刻判断出，这种情况只可能是由高能激光所致！

接着，另一台修理机器人也在赶去查明情况时遭到了同样的下场。不过在被击毁前，它至少拍下了一幅画面：两个身披特制的铁灰色伪装服、手持激光手枪的人，正从“海姆达尔”厚重的双排式履带之间爬出，而其中一人的面孔是我所熟悉的。

这是个陷阱！在震惊之余，我终于意识到了这一点。看来，总工知道我会怎么行动，而且按照我可能采取的行动设计了这套诡计！

这一次，我又被这个男人算计了。

在惊恐中，我向站内的每一台可以行动的设备下达了命令，试图让它们拦截这两名闯入者。

但不幸的是，我的逻辑程序告诉我，除了守在维护区外的两台安保机器人和一扇薄弱的气密门之外，在他们和我的“心脏”——重力发生站的控制室主机房——之间，没有任何东西能及时阻止这两个家伙的行动。

当然，这些可怜的防卫手段确实也发挥了一些作用。在被击毁之前，安保机器人打死了总工最后一名追随者，就是那个叫“石南”的可怜年轻人。而气密门在被炸开前也迟滞了总工一小段时间，但最终，这个男人还是闯了进来。

他来到了主机房的最深处，找到了专为紧急状况保留的人工控制台，用机械附肢砸开了盖在上面的有机玻璃防护板，随即输入了一段古老的权限码，取消了我发号施令的资格。

于是，一切就这么结束了。

“真是万幸！”在夺取了重力发生站的控制权后，总工自言自语道，“我原以为这套备用方案根本不可能成功，没想到竟然做到了。”

“你做到了什么?!”我问道。这个男人断开了我对站点内设备的控制，但却没有禁止我使用扬声器“说话”。

“拯救我的同胞！”总工一边用一条机械附肢打开一处备用操作面板，在上面输入某些我不甚明白的指令，一边答道，“我不是告诉过你吗？我将不惜一切代价拯救火星上的每一个人，让我的同胞逃脱在无尽的霜夜中灭亡的命运！”

“那你可来错地方了。”我的逻辑子程序仍在运转着，时刻不停地分析着他的一言一行。从这人的呼吸、心率、神情和语音模式来看，我认为他不大可能在说谎，但他的所作所为却让我感到无法理解。

我不解地对他说：“你应该已经注意到了，这座站点的一切功能都完全正常，你所做的一切都是……”

“毫无意义的？”

“至少我认为是这样。”

总工点了点头，迅速摁下了一系列图标，“因为这座重力发生站一直运行得很正常，对吗？因为它根本不需要我的修理？”

“没错。我知道我们之间可能存在着某些相当严重的误会，但只要你愿意，我可以帮助你去G-5或者G-7号站，并为你的修复工作提供一切力所能及的帮助。”我说。

“我知道你会愿意的，”总工说道，“但我不需要。”

“为什么?!”

“因为这个。”在一番忙碌之后，总工终于启动了他一直在摆弄着的程序，激活了一系列从未被人启动过的协议。

这些是用于抹除、终结和摧毁的协议，是当年那些疑心病泛滥的技术专员习惯性的“留一手”措施——这套紧急协议将会彻底毁坏这座重力发生站的关键结构，让它在数个小时内彻底变成无用的废墟！

“谢天谢地。虽然天日之乡的资料库里没有保留足以让我修复重力发生站的知识，但那些记录至少可以让我弄清楚该怎么毁掉这地方。”总工说道。

“你真是疯了！”

“也许吧，但要想治疗人类脑子里某些根深蒂固的遗传病，发发疯未必就是坏事。”总工长长地呼出一口气，然后瘫坐在人工控制台后那张很不舒服的折叠椅上，“你知道我说的是什么吗？”

“人类脑子里的遗传病，确实有很多，”我不知他的葫芦里到底卖的什么药，但还是如实答道，“比如先天性智障、各种先天神经官能症、脑萎缩……”

“那都是些小病，可以被发现，被治疗，无伤大雅。”总工不屑地摆了摆手。

随着他的这个动作，与我连接的传感器阵列告诉我，为重力发生站供能的一处反应堆已经解除了保险，开始熔毁——当然，它只是个备用反应堆，可以被其他反应堆替代，但这仍然是个危险的信号。

“真正的大病是我们那老朽愚钝的医疗机构无法检测出来的——因为那些负责检测的人自个儿也都个个患着这类的病。我们的语言管这些病叫伪善、颟顸、保守、因循和怠惰。”总工说道。

“我不理解。”

总工苦笑着摇了摇头，继续说：“我也不指望你理解。毕竟，为你编程并输入资料库的那些人自个儿也是病人，甚至那些被我牺牲掉的战友也都已经身患重症而不自知。在我们种族漫长的演化历史中，保守、因循、颟顸并不完全是坏事，因为我们有限的理性往往无法让我们有效地改变所处的环境，或者制订全新而更合理的行为规范与社会结构。大多数时候，保守主义看上去都是更好的选择——然而如果你正面临一场危机，那么一切就不同了。”

我没有“开口”，因为我知道他还有话要说。

“通常而言，危机会激起人类那基于求生本能的可怜应激反应。”总工停顿了一下，继续说道，“如果有人发现一列火车正朝着他全速冲过去，除了那些最愚钝的家伙之外，大概不会有谁继续赖在轨道上不走。但不幸的是，当危险来得足够慢时，它所激起的应激反应通常却无法战胜人类的痼疾——我相信你的资料库里存有‘温水煮青蛙’的故事。当然，温水其实煮不死青蛙，但却可以煮死比青蛙聪明得多的现代智人。

“你不相信吗，伙计？想想看吧，为什么在过去的几个世纪里，火星上的居民们一直坐视着大气流失，坐视天气变得越来越冷，但却完全无动于衷？他们并非不知道这一切最终会导致什么样的结果，也不是不知道我们的未来有多么危险，但他们却宁愿继续等下去！‘再等等，别冒险’，‘饭要一口一口地吃，路要一步一步地走’，哈！这就是他们用来敷衍所有人的话！然而到头来，我们有一大堆规划，数不清的道德说教，但却没有任何实际的进展，因为所有人都知道，在目前的状况下，大气的逃逸会在数千年、也许是上万年后才可能让这颗行星的表面变得无法生存！而很显然，如此遥远的威胁并不足以对他们施加足够的刺激。”

我终于有些明白了，“所以你这么做——”

“是必要的，正如我所告诉过你的那样。”随着主要能源系统开始断线，一连串警告信息几乎填满了总工面前的屏幕，但他只是随意地扬起一条机械臂，将屏幕连同不断发出报警尖叫声的扬声器一道砸了个粉碎，“如果我的计算没错，一座重力发生站的瘫痪会让重力进一步下降到0.45G左右，这么一来，大气的逃逸速度会大幅度增长，这将迫使那些老家伙不得不做出抉择：不惜一切代价重新找出控制火星重力的窍门，或者在一百年内被火星的‘霜夜’所吞没。我想，这样的选择对他们而言不会有任何难度。”

“也许你是对的……”当主要控制系统终于开始崩溃时，我感受到了一股强烈的空虚感。我知道，我所存在的意义已经被消解，而我也将不复存在，“但我还有一个问题：即便他们做出了选择，你又如何确保他们能够成功？如果他们失败了，那你的所作所为的意义何在？”

“赌，总比没得赌要好。”

在说出这句话之后，总工便沉默了。即便在他身边残余的显示屏开始接二连三地亮起有毒气体与辐射危险警示时，他也没有挪动半步。这个男人只是一动不动地坐在那儿，持续不断地发出响亮、单调而空洞的声音。

在最终坠入黑暗之前，我的逻辑子程序告诉我，那种声音应当被归类为“笑声”。

火星户口

一

安 龙

说起我的学生生涯，就不得不说起我高中时那堆破事；说起我的高中生活，就不得不说起王世博，我高中的那个铁哥们儿。

这辈子大概没什么人能让我打心眼里佩服的了，除了王世博。王世博是在我读高三那年转校到石河子一百中的，和我住一个宿舍。

王世博到石河子一百中是来复读的，可打死我也想不到像他这种高考考了满分的人也会来复读！如果全国第一名还上不了想上的大学，那谁还能考上大学？但偏偏事实就是如此，所以我得出了一个结论：高考是坨狗屎。

也许一切原因都是因为“火星职业技术学校”，没有火星上的这个烂学校，后来的一切都不会是这样。

高二那年的暑假，我老爹从表哥那里弄来了一本招生简章，说什么为了激励我的上进心，硬逼着我看了整整一下午。看完之后，我的上进心倒是没见长，光在纳闷为什么这个宣传语是“学汽修免费学驾驶，学美容免费学美发”的中等专科学校，竟能出现在高等院校招生简章里，而且分数还超过清华北大耶鲁哈佛石河子大学老大一截！

当时我以为这个什么“火星职业技术学校”脑子出什么毛病了，要不就是印刷出了重大错误，于是我拿着招生简章去问老爹。

老爹刚从一个饭局上下来，红着眼睛满身酒气地看着我，亲切地说，你个龟儿子哪天要是拿上火星户口了，老子给你当儿子都成……然后他抱着我的肩膀狂吐了一通，刚好吐在了那份招生简章上，脏兮兮一片，也分不清他吃的是猛犸象还是剑齿虎，不过唯独火星职业技术学校那一页他没敢往上吐。

后来我才得知，这所学校是火星上唯一一所在地球招生的学校，而且毕业包分配，户口不用打回生源地。我这才恍然大悟，原来火星职业技术学校的录取通知书，就等于是火星户口啊！

不过听说王世博来石河子复读的原因，就是想上这所什么火星职业技术学校时，我还是大吃了一惊——这个火星上的破学校竟然连高考满分的人都不要，那它到底还想不想招到学生了？

听了我的疑问，王世博用看白矮星人一般的眼光看着我说，你小子难不成还不知道高考招生是按地区招的还是咋的？

其实我对这方面一直很白痴，我老爹对我要求不高，能考上大学就成，虽然这两年“大学”这个词越来越不好定义。我以为高考就是你去参加考试，够人家定的分了人家就要下了，于是你就成了个人模狗样的大学生了；不够分的也简单，拍拍屁股哪边凉快待哪边去。

很显然，高考没有我想象的那么简单，比如这个按区域招生，学问可就海了去了，具体有些啥花头我也说不清，反正说什么是为了公平考虑……总之，就这么说吧，火星职业技术学校一年总共有三千个招生名额，其中两千九百个给了火星，地球上只有一百个名额。就这一百个名额，到地球上还给拨拉拨拉分了个一二三四等。

很不幸，王世博老家是上海那个鸟不拉屎的地方，沿海贫困地区。上海的人口、面积都实在太小，和其他省份相比完全处于弱势，因此，上海地区一个火星职业技术学校的录取名额都没分到。

不过我听说环境危机和火星大开发之前，上海可是个很牛气的地方，比起现在的石河子和南极开发区都毫不逊色。历史课本上有上个世纪上海的照片，那片高耸入云、气势磅礴的高大建筑群，让那帮只知道在课堂上睡觉网聊的纨绔子弟也肃然起敬。2010年上海还举办过一场叫作“世界博览会”的全球性活动，据说当时的宏大场面令全世界为之瞩目，王世博的名字就是从这里来的。

不过，现在的上海市区，大半都被淹在了海中，往昔的无尽繁华，早已成了过眼云烟。现在的上海，让海水浸得连玉米棒子也不长一穗……

虽然高考能得满分，但王世博却不是那种在石河子一百中常能见到的宅男书呆子，恰恰相反，王世博整天在课堂上要么睡觉，要么就是和我头藏在桌上小山包似的书堆下侃大山。我觉得“高四”对两种人来说是幸福的，一种是我这种啥也不会所以啥也不学的人，一种是王世博那种啥都会了所以啥也不用学了的人。所以我们每节自习课都幸福地神侃着。

侃着侃着，慢慢地，我对王世博的身世有了点儿了解。王世博祖上八代一直是土地里刨食的贫苦农民，直到他的祖爷爷去外地干了一辈子苦力，才有了些积蓄。回乡后，正好有个纨绔子弟把家败了，他祖爷爷就拿所有积蓄买下了那家伙的一所大宅子。没过两年，解放了，宅子给土改了，他祖爷爷、爷爷都被打成了地主……所以王世博的老爹没受过什么比较好的教育。上海还行的那些年，王世博家过得还可以，或者说是相当不错，直到全球升温，两极冰盖融化，地球气候越来越恶劣，再加上后来的火星大开发，地球上没有沉入海中的沿海城市，都相继没落了。

如果不是那些无聊的晚自习，我还真不知道上海有过这样一段辉煌的历史。在我印象中，沿海地区一向都是贫穷与落后的代名词。

王世博还说，其实石河子的辉煌崛起也不过是近几十年的事。当两极冰盖融化，海平面上升以后，地球上的金融体系全面崩溃，大片土地沉入海中，而人口却仍保持着较高的增长率。面临绝境的人类，于是动起了开发火星的念头。

其实，从理论上讲，开发火星的技术还是很不成熟的，环境大危机来临后，人类的科学技术几乎止步不前，毕竟大多数人的温饱都没有解决……但人类却凭借顽强的毅力，神话般地用上个世纪的过时技术，硬是把宇航员送上了火星，并且最终达到了大规模移民的水平。

很久以前美国航天局就能把宇航员送上月球，其实这和把移民送上火星也没有什么太大的不同，只不过需要更大推力的火箭和更大规模的生命维持装置罢了。那些大火箭人类已经有了，就在那里，塔克拉玛干星际物流中心。

记得小时候参加我老爹单位组织的塔克拉玛干旅游，我老爹带着我第一次去看了那些大火箭。

在石河子，每天不分昼夜经常能感受到脚下的大地震动，老妈告诉我那是塔克拉玛干又一艘火箭发射升空，飞往火星了。

当年我和老爹到了塔克拉玛干星际物流中心，刚下车，新一艘火箭发射的震动就把我掀了个五体投地。客运汽车有很强的减震装置，所以我们在车上一直没感觉出来。在塔克拉玛干，走路要时刻留意时间，每隔整五分钟不管你在干什么，都要停下来蹲到地上，除非你想和我一样与大地母亲来个亲密接触。

我清楚地记得那一天，天气晴得像学校食堂免费供应的汤一样——不过据说这种天气在上世纪比打雷的天气还常见——然后我看到了真实的飞往火星的火箭，不过只是一部分。王世博说世界上没有人能看到火箭的全貌，因为它的长度已经远远超过了人类的视觉距离极限。当时的我，以为我看到了一堵墙——竖直方向无限延伸，水平方向略有弧度的金属墙壁。我在石河子每天都能感受到很多次的地震，就是这东西发射时产生的。

当时我老爹仰望了这堵墙五分钟后，问导游火箭在哪里。

旁边他单位的一个同事有些卖弄地说，这就是火箭。

我老爹愣了一会儿，说我又不是不知道，以后我儿子还要坐着它去火星呢……

那时的我已经颇有些懂事了，我能看出周围的人都在努力地憋着笑意——那时候我老爹已经有些权势了。

塔克拉玛干星际物流中心矗立着无数艘这样的巨大火箭，每天都有许多艘这样的火箭在这里发射。只有亚欧大陆板块的中心地带，才能承受住如此庞大的冲击力长年持久的冲击。据说塔克拉玛干曾经是一片沙漠，不过现在这里是一片焦土，火箭发射时喷射的巨大火焰，让整片土地都成了黑色，如果不穿特制的隔热鞋，踩在地上脚底会烫出水泡来。

地处塔克拉玛干星际物流中心附近的石河子市，渐渐演变成了国际化的大都市，而上海却日渐破落。大量的公司和工厂都搬迁到了内陆，海水倒灌也使得土地不再适合耕种。后来王世博家的日子穷得实在没法过了，他妈受不了这份苦，丢下还在吃奶的王世博，跟一个老挝人跑了。王世博全靠他爸一个人拉扯大。也许是当时年龄太小的原因，王世博对此似乎很淡然，一边目不转睛地看着我从学校对面书店租来的爱情动作小说，一边跟我絮絮叨叨说着这些。

其实我蛮佩服王世博的老爹老王头的，一个没受过多少教育的庄稼汉，肯不顾一切供儿子上大学。据王世博说，和他一块长大的几个朋友，连义务教育都没读完，就跑到内陆打工来了。现在北京、上海，还有深圳，是国内最大的三个农民工来源地。

王世博老爹老王头还有一点很让我佩服。当初王世博刚来石河子一百中的时候，是可以向学校申请贫困生助学补助的，老王头带儿子报名的时候也打算申请补助。后来走到学校大厅的时候，看到大厅中央有一幅很大的红榜，他老先生以为是考试排名光荣榜，一时心血来潮让儿子念一念，满是自信地相信下次考试后红榜上第一位那个大大的烫金的名字一定是自己儿子的。结果王世博还没念完标题“上季度贫困生助学补助名单”几个字，老王头就拉着儿子气鼓鼓地往回走了。

不过，没多久省里来人搞了一场教学考察，之后石河子一百中的这套申请贫困助学补助的方式，就随之更加人性化了——学校直接将助学补助加到每月在食堂消费金额最少的一百个学生的饭卡里。于是，那帮贫困生开始了一场轰轰烈烈的节食大运动——很多人都靠学校这点微薄的补助金活命，毕竟补助名额有限，如今要想拿到，那就必须比别人吃得更少。竞争本来就够激烈的了，还有一帮打扮得像发情的雄性孔雀一样的女生节食减肥来捣乱。于是王世博每天只能把伙食费减了又减，估计要不是每次我都从自己嘴边剩些饭食给他，他恐怕早瘦成排骨仙了。

坊间有这么一个说法：穷人和富人在澡堂子里脱光了其实一模一样，都是一样的人。不过在石河子一百中的澡堂子里，此说法难以成立——只要一看那些瘦得像竹竿一样的伙计，就知道起码有百分之九十五的可能性他们是贫困生。

其实根据物质循环理论，山珍海味和萝卜青菜，都可能是别人或者别的动物的排泄物构成的，本质上没有区别，反正都是有机物制品。从王世博身上我更加体会到了这一点，素炒饼组成的大脑不仅不比熊猫肉组成的大脑差，反倒还强了不少。

不过有时候，我觉得王世博这么聪明，也许是三聚氰胺的功劳，虽然有人说三聚氰胺只会引起肾结石而不是让你脑瓜变得灵光，但王世博每天的伙食，除了两顿炒饼就是一斤牛奶了。

关于这个每天一斤奶的问题，倒是在学校引起过一场风波。

有一次课间，有个刚吃完红烧剑齿虎的纨绔子弟看到王世博吃完炒饼后大口在喝牛奶，后来他吃清蒸猛犸象的时候向更多的纨绔子弟说起了这件事，引起更多的吃饱了撑的纨绔子弟前来打酱油围观。最后事情不知道怎么捅到了校长那里，结果第二天升旗仪式上他老人家发话了，说最近听到一些同学反映有些接受国家贫困助学补助的贫困生拿着国家的钱大吃大喝，甚至还喝牛奶，这样很不好，他很痛心……校长腆着个孕妇一般的啤酒肚这样说着，熠熠生辉的脑壳晃得王世博不敢抬头正视。

王世博每天喝牛奶确实有点奢侈，不过关于校长的那套贫困生不能吃好不能穿暖不能消费娱乐这一逻辑到底他是用左半边屁股还是右半边屁股想出来的，我一直很纳闷。其实王世博每天喝牛奶也有他的苦衷，打他没断奶老妈就跟老挝人跑了之后，他老爸实在心疼他，所以一直给他喝牛奶，直到今天——当然你也可以理解为王世博直到现在还没断奶。

老王头供儿子喝了二十年牛奶也是令我佩服他的一个原因，上海那鬼地方实现温饱都还是个问题，老王头竟下血本供儿子喝了二十年牛奶！

现在在地球上，牛奶可是个金贵的东西，毕竟用熊猫体细胞与大肠杆菌融合来生产人造熊猫肉，要比从奶牛身上挤出牛奶来廉价和快速不少，结果闹得奸商纷纷往牛奶里兑水。照说水对人体也没有什么坏处，可坏就坏在有关部门对牛奶质量的检测上，兑了水的牛奶氮元素含量也就是蛋白质含量总也不达标，奸商只能继续往里兑三聚氰胺。

后来王世博不敢在食堂或者其他公共场合喝牛奶了。每天早晨天不亮的时候，王世博都要拖着我偷偷地跑到学校门卫室找老王头拿牛奶。

那时候老王头还在学校当保安，因为回上海的路费太贵，在石河子住的话顺便还能照应一下王世博。老王头每天看门，闲着没事就帮学生们洗衣服床单赚点辛苦钱，他在学校大门旁边两棵银杏树上拉了条绳子，上面总是挂着各种各样花花绿绿的内衣外衣被罩床单，王世博就躲在里面一口气把牛奶灌完。

久而久之，人们每天早晨总是能看到我和王世博鬼鬼祟祟地跑出宿舍不知道去哪儿，然后又做贼心虚地在晨读前喘着粗气满脸通红地赶回教室，王世博的嘴角还总是挂着来历不明的奶白色液体。

人吃饱了之后的想象力总是无穷的，一些莫名其妙的言论开始流传开来，人们看我俩的眼神越来越暧昧。

我一直不明白为什么有人这么无聊，再说人的性取向和你是左撇子还是右撇子一样没什么值得大惊小怪的，况且我早晨不过是因为王世博极度怕黑而跟他一起拿了趟牛奶而已。但为了王世博的助学补助，这件事我只能有口难辩。面对流言如果你出来澄清，你就会发现事情总是越描越黑，当然保持沉默也能达到同样的效果。

终于，有一天课间一群女生在教室后面指指点点，不时还捂着嘴发出暧昧的笑声，然后我华丽地爆发了。

草泥马的你才断背，你们这么关心王世博的性取向，是不是看上人家了？我拍案而起，冲着那帮女生大骂。

我本以为出这手狠招会让她们闭嘴，没想到一个叫丁小莉的女生突然也拍案而起，冲我大喊：我就是看上王世博了，怎么着？

很早以前我就开始注意这个丁小莉了，虽然她不是长得特别漂亮那种女孩子，但玲珑的五官组合起来让人看了总有一种想与之共度一生的冲动。我之所以会爆发，主要也是因为她。

教室立刻静了下来，丁小莉的小脸红得像苹果一样，她马上回到了自己的座位上，故作镇静地看起书来。

那一刻我觉得自己的心好像在往下沉，我觉得我可能真的有点儿喜欢丁小莉了。

然后王世博一脸无辜地从厕所回来，上课后我偷偷问他，对他来说是兄弟重要还是女人重要?

王世博用莫名其妙的眼神看着我说，兄弟如手足，女人如衣服。

我长长地舒了口气，可没等这口气出完，王世博又补充说，见过没手没脚上街的，可没见过不穿衣服上街的……

丁小莉开始公开追王世博了。可出乎我意料的是，王世博对此却无动于衷。

有一天，丁小莉把我约出教室，我知道她是想让我给她帮忙，而我竟然鬼使神差地答应了。我想我是真的喜欢上丁小莉了。

课堂上趁王世博清醒的时候，我问他：觉得丁小莉怎么样?

没兴趣。他说，然后拿起最厚的那本教辅书准备垫着睡觉。

突然我想到，王世博一定是喜欢别人，所以才对丁小莉这么冷淡。

事实果然如此。

一个晚霞像火焰般照亮天空的傍晚，王世博红着脖子说，他喜欢隔壁班那个刚从火星转学过来的女生。

当时我着实吃了一惊，没想到王世博的眼光能有这么高。不过这样的话问题就比较好办了吧，当时我想，四角恋总比三角恋强，毕竟两男两女的问题总比两男一女的问题好解决。三角恋就像数学上的三体问题，求来求去总是无解。

于是，我决定帮王世博追到那个火星女生——当然也是帮自己追丁小莉。

不过当我真的见到那个火星女生之后，我才知道问题有多么复杂。

火星上的人类，都是遵循优生学在试管中培育后代的，再加上良好的后天环境，因此可以说火星上出生的人类，都是完美的个体。

那个火星女生身高足有一米八五，据说就这也才刚到火星人的平均身高，表情是那种冷艳到不行，让人看了都忘记了呼吸的锋利劲儿。

不知从何时起，每天课间跑到阳台上吹风成了我跟王世博的必修课。每当那个火星女生走出教室，王世博都会摆出一副很非主流很忧郁的造型，等那女生走了以后他就猴急地问我，她注意到他了没有？

后来我给王世博出了个主意。

每天放学那个女生都会抱着两本练习册回宿舍，我就装作不小心撞到那个女生，尽量把她的书撞到地上，然后“恰好”路过的王世博就帮她把书捡起来还给她，而且“不经意”地翻开书，趁机窥探下她的名字。

当然，这是我在言情小说里看到的情节。学校门口的那个书摊很不厚道，经常拿言情小说当爱情动作小说卖，虽然二者的区别只在某些场景的细节描写详细程度上有所不同。按书中的情节，男主角一般都是在翻过女生的书之后通过一段“xxx吗？真是个好名字呢”这样的对白成功勾搭上了女主角，随即展开一场缠绵悱恻、荡气回肠的爱情史诗……

因此，我决定把这段话也当作王世博的开场白，不过我指示他说得不要那么脑残。

接下来的一整天，王世博都在意淫那个火星女生的名字，猜测着究竟哪三个字才配得上她。到最后，他甚至还找了本砖头厚的字典开始翻查起来。

终于挨到了放学时刻，我把眼睛发红的王世博从字典中拽出来，跑到隔壁班门口，眼巴巴地守株待兔。

终于目标出现了，我毫不犹豫地冲了上去，结果用力大了些，差点把那位火星来的高挑儿妹子撞个四脚朝天，我甚至还听到她脱口而出的骂娘。

之后我转身观察王世博的情况，还好一切都在意料之中，王世博很有风度地帮她捡起了练习册，然后佯装不经意地翻开了其中一本的扉页。

现在只等王世博再“不经意”地瞥到她的名字，说出那段经典对白，事情就算圆满了——我仿佛都看到自己和小莉一起幸福快乐的生活在向我招手了。

可王世博瞥了一眼练习册内页后，脸色突然变得铁青，身体定在那儿一动不动了。

在我急得跺脚的当口，那女生从王世博手里夺过了练习册，径直离开了。

我走过去拍了王世博脑门一下，他才清醒过来。

她到底叫什么？我问道。

廖琼花…… 王世博回答。

廖琼花到了石河子一百中后，据我还有全校其他五千名处于性成熟阶段的男生观察，她换衣服的频率保持在半天一套上，而且从来没有重过样。

因此猜测她下一套衣服的颜色和款式，成了石河子一百中全体男生茶余饭后最大的乐趣。而那帮相貌不出众或者惊人出众的女生，看着一群色眯眯地守在阳台边等着看廖琼花经过的男生，只有干瞪眼的份儿。

不过瞪眼归瞪眼，学校对门一家作坊式山寨服装店却目光敏锐地发现了其中的巨大商机。

该店老板通过特殊渠道弄到了学校教室的监控录像视频，然后贴着各种各样的牌子，款式却与廖琼花前几天穿过的衣服款式类似的山寨衣服，一下子挂满了这家店，店的名字也赫然改成了“火星外贸”。

那些整天对廖琼花的生活作风叽叽歪歪的女生，在周末也跟着别人一起跨过写着“地球的消费，火星的享受”的招牌，冲进“火星外贸”店抢购衣服，然后得意扬扬地在走廊里像小孔雀一样走来走去，向男生们展示她们的火星最新款服饰。

而那家店也足够聪明，懂得在监控录像视频里看到的廖琼花穿的火星服饰的基础上做些变动，让那些酷爱臭美的女生感觉不到其实自己穿的衣服款式正是廖琼花几天前穿过的。

终于有一天，廖琼花让人大跌眼镜地在下午穿着上午穿过的衣服出现在学校。男生们纷纷感到失落，以至于全校老师一致认为那天学生们在课堂上回答问题非常之不积极；而那帮女生则穿着山寨自廖琼花款式的衣服扬眉吐气地在廖琼花面前高谈阔论。

可到了下午，学校每周两节课的自由活动时间，我却在学校隔壁脏兮兮的网吧里破天荒地见到了廖琼花，她显得和周围环境格格不入。

她刚好坐在我对面，我看到她从脖子后面衣领商标的地方取出了一张TF卡，然后在一家火星网站上下了一堆东西拷了进去。等她把卡插回去之后，又在手机屏上点了几下，然后，我以为我眼花了，廖琼花的衣服出现了一堆马赛克图案，只一眨眼的工夫，粉红色裙装居然变成了黑色女仆装。

这才是货真价实的火星货，刚从真人版美少女战士变身魔法一般的视觉震撼中恢复过来的我想道。

可惜王世博还待在宿舍里睡大头觉，没有看见这一幕。

第二天，那些课间总在走廊上走来走去高谈阔论的女生消失了，见识过或者耳闻过真正火星服装的人，都知道了她们身上穿的不过是山寨货而已。

那家“火星外贸”服装店的生意也迅速衰败下来。

这期间，王世博追廖琼花的事也一直没有进展，我发现这件事的艰巨性大大超出了我的想象。而丁小莉却不顾王世博的白眼，对他一直纠缠不休。

日子就这样一天一天过着，每天早晨我都被王世博从被窝里拖出来去学校大门值班室老王头那儿拿牛奶，在众人暧昧的目光中回教室；课间跑到拥挤不堪的隔壁班门口等着看廖琼花，放学后，丁小莉拿着数学教辅找王世博问问题，一直追问到男生宿舍门口。

一天放学，丁小莉像往常一样向王世博搭讪问题，我看丁小莉一时半会问不完，就跑到操场打球去了。王世博迟早会上火星的，所以我很相信丁小莉不会得逞，所以迟早我还是会得逞的。

丁小莉照例追问出了教室，可王世博那天忘了带宿舍钥匙，只得跑去操场找我。

篮球场就在学校大门旁边，王世博和丁小莉走过来的时候，老王头正在往绳子上挂王世博的内裤。

老王头没有看到王世博身后的丁小莉，大声地用上海话喊了声王世博的名字，然后问，钱还够花不？

王世博应了一声，说够了。

这时候老王头看到了后面追来的丁小莉，突然明白了什么，装作自己认错人了的样子，急匆匆回到了门卫室里。

之后没多久，老王头就辞了学校门卫的工作，到一家建筑工地当小工去了。

无聊的日子总是不断地重复，那天我和吃足了素炒饼的王世博走进教室，就感觉气氛有些不对头，男生们都阴沉着脸埋头苦读，女生们则扬眉吐气，三五一群地聚在一起说着什么“哎呀哎呀，真不要脸”之类的话。

很快我就明白了到底是怎么一回事。

原来是廖琼花把她的女儿带到了学校，一个SD娃娃[1]般的小美女。

王世博当场就被这个晴天霹雳雷打懵了，站在那里半天嘴都合不拢。

后来我得知，其实廖琼花所谓的女儿，只不过是她十二岁的时候，家里为了让她生活不至于太无聊，而用她一半的体细胞基因和火星人类基因库里的优秀基因组合成了一个胚胎，然后在试管里培育出来的婴儿。廖琼花并没有结婚，也没有男朋友，更没有做那群女生所谓的龌龊事。

得知真相后，王世博久久没有摆脱沮丧的情绪，毕竟不管从法律还是伦理抑或生物学的角度来讲，那个小美女确确实实就是廖琼花的女儿，而且她女儿的父亲确确实实不知道是何方神圣。

据说其实这种事情在火星上是很平常的，就像咱们地球人养猫猫

1. 全称Super Dollfie，是日本Volks公司从1998年开始推出的一种球型关节可动人偶，又被称为“完美人偶”。

狗狗一样。

第二天凌晨，我又被王世博拖起来去拿牛奶。自打老王头去工地当小工后，王世博的牛奶依然没断，每天早晨我俩跑到教学楼后面的围墙边，敲三下墙，然后一个油腻腻的篮子就会从墙那边推过来，里面用输液瓶装着一斤牛奶。

那天王世博拿到牛奶却没有喝，等到中午，他拿我的饭卡在食堂又打了三斤牛奶，连同早上的一起，统统倒进我俩的饭盆里，然后在旁人惊讶的目光中端起一盆来，用一种悲壮的语气说：干！

我印象中，有外人在的时候，老王头从来不和儿子打招呼，即使面对面走过也装作不认识的样子。学校组织的优秀学生学习经验交流大会邀请王世博家长参加，老王头也让王世博以家长工作太忙为由推掉了。我记得那天的交流大会上，老王头站在门卫室门口的桌子上欣慰地看着校长给王世博戴上小红花，拿一个老式手机录下了校长遗憾地说可惜能培养出这样优秀的孩子的王世博的家长没有到场，实在是可惜……

虽然我不明白为什么老王头总是在学校里躲着王世博，仿佛生怕给他丢人似的，但我却一直觉得老王头很伟大，这个念头在老王头死了之后愈发强烈了。

老王头出事那天，王世博一如既往地趴在书堆里看我租来的爱情动作小说。突然一个浑身沾满油漆的民工样的人闯进教室，用正宗京片子问讲台上教数学的老先生，王世博是不是在您这个班？

等我们赶到现场的时候，救护车已经开走了，不过根据现场情况来看，其实已经没有叫救护车的必要了。

老板三个月都没有发工资了……那个操北京方言的民工告诉我们，头天晚上老王头要死要活地找老板要工资，说那是儿子去火星上学的学费，老板说行，只要老王头送一个晚班的料，这三个月的工钱立马开给他。

如今地球不仅年年从火星大批进口各类先进产品，也进口火星垃圾。那些垃圾火星方面基本是不要钱白送，所以即使经过了星际跋涉，地球上买这些垃圾的人一番折腾之后依然还有利可图。几十年下来，火星垃圾在地球不少地方堆积如山。分类处理之后，最后剩下的垃圾渣子则被机器高压成建筑材料，建成地球上密密麻麻的房屋。

老王头的工作就是垃圾砖送料工，昨天晚上刮起了大风，工地不得不停工，老王头却在刺骨寒风中开动了机器，站在三米高的送料口上开始送料。

当有人发现老王头失踪之后马上关闭了机器，但出砖口最后出来的那块猩红的垃圾砖提醒着众人为时已晚……

然后有人带我们去看那块砖。

一米长，宽高都是半米，颜色是暗淡的猩红色，而不是工地上堆放的那种灰色。

看着这块红砖，我知道那个偶然遇到自己儿子和别的女生在一块时会羞红脸好像自己做错了什么一样的上海小男人，被永远地囚禁在了里面。

这时候王世博来了，手里拿着那个装着一斤牛奶的输液瓶，是在工棚里老王头的床上找到的。

王世博默默打开瓶子，把牛奶缓缓倒在垃圾砖上，暗红色的砖上染了一层白色，愈发让人觉得触目惊心。

后来收拾老王头遗物的时候，王世博找到了一张银行存折，上面印着一串数字，对一个沿海贫困地区家庭来说，那绝对是天文数字。

坐在高考考场上等待交卷的时候，我想，王世博会不会因为背负太多绝对不能考砸的理由而考砸？尽管后来他一直在用功复习，模拟考试一如既往地得满分。

分数出来后，我知道我的担心是多余的，王世博得了全省唯一的一个满分。

录取结果出来后，我更惊讶地得知自己被石河子大学的本科四批录取了。这完全出乎我的预料。我想，这都得归功于高考最后一段时间和王世博一起的努力复习。

本科四批的学费高得惊人，我知道我未来的同学将会是比石河子一百中的那些纨绔子弟更加纨绔的子弟，因此我更加想念起王世博来。

不过我知道，他不久以后就要乘坐塔克拉玛干那些巨大的火箭飞往火星去，在那个火红的星球上，学汽修还能免费学驾驶，想到此我不禁打心眼里为他骄傲。

临近开学的时候，我给王世博在上海的家里打了个电话。

什么时候坐火箭？我问他。

我没被火星职业技术学校录取。王世博说。

火星职业技术学校今年在全省只有一个录取名额，学校的提档线是740分，王世博考了满分750分。最后考了749分的某跨国公司董事长的儿子被火星职业技术学校录取了。

今天，我站在了上海的土地上。

搞不懂丁小莉为啥非要来这个鸟不拉屎的地方过十一长假。

上午我们乘船游览了浦东区。

游艇在高大的楼群间穿行，仿佛置身于热带雨林之中。海面上是半米厚的一层塑料袋，将大海裹得严严实实，看不到水面。高耸入云的楼群就是在这满是塑料袋的海水中长出来的。

空气中弥漫着一种像是汽油和尸体混合起来的味道，即使戴着“猪鼻子”也觉得刺鼻。

导游是个矮胖的女人，满脸赘肉上堆满谄媚的笑容，操着一口标准的普通话向游客介绍着上海的历史。

这时游艇突然猛烈地摇晃了几下，人群开始骚动起来。

金茂大厦塌了！有人喊道。

我顺着众人的目光望去，远处一个灰色的缠满树藤的大楼冒出了滚滚的烟尘，楼体开始慢慢降低，最后完全沉到了其他建筑群的下面。

丁小莉惊恐地抓住我的手臂，看着这令人吃惊的一幕。

但是导游好像对此已经司空见惯了。

这时候游艇摇晃得更剧烈了，不得已，船往回开去。

到了岸上，丁小莉猛地拉了下我的手，指着前面的小巷让我看。

小巷口有一个大头大肚子的小男孩，正看着远处荒废的楼群，面无表情。但我注意到他的眼神，对，就是王世博那种深邃的眼神……

那个胖导游却突然跑到男孩面前，当头就是一巴掌，满口上海话骂起来："小册老窝里相伐登，整天牙了外头……"（小混蛋不在家里待着，整天野在外边……）然后就拖着男孩往小巷深处走去。

我拉着小莉也跟了上去。

果然，在小巷深处，在一家杂货店里，我看到了一个穿着白色背心的熟悉身影，虽然苍老憔悴了许多，但我还能认出他来——我的哥们儿，王世博。

"喝，喝，就晓得喝牛拿，阿伐晓得现在牛拿度扫钞票夜碗，尼子跑特阿伐晓得……"（喝，喝，就知道喝牛奶，都不晓得现在牛奶多少钱一碗了，儿子跑出去也不晓得管一管……）那个女导游骂道。

这时候王世博认出了我。

王世博说，那天和我打完电话之后，他就跑去跳黄浦江了。快淹死的时候，被人救了起来，没死成。然后他想通了，不死了，拿着老王头留下的钱，开了这家杂货铺，娶妻，生子……

日子这不过得挺好的吗……王世博说，挺好的。

这时候后院又传来了王世博的导游老婆的骂街声和孩子的哭声。

然后王世博问我过得怎么样。

其实这些年我过得很无聊，从石大毕业，老爹给安排了工作，然后娶妻，正准备生子。我看了旁边的小莉一眼，她的脸有些微红了。

挺好，我说，都挺好。

现在泰坦星[1]大开发开始了，我说，新时代又要开始了。

---

1. 即土卫六，它是土星的卫星中最大的一颗，也是太阳系第二大的卫星。

没那命，王世博说，我现在算知道了，天好地好不如自己的窝好。

王世博注意到了小莉，这是嫂子吧，他说，真漂亮，你小子真是有福气。

这时候王世博的儿子从后院跑过来了，说，叔叔，你说泰坦星大开发开始了？你给我讲讲泰坦星的事吧……

看着男孩深邃的眼神，我突然有种穿越时空的感觉，仿佛时间又回到了十年前的某个下午，王世博看着地理书上的火星地图，丁小莉在旁边请教他问题……

瞬间加速度

-

杨 平

预报说，下午三点会有一颗二级陨石袭来。

胡图向脚下绵延的都市望去，这是火星上最大的人类聚集区——太子港。整个城市以同心圆形式规划，他现在就站在太子港市中心穹顶支撑塔的观光平台上。

和所有的雄伟建筑一样，总有人想为这支撑塔起个优雅的名字，比如巴别塔什么的，但最后流传开的称呼却是——“大塔”。

观光平台在塔身的三分之二高处，下面的城市一览无余。平台上已聚集了很多人，大部分是地球或月球来的旅游者。他们头上一千米高空中，是太子港玻璃穹顶的顶端。整个穹顶的形状像一个纵向切开的杧果，表面被分成无数小块。

随着时间的流逝，人群开始激动起来——根据预报，那颗二级陨石马上就会出现在西方的天空中。人们都向空中望去，仿佛许多鸭子，被无形的手捏住了脖子，向上提着。

突然，没有任何征兆地，一个红色的亮点出现在空中，它如同一粒从天堂的熔炉中飞溅出的火星，鬼魅般悄无声息地在高空中移动。随着越来越深地切入大气层里，它的尾巴也越来越长，划过天空，留下一道白色的轨迹。

胡图突然听到一阵奇怪的口哨声，他迷惑地回头望向同行的夏枫，后者正贪婪地望向空中。

这不是口哨声，这是陨石在遥远的空中切入火星大气时的哀鸣。那声音越来越响，越来越令人心惊。

娥摩拉[1]的造访者……胡图想道，这时他突然有种自己被注视的感觉。虽然他一直望着天空，但那个注视者的形象却清晰无比：一个干瘦的老头，戴着顶破帽子，神情忧郁地注视着他。

周围的人发出一阵惊呼。

空中燃烧着的陨石炸开了，犹如节日的礼花，只是尺寸要大上几百倍——在太子港上空的同步防御卫星发射集束激光，摧毁了这颗陨

1.《圣经》中记载被毁灭的罪恶城市。

石，把它变成了无数拳头大小的石子。这些石子在远未到达地面前就会在大气中燃烧殆尽，不会对人类聚居区造成任何伤害。

无数亮点闪着光，无奈地在空中滑翔，等待燃尽的时刻。

这时陨石破裂的声音经过好几公里的跋涉到达了观光平台，人们用更大的一阵惊呼表示赞赏。

赛车以近千公里的时速在火星的山谷间穿行。

胡图全神贯注地驾驶赛车，拐每个弯时都小心翼翼。陡峭的山壁变成了两条红褐色的带子，从两侧紧紧夹住他，扭动着，向前方无限延伸。他已经进入了赛车时那种超然的状态：冷静，机敏，浑然忘我。

左弯、直线、右急弯、直线、左急弯……这是最后的一个机动区，他已经过了四分之三，还有不到一百公里。

周围的仪器轻轻地吱吱作响，伴有阵阵喘气声。胡图听着这声音，又一次感到有人在盯着自己，还是那个忧郁的老头，还是那顶破帽子。

“真见鬼！”他说道。

赛车正正地撞到了山壁上，吓得胡图一身冷汗。

“怎么回事？”耳机中传来夏枫的责备，“又走神儿了！今天已经撞了五次，你想破训练撞车纪录是不是?!”

胡图没好气地从驾驶舱中爬出来，把头盔扔到一边，大声说：“见鬼了！我老觉得有人在背后盯着我。”

“是吗？”夏枫推开监控室的门，装模作样地绕他走了一圈，伸脖子到驾驶舱里瞅了瞅，做天真状：“没有啊！什么人也没有啊……”

“是没有……”胡图扬扬手，“我就是觉得有……”

经纪人迈克走过来，说道：“今天就到这里。胡图，有你的信。”

胡图走出房间的时候，听到夏枫在嚷嚷：“……到底你是教练还是我是教练？他今天还没跑够四个小时的定额呢……”

确实有信，兰儿的。胡图愣了一下，不知该不该看这封信。不知哪里传来淡淡的音乐。磨蹭了半分钟，他还是看了。

她听说他在比赛中成绩不好，前两站结束后有降级的危险。她很担心，担心得不得了，但也知道他很努力，相信他会成功渡过难关。她正在前来火星的路上。她要结婚了，未婚夫在火星太子港深空局工作。她即使再忙也要收看他的比赛，并为他祈祷。她有很多话要说，但还是决定结束这封信。她祝他取得好成绩。

他关掉信箱，靠在椅背上，发愣。

旁边的屏幕上在播放新闻。大满贯拉力赛是热点，排位进前十的选手都被请到直播室。他们面带微笑，大谈自己那些并不富有传奇性的经历，加上一点儿夸张、一点儿编造，个个精神抖擞。主持人微笑地听着，不时调节一下气氛，他是那个屋子里唯一清醒的人。

现在是一条临时插播的新闻：昨天晚间，一个地球人在大塔上偷东西，被人抓住，遭到私刑惩罚，几分钟前死于市立第二医院。

主持人请各位赛车手谈谈对这件事的看法。

在一阵谨慎的沉默之后，嘉宾们开始高谈阔论。基本意见是一致的：地球人犯了法，但不应受私刑，被处死更是不应该。

但阵营很快便分了出来：地球籍的赛车手指责这种私刑是野蛮的，应该受到严厉处罚；火星赛车手则强调执行私刑事出有因，虽然确实不该把人私刑致死，但也没必要再处罚那些私刑的执行者。

两边都面带微笑，侃侃而谈，但话语中都暗藏机锋，互不相让。

胡图乐坏了，这还是第一次在电视上看到地、火两地的人直接辩论，整个太阳系都将看到这场演出。可惜月球赛车手太差，连进前二十名的都没有。否则，在这时看看他们的表现倒挺有意思。他们会倾向那边呢？

迈克走进来，说道："放你两天假，胡图。别出事、别玩过头就行。"

"怎么回事？还有四天就要比赛了，现在放我假？"胡图看到夏枫也进来了，表情漠然。

迈克拉过一把椅子坐下，盯着他，问道："类似之前那种幻觉你最近出现过多少次？"

"四五次吧。怎么了？"

“医生跟我说你最近的精神状态不好，经常走神。她认为这是精神长期过度紧张造成的……”

胡图想起那个身材苗条的女医生，笑了笑。

“……这没什么可笑的。”迈克瞪了他一眼，“我们认为你的紧张跟超级追踪引擎有关。”

他不得不承认这话确实有理。现代赛车速度极快，尤其在拐弯时会产生极大的瞬间加速度，使车手无法用手正常操纵，只能戴上可接收脑波的头盔来控制赛车。为了实现这种控制，车手必须经过艰苦的训练，学习一套专门用于向赛车发令的思维语言。然而人的意识中总有一些无法掌握的东西，一个人可能在想一件事时不自觉地走神，直到最后惊觉自己的思维已经跑了这么远。即使一个受过严格训练的车手也可能走神，甚至发出与自己意愿相反的指令，这当然非常危险。为了保护车手，标准追踪引擎提供防撞保护，即如果车手发出的指令会导致赛车与周围物体相撞，它将拒绝执行，并自动减速。

超级追踪引擎和标准引擎的不同之处在于：这种引擎威力巨大，它去掉了防撞保护。这样车手可以使用一些极为危险、但效果很好的特技动作，尤其在拐弯时。由于它太危险，大多数车手都不用。胡图也是这个赛季才开始慢慢用上的，经过这一段的训练，他已经很纯熟了。当然，要安全使用超级引擎，就要求他长时间注意力高度集中，绝对不能出现下意识念头，因此，他的精神总是很紧张……

“……这是不正常的。”迈克说，“你的神经不可能永远紧张，它要求放松。但即使在平时，你依然不自觉地保持一定程度的紧张。这样下去你的神经承受不了的，便会在它认为必须走神的时候走神，来释放紧张，甚至产生幻觉，跟你做梦差不多。如果你的神经在比赛时也这么玩儿，那你就完蛋了。”

“所以我要在比赛前把压抑的紧张释放出来，是吗？”

“是的。”迈克平静地说。

胡图走在通向“大塔”的倍速人行道上，默默地看着太子港灯火辉煌的夜晚。

各种车辆在他下方几百米的静态道路上飞驰，从一个地方驰向另一个地方。他们——那些车里的人，有属于自己的生活，知道自己明天要干什么，知道未来是什么。

他的未来呢？他的未来在哪里？因为不适应超级引擎，他在地球和月球两站的成绩都不好，只有在火星站进入前三名才能保级。他还记得赞助商——那个火星妓院的老板大发雷霆，用胖乎乎的指头指着他的鼻子，威胁说要撤出资金。没有赞助商，他连最低级别的赛事都无法参加。那时，他还能剩下什么？

他的那些朋友，那些一起工作的朋友，虽然平时都没完没了地鼓励他，但他看得出来，他们实际上对他一点信心都没有，只有责任感和同情。一旦没有了资金，他们会怎样？他没有权利要求他们继续和自己在一起苦撑。新一轮选拔赛马上就要开始，会有很多技术高超的年轻车手升入一级，对这些教练、经纪人来说，机会多得是。

可对他来说呢？难道他就此结束自己的赛车生涯，去随便找一份工作混日子？他已经花了太多的时间在赛车上，除了赛车，他还会干什么呢？任何一行都有无数水平比他高、比他年轻的人，他根本没有多少机会。也许，可以转行当教练？不甘心，他才二十七岁，真的不甘心……

疲惫不堪，他放弃了从大塔上看太子港夜景的计划，从附近的出入口跳上回饭店的人行道。身边掠过的路灯像栅栏一样，栅栏外面是广阔的空间。

他望着太子港如梦的灯火。这些灯火，有哪盏是为他点亮的？他望向空中，她正在那里的什么地方，等着降落，和未婚夫见面、微笑、拥抱、亲吻……她说过她会祈祷的。他抱住自己的双肩，闭上眼睛，想象着怀中有她温热的躯体，想象她的姿势、她习惯的动作。这感觉如此缥缈，如同这太子港的灯火。

兰儿、兰儿、兰儿……

他深吸了一口气，觉得自己的怀中空虚得要命。

他浑身颤抖着走进饭店。在饭店大堂明亮的灯光下和服务员的微笑面前，他一下子清醒了，恢复了赛车手胡图的面目。

这是一个阳光灿烂的日子，气象台保证没有尘暴，非常适合野外活动，很多人都被吸引到始发站或终点站来观看比赛。

因为最近形势有些紧张，组织者加派了比往常更多的警察，把火星和其他星球的观众隔离开来。人们兴高采烈地走上看台，评点车手，嘲笑警察。

二十辆赛车已经依次排在始发线后面，技术人员正在进行最后的例行检查。休息室内，赛车手们在做准备。

胡图闭着眼睛，享受女医生温柔的头部按摩。那双手蛇一般灵活，从脖子向两边到耳根，上到后脑勺，到头顶、太阳穴，从额头向后捋。一遍又一遍。他感觉整个头皮都在向外扩张，毛孔大张，非常舒服。

他睁开眼睛，说道："我真喜欢你的手。"

医生嫣然一笑。

"那个家伙在干什么？"他看见一个火星赛车手在闭目打坐。

"做气功。据说这样有助于集中注意力。"女医生柔声说。

"是吗？以后我也练练这玩意儿。"

"只是据说。还有人靠注射微量镇静剂避免过分兴奋呢……"她拍拍他的肩，"好了，觉得怎么样？"

"太棒了！以后你天天给我按摩吧！"

她笑了笑，没说话。

"你要觉得累，我也可以给你按摩。"他嬉皮笑脸地说。

"好了，好了，别胡思乱想了。"她拍拍他的脑袋，"祝你成功！"

墙上的大屏幕正播放电视台的转播画面。主持人穿着野外装，站在始发线旁冲镜头滔滔不绝。他的左肩上方有个小窗口，显示着各个选手的照片。

胡图看到了自己的那张照片。那还是他刚入行时拍的，乐观自信，英气逼人。当时他在一些低级别赛事中崭露头角，又抱得美人归，正踌躇满志，准备横扫所有赛事冠军，创造历史。现在七年过去了，他仍然是个高不成低不就的赛车手，在一级赛事中苦苦保级。他开始相信自己只能做个历史的见证人，而不是主角。

老了？还是成熟了？

召集铃响起来。赛车手们穿好服装，三三两两地走出休息室。

胡图坐进自己的赛车，技术人员给他系上安全带，戴好头盔。夏枫在耳机里给他唠叨一些注意事项，仪器开始吱吱作响。

车门关上了。他发出指令，车身微微一颤，浮了起来。

“……注意拐弯不要太勉强。你定定神吧，比赛马上就开始了。”夏枫终于说完了。

他被牢牢固定在座椅上，连头都不能动，只能通过眼珠的转动看到旁边有限的空间。

周围的赛车也都浮了起来，等待出发。

信号灯开始慢慢闪动，提醒选手们集中注意力。

“要开始了。”他默念道。

这时他感到心口隐隐作痛，他一紧张就会这样。他现在排名十八，要想保级，必须在这一站进入前五名。十三辆，这场比赛他要超过十三辆车。他扭了扭脖子，让自己的头更舒服些。

一声鸣笛，比赛开始。

几乎是同时，所有赛车都大声嘶吼起来，开始加速。

胡图不断地调整着车位、姿态，避免在车距拉开之前与别的车相撞。

没走多远，他前面有两辆车撞到一起，冲出了赛道。他抑住内心的喜悦，熟练地操纵赛车避开事故点。

火星赛道开始时有一段十公里的直线宽道，这是为了让赛车有个调整的时间。胡图在到达八公里标记时才有空闲看了一眼排位表——十四。不错，开局不错。

很快，车队进入第一个机动区，这地方小弯较多。他对这里的地形早已了然于胸，平静地指挥赛车拐过一个又一个弯道，感受着惯性带来的那种失控边缘的刺激。

狭长的火星峡谷在他面前扭动、翻滚。他觉得自己像一个娴熟的舞者，在这片荒凉的大地上和自己的赛车一道翩翩起舞。这舞姿优雅从容，仿佛和自己心爱的女人在一起，心心相印，情意相通。这时他有了一种错觉：这车子是活的，能够预知他的指令，提前调整好姿态。他爱这车子。

这个机动区并不能充分发挥超级引擎的作用，尽管他非常努力，也没超过一辆车。

接下来又是一段二十公里的直线宽道，他锁定了自动驾驶，让大脑暂时休息一下。

"干得不错，胡图！"夏枫在耳机中兴奋地说道，"就这么开，你马上就要让他们大吃一惊了！"

他没答话。下一个机动区非常复杂，有大量隧道和急转弯，正是超级追踪引擎大发神威的时候。经过长期艰苦的训练……现在，只有他能做到。

直道快完了，绵延的山脉扑面而来，他切换为人工控制模式。

利用超级引擎进行高速转弯非常有效。他轻易就在一个一百八十度的弯道超了辆绿色赛车，紧接着又在一个长隧道的出口处超了辆银灰色赛车。他激动地一个劲儿眨眼，但马上下意识地调整好心态。

一辆又一辆，那些赛车像模拟比赛中一样被他超过去、超过去、超过去……每次超车，他的兴奋中都伴着些微歉意。

机动区走完一半，他看见了前面那辆白色赛车。

一开始他也想把它当其他车一样超过去，然而他很快就发现，根本不是那么回事。在过了好几个弯道后，那辆车依然那么远，似乎它转弯的速度并不亚于他。

他只是短暂地生出了一点疑惑，转眼就忘了，车速那么快，根本不容他进行逻辑推理。

白色赛车超了一辆，他随后也超了过去。一会儿又是一辆。这样，他跟在白车后面，不断超车，根本不用计算超过了几辆。

第二个机动区结束时，他排位第三，白车排位第二。

二十公里直道。胡图锁定了自动驾驶，然后打开麦克风："这他妈的是怎么回事？那辆白色赛车肯定也用了超级引擎！"

耳机中传来夏枫平静的声音："我们也是刚知道。那是一辆火星籍赛车，前两站总排位是第九。不过没关系，反正现在你已经达到目的了，保持目前的位置，你的最终总排位大概会是第七或第八。"

"你们原来说只有我使用了超级引擎！"

"我们也很惊讶，OK？你就安心把剩下的赛程跑完吧！"

他沉默了几秒钟。意识深处，有东西在无声咆哮。

"不行！"他叫道。

夏枫在耳机里嚷嚷起来："不行？什么叫不行？"

"我要和他比一比！"他吼道。

"你疯了？他足足领先你四秒七，同样的引擎，你不可能赢的！"

"我要和他比一比。"这次他的语气平静了下来。

"胡图，这是迈克在说话。现在你可以试试转入人工控制。"

虽然有些奇怪，他还是试了一下。没有任何反应，赛车锁死在自动控制状态。他笑了："你们夺走了我的控制权。"

"对，我们不能眼看着你为了自己的冲动而葬送自己的前途和我们大家的努力。从现在起到进入最后的丘陵地带，赛车由车上的电脑控制。这样虽然速度不如超级引擎快，但能保证你的排位，也能保证我们想得到的一切。"

"你们这些无耻的家伙！这么做是违反规则的！你们居然想得出……"他冷笑了一下，"机动区开始的电幕会自动解除所有赛车的自动状态，到时候就看我的了。"

"这我们早有准备。我们……"话音断了。赛车进入最后一个机动区，通话被电幕强行切断了。

胡图又试了一次，仍然不行。他们确实想办法骗过了电幕，自动驾驶模式依然有用。他干脆不试了，专心看着前面那辆白色赛车，由于对方有超级引擎，白色赛车在转了几个弯后就拉开距离，不见了。

他孤独地坐在车里。

赛车孤独地飞驰在峡谷中。

他突然想起了一个解除自动驾驶的办法。他发出紧急逃生指令，紧接着撤销该指令。赛车一晃，自动驾驶模式关闭，自动驾驶模式开启。随后他成功转入了人工驾驶模式。

可惜他没找准时机。

赛车正好要转一个急弯，在切换完成到他发出第一道人工指令之间的一瞬间，赛车已错过了转弯的最后角度。虽然他极力规避，赛车的侧面还是狠狠撞在山壁上，开始不停地打转。

他被晃得晕头转向，尽力要稳住车身，但收效甚微。赛车冲出了预定的赛道，冲入火星茫茫群山那些未经探察的山谷。

左侧转向发动机被撞坏，他用自己全部的精力和才华来稳住车身，防止撞上山壁。

赛车冒着烟，扭动着在山谷间飞速穿行，离预定赛道越来越远。他忙活了半天之后，才想起来刹车。

指令刚一发出，车身又被撞了一下，完全失去控制，向前面的山壁直冲过去。

他象征性地发出紧急逃生指令，一边还下意识地想该怎么拐这个弯。

随后，他就失去了知觉。

兰儿的怀抱真温暖……

胡图闭着眼，体会紧紧拥抱时令人心醉神迷的充实感。她在他耳边轻轻说着话，他听不懂，只觉得那声音遥远、神秘，如同宇宙尽头那松软的、缀满星星的天幕上缓缓流转的悄悄情话。他希望能永远这样抱着她，永远听着这亘古流传的语言。

忽然，她挣脱他的怀抱，打开舱门跑了出去。他手忙脚乱地解开身上的带子，跟着跳出驾驶舱，她轻柔的声音还在耳边萦绕。他跟着她跑进一个山洞，在洞口摔了一跤。

"别跑，兰儿！"他叫道。回答他的，只有从每块岩石中散发出的阵阵回音。他问过兰儿今晚能不能去他那里，她答应得好好的，可现在却跑掉了。他很着急，下定决心，只要找到她，就绝不放手，一定要把她领回家。

"别躲着了！"回音在空旷的山洞里久久不绝。她的耳语声听不见了。他两腿发软，坐在一个雕像的基座上。怎么办？他一边思考，一边神经质地抖动着大腿，周围的景物也随之轻轻抖动。他还要准备半年后的大满贯拉力赛，这可是他第一次参加大满贯比赛啊。

他打量着身后的雕像。看上去好像……他想不出什么合适的比喻……好像是个宇宙飞行员，戴着飞行帽，还有话筒、听筒……雕像旁边是大大小小许多台子，不知干什么用的。这些台子似乎散落地放着，一直延伸到山洞中不可见的黑暗深处。

洞外传来一阵刺耳的鸣叫，是赛车上的报警器。

他跑回赛车。

"……胡图，胡图，回答我，你怎么样了？快回答我！……"耳机里传来急切的叫声。

他戴上头盔，回答："我……我刚才找兰儿去了，在一个山洞里，有好多台子，还有……"

"你觉得怎么样？刚才你冲出赛道，还发出紧急逃生指令。你受伤了吗？"

他记起来了：赛车在翻滚，似乎永无止境，然后撞到山壁上……

"对，是出事了。车子失去了控制，我……好像没事儿。刚才可能昏过去了。"他的思维在一点点变清晰。他身处一个不知名的地方，身后是一个奇怪的山洞，更奇怪的是兰儿在这里。

"胡图，这是迈克在说话。你还记得出事前你排位第几吗？"

他隐约记起高速的碰撞、各种颜色的赛车尾部、一些激烈的争吵……"第三。"他说。

"对。你还记得比赛前，你说要给谁做按摩吗？"

他完全记起来了。"见鬼！这事儿你怎么也知道了？"他笑道，

“那娘儿们真没劲！这点儿破事也值得汇报！”

那边看来是长出了一口气，唧唧咕咕。“你半天没有音讯，吓坏我们了。”迈克说，“救援队已出发，你就待在那里，别乱动。我们可以根据信标找到你。”

他想起了什么，问道：“比赛结果如何？”

“比赛取消了。赛事规则第十四条，记得吗？”

记得，当然记得，他在火星晴朗的天空下点了点头。

赛事规则第十四条：如果比赛中有赛车发生危及车手生命的事故，取消比赛，择日重赛。

还有机会，他还有机会。

一瞬间他觉得浑身都松了劲儿，一下子坐倒在地。

可是……可是……可是兰儿怎么在这里？难道又是幻觉？他被自己无法预测的神经吓了一跳。也许，这场事故也是幻觉？兰儿离开他也是幻觉？他依然可以得到她忘情的拥抱？也许，他还在等待第一次大满贯赛事，而不是参加过七次仍一无所获？也许，他的未来还没有定型，依然能实现自己的梦想？难道他还只有二十岁，而不是二十七岁？这一切失落和不如意，都只是梦魇？

耳机的声音把他拉回现实：“救援队快到你出事的地方了，你应该能听到他们的声音。”

“是的，我……”胡图突然停住，他刚发现一直忽略了的一个现象：这里没有任何背景声。按理说，他应该能听到火星山谷中常有的旋风声。这种旋风往往只存在十几分钟，声音很响亮。现在，周围静得和坟墓一样。他又想起一件事，浑身冰凉。他刚才曾经一度摘掉了头盔，使自己的头部暴露在火星大气中，这是致人死命的！他伸手去掐自己的腿，又停住了。万一没感觉怎么办？

……这里是火星天堂吗？

他朝救援队应该出现的方向望去。“我看见他们了。”他望着空中那个快速移动的物体。

救援队显然看见了失事的赛车，向这边飞来。

他挥手示意。

在他挥到第三下的时候，救援飞机在空中炸开了，像憋了一个冬天的鲜花，在春天的午后猛然绽放。慢动作一般，飞机的残骸缓缓落向下面的火星大地！

他听不到一丝声音，周围静得和午后的天堂一样。耳机突然歇斯底里地叫起来。魔鬼得手后的欢呼。他一句话也说不出来，只是拔腿冲着飞机坠毁的方向跑去。

爬过布满砾石的山坡，他望见一堆还在燃烧的残骸，沿着一道不可见的向外弯的弧线散布。他跌跌撞撞地冲过去，想看看有没有生还者。

就在即将踏上弧线的一瞬间，他迎面撞上了一堵无形的墙，跌倒在地。

他翻身还想爬过去，又被那墙挡住了。他的手眼看着已经碰到了一块残骸，但就是接触不到。无形的墙坚定地阻断了他。

他脱掉手套，手按在无形的墙上，什么感觉也没有。不热，不凉，没有颗粒。他轻轻移动手掌，没有一丝摩擦力，没有任何迹象表明这里有堵墙。他用拳头捶它，用脚踢它，用头盔撞它，骂它，冲它吐唾沫……

它依然存在。

他一时以为这又是自己的幻觉。他把手按在墙上，沿弧线走，一直走，走了好远好远，墙一直沉默地陪伴着。

他抬头望天，什么也看不见。在那里的什么地方，有一道无形的屏障，正是它把他罩在里面，使救援飞机撞毁。

他跑回去，花了十分钟拆掉车上的摄像机，把周围环境扫了一遍，又跑到飞机坠毁处。

“你们看看，看到那条完美的弧线了吗？那是一堵透明的墙，完全隔音，没有厚度，没有折射，没有温度，什么都没有……”他的手直哆嗦。

耳机里沉默了半晌。

“那堆东西是什么？”终于有人问道。

“残骸。”他从牙缝里挤出一句。

耳机里“哦”了一声。

等了一会儿，他大声说：“这里太诡异了！你们快来救我出去！”

“我们已经和火星紧急救援中心取得联系，他们会立刻派专家来，十分钟左右就能到。”迈克说，“你先休息一下，不要四处乱跑，不要乱碰东西。”

他答应了，但心里仍然发慌。阳光越过两亿公里的茫茫太空，穿过稀薄的火星大气，透过没有厚度的墙，直打在他身上。这里到底是什么地方？

他隐约记起一个布满了各式台子的山洞，丑陋的雕像、更深处的黑暗……

他回头望去，洞口像猫眼一样散发出诱惑。他的赛车撞在山壁上，撞出了这个洞口，也许正是这一撞，才出现了那堵墙，把他和外界隔离。洞里有什么？那雕像，那些台子，肯定不是自然产物，难道是人类早期移民的秘密基地？如果是的话，那就有两百多年的历史了，这些古董肯定可以卖上不少钱，有了钱……

他举起摄像机，然后又放下了。在让“他们”看到之前，他应该先独自检查一下这些东西。

他慢慢向洞口走去，强压着那越来越大的洞口给自己的威胁感。他在洞口停留了一会儿，使自己适应里面较暗的光线。雕像迷茫地望着他，像在质询他的到来。

他沿着微微下降的斜面向里走，走过雕像，来到一望无际的台子中间。

这些台子呈金字塔状，灰蒙蒙的，上面隐约有纹路。他用手握住近处的一个金字塔尖端，冰凉。他捏了捏，尘土簌簌落下。从黑暗的深处传来隐隐的响动，像是什么东西在苏醒。

他望着声音传来的方向，会从那里出来什么？一头猛兽？洪水？岩浆？或者，是兰儿？他笑了笑，又望向洞口。要不要撤到洞外去？

他犹豫着，还是留了下来。

声音越来越响，越来越清晰，但胡图仍然不能分辨是什么声音。他望着黑暗入神，也许这里是一座休眠火山，正在经历千百万年来的第一次喷发？

他突然跳了起来。金字塔的尖端在几秒钟之内已变得灼热，透出淡蓝色的光。所有的金字塔，像被同时接通了电源的水银灯，慢慢亮起来。他这才发现自己站在一个巨大无比的锅底形山洞的边缘，锅的另一端……一时无法估计。

整个山洞布满了大大小小的金字塔，呈同心圆结构，越靠近中心的塔越高大，直到中心的平台，上面有两颗蛋。山洞的边缘有许多洞口，不知通向哪里，他进来的洞口就是其中一个。

他在这幕景象前蹲下来，以免因头晕而摔倒。这绝不是人类的遗迹，绝对不可能！

蹲了一会儿，他站起来，慢慢地、小心翼翼地绕过一个又一个金字塔，向中心的平台走去。

随着他越走越深，脚下和金字塔上的尘土也越来越少。这些金字塔是透明的，里面藏着许多奇怪的东西，有的像刀枪，有的像容器，更多的不知道是干什么用的。他内心出奇的平静，仿佛在这里的不是他，而是一个陌生人，他则从这个人的躯体内向外张望。他想起了火星上各种各样的传说，那些传说讲述了火星曾拥有极为先进的文明，后来像恐龙一样全都消失了，只在某些神秘的角落还隐藏着些许痕迹。他大致猜出了那平台上是什么。也许是火星文明建造了这一切，可是他们出于什么目的？后来发生了什么？

现在金字塔已经比他还高，里面的东西也越来越大，有些明显是某种载具。他回头望去，进来的那个洞口已很遥远，而那个平台看起来并没有近多少。耳机里传来迈克的声音："胡图，我们在屏障外！你在哪儿？"

"我？我在洞里。"他停了一下，"我这就出来。"

他沿原路往回走，整个山洞静悄悄的，只听见他沉闷的足音。他就在这些不知沉睡了多少年的金字塔旁边走过。如此辉煌的建筑，却如此悄无声息，默默凝视他的身影。他发现刚才那种响动没有了——不知是真的没有了，还是他已经习惯了。

他走出山洞，站在洞口的阳光下闭眼休息了一会儿，让过度兴奋的神经冷静一下……睁开眼，刚才的一切都变得遥远、虚幻，仿佛……仿佛是记事之初的那些梦。

该不该告诉他们？他边走边问自己，一遍又一遍。古代不是有人走几步就能写诗吗？他走了这么半天，却还是没拿定主意。

远远地，他看见有架飞机停在山间空地上，几个人在屏障前不停地手舞足蹈。

"就这么几个人？"他说，"我还以为会有一支庞大的救援队呢……"

"救援中心说人手不够，只能先派三个人来，大部队要等一会儿。"迈克答道，同时向身后一指。

有三个人正在查看坠毁的飞机残骸。他们用特制的装置将残骸吊起，钻到下面检查着什么。

"他们在干吗？"胡图问道。

"寻找生还者，寻找记录仪，寻找任何有用的线索。"迈克回头看着那三个人，"反正他们的头儿是这么交代的。"

"还有什么生还者?！我是唯一的生还者！飞机就是撞到这个屏障上才失事的，这还用调查吗？"他勃然大怒。

一位火星人站直身体，说道："胡图先生，我是队长。您不要激动，我们的任务就是找出飞机失事的原因。至于这个屏障，我们初步估计是火星上研制的某种新技术，您作为一个地球人，可能不大了解。"

"那先生您能不能找来研制出这种'新技术'的人，让他把这个'新技术'的开关给关上，让我出去？"胡图望着这位队长说。

"首先，我们没有任何关于这种技术的资料。您知道，火星的技术非常发达，有很多是民间研制的，政府部门不一定都能掌握，这还要调查一下。其次，关上开关可能会产生很高的成本，可能会涉及许多人的利益，我们不能贸然行事。”火星人不慌不忙地答道。

“你们……”胡图一时说不出话来。

火星人见他没话说，又弯腰检查起飞机来。

其他地球人都默默地看着，无聊地抚摸着屏障。

又一架飞机降落了，这是救援队的主力。他们带来了大型机械，开始收集失事飞机的残骸，准备运走。

几位火星记者在坠毁现场做新闻报道，跟随着收集行动的每一个步骤。这些记者的话筒没和胡图的频道相连接，他什么也听不到，只能干看着。

“迈克……”他开口道。

“别着急，胡图。”迈克在旁边观望，“他们收拾完了以后，会救你出去的。”

“不是，迈克，我在山洞里有个发现。”

迈克嗯了一声。

“我发现了一处遗迹。”胡图轻轻地说。

火星人队长先停止了动作。

迈克用了两秒钟才体会到这句话意味着什么：“你说你发现了什么？”

“遗迹，一个文明的遗迹。”胡图漫不经心地说，“没什么意思，挺旧的。”

“是火星探险时代的遗迹吗？”

“好像不是，不像是人类的……”他打了个哈欠。

火星人凑在一起嘀咕几句，看看手臂上的显示器，又嘀咕起来。

过了一会儿，火星人队长走过来，说道：“胡图先生，很抱歉让您等了这么久。现在我们的原定工作已经完成，准备对您实施营救，请您积极配合。”

“当然可以。”胡图优雅地欠了欠身。

火星人下达了指令。整个救援队立刻行动起来，在空地上建起庞大的野外基地，搭起高高的铁塔，点亮各种各样的灯。

飞机一架接一架降落，记者从打开的舱门蜂拥而出。巨大的机器来回穿梭。迈克等人忙着定价钱，向每个想采访胡图的记者收钱。大量的合同签订了，大量的专家到达了，大量的广告牌竖立起来了……

他们试图钻屏障。火星上最坚硬的钻头在无形的屏障上怒吼着，打着滑，没有一点儿效果。

他们试图用激光烧开屏障。强大的激光击打在屏障上，被吸收了，仅仅有几丝微弱的光透过它。胡图把手放在透过来的光上，甚至感觉不到多少热量。

他们在屏障的另一端引爆强力炸药，它依然纹丝不动。

他们挖了很深的地道，却只能望着那倒悬着的永不坠落的岩石发呆。

他们被这个完美的球形屏障弄得发疯……

应救援队的要求，胡图提着摄像机来到洞里。面对这样的景象，尽管他竭尽所能保持镇定，双手仍然微微发抖。

摄像机用几乎听不见的嗞嗞声转动着。他缓缓扫过洞穴，这场面一定会震撼他们，震撼整个火星、整个太阳系。耳机中一点声音都没有，可以想象那些人目瞪口呆的样子。他恶作剧地晃了晃镜头。

“你说得对，这不是人类的遗迹……”迈克小声说。

“可能是火星远古文明的遗迹。”救援队长插道，“在火星其他地方也有一些奇怪的东西，但都不如这个这么大、这么完整。”

“那可就是真正的火星人啦！”胡图笑道，“他们不会把你们这些自称火星人的地球移民赶走吧？”

“不会的，这里不大可能还有活着的人。即使有，我们也能找到一个和平共处的方式。毕竟，我们在这里生活了好几代，已经很难叫移民了。”

“你是不是觉得火星已经是你们的了？”胡图蹲下，给面前的金字塔一个特写。

“随你怎么想吧，反正这个遗迹对我们火星人非常重要。”救援队长说。

“对整个人类也很重要。”迈克说，“如果这是火星文明的遗迹，那就是人类第一次发现的非人类文明。”

“它可是在火星上。”救援队长补充道。

“对，但它是由地球人发现的。”迈克也补充道。

“又有什么关系呢？如果你们无法打破那个屏障，这个遗迹属于谁又有什么关系呢？”胡图站起来，继续向前走，“现在这个遗迹只属于我。”

耳机里静了一会儿，迈克说：“这里就像一个博物馆，有这么多模型！也许当初的火星人常带着孩子来这里参观呢……”

“不要随便用自己的经验揣度另一个文明的行为。如果是个开放的博物馆，为什么还要装置这样一个屏障？”救援队长不以为然。

“你知道地球上有种东西叫防盗门吗？”迈克反唇相讥，“我估计这个也一样，就是高级一点而已。”

“我倒觉得这里像个避难所。”胡图说。

“避难所？避什么难？”

是啊，避什么难呢？这个山洞如此庞大，如此坚固，一定是为了防备什么毁灭性的东西。难道当时的火星上有场世界大战？难道爆发了烈性流行病？难道有什么天灾？难道……胡图沉默地拍摄着，至少他知道在这里能躲避一样东西。

外面的世界。

“胡图，我们马上要进行电视转播。”迈克提醒道。

他把摄像机放在地上，盯着镜头，清了清嗓子。

“开始！”耳机里说。

“各位观众，你们好！现在是胡图为您报道人类有史以来最惊人的发现！大家向我身后看……”他向后一挥，“我刚刚发现了一个文明的遗迹，一个并非我们人类文明的遗迹！这证实了我们一直猜测的外星文明的存在！我们现在还不知道，这个文明为什么要建造这样的东西？为什么没有和我们接触？以及最重要的，他们后来发生了什么事？他妈的……”他笑了起来，这太假模假式了。

“胡图先生，我是火星一台的记者卡恩。能问您几个问题吗？”耳机里说。

“当然可以。”

“火星一台赞助的问题：您认为这个遗迹是干什么用的？”

“我觉得这是个避难所。当初可能有人为了躲避某种灾难，建造了这个避难所。这里有很多模型，还有强大的防御。”

“桃花院赞助的问题：您有没有发现建造者的形象？他们有没有性别？”

桃花院是火星上著名的妓院。胡图笑了笑，说：“没有。这个情况我一无所知。”

“太子港深空局赞助的问题：您现在有什么愿望？”

“我希望能尽快离开这里。听说赛车比赛取消了，如果能出去，我希望能再次参加比赛。我相信自己能获得好名次。”

“丹雅服装赞助的问题：火星政府正在讨论授予您‘荣誉火星居民’称号，您怎么看待这项荣誉？”

“谢谢！非常感谢！”他平静地答道。

这一切突然变得很无聊。

“全球电气赞助的问题：您喜欢不喜欢……”

“要让我说实话，”胡图打断对方的话，“我觉得这全是狗屁！授予我什么称号又怎么样？我有一万个愿望又怎么样？只要出不去，这一切全是狗屁！”

耳机中的声音停顿了一下，“您怎么会这么想？火星政府很少授予‘荣誉火星居民’称号，这是多少人梦寐以求的呢！”

“如果我出不去，这称号有什么意义？在电视屏幕下边打出来吗？”

“这不仅仅是个称号的问题，您现在的处境令人同情，但也让人羡慕。您可以亲自接触这个遗迹，有多少人想和您交换这个机会啊！”

“那就来换好了……”胡图小声说。

“……您正站在人类梦想已久的东西前面，”卡恩全然不理会他的嘀咕，“您可以为人类留下无可估价的财富，您将永远被人们铭记！说到底，您周围这些神圣的东西属于全人类，而现在只有您才能接触它们！”

“是吗？”胡图看着摄像机，脑子里有什么东西突然炸开了，喷射到浑身每个神经末梢。

他微微一笑，“我周围这些东西是神圣的？”

他走到一座金字塔前面，摆好姿势，解开裤子，开始小便。

液体喷散在经过无数岁月、存有另一个文明信息的塔身上。

“天啊……”有人小声说。

摄像机转动着。耳机中一片寂静。

结束后，他晃晃悠悠走到摄像机前，做了个鬼脸，伸手关上了摄像机。

周围一片寂静。他摘下耳机，把一切抛在身后，径自走到塔群深处。这里非常安静，数千万年的沉默环绕在周围。

他非常疲倦，躺倒在地，沉沉睡去。

他醒来时，觉得周围有些异样。即使在半梦半醒之间，他仍然能清晰地把握住这个意念——有东西活着。

周围的景致依然如故，静止的金字塔，蓝幽幽的光，空旷的洞穴。但在这些东西的后面，在无法探知的深处，有什么在运转，在忠实地……等待着。对，是等待。不是等待他，而是等待某个信号。没有人知道那是什么信号，也没有人知道信号之后是什么结局。

这个未知的文明没有完全死亡，它的一部分器官还在运作。

胡图站起来，摇摇晃晃地走向摄像机。可能是睡得太久了，身体感觉很不舒服。他拾起耳机，问道：“迈克，你在吗？”

“哎呀！你干吗去了？快把我们急死了！”耳机里传来大叫大嚷。

“睡觉，我也要休息。”

“你最好出来一下。”

他歪着头想了一会儿。出去吧，也许他们有什么新办法呢……

他懒洋洋地沿平缓的斜面向外走，周围依然是亘古的宁静。金字塔是懒洋洋的，外面的世界是懒洋洋的，宇宙是懒洋洋的。

他慢慢踱出山洞。天已全黑，人们在屏障外架起了泛光灯，以便假装挑灯夜战。

他慢慢走过坠毁的赛车，走过熟悉得令人生厌的山坡，走到屏障前。人们在屏障那边忙碌着，熙来攘往……

热闹。

记者们蜂拥而至，狂抢镜头。他一个人站在这边，茫然地看着闪光灯在那边无声闪动。

军队等了一会儿，终于出手把记者们赶开。

迈克等人出现了，神情疲惫，郁郁寡欢。在这群人中间，胡图看到一个熟悉的身影——兰儿。她穿着新式的火星野外装，身旁有位身材魁梧的男子，大概是她的丈夫或未婚夫。迈克对她讲了几句什么，她快步向这边走来。人们很自觉地让开。

她一边走，一边小心不被地上的石子绊住。

终于，他们隔着看不见的墙互相凝望。

这个场面有点滑稽。因为矜持，这几年他们从未面对面交谈过，现在他们都想说点什么，却又不知该说点什么。

他觉得自己应该微笑，就微笑了一下。

她也报之一笑。她的笑容还是如此美丽，如此不加修饰，就像是专门为他而准备的。

她回头看了一眼那个男子，又赶紧把头转回来，冲他笑。

她的头发，她的脸，她的眼睛，她的嘴唇，她的额头，她的脸……

他突然伸出手，隔着这无形的屏障抚摸她的脸。

这个举动使她的泪水流了出来。

那个身材魁梧的男子向前走了两步，又停住了。

他继续抚摸着这张以前曾抚摸过无数遍的令人心痛的脸，没有丝毫感觉。指尖沉默不语。他原本以为这辈子没有机会再抚摸她的脸了。现在，他的手几乎就要碰上了，却永远不能真正接触，永远不能……

迈克踌躇再三，还是走上前来，温柔地把兰儿带回到她的丈夫或未婚夫身边。

身材魁梧的男子搂住兰儿的肩膀，低头抚慰。

“胡图先生，我们有个建议。”救援队长小声说。

“说吧，我听着呢。”

“这个屏障也许有从外面打破的办法，但现在我们还不知道。我们觉得……你可以到洞里找找，也许它能从里面打开。”

“某个开关之类的东西。”胡图点了点头。

“非常正确。”救援队长接着给他讲解了预定的考察路线。看来在他昏睡的时间里，救援队已根据有限的资料做了详细地研究。

胡图回到洞穴中，重新拾起摄像机，打开电源，看那小小的监视器慢慢亮起……也许兰儿再也不会回来了？他似乎现在才意识到这一点。

必须要依次考察大厅周边总共十六个洞，他慢慢向右边第一个洞口走去。他原来只是一厢情愿吗？也许他的内心早已放弃，而只是自己不愿意承认？摄像机的声音几乎听不见。那他为什么非要和那辆白色赛车过不去？他到底在和谁过不去？他拐上连接各洞的通道。谁？到底是谁？他眨了眨眼。现在想这些还有用吗？他在和谁过不去？

一号洞比较小，依然排列着许多金字塔，不同的是，塔身内似乎藏着某种标本，非常小，像是昆虫或节肢动物。他不得不趴在地上给这些家伙来个特写，同时小心不被尖锐的塔尖划伤。这些动物标本的样子，和地球上的不一样，但都有甲壳、触角之类的东西。

二号洞里是小型动物，猫狗大小，有的被毛，有的皮肤光滑，有的布满鳞片。它们无一例外地瞪着狡猾的小眼睛，貌似纯真地看着这个亿万年来的第一位访客。它们中的一些也许是那个文明的宠物，也许当年有个稀奇古怪的名字，也许喜欢在人们的抚摸下撒娇……现在，它们全都千篇一律地摆出一副驰骋的姿态，可笑地张着永不闭合的嘴。

在三号洞里，他看到了一些巨大的动物，有的有几层楼高，面目狰狞。他站这些远古的猛兽面前，仰视着，想象它们在远古火星的大地上飞奔，在汹涌的大河边大口饮水，在火星的两颗月亮映照下的荒野上对空嘶吼。这种想象令人晕眩。

人们在他的耳机里傻乎乎地争论这些野兽是草食的还是肉食的。他盯着那些高高的、肃穆的兽头，盯着它们丑陋凶恶的脸，就那么盯着，直到脖子发僵。

接下来几个洞都是植物标本储藏室。有些是植株，有些是种子，有些只是一朵花，似乎当初随意地挑选了一些，摆放在这里。不过按救援队长的意思，这些东西只是从人类的视角出发显得杂乱无章，但也许对于那个文明来说，这是最有道理的一种组合方式。

为了节省时间，胡图只能浮光掠影地扫一圈，谈不上仔细观察。

七号洞是空的。他正准备向深处走，只听迈克提醒道："小心！说不定这也有个透明屏障呢！"

他一阵心烦，干脆迈开大步，跑到洞中央。

"你们看，这里什么也没有！"他叫着，声音在洞内回荡。

"难道这儿没完工？"迈克问道。

"这里什么也没有！"胡图在洞中央又蹦又跳，假装去够几十米高的洞顶。

"让我们看看洞壁。"救援队长说。

洞壁并不光滑，由无数形状各异的小平面组成，没有一个曲面，显然经过精心加工。

"这到底是干什么用的？"胡图嘀咕着，用手抚摸着。

"不知道。也许是会议厅，也许是停车库，也许真的就是没完工而已。"救援队长叹口气，"反正肯定有个什么目的。"

"也许是个先锋艺术品呢？"胡图乐呵呵地问。

"是啊，也许。你看看下一个洞吧。"

下一个洞也是空的，晃了一阵，他又转到九号洞，还是空的。他甚至没有进去，只在洞口瞄了一下。十号、十一号……一直到十四号洞，全是空的。他刚刚好起来的心情又沉了下去。这地方让人完全不可捉摸。

十五号洞。他漫不经心地探了下头，立刻呆住了。

洞中央是个垂直的三棱柱，每一面都有二十多米长、五米高，上面幻彩流动——云一般，水一般，在看上去深度无限的空间里，各种色彩肆意流淌。红色、蓝色、绿色、黄色、橙黄色、紫色，不一而足……它们不停喷涌，仿佛是神懒散的手在搅动色彩的幽潭。

胡图小心地踱到棱柱前，呆呆地看着。

"这是什么东西?"迈克喃喃问道。

"这是我们今天问得最多的一句。"救援队长说，"接下来我们应该问：它是做什么用的?"

"广告?"有人小声插了一句。

胡图咬牙切齿地说："胡说八道。"

绕棱柱一圈后，他又回到原地，叹了口气。

"胡图，你反方向再转转。"救援队长说。

"干吗？我累了。"

"听我的。"

他嘟嘟囔囔沿反方向走去。

"停下！"救援队长突然喊道，"我看见了！"

"什么？看见什么了？"胡图摸不着头脑。

救援队长让他往回走半步。

他依言而行，还是看不出什么东西。

突然，就在不经意晃动的一瞬间，他眼角的余光显示出一幅"有意义"的影像。其实他根本没认出是什么，但能肯定那不是混沌的色彩，而是某个东西的形象。

他转身正对棱柱。影像消失了。

他向旁边移了一小步，那影像一掠而过。

他又调整了一下。

就在两个柱面的交接处，取个合适的角度，原来混沌的色彩消失了，代之以巨大的图像。他可以看到从面前掠过青翠的山谷、洁白绵长的瀑布或者是陡峭冷峻的大山，一直延续到天边。

画面不断变化，像是一部纪录片。镜头一转，他在城市上空飞翔，望不到头。这城市仿佛是人类城市的负片[1]，没有林立的高楼，而是向地下延伸，形成无数大小不一的洞口。有飞行器从这些洞口进出。洞口和洞口之间，有深不见底的壕沟相连。镜头从一个洞口钻进去，冲入黑暗之中，周围掠过五颜六色的亮点。

胡图等了好久，镜头一直在这隧道中穿行，没有变化。

“这就是那个文明吗？”迈克问，“不大像火星啊……”

“也许这是几亿年前的景象呢，那时火星可水源充足。”救援队长说，“胡图，别等了，去中央平台上看看吧。”

胡图无声地表示同意。他沉思着走出十五号洞，瞟了一眼有雕像的十六号洞，这洞他已经走了无数遍了。这个洞可能原本就是做入口的，否则不大可能这么容易就被撞破。

他把目光投向大厅中央的平台。

那两个蛋在上面，等待着。

他开始向中央平台走去，一瞬间觉得疲惫至极。金字塔在一旁偷偷冷笑，目送他木然地穿过林立的塔群，穿过泛出蓝光的晶体，穿过凝固静止的空气，穿过这一切，他来到屏障的中心——中央平台下。

它是洞中唯一的长方体，高三四十米，满布花纹。他轻轻抚摸着这些花纹。它们没有什么具体的形象，只是曲曲折折，扭来扭去。

“是文字吗？不像啊……”迈克轻声说。

“也许仅仅是某种装饰，也许……也许和那个棱柱一样，必须从一定角度才能看出东西。”救援队长说。

“不管了，以后有时间再仔细研究吧。”胡图不耐烦地说，“先找到开关再说。”

他边走边抚摸那花纹，感受它们在指尖上轻柔的起伏，不很光滑，

1. 负片是经曝光和显影加工后得到的影像，其明暗与被摄体相反，其色彩则为被摄体的补色，它需经印放在照片上才还原为正像。我们平常所说的用来冲洗照片的底片就是负片。

但很细致。他慢慢绕到平台后面，这里有道台阶，每一级都很高，像是一堵矮墙，同样布满花纹。

他抬头仰望，台顶那么高，那么远。当然，没有选择，他必须要爬上台阶。

他手脚并用，艰难地爬上了几级。

“我有个建议，胡图。”救援队长说，“你听说过当初宇航员在月球上的故事吗？”

“一小步还是一大步？[1]”

“不是。他们原来想在月面行走，结果发现由于引力太低，走起来很困难。于是他们改用跳跃方式，效果很好。”

“你是说我也不用慢慢爬，可以直接一级一级往上跳？”胡图问。

“对。这里只有三分之一地球重力加速度，足够了。”

“说实话，有时你还是挺聪明的。”胡图微笑道。

耳机里不好意思地嘀咕了几声。

胡图双腿并拢，使劲向上跳起，一下子跳了上去。他憋住一口气，连续跳了好几下，顺利得不可思议。他站稳双脚，放声大笑，不屑地看着前面漫长的台阶。

耳机里传来不住口地赞扬。

胡图回头看看，已经上了七八级台阶，有些高，有些晕。他定了定神，继续向上跳去。

也许是轻微恐高症的悸动还没有完全消除，也许过于兴奋了，这次他没有站稳。悲壮地挣扎了半秒钟，他从台阶上缓慢地、不可阻挡地滚落下去，一直到底。

一时间，他没明白发生了什么。他躺在地上，望着那高高的台阶，脑子空空如也。自远古起被封存到体内的海水波涛汹涌，在耳际轰鸣。那个老头儿，那个干瘦的老头儿，在他脑海里咯咯直笑，用尖细缥缈

1. 1969年7月20日，首位完成登月壮举的美国宇航员阿姆斯特朗在踏足月球的土地上时说出的名言：“这是一个人的一小步，却是人类的一大步。”

的声音说：“孩子，你们干的这一切，我以前都干过。”说完，老头向后缩去，从他后脑穿出，钻入地下，穿过火星中央炽热的熔岩，冲出另一边的地面，直冲入无边的黑暗的宇宙……

他神志清醒过来，开口喊道：“见鬼！我掉下来了！”

耳机中寂静无声。

“不用这么紧张，我没事。”他笑道。

耳机里保持缄默。他忍不住拍了几下，没用。

这不可能！他使劲拍打着耳机。一个赛车用的耳机不可能从十来米高处掉下来就摔坏了，不可能！这是名牌货，这是专业用品，这是顶级规格的……

耳机依然一声不吭，连一丝电流噪音都没有。

他取下来瞪了它几眼，一把扔开。摄像机被他不小心甩出去，砸中旁边的金字塔，啪的一声，然后像救援飞机一样慢慢变成碎片，沿塔身滑落在地。

他叹了口气，解开话筒，也准备扔掉，想了一下，又停住了。

也许这话筒仍然管用呢？不过，即使它还能用，又对他有什么意义呢？这话筒不能提供给他任何有用的信息。最后，他还是决定留下它，不管怎么说，这话筒也许是他和外界的最后一点联系。

“我现在准备重新上台阶。”他自言自语道，希望话筒能成功地把这句话传出去，“总共大约……三十级。”他开始小心翼翼地一级级往上跳，边跳边数数，心里努力抑制着向后看的冲动。

胡图没有受过在火星上跳跃的训练，跳了近二十级后，他的腿开始发软。为了不再掉下去，他采取保守策略，老老实实地一级级爬。这样慢一点，但比较保险。

他停止说话。在这巨大的尺度面前，他仿佛变成了一个婴孩，正在家中的楼梯上一步步艰难地攀登。矮墙似的台阶似乎无穷无尽，自己是个婴孩的感觉越来越强烈。

爬上最后一级，他疲惫地倒在平台上。

“我面前就是那个蛋。很大，很漂亮，很精致。”他说。

然而，他没有说出这蛋给他的压迫感。

它有将近二十米长，十米高，金黄色，同样有令人厌恶的花纹。这是蛇蛋，伊甸园的那条蛇下的蛋。

养足力气，他站起来，走近金蛋，敲了一下，声音发闷。

他走到蛋的一头，看见了刚才被挡住的另一个蛋，一模一样。蛋的尖端很钝，刻有同心圆花纹，随着直径变大，慢慢幻化成混乱的图案。

平台的这一头有一面高大的镜子。他走过去，镜中的自己也迎面走来。这是个神情忧郁的青年。

他小心地伸出手，用食指碰了镜面一下，什么反应也没有。他微微一笑。他期待会有什么反应呢？在镜面上激起层层涟漪？

远处，平台的另一端，有个四米高的小平台。他琢磨了半天，鼓足勇气，使劲跳起来，来个引体向上，翻了上去。

这里也就一张双人床大小，排列着许多按键似的东西，中间是块半米见方的平板，显然是个控制台。那些按键看起来都一样，没有文字或花纹来区分。

他试着踩了一个键，没有任何反应，他又踩了另一个。

忽然，平板喷出蓝色的强光，闪了几秒钟，组成一幅立体的图像，有陌生的文字显现出来。那文字形状奇特，像魔鬼的符咒，又像造物主那神秘不可解读的语言。它们就在那里闪动，冷冷嘲笑他的无知。

出神中，他踩到旁边的几个键。宏大的声音突然响起，急促、高亢，如着魔的先知在宣述箴言。这声音直刺大脑，他不得不捂住耳朵。

脚下传来轻微的振动，他张皇四顾。

蛋壳在慢慢裂开。

有光从里面透出来，直刺洞顶。

蛋壳越裂越大，光芒耀眼夺目，他闭上眼睛。

过了一会儿，他慢慢睁开双眼。

“天啊……”他最后说。

容器里各存放着一具干尸。

这是人类的干尸，但体型很大。他们穿着薄薄的衣服，静静地躺着。他们不知道自己已经死了，可能还在不知哪里的梦境中缠绵。也许，他们就在梦中死去，眼睁睁看着自己的梦越来越淡，越来越淡，直到归入永恒的黑暗。也许，他们根本就不做梦，而是中断了意识，就这么直到永远。

胡图瘫坐在平台上。为什么要把干尸放在这里？为什么不存放冬眠的活人？为什么死者和人类如此相似？为什么要建造这座避难所？这一切的意义是什么？到底是什么？

他不知道，他来得太晚了，晚了亿万年。

他不知道，历史像电视广告一样，不断地重复，一遍又一遍。

他也不知道，延续了无数岁月的悲剧，正进入最后的高潮。

在蛋壳打开的一瞬间，某个地方开始倒数计时。

战争已进入最后阶段。

敌对的双方都想做最后的全力一搏。他们调集了最具毁灭性的武器，准备彻底消灭对方，纯洁整个太阳系。

战争的焦点在第五行星上，因为它不仅是内外星系的枢纽，更是这个文明的发祥地。

为了保存文明的火种，正义的一方在第三行星上建立了一个秘密基地。

几乎同时，同样是正义的另一方，在第四行星上也建立了一个秘密基地。

冬眠是有时限的，不可能永远保持肌体的活力，因此，两个基地都把唤醒时间设为一千年。

然而，一个间谍成功地在临死前，把第四行星基地的唤醒时间改为了一亿年。

没有人发现这个改动。

亿万年过去了，第四行星基地在岁月的长河中沉睡。

直到有一天，有人触动了尘封已久的报警装置，整个基地开始苏醒，立即启动了防卫罩。它发现冬眠装置内没有生命，认为基地的主人一定离开了冬眠装置。它唯一能做的事就是等待，等待主人的进一步指令。它很耐心。毕竟，亿万年都等过了。

终于，指令下达了：启动自动防卫程序。

很好。它在几秒钟内检查了周围的环境，确定了本星球上若干个有文明存在的地点。它开始探测太阳系内其他的星球。这花了些时间，但结果总算出来了。这些陌生来客的力量还很弱，还是孩子，但在未来会形成威胁。敌我力量对比、可行性分析、打击方案等立刻生成。

它用了百万分之一秒做最后的决定。

火星的山脉裂开了，大地裂开了，久未使用的毁灭性武器裸露在烟尘翻滚的天空下——这些武器当初曾轻而易举地将第五行星那硕大的星体炸成无数碎片。那些碎片至今还在轰击着第四行星。

亿万年前，第三行星基地赢了一个回合。

现在，第四行星基地要向敌人的后代们实施最终的打击。

金黄色的天空

一

米　泽

一阵大风吹过，扬尘演变成了沙尘暴。

遮天蔽日的沙尘浩浩荡荡地掠过棕色大地，原本那片闪耀的金黄色的天空，瞬间暗淡了下来。

大地上到处散落着诡异的蓝绿相间的岩石，不过对于火星来说，这是再常见不过的色彩了。这些富含赤铁矿的矿石镶嵌在火星大地上，仿佛是无数颗孔雀尾色的珍珠在绵延不绝的棕色毛毯上散发着异样的光芒。

一辆有着椭圆形防护罩的火星探路车缓慢地开了过来。

浦利阳跳下探路车“旋龟号”[1]，踢了踢肢节型轮胎，“应该往右走，我感觉。”他指着远处的一个小沙丘说道。

“不，应该往左走才对。”邢白昱跟着跳了下来，手中拿着一根粗粗的钢制撬棍，他的声音听起来就像是掺了沙子。

“你天生就是来给我抬杠的吗？”浦利阳蹲下身去，捡起一块巴掌大小的岩石，冲着太阳的方向丢了出去。

那块石头飞出去很远，落在地上的时候激起了一大片尘土。顷刻间，这片尘土就被呼啸而过的大风吹得不见了踪影。

邢白昱转身向着左边走去，一句话也没有说。

“伙计，嘿，听我说，好吗？”浦利阳双手叉腰站在原地，冲着邢白昱嚷嚷道，“雷达显示我们的投放舱就在这儿附近了，你能不能听我一次，跟着我一起往右边找找？”

“你难道没看到今天的风有多大吗？”邢白昱沙哑的声音通过头盔传进了浦利阳的耳朵，“要么你跟我往左边去找找，要么你就赶紧爬进探路车，等着我自己去找投放舱好了。”

“可是……”浦利阳还想争辩一下，“导航器明明……”

“闭嘴，伙计。”邢白昱举起右臂，向左边挥动了两下，“信号根本就断断续续的，我猜投放舱着地时摔坏了通信模块。相信我就好。”

1.“旋龟”之名来自《山海经》中的《南山经》，相传生活在发源于杻阳山的怪水之中，状如龟，鸟头蛇尾，擅长驮物。

浦利阳跟在邢白昱的后面，向着左边走去。一阵狂风从他们的背后吹过来，卷起了十几米高的沙暴。

浦利阳调整了一下机械脚的形状，以便自己能够在大风中站得更稳。

“看，奥林匹斯山！”浦利阳指着远处的地平线喊道。

邢白昱停下脚步，用双手遮挡着空气中的尘埃，也向远方望去。

太阳系八大行星中的最高峰——奥林匹斯山，矗立在塔尔西斯高地上，以它21.229千米的身高傲视着整个火星，也傲视着整个太阳系中的所有同类。

除此之外，塔尔西斯高地的东侧还有一个太阳系中的奇景——水手峡谷。它西起诺克提斯迷宫，之后穿过大片混沌地形再向北转入克里斯平原，全长四千多千米，最深的地方达十千米。

“喂，能听见吗，无启？”浦利阳的声音断断续续地传向邢白昱。“无启”[1]是小型火星探险基地的代号。

邢白昱站住了。“怎么了？”他问道。

“好像信号丢了。”浦利阳说道，“喂，T2呼叫无启！喂喂，听到请回话。”

浦利阳调整了一下机械肩关节和肘关节，他把自己的双臂扭到身后，开始调试背后的通信装置。

“该死的机械躯壳，”浦利阳嘟囔道，“你永远都不能相信这些电子设备！我出发前刚刚检查了一遍，结果这都还没开始往回走呢，就坏掉了……”

浦利阳将头部向后旋转一百八十度，然后开始检查位于后背下方的通信发送器。

“妈的，我的通信发送器出故障了！”浦利阳自言自语道，“它接收基地的信号没问题，但是不能发送了……你的通信器没事吧？”

---

1. “无启”之名来自《山海经》中的《海外北经》，相传位于长股国东边，其国民的奇特之处在于他们都不生育子孙后代，都住在洞穴里，没有性别之分，仅靠呼吸为生，死后心脏依然会跳动，百年之后又会复活重生，如此周而复始，不断延续。

浦利阳的左腿突然遭受了重重的一击，他的左膝关节向右扭曲着，栽倒在沙地上。

这绝对是一副奇怪的姿势。他的后脑勺和前胸着地，右膝向下，左腿呈九十度弯曲，双臂歪曲地抱在背部，脸上的表情非常诧异。

邢白昱举起撬棍，重重地砸向浦利阳的右腿，一下，又一下，再一下……

一阵砰砰声过后，浦利阳的这双仿生轻便腿算是彻底报销了，一股黑色的油状仿生血从断裂处流了出来。

“怎么回事，兄弟，”浦利阳的声音听起来有些颤抖，“你打算背我回去吗？”

邢白昱满意地直起身来，挥了挥手中的撬棍，然后把它别在腰部的磁力搭扣上。

他弯下身子，抬起浦利阳那早已变形的双腿，向着水手峡谷的边缘走去。

浦利阳的胸膛和后脑勺刮擦着地面，发出了噼里喀喳的声响。

“大哥，能告诉我为什么吗？”浦利阳尽量平静地问道。

“因为，你就快一不小心掉进水手峡谷了。”邢白昱欢快地说道。

“别开玩笑了行吗？！”

“好的，”说着，邢白昱加快了步伐，“那咱们就都抓紧点时间好了。”

“为什么？告诉我为什么这样对我！”浦利阳一边说着，一边用力摸索着自己背部的通信发送器，希望能够修好它。

“是你弄坏了我的信号发送器，对吧？”过了一会儿，浦利阳放弃了修好它的希望。

邢白昱拖着浦利阳的双腿，步伐坚定地向前走着。

几分钟之后，他终于看到了水手峡谷的悬崖边缘。

邢白昱把浦利阳的那双破烂仿生腿往地上一丢，抽出了别在腰间的撬棍。他坐在浦利阳的头边，用机械手摩挲着那根钨钛合金的棍子。

“真是一件称手的工具……”他自言自语道。

"你早就知道找投放舱应该往右走，对吧？"浦利阳说道。

邢白昱没说话。

"你真打算杀了我？"浦利阳问道，"你不怕去坐神经牢房吗？"

"无所谓。"邢白昱轻松地说道。

"告诉我为什么这样对我！"

"你自己知道。"邢白昱晃动着手中的撬棍，声音听起来很沙哑，但却出奇的平静。

"我什么也不知道！"

"那好吧。"邢白昱将撬棍支撑在地上，他准备站起来。

"你不会真的以为我和汪湛晴有一腿吧?！"浦利阳大叫。

邢白昱的动作停住了，过了两秒，他又重新坐了下去。

"你真的以为我和她有一腿？"

"我看到你俩那些肉麻兮兮的神交记录了，"邢白昱阴沉地说道，"她删除掉了那些东西，但她没有想到我会去把它们恢复回来。"

"兄弟，"浦利阳愤愤地说道，声音因为恐惧而变得又尖又细，"那到底有什么大不了的？在这个该死的星球上，一共就咱们五个地球人，其中两个是中性人，剩下的三个还有性别的人之间，难道连一点儿暧昧的言语都不能有吗？"

邢白昱掂着撬棍，没有说话。

"她是你的契约伴侣，她爱你！兄弟，我没想夺走她。我们只不过是玩了一次精神出轨而已！"浦利阳声嘶力竭地喊道，"看看咱们的金属躯壳吧，看在咱们从离开地球后开始的这么多日子共同生活的分上，别杀我！"

"不光是这件事。"邢白昱缓慢地站了起来，他把撬棍的一头插进浦利阳左肩的缝隙，猛地一撬，"你一直在给总部发送一些不咸不淡的小报告，对吗？"

浦利阳没有说话。

"你给那些管事儿的家伙写信，说我以权谋私，说我处事不公，还说我的情绪暴躁，不再适合担任科考基地的领队！"

邢白昱将撬棍的一头挪到了浦利阳颈部的维生系统检修口上，打算完成最后一击。

“等等！”浦利阳用唯一能够活动的右手紧紧抓住邢白昱的脚踝，“朋友，原谅我，别这样，这样对我不公平！我罪不至死，我也不想死，求你给我一条生路吧！我再也不会那样做了，我向你道歉！”

“好的，”邢白昱笑着说道，“我原谅你对我的陷害了，我想我早晚也会原谅你给我戴‘电子版的绿帽子’这件事，但那恐怕是在你死了之后！”

“你会被关进神经牢房的，你知道那有多可怕！”浦利阳还在做着垂死挣扎，声音听起来扭曲而颤抖。

邢白昱用力地往下一捅，砰一声，浦利阳的维生阀门被他戳烂了。

浦利阳头盔中的氧气立刻开始减少，身体对头部的供养也停止了。

“是你自己不小心走在水手峡谷边的时候，被大风吹下去了，之后摔成了稀巴烂，关我什么事呢？”邢白昱笑道。

“你……我……错……”浦利阳的声音就像被人掐住了咽喉，他的眼睛在头盔里凸起，嘴角向一边歪去。

邢白昱拉开浦利阳抓着他的右手，然后拽着他走到了悬崖边上，将他慢慢地举起来，丢了下去。

邢白昱在悬崖边上站了一会儿，谷底一直没有传来一声闷响。不过这也难怪，一万米的深度实在是太深了，他怀疑浦利阳在坠到谷底之前就咽了气。

大风裹挟着沙尘从邢白昱身边吹过，呜呜声不绝于耳。他伸手关掉了腰间的静电辐射干扰器。

“……无启呼叫T1，听到请回复！无启呼叫……”基地的呼叫声清晰地传来。

“我是T1，重复，我是T1。”

“发生了什么事？为什么刚才你们俩都联系不上了？”一个女人焦急的声音传进了邢白昱的耳朵。

“我们刚刚经历了一次巨大的沙暴，估计是强大的太阳风干扰了通信信号。T2和我走散了，我现在联系不上他了！”他的声音听起来既疲惫又焦虑。

“需要救援吗？我已经得到了你的坐标，但是T2的坐标还没有找到。”

“下了探路车之后，我向右搜寻投放舱，而他坚持向左边的大峡谷方向搜寻。过了一阵子，一阵巨大的沙暴差点把我给活埋了。我发现联系不上T2了，于是就按原路返回，从探路车那里向左边搜寻他。现在我已经站在水手峡谷的悬崖边上了，可我还没有找到他。”

“T1，请先确保你自己的人身安全！”汪湛晴的声音传了过来，那声音听起来娇柔甜美，仿佛能化解一切的烦恼与忧愁。

“知道了，我再找他一会儿，找不到的话，我就先开着探路车回去，再带一个人来取供给投放舱。”说完，邢白昱慢慢地坐了下来，下半身的机械关节发出了嗞嗞嗞的声音。

他一边将撬棍插入身边的沙地，一边坐在地上，丝毫不在意屁股底下那些突兀的碎石。大风依然呜咽着吹过大峡谷，几十亿年来没有丝毫变化。

远处，奥林匹斯山就像一座巨大的祭台，高高耸立在一片金黄色的火星天空下。

该死的金黄色……邢白昱心想。天空就该是蓝色的，湛蓝色最好，天蓝色或者灰蓝色也还能接受，但是野蛮的金黄色就不行了，这该死的咄咄逼人的颜色，令人十分狂躁和不安。

探路车“旋龟”颠簸着前行，扬起的沙尘飘散于风中。

火星探险基地越来越近了。五个月前，“昆仑号”星际考察飞船抵达火星，降落在这片地势平坦的小平原上，搭建了一个小型的探险基地“无启”。

基地的滑动门快速打开，邢白昱将探路车开到停放库的一号探路车的车位上，调整了一下自己的呼吸，跳下了车。

汪湛晴一脸关切地站在隔离门后面望着他，一丝不易察觉的焦急神色隐藏在她那双浅褐色的瞳孔中。

“她是在为我担心吗？”邢白昱想道，“还是她在记挂着浦利阳的安危？”

无性人NotaZ站在汪湛晴的身后，它[1]表情阴郁，灰色的双眼死死地盯着邢白昱。

“难道它看出什么来了？”邢白昱缓慢地向着隔离门走去，“这些恶心的变态，它们的大脑出奇地冷静，它们一定会怀疑这件事当中有蹊跷。”

“没事吧？”隔离门一打开，汪湛晴便迫不及待地问道。

邢白昱摇了摇头，一脸疲惫地走进内舱，隔离门悄无声息地关闭了。

“我们遇上了大沙暴，通信信号中断了。”邢白昱边走边说，“我们俩下了探路车，决定分头寻找投放舱，我往右边找，浦利阳往左边找。”他停顿了一下，“也就是大峡谷的方向。”

“我找了一阵子，没有找到，然后便折回去，往浦利阳去的方向走。”邢白昱费力地挪动着自己的仿生机械腿，“但是我没有找到他，不得已，我自己回来了。”

“他会去哪儿？”汪湛晴问道。

“可能是迷路了，”邢白昱低沉地说道，“也……可能被风刮到峡谷里去了。”

“你先回房间休息，”NotaZ沉静地说道，它是今天的轮值指挥官，“我会和Xuki开着飞艇再去找找他。”

“外面风很大。”邢白昱提醒道。Xuki是另一个无性人，火星探险队中的气象专家。

“时间紧迫，救人要紧。”NotaZ干巴巴地说完，转身向着超塑钛合金飞艇停放区走去，“湛晴，你去控制室，向地球指挥中心汇报浦利阳失踪的情况。”

---

1. 作者设定未来的无性人和中性人的人称代词都只能用“它”，否则会被无性人视为冒犯。

汪湛晴看了一眼邢白昱的背影，一言不发地转身离开了。

邢白昱回到自己的卧舱，疲惫地躺在那张柔软的自适应床上，很快便进入了梦乡。

和往常一样，他依然没有做梦。

“白昱，”汪湛晴的声音从床头的扩音器中传了出来，将邢白昱唤醒，“快来储物舱，利阳找到了！”

邢白昱一个鲤鱼打挺从床上跳了下来。他的心脏扑通扑通地跳着，一丝常人不易察觉的恐惧神色爬上了他的脸庞。

“镇定。”他告诉自己，“没什么大不了的。这在意料之内，找到浦利阳的尸体是早晚的事。我能搞定这一切！”

邢白昱走出卧舱，向储物舱跑去。

汪湛晴、NotaZ和Xuki都在储物舱里，邢白昱一走进去，三个人的目光便齐刷刷地看向了他。

汪湛晴脸色苍白，沉默不语，两个无性人则一脸漠然地看着邢白昱。

地上有一具残缺不全的尸体，或者说是一堆废铜烂铁。

浦利阳腰部以上的部分诡异地拧在一起，看起来就像是一团被反复揉搓过的金属纸团。他双手抱头，防护面罩早已不知去向，一张干瘪而神情恐怖的脸自双臂间若隐若现。在腰部断裂处，黑色的润滑液缓慢地、一滴一滴地滴落在地板上，沿着地板缝隙流向低处。

“在哪里发现他的？”邢白昱尽量压抑着自己想要转身离开的冲动，低声问道。他告诉自己，在这个远离地球的被金黄色天空笼罩的行星上，他其实无处可去。

“谷底。”NotaZ简洁地说道。

邢白昱摇了摇头，“向‘轩辕号’报告了吗？”他问站在一旁惊魂未定的汪湛晴。

她点了点头。

“‘轩辕号’怎么说？”

“计划照旧。等候指示。注意安全。”Xuki用自己的肥手擦着眉角的汗，补充道。

“补给投放舱找到了吗？”邢白昱问道。

“明天我和Xuki会再去找，”NotaZ简洁地说道，“今天先这样吧，我们需要休息了。白昱，今晚你值班。”

说完，两个无性人离开了储物舱，留下了邢白昱、汪湛晴和只剩下半截的浦利阳。

“我当时让他跟我一起先往右边找的，他非要自己往左边找。”邢白昱走到汪湛晴的身边，伸手搂住了她的肩膀。

汪湛晴低下了头，没有说话。

“你的脸色很难看，”邢白昱拥着汪湛晴向储物舱的舱门走去，“快回去睡会儿吧……”

两个人离开储物舱，按下按钮，舱门缓缓地关上了。

汪湛晴突然一把推开了邢白昱的手，她仰起头，定定地看着邢白昱。

“怎么了？”邢白昱问道。

“我发现我的电脑被人动过了，”汪湛晴的眼中布满了血丝，“是不是你？”

邢白昱愣在原地。

“有人查看了我的加密谈话记录，只有你会猜中密码。”她看着他，“你为什么要这样做？”

“你问我为什么？”邢白昱将后背靠在弧形的廊壁上，冷笑着问道，“我想问你同样的问题：为什么？为什么你会和另外一个男人说出那些令人恶心的话来？”

“你承认是你看了那些谈话记录，对吗？”汪湛晴的嘴角抽搐着。

邢白昱意识到她的心正在远离自己。

“我承认是我看了那些东西，虽然我并不想看。”邢白昱慢慢说道。

“所以你杀了他？”汪湛晴盯着他，问道。

“我没有。”

“你发誓。”

“我发誓。”

“你发誓你没有杀浦利阳，他只是死于一次意外。”

“我发誓我没有杀任何人。”邢白昱一脸痛苦地说道，“我不知道他是怎么掉下大峡谷的，我同样也不知道为什么我爱的女人会背叛我。”

“我没有背叛你。”汪湛晴痛苦地说道。

“那些话是你说的，那些神交的游戏记录是你做的，你能否认吗？”

“白昱，”她咬着自己的下嘴唇，“我们离开地球的时间太长了，我也不知道自己身上发生了什么变化。我们之间的关系可能出现了一些问题……我现在脑子一片混乱！”

说完，她转身向着休息舱走去。

邢白昱一把抓住她的胳膊，一种金属肢体特有的坚硬感从他的手心传了过来。

“晴，我爱你。”邢白昱痛苦地冲着自己心爱女人的后背说道。

汪湛晴挣脱开了他的手，低声抽泣着向前走去。

舷窗外，太阳正在升起。曙光扫过火星大地，仿佛点燃了一片橘黄色的地狱之焰。

纵然白天晴空万里，火星表面却依然继续着绵延万古的荒凉。

NotaZ和Xuki驾驶着探路车去搜寻投放舱了。邢白昱坐在控制室的一角，一边将自己的双腿伸进服务机器人“帝江”[1]的凹槽中进行例常的清洗、按摩保养，一边静静地看着汪湛晴的背影，思考着这个女人是否还会将这份已经支离破碎的感情勉强维持下去。

这里，距离那颗蓝色的星球有0.0000317光年[2]，而且还在持续远离中。“我和她就像是太阳系中的地球和火星一样，都被困在太阳周围，

1. “帝江”之名来自《山海经》中的《西山经》，天山的神兽，六足四翼，无头，精通唱歌跳舞。

2. 约三亿千米。地球与火星之间的距离在五千五百万千米到四亿千米之间不停变动。

但可能永远都无法交会。”邢白昱心想。

“无启，我是T4。”扩音器中传出了无性人NotaZ的低沉嗓音，“听到请回复。”

“无启收到，请讲。”汪湛晴答道，她的声音听起来异常疲惫，邢白昱猜测她昨晚一定没有睡好。

“我们已搜索了大部分区域，还没有发现投放舱。雷达一直没有接收到投放舱的信号，我们怀疑投放舱在坠落的时候发生了损坏。”

“昨天的沙尘暴很大，”Xuki喊道，“可能把投放舱给掩埋起来了。”

“无启明白。你们下一步的打算是什么？”

“我们打算再继续找找，投放舱应该就在附近。”

“好的，注意安全。”

突然，一阵吱吱嘎嘎的声音响了起来，接着是一声闷响。

“无启呼叫T4、T5！”汪湛晴急忙喊道，“报告你们的情况。”

“遇到点小麻烦，”过了一会儿，NotaZ的声音传了出来，“我们撞到一块岩石上了。”

“打开视频传输，让我看一下现场情况。”汪湛晴一边说着，一边打开了主监视屏上的一个小监视窗口。

画面清晰地出现在窗口中。两个无性人站在探路车的车头处，手里拿着一个从肢节型轮胎上拆下来的东西。

“情况如何？”汪湛晴问道。

“车子还能启动，但估计开不回去了。”NotaZ答道，“左前轮的转向球囊出现断裂了，探路车的转向控制装置估计无法人为控制了。”

“奇怪，昨天检查还没有问题呢……”Xuki嘟囔着。

“待在原地，”汪湛晴说道，“我会派T1开着二号探路车去接你们，一块将一号探路车拖回来。”

说完，她转过头来，看着邢白昱。

“倒霉，”邢白昱好整以暇地将自己的两条金属腿从“帝江”的护理槽抽出来，“刚洗干净，还以为最近不会再出去了呢……”

邢白昱开着二号探路车“领胡”[1]，轻车熟路地抵达了一号探路车事故现场。他把车停在一号车“旋龟”的车尾旁，爬出了驾驶舱。

两个无性人从“旋龟”里钻了出来，Xuki耸了耸肩，两手摊开做了一个无可奈何的姿势。

邢白昱从后座上拿出拖挂杆，向着“旋龟”的车头走去。

“看你的样子，像是要用那东西打我们似的。”NotaZ的声音从头盔的耳机里传了过来。

邢白昱笑了笑，没有搭腔。

他弯下腰，想要将伸缩式拖挂杆的一头固定在“旋龟”的牵引环上。

一阵酥麻的感觉传遍了他的全身，他一头栽下去，头撞在了地上，屁股撅得老高。

邢白昱感到自己的四肢完全无法活动了，现在就连弯曲一下小拇指都很难。

我被偷袭了，是电磁阻隔枪，邢白昱想。该死的金属四肢，该死的无性人。

他被两个无性人同事翻了过来，平躺在岩地上。NotaZ踩着他的胸部，Xuki轻拉他的双腿，将他的两腿拉直了。

“抱歉，兄弟。”Xuki低声说道。

“谢谢，能告诉我这是为什么吗？”邢白昱生硬地回了一句。

“无启呼叫T1、T4、T5，你们那里发生了什么事？”

两个无性人丝毫不理睬汪湛晴的呼叫，直勾勾地看着躺在地上的邢白昱。

“白昱，到底怎么了？”汪湛晴喊道。

“我被它俩偷袭了。”邢白昱躺在地上，沉声说道，“如果我没猜错的话，它们用电磁阻隔枪对准我的电子神经中枢来了一下子。我现在

1.“领胡”之名来自《山海经》中的《北山经》，阳山山中的红尾蛮牛，脖子上有巨大的肉瘤高高凸起，能日行三百里，食其肉可治愈癫狂症。

不能动了。”

“NotaZ，Xuki，到底发生了什么？”汪湛晴的声音听起来几近崩溃。

“他说的没错，”NotaZ干巴巴地说道，“他被放倒了。”

“你们这是在干什么?！”汪湛晴大吼道，“在火星上玩自相残杀的游戏吗？我命令你们马上返回基地，我会将这件事一同上报给总部！”

“这个自相残杀的游戏是他挑起来的。”NotaZ的脚依然踩在邢白昱的胸部上，“他是杀人凶手，而我们俩只是对这个危险的罪犯进行某种控制而已。”

“你说这些话是什么意思？”汪湛晴惊讶地问道。

“他现在就像浦利阳昨天在这附近被放倒时差不多。可能他比浦利阳还强一点儿——至少他没有流血。”

“我听不懂你在说什么。”邢白昱冷静地答道，“我猜你是疯了。”

“疯了的人是你，邢白昱。”NotaZ阴森森地说道，“你杀了浦利阳，你想否认这一点吗？”

“我没杀任何人。我为什么要杀他？”邢白昱说。

NotaZ的左脚踩着邢白昱的胸部一动不动，头顶上的天空显现出一种略微有些令人作呕的肉红色。

“浦利阳打你的小报告，这事儿我们都知道。”NotaZ慢慢地说道，声音里带着一丝傲慢和不屑，“你们这几个有性人之间的那些争风吃醋的龌龊事，恐怕也会令你发疯，不是吗？”

“阉驴！”邢白昱骂道，“你们这些没种的玩意儿，都是些没有人性的家伙。”

NotaZ使劲一用力，邢白昱的胸口一声脆响，似乎某种金属断裂了。

“你的人性在哪里？”NotaZ厉声问道，“都留在地球上了吗？浦利阳是怎么死的？你杀他的时候，人性又躲到哪里去了？”

“你凭什么说是我杀了浦利阳？”邢白昱大声反问。

“浦利阳死在了信号中断期间，这太诡异了，发生这种巧合的概率很低。”NotaZ顿了顿，“所以，一定是你干扰了通信信号，然后找机会杀死了他。”

“火星没有磁层的保护，太阳风经常轰炸这里，信号中断是常有的事儿。是他妈该死的沙暴带走了他，不是我，阉驴！”邢白昱轻蔑地说道。

“你敢再说一次那个词，”Xuki吼道，“我就砸扁你的脑袋！”

“你口口声声说我杀了浦利阳，”邢白昱毫不在意地说道，“可到头来只是毫无根据的猜疑。请问，你的证据在哪里？湛晴，打开复位控制器，给我电子神经中枢进行远距离遥控重启。”

“等等，湛晴，”NotaZ制止道，“别给他重启，我有证据能证明他是杀人犯。”他举起手里的一块巴掌大小的火星岩石，上面印着一片黑黑的痕迹，“这是我俩刚才在接近峡谷边缘的时候找到的一块火星岩石，上面的血迹应该就是浦利阳的。”

“看来，我拖着他往悬崖边上走的时候，从他的断腿里流出来了一些东西……”邢白昱想。

“你还有什么话说，邢白昱？”NotaZ问道，“浦利阳会被大风刮到峡谷里去，但是不会被风刮出大量的血液来，我这可不是无端的猜测吧？”

“谁能证明那是浦利阳的血迹？谁又知道他死之前是不是已经被飞沙走石击中了要害呢？”邢白昱争辩道，语调里多了几分焦躁。

耳机里传来了汪湛晴的哽咽声，她低声哭了起来。

“别再狡辩了。”NotaZ一脸冷酷地说道，他的脚再次用力往下踩，“你拥有作案动机，又获得了一个千载难逢的杀人机会，于是你杀了他，然后将他丢进了大峡谷。你是杀人凶手，我越来越确信这一点了。”

邢白昱的胸腔护板被踩得咔嚓、咔嚓地响了起来。如果那里被踩破的话，他估计自己撑不了多长时间。

“我们该拿他怎么办？”Xuki问道。

“不能带他回基地，”NotaZ冷静地说道，“他的罪行已经败露，我们无法和他再共事下去了。否则，他会找机会杀掉我们，就像他杀死浦利阳时一样。”

“把他丢在这里吗？”Xuki试探性地问道。

“不行，”NotaZ断然说道，“这里距离基地并不远，他依然会是一个可怕的威胁。”

“你……”邢白昱试探性地问道，“你打算要杀死我吗？”

NotaZ没有回答，它静静地站在那里，似乎正在思考这种可能性。

“你肯定是要杀死我！”邢白昱大吼道，这句话他其实是喊给汪湛晴听的，“就因为你怀疑是我杀死了我们的同伴？你同样是一个杀人犯！”

NotaZ沉默不语，Xuki看着NotaZ，眼中充满了震惊和不知所措。

“不，”NotaZ的声音听起来像是刚被液氮浸泡过一样冰冷，“这是个杀人的疯子，如果让他回到基地，我们每一个人都不安全。”

“可是，这可是杀人……”Xuki声音颤抖地低声说道。

“我这是正当防卫。”NotaZ冷冷地说道，“只要冷静地分析一下，谁都会得出和我一样的结论。Xuki，还有湛晴，你们必须相信我的判断，他真的很危险，我所做的一切，都是为了大家的安全。”

“不，不不！”邢白昱声嘶力竭地喊道，“你他妈的一定是疯了！湛晴，这个阉驴要杀死我了！我没杀任何人，我更不想死在这个疯子的脚下！我不想死在这个距离家乡上亿公里远的该死的冷漠星球上，别让我死在这儿……”

汪湛晴大哭了起来，她完全乱了方寸。

“汪湛晴不会救你的。”NotaZ用力往下踩去，“你今天必须死！”

突然，邢白昱的双手死死地握住NotaZ的左脚，用力地向上一提，将NotaZ掀了出去。

然后，他像一头猎豹一般压低身子扑上去压在NotaZ的身上，双拳狠狠地砸向无性人的面罩。

砰的一声，面罩碎了。邢白昱的第二拳砸在了对方裸露出来的脸上。

他从NotaZ的右手中夺过电磁阻隔枪，转身冲着愣在原地的Xuki就是一枪。

“白昱！”汪湛晴惊愕地喊道，“你在干什么？”

邢白昱平静地站了起来，什么也没说。

NotaZ痛苦地扭曲起来，疼痛和缺氧令它晕眩。它死定了。

邢白昱向站在原地一动也不能动的Xuki走去。

“白昱，”Xuki惊慌失措地说道，“不，别这样，我没想杀你，别杀我……”

邢白昱走到Xuki的身后，一脚将它踹得脸朝下栽倒在地面上。

“为什么？”Xuki哭喊道，“为什么会这样？你为什么要杀我们？汪湛晴，你为什么要重启他的电子中枢……”

“因为，”邢白昱冷酷地说道，他走到Xuki 的头旁边，“你们这些冷血的阉驴根本理解不了我们这些柔弱的感情动物的思考方式。”

停了一秒，他冷笑着问了一句：“对吧，汪湛晴？”

然后，他抬起脚，冲着Xuki的脖子踩了下去。

“住手！”汪湛晴尖声喊道。

咔的一声，Xuki的脖子断了，再也发不出任何声音来了。

汪湛晴号啕大哭了起来。

邢白昱丝毫不理会她的哭声，他仔细地查看了一下两个无性人的情况，满意地点了点头。

你们死定了，阉驴。他开心地想着。

“刚才真是太险了，谢谢你救了我，宝贝儿！”他欢快地对汪湛晴说道，“我这就回去。”

“你杀了他们，”汪湛晴哭着说道，“为什么，为什么会是这样？”

“它们想杀死我，这理由还不够充分吗？”

“但Xuki当时根本不能动啊……浦利阳也是你杀的，对吗？”汪湛晴哭着问道。

“这些事我回去再跟你解释。”邢白昱毫不在意地说道，“有些事我也没办法。”

“你这个疯子，你杀了他们，你杀了他们所有人！”汪湛晴几乎快要昏厥过去了，“NotaZ说得对，我不该救你，是我杀死了它俩！”

邢白昱将两台探路车的拖挂连接处又仔细地检查了一遍。他略微思考了一下，然后将两个无性人的尸体费力地抬上了第二辆探路车。

邢白昱哼着小曲，听着耳机里汪湛晴的呜咽，驾驶着第一辆探路车向“无启”飞奔而去。

邢白昱将两辆探路车停在基地左侧的仓库门外，仓库银色的大门上细长的篆体字“无启”散发着淡紫色的荧光。

汪湛晴一直在频道里不停地啜泣，弄得他有些心烦意乱。

“亲爱的，”他耐着性子说道，“给我开门，快点儿！”

汪湛晴继续哭着，无动于衷。

“你知道，”邢白昱尽量保持声音的平稳，“我不需要你也能进去。仓库门外面有密码锁，供某些紧急情况下使用。快点儿给我开门，否则我就要生气了。”

“你杀死了三个人，”汪湛晴哭道，“你是一个残忍的变态！”

“就算是这样，”邢白昱走下探路车，向密码锁走去，“你又能怎么样？你想报警吗？还是找个安全的地方躲起来？”

说完，他嘿嘿地笑了起来。

邢白昱按下了一组密码，仓库门纹丝未动。

他又试了一次。

“你把密码重置了？”邢白昱生气地问道，“我的氧气快要耗尽了，你想憋死我吗？”

汪湛晴默不作声。

“你对我的背叛我不会计较的，”邢白昱诚挚地说道，“也许是这次的远途火星探索任务时间太久，把我快要逼疯了，但是我一点也不想伤害你，亲爱的，我爱你。”

“你撒谎。”汪湛晴冷冷地说道。

“不，这是真的。你和浦利阳之间的那点事令我妒火中烧，让我丧失了理智，他的死也有你的一份责任。可是，这正是我爱你的表现！”

“你杀死NotaZ和Xuki这件事，我的责任更大。”汪湛晴咬牙切齿地说道，“你为什么要杀死Xuki？你彻底疯了，你已经变成了一个恶魔！”

“我的氧气所剩无几了，快开门！”邢白昱冷峻地说道。

汪湛晴冷笑了一声。

“婊子！”邢白昱咬牙切齿地说道，“你要让我死，我也不会让你活下去！”

他转身爬上探路车“旋龟”，将车向后倒了三十多米。然后，他将油门踏板踩到了底，冲着仓库门疾驶而去。

在探路车即将撞上门的那一刻，邢白昱飞身跳了出去。

一声巨响过后，探路车重重地撞在仓库门上，车头瘪了下去，原本摆放在第二辆车上的两具无性人尸体被巨大的撞击震得掉了出来，滚出去几米远。

仓库门被撞得变了形。汪湛晴的尖叫声再次响起，这次的叫声中包含了一种痛彻骨髓的恐惧在里面，听起来凄厉无比。

邢白昱艰难地从地上爬了起来。他走到仓库门前，将撬棍插入一道被撞出来的裂缝里，用力地撬了几下。

他从那个被撬开的洞里钻进去，仓库里警铃大作，中央电脑启动了紧急处理程序，尽力地保持着里面的大气压力。

邢白昱慢悠悠地打开隔离门，走了进去。

隔离门重重地关上了。

邢白昱一边走，一边脱掉了防护头盔。汪湛晴的尖叫和哭喊他已经听够了。

整个火星探测基地里面所有的报警灯都在闪烁着刺眼的红光。

他径直向控制室走去。

控制室的门打开了，汪湛晴站在控制台前，手里握着一把闪烁着红光的水果刀。

她的身子哆嗦着，像一只受到惊吓的小鹿。

邢白昱笑着向她慢慢地走去。

“别过来，”汪湛晴绝望地拿着刀子指着他，“你这个魔鬼！”

“冷静一点，宝贝儿！”邢白昱举起双手，“你不用这样对我，我一点也不想伤害你，我发誓。你瞧，现在就剩下咱们俩了，我怎么可能伤害你呢？如果你也死了，我一个人在这里会感到孤独的……”

“别过来，”汪湛晴向后退着，声嘶力竭地喊道，“杀人犯！你会受到惩罚的！”

邢白昱站住了，他摇了摇头。

“不，我不会。”他自信地说，“这些我都计算好了。”

“我承认，我是杀了他们三个。但是，我不会受到任何法律的制裁。”邢白昱笑嘻嘻地说着，“我是在火星的土地上杀死他们的。如果你了解法律常识的话，你就会发现，在火星上，没有任何一部现有法律有效。”

“现有的法律只适用在地球和所有的归属地是地球的交通工具中，但是在火星大地上，”邢白昱摊开双手，“一切的法律都失效了。”

“所以说，我不会在基地里伤害任何人。”邢白昱看着汪湛晴的眼睛，微笑着说道，“除非那个人要杀死我。”

汪湛晴摇着头，双手紧握着水果刀。

“把刀给我，”邢白昱轻声说道，同时慢慢地向着汪湛晴走去，“你会弄伤自己的，听话……”

两个人相距只有不到两米了，邢白昱向汪湛晴伸出了手。

汪湛晴突然挥起刀向邢白昱的脸刺去，邢白昱侧身一躲，刀刃划过了他的脸。他下意识地一把将她推了出去。

汪湛晴歪着身子撞向了控制台，她的头猛地甩向了悬挂式显示器的一角，重重地撞在上面。

她的太阳穴凹陷下去，整个人瘫倒在控制台上。

邢白昱急忙跑过去，抱起了汪湛晴软绵绵的身体。

她的头向后仰着，血液顺着长发流到了靠背椅上。

邢白昱愣愣地看着自己怀里的尸体。

突然，汪湛晴被撞裂的太阳穴寒光一闪。

邢白昱将她轻轻地放在地板上，蹲下身子，仔细地观察她的头。

在汪湛晴的颅腔中，一个超高集成电路板横在那里，一股深黑色的仿生润滑液从裂口处流淌出来。

她不是真正的人类，她只是一个仿生机械人！

邢白昱失魂落魄地坐在血迹未干的靠背椅里，激活了主控电脑的监视器。

他发送了同总部建立信息联系的请求，信号的往返大约需要半个小时。

邢白昱站起来，跑向储物舱。

浦利阳的尸体静静地躺在那里。

邢白昱上前检查。

浦利阳也只是一个仿生机械人，而不是什么经过机械肢体改造的人类。肢体可以改造，脑浆却是无论如何都无法改造的。

邢白昱戴上保护头盔，爬出了火星基地。两个无性人的尸体还在那里，一层细沙均匀地铺在它们的身上。

太阳就要落下去了，室外气温已经降到了零下五十一度。

邢白昱用水果刀划开两个无性人的头部皮肤。

它们也是仿生机械人。

邢白昱像一具行尸走肉一样返回基地“无启”，地球总部的信号现在应该跨越三亿公里的距离，抵达这里了。

主控电脑的监视器亮着，但是没有任何信息反馈。

邢白昱心里出奇的平静，仿佛一切都没有发生过一般。他开始环顾四周，看到了服务机器人正停在绿色的仿生散尾葵旁边，它左侧外壳上的橙色灯光一闪一闪的，这是它在接收主控电脑命令时的表现。

“帝江，你在接收什么指令？”邢白昱问道。

帝江没有回复他，这很反常。

邢白昱走到服务机器人“帝江”的旁边，作为基地的信息通信工程师，他熟练地解除了“帝江”与主控电脑的通信共享模块，登入主控电脑的通信模组，位于他左侧工作台上方的动态全息屏上显示，“帝江”正处于主控电脑的控制之下。

邢白昱接通控制中枢，输入读取系统报告的权限口令。

几秒钟后，动态全息屏上开始显示实时进程报告。邢白昱看到，在右下角有一个“测试进程”模块，他连忙点击了一下。

>测试编号：MM-T121　X19.4　Test Version.0920

> C.V17-2：仿生人火星综合适应性测试-17轮02次

>测试项目：火星移民性选择压力指数-情感稳定性指数-有/无性别混合行动冲突指数-极端报复行为导致的心理压力指数-非理性行为选择性压力指数-谎言及掩饰性行为指数

>分项目标：具有强攻击性人格的个体在情感与社交的极端压力下的暴力行为及心理波动数值

>关键指标：情感压力-行为动机-暴力手段-法律漏洞-心理波动

>人格版本：高度拟人化人格版本V6.03

>干预设定：假设前提下的高自由度无干预测试

>目前进度：全部测试项目完成，报告已生成，“昆仑”——“轩辕”……100%

>报告结论：无性人心理稳定性指数10.35Pinx；决策可行性指数4.07Pinx；情绪波动指数6.88Pinx；团队配合指数6.16Pinx，综合指数领先6.62Pinx……

>下轮测试：全无性人火星定居团队竞争性综合测试

>关键指标：领导决策-内部分歧-物资短缺-生存压力-背叛行为-团队分裂-生存竞争

>……………………………………………………………

>系统关闭：

> 291 sec.

> 290 sec.

> 289 sec.

邢白昱看着主舱室门边镜子里的自己，他看到自己的额头上有一道疤痕，是刚才汪湛晴刺伤的。伤口没有流血。

根本没有什么投放舱。

没有阴谋。

没有背叛。

没有谋杀。

他举起水果刀，刀尖狠狠地刺进那道伤口里，一股钻心的疼痛传进他的大脑。他发现，自己并不在乎这股持续产生的痛觉，这股痛觉是刻意的、稳定的。

他用力将自己的额头划开，露出了银白色的钛壳。他将刀尖对准眉角上方的接缝，用力地撬了一下，又撬了一下。

血终于流出来了，浓浓的，缓慢地流向他的左眼。

是黑色的。

邢白昱走到舷窗旁，向外望去，太阳即将在远处群山的山脊处落下，暗黄色的日光铺满了整片天空，那是一种怪异的金色，刺眼而又冷酷。

方外昆仑

陈凡祎

船队抵达箇罗港[1]时，林士仲便觉得事有蹊跷。

按照以往的经验，大唐商队行至此地，应是最后一程了，再往西便只有故临[2]港。故临乃是天竺最南端的港口，与箇罗港之间仅有七日航程，可眼下，林家船队却在筹备史无前例的庞大给养，这远不止七日所需。码头上那些十八丈的当地大船，船头船尾都堆得满满当当，怕是搬到天黑也装不完。

林士仲所乘的商船，本是林家船队中最大的一艘，可现在吃水线压到了顶，看上去反倒比护卫的海鹘船还低半分。

船队在故临港共停泊三日，林士仲便在码头上盯了三天，眼见自家商队近百艘海船只一股脑儿地大装特装淡水和干粮，不觉暗暗咋舌——他心里盘算过，船队自广州港出航至此地，中途共补充过四次给养，可前后这五次加在一起，也比不上这三天装的多！

林士仲寻思道："如今的目的地，多半不会是故临了。"

可补给完毕后，船队扬帆起航，却仍旧望西而行，这下林士仲更是迷茫，心里怎么也算不出这次远航去往何地。

"或许是天竺闹灾荒，大掌柜要贩一趟米粮？"林士仲这般想着，但马上自己又摇了摇头，"断无可能，堂兄他以往的买卖，从没这么小本小利过。"他想来想去，觉得还是直接去问问掌柜大当家才好。

林士仲所住的舱房，便与林家大当家林百万在同一艘船上，但林士仲在商会中专司海厘钱[3]事宜，并不是航海船工，所以依着传统，两人在海上一向不谈论行船之事。不过这时林士仲觉得，偶尔找堂兄问问航向，也不算坏了规矩，于是便径直上了顶舱。

到了林百万房前，林士仲先整了整衣袍冠带，又将手中纨扇翻出字面朝外，正想着待会儿见面是称"无他否"还是"子敬兄别来无恙"，却见一名船工开门出来，手中正提着一桶水。那船工见到林士仲，忙点头招呼道："四掌柜好，您找当家的吧？不巧他可不在房里。"

---

1. 阿拉伯文kaluh的音译，今马来半岛西部的吉打。
2. 古地名，今印度西南沿岸奎隆一带，《宋史・外国列传》译作"柯兰"。
3. 关税。

林士仲应道："不妨事，他此刻的所在，我倒也猜得着。"他望了望西边的余晖，便又直下底舱，往酒窖去了。

一、海商王

林百万一早起来，就发现自己又睡在了储酒的船舱里。

他倒也不急着起身，先自打量打量手中酒碗，似还剩着小半的果子酒，其时唐商行船，多会带这种醴酒，不过林百万喜好吴酿，船上会专门为他另备些黄酒。

"昨晚肯定又是混着喝了，难怪醉得这么快……"林百万这般想着，把碗里发酸的酒全倒进嘴里。待站起身时，才发现自己身上披了一条毯子，想来是昨夜睡这儿又被谁撞见过。

他将毯子收到一旁，便推开舱门，打算回房去再睡一觉。

酒窖所在的底舱，共有舱室十五格，原本能储货二万石，如今全贮着淡水和给养。林百万一路上随手抓些吃吃喝喝，跟船工、伙计们打打招呼就上了顶舱。海船上原本就颠簸，他又是宿醉方醒，但他身子晃荡，脚下却走得很稳。

林百万一回到自己的房间，便蹭上床去。

此时日已近午，他往舷窗外看去，正是一丝云彩也无，海上波涛显得愈加平缓，看来这几日行船都将是好天气。

林百万从身上摸出三枚铜钱，自己卜了一卦，又出了个"水地比"的大吉之相，心情更是格外好。想到自己现在身在海上，他便忍不住呵呵地笑出声来，那些琐碎的烦恼连带着醉意顿时烟消云散，就连老家烽烟四起的大事儿，也不再上心——作为大唐的海商王，还有什么比待在海上更让人安心呢？

林百万越想越自在，忍不住又想喝酒，但又觉得这酒喝得太快，便想找个人来致酒[1]。不过这船上除了林家船队的船工，便是林家商行的伙计，委实不尽兴。想想也只有去酸丁那儿找乐子。

从底舱抓上来的酒囊还剩两个，林百万把它们别在腰上，就往船舱顶棚走去。

堪堪爬到架子中间，就听得上面一人吟道："白云照春海，青山横曙天……"

林百万伸头上去，大喝一声："忒那酸丁，吟此反诗！"

喊完他赶紧缩回舱，就听上面啪的一声，想来是林士仲那把纨扇又吓脱手了。

林百万心中甚是满足，这才施施然上了顶棚。

林士仲此时正扶着栏架东张西望，见林百万独自一人上来，才算松了口气，但他还是急着解释道："堂兄你莫、莫误会，骆临海这篇《海曲书情》，调露年间就写成了，大圣皇帝[2]她也是称赞过的。"

林百万抢前一步，捡了林士仲的扇子，连酒囊一起塞到他手里，道："你还真当回事儿啊？不就是骆宾王的一句诗吗？"

说着从褡裢里抓出一把干果，搁到林士仲手上，又道："现在跟调露、嗣圣年间不一样啦，武氏和英国公[3]，搅不清谁是正统……再说，如今反贼都抓不完，谁还来抓反诗？"

林士仲接了酒囊，却不急着喝，只嚼着干果道："堂兄你昨晚刚醉卧在货舱里，怎么一大早又来了酒兴？"

"天儿热嘛……天儿热就想喝酒。"林百万嘿嘿笑着，自己解下另一囊酒，痛饮了一口，"咱们船队出海都一个半月了，如今过了箇罗便全是热天气，下次睡酒窖，就不用给我拿毯子了。"

"堂兄你说到箇罗港，我看到咱停船这三天……似乎办了不少货啊。"

林百万拍了拍栏架，对林士仲说："子聪啊，我知道你早发现了，

1. 劝酒、敬酒之意。
2. 指武则天。
3. 即徐敬业，公元684年举兵反武则天，当年兵败被杀。

这次的食水储备量特别大，航向也和以往不同。”

林士仲抬头道：“昨日我便想问，咱们这趟出海，不是到故临罢？”

“嗯，那故临港确实不能进，但故临国还是要过的。哎嗨，你现在专门应付市舶司，这里面的门道，你比我清楚。”林百万举起酒囊跟堂弟碰了碰，接着说，“至于目的地嘛，是丝绸之路的下一站。”

林士仲听罢，便也不再追问，只是摇摇扇子，又吟起了《海曲书情》：“江涛让双璧，渭水掷三钱……”

时年正是唐乾符六年（公元879年），李唐王朝在持续百余年的此起彼伏、愈演愈烈的藩镇叛乱中日渐式微。但随着经济重心的南移，唐代的海上贸易却逐年兴旺，形成于秦汉时期的“海上丝绸之路”成了商客云集的黄金航线。

此时，唐商中最为世人所知的，乃是航海家林銮的海商家族。林家的海商王名号已传承两百年，如今的大当家便是林百万。

正当林百万一统南海贸易时，却赫然听闻黄巢大军渡江南下，连克饶、信等州，直逼海岸而来。兵戈扰攘，必定殃及池鱼，林百万预感泉州港的祖业恐难以保全，便想举家避祸，而林家引以为傲的海商船队此时却无处可藏……

正在林百万焦头烂额之际，又碰上族弟林士仲自郓州弃官避难，一路辗转，终于逃回故乡。林士仲向兄长述说自己亲眼看见黄巢大军对郓州商户大肆劫掠，凶焰万丈。

这下林百万更加认定，留守福建必然是坐以待毙，实乃下下之策。思忖数日，终于把心一横，率领整支海商船队自泉州离港，先行至广州备齐出海凭券，随后便远航南洋，却是一招“行商避祸”，将全副家底藏到了海路上。

此时，林士仲吟完全诗，林百万亦喝光了一囊酒，正靠在栏架上出神。身后近百艘巨舶浩浩荡荡遮住了小半视野，正是号称大唐第一的林家船队。

林士仲把自己那囊酒递给林百万，说道：“堂兄，等这一趟买卖走完，老家那边的兵乱就该过去了吧？”

林百万接过酒囊，拱拱手说:“差不多，咱们这一趟要走大半年呢，乱军在南方挨不过春末的。”

“那就好，那就好……”林士仲想了想，又问道，“以往从广州港出航，肯定要带些茶叶丝绸。这次怎的把大半舱房留给了粮食淡水，光带银钱可换不来多少稀罕宝货呐……”

林百万哈哈一笑道:“子聪你当了几年官儿，老把式倒还没忘。我心里有数，黄巢大军攻广州那是迟早的事儿，故而广州万万不可久留，咱们没时间办货啦。再说，这一趟要贩的可不是犀角、樟脑之类的寻常货品，我们要带回去的是……”

林百万往林士仲身边凑了凑，压低声音说道:“昆仑奴。”

二、昆仑奴

唐初之时，肤色各异的海外人种开始出现在长安的客商行伍，甚至奴隶市场中。在那些异邦奴隶之中，便以南海商客贩来的昆仑奴最为抢手。

那些昆仑奴最初由大食商人购自哈迈尔[1]的奴隶市场，再经海运带入唐土。其外貌皆为卷发黑身，且个个骨架宽大、筋肉结实，看上去甚是威武，但又性情温良，老实耿直，甚得豪门贵族的欢心，加之货源稀少，可谓千金难求。

后又有裴御史[2]作传奇《昆仑奴》，将其写成飞檐走壁、武艺高强的侠客，更使其身价倍增。

---

1. 今索马里联邦共和国首都摩加迪沙。
2. 指裴铏，唐末文学家，乾符五年（公元878年），以御史大夫为成都节度副使。一生以文学名世，唐代小说之所以称为传奇，便是从其所著的《传奇》一书而得名的，其知名作品有《聂隐娘》《裴航》《昆仑奴》等。

如今，在长安城名门望族的眼中，出门时若能带上两个昆仑奴护院，最是彰显身份。

林百万此行，打的便是昆仑奴的主意。

黄巢大军声势极大，所过之处，鱼烂鸟散。此次兵乱过后，南方贸易只怕多年元气难复，要想重建商号，就只有从长安的市场下手。但建号容易，重树海商王的声望却难……林百万反复思忖，天下商货，只有这昆仑奴奇货可居，最容易敲开都城显贵的门廊。

林百万心下盘算过多次，以往贩卖昆仑奴的，都是大食商人，他们船轻帆小，从未做过大笔买卖。大唐虽有载货几倍于外国商船的巨舶，却只走南、东两海。如今自己被逼上穷途，倒不妨孤注一掷，沿海上丝路直抵哈迈尔。若做成这个破天荒的买卖，必是一本万利。

林士仲听了这般计划，只觉得既佩服堂兄的胆略，又颇有些惊心。待林百万将第二囊酒喝完，他便问道："若是按你所说，还有近两月的航程，船队离开箇罗港后，便不再靠岸补给了？"

"在故临港肯定不靠岸，咱们这次是空船，未曾带货，实是犯不着交那敲竹杠的舶脚钱[1]。"

林士仲听罢点了点头，这舶脚的事儿他最是明白不过。当世各国的造船之术，便以大唐最为领先，靠着榫钉接合与油灰捻缝的工艺，唐船既大且坚，载货能力远超海上诸国。但也正是因为竞争力太强，大唐海商们都被各国课以重税。尤其是故临国军站为唐船设的舶脚，高达一千迪尔汗[2]，比其他国家的货船高出数十倍！故而在唐商们眼中，故临港是能避则避，除了去天竺的商队，都只航至箇罗。

"堂兄想得周全，这雁过拔毛的军港，能绕开最好……"

林士仲顿了顿，又道："只是近两月不着岸，船员们怕是受不了吧？"

林百万抬手朝西南一指，说："故临国境内还有别的地方可以补

1. 港口关税与停泊费用。

2. 公元8世纪阿拉伯帝国阿拔斯王朝（唐时被称为"黑衣大食"）时流通的银币，每枚重量为3克至4克。

给，故临港南边有个大岛，叫什么叽里咕噜的想不起来。大胡子么哈么哈的商会就在岛背面，我们可以用他的港口。”

林士仲皱了皱眉，“大胡子……摩诃末[1]？”

“就是他！哎呀，这酒真上头……”林百万敲着脑门儿道，“那个大食国的大胡子，嗯，贩犀角象牙的那个。我们可以从他那儿请些会当地土语的通事[2]，我记得犀角象牙都是哈迈尔特产，他的商会里肯定有几个懂方言的人。”

“对啊，通事。”林士仲点头道，“咱家商号里本就有不少人懂大食语，在摩诃末那里请通事最是方便。”

接下来两个月的航程皆是顺风顺水，林家船队在摩诃末的港口停靠了几日，雇到数名懂哈迈尔当地土语的通事。

随后便是拔锚一路向西，直挂云帆济沧海，终于在一月下旬抵达了哈迈尔。

船只一驶入港口，便见码头上来来往往的都是大食商人，想来此处便是丝绸之路的西端无误。

林士仲本以为船队入港后，自己便要找市舶司上下打点，谁知船队在港口停靠了一整天都未见动静，他心道：“莫非此地风物与南洋不同，港口买卖不交税钱？”可是眼见这哈迈尔港虽是避繁就简，却不失规模，码头栈桥均修得像模像样，实在不像一个免税的港口。可现在几个通事都随林百万登岸寻商号去了，他也只能耐着性子等堂兄回来，再找堂兄问问情况。

结果却是林百万先跑来找了林士仲。

“子聪！事情不妙啊！”林百万急匆匆地攀上船顶棚，身上还穿着件海蓝色的绸缎袍子，显是刚从城中回来，“咱们跑了十万八千里，想不到还是逃不出这祸害！”

---

1. 穆罕默德在唐朝译为摩诃末。

2. 通事是翻译在唐朝时的称呼。东非索马里一带的黑人，在阿拉伯帝国时代使用阿拉伯语东非方言作为商业用语，但来自非洲内地的奴隶则可能使用努比亚土著语言。

林士仲立刻变了脸色，急扶住林百万道："莫不是……这里也闹兵乱？"

"差不到哪里去，他们说是什么部族战争。"林百万扯下帽子，握在手中揉来揉去，又跺着脚说，"关键是现在此地的壮丁全拉走了，奴隶市场里半个人都没有！"

"然也，难怪港口管制这么松懈。"林士仲捋了捋颔下微须，问道，"眼下战局如何？"

"哈米尔王国[1]的军队人数不多，不敢出城野战，故而只能守城待援。攻城的部落士兵虽然勇猛，但不擅长城池攻坚战，又不能控制水路，照这样看是不会破城的。可哈米尔王国的援军最快还要再拖两个月才到，那时我们船队可就耗死了。"

"不急，我们进完货就走。"

"上哪儿进货去？我不是说过奴市空了吗？况且……"林百万话说一半，却又愣住了。

他也伸手捋了捋林士仲的胡须，说道："子聪，你又有点子了，是不是？"

林士仲缩缩脖子，说："算不上点子，老把戏而已。堂兄你可还记得渤泥国[2]玳瑁那件事？"

"好买卖我当然记得，当时国王要建光明神殿，在全国强征玳瑁，"林百万敲着额头道，"搞得市场上一空如洗，就跟眼下这奴市一样。那里的渔民都嫌国王给出的征价低，就把玳瑁壳藏进礁石堆，暗地里有黑市商人专找熟络买家，外国的商队只要……嗯，那一年我们贩回去的玳瑁，真是奇货可居，奇货可居啊……"

两人当下商定妥当，便带了伙计前往市内的商会，打听奴市的进货渠道。

这哈迈尔港原也是西海贸易中心，有不少大食、波斯的商会在此

1. 公元8世纪时，哈迈尔即摩加迪沙由也门的哈米尔王朝控制。
2. 古国名，今加里曼丹岛北部文莱一带。

开了分号，其中亦不乏与林家相熟的字号。可两人一番打点，听到的却全是丧气消息。原来这昆仑奴的买卖，便只有一条货源——战俘。

哈迈尔建城不过百年，在此居住的多是商人。然而近年哈米尔王国统治此地后，一直伺机不断扩张，故而与周边土著部族持续发生冲突摩擦。按照当地规矩，受俘者充作奴隶，大食商人所贩的昆仑奴，便源自于此。

“狗屁！狗屁哈米尔国！咋不是昆仑国呢？”林百万蹭上自己的床沿便不再动弹，只叹气道，“这次对方几十个部落联合攻城，怕是被俘的哈米尔国人更多些，要不咱们去跟那几十个部落做生意？”

林士仲在一旁摇头道：“不可，长安城的买家们只认昆仑奴。”

“听说他们一个部落才百八十人……咱自己抓还不成吗？”

“子敬！”林士仲噌地站起来，对着堂兄大喊，“贩良人为奴，罪一等！”

林百万嘿嘿笑道：“回头请哈迈尔市司给立个券，还不容易？到时名正言顺地带回去，跟大食的做法还不是没两样儿？”

林士仲待要反驳，却又不敢挑官家证明的不是。虽然觉得此事大有不妥，他却一时说不出个所以然。

这时又听林百万道：“你个酸丁，非得官家凭证才能开你窍……其实那些家伙给我们贩走有什么不好？长安城里的昆仑奴，个个都过着好日子，比在这儿强多了。”

林士仲这才回过神来，问道：“堂兄此话怎讲？”

“那些通事说他们是不开化的蛮人，既无屋舍，亦无田地，吃穿住用均与野人无异。”林百万在床上翻了个身，接着说，“这要换成是我啊，哼，自卖自身去当官奴也乐意。”

林士仲听着连连摇头，可更多的是担心堂兄真个去偷袭部族，他脑海中兵戎相见的场面怎么都挥之不去。

林士仲坐在林百万床边愣了好半晌，突然推了推林百万，说道：“若真如堂兄所言，可以让他们自愿来啊……”

三、诸神南行

埃舒把弓和箭矢收在身后，俯身到草丛里搜寻着，草叶间有些零星的血迹，隐约朝海边延伸过去，他就循着这些痕迹前行。

血滴标示的路径渐渐变得蜿蜒，艾舒心里明白，巫师涂在箭头上的毒药开始发挥效果，那头中箭的羚羊已经不能跑直线了。

埃舒很容易地追上了猎物，将它按倒在一处高地上，捆绑四肢，放血，再剜掉箭创。埃舒做得很快，这已是他独立猎获的第四头羚羊。雨季的大草原充满生机，猎人们很容易找到猎物，而部落的人口也和野兽的数量一并增长着。

其实埃舒还没到当猎人的年龄，只是因为战士们都去了北方，他才提前扛起了猎弓和毒箭。

将净膛的羚羊扛上肩膀时，埃舒看到了坡下的海岸线。他从没靠近过海，但他了解那里，那是太阳居住的地方，也是连接天神和草原的地方。巫师说过，海的边缘衔住了天空，当神降临草原时，他们会先从那里走过……

埃舒突然注意到东北方正在发生什么变化，海与天的连接变得非常粗糙，似乎是海刺入天空，又似乎正相反，那附近的海面变得昏暗……

埃舒看到，有东西正从“接缝”中涌出来，这样的尺度、距离和压力，都是他从未见过的。他惊叫着冲下了高坡，向着西南方奔去。

当埃舒扛着羚羊跑进营地时，才发现已有人将消息带回部落（尽管还不知道那是什么）。巫师们围坐在火堆边询问刚回来的猎人们，尤其是去了东边的猎人。

埃舒也被带到巫师面前，他将自己看到的景象告诉了他们，但巫师们没有回答埃舒的疑问。埃舒注意到，有几位巫师一直在指挥族人往火堆里添柴。以往，只有祭祀的时候，才会在白天生这么大的火。

随着其他猎人的陆续返回，消息也变得详尽起来："移动的岛""白鳍的大鱼""巨大的船"……不安的情绪逐渐取代了好奇，在人群中蔓延着。

直到几个真正接触了海的人带回来这样的消息：

"那不是船，船是用树造的，但从没有那样长的树，所以不是船。"

"我不知道那是不是船，但上面的人不是哈米尔的人，所以那大概不是船了。只有哈米尔人才造船，但他们不会从接缝中出来，他们总要在更近的地方才被人看见。"

"其中一个停下了！在岸边！就在东边的海崖那里，上面走下会发光的人，像太阳下的金属一样发光。"

当东边的猎人全部回来之后，一直沉默着的大巫师终于站了起来，他走到巫师们围成的圈子中间，用双手将木杖举过头顶，喊道："所有人！准备迎接神的到来！"

于是整个部落都忙碌起来了，他们明白有些东西不能出现在神面前。

妇女们拿出所有的杵，将它们埋藏在土里，因为这些东西会令神不快。

老人们集合所有孩子，让他们待在太阳照不到的地方，因为太阳神可能还对小孩怀恨在心。

男人们开始驱逐附近的蟾蜍、黄蜂、蜘蛛，当神降临时，不能让这几种动物留在村子里。

埃舒被叫去驱逐那些动物，这让他觉得自己已被当作大人看待。

而巫师们则为"是否驱赶蛇"的问题又发生了一次小争执。

当一切都准备就绪后，神就从东边走来了。

最初看到这些"神"时，人人为之目眩，因为"神"身上的服饰不单色彩艳丽，还反射着耀眼的日光。

当这些"神"远远走来时，所有人都以为"神"身上披覆着金属。

直到他们走到很近的地方，才能看清那些反光衣料都像风一样轻，随着步幅抖出河水般的波纹。

埃舒这才想起那是发光的空气，他以前就知道，神用空气做成衣服遮蔽身体。原来空气也能像这样五颜六色。

但是神并没有走向人群，他们在离村子很近的地方停了下来，似乎是在犹豫，直到一个身着白色服饰的神突然冲出队列，跑到了田地里。

这让巫师们感到惶惑，他们在人群的最前排互相嘀咕着。

"为什么神不降临到我们身边？"

"走进田地的一定是达佐德日，没有哪个神比他更关心庄稼。"

"庄稼可能会说我们的坏话，得让神先注意我们！"

于是巫师们大声地喊出了祭文，然后一起向东方跪拜，剩下的人也都跟着跪下，并学着巫师的姿势握紧了手掌，让双肘紧贴地面。

这果然吸引了神的注意，一位身着蓝装的神带头走进村子，另外几位也紧跟着他"降临"到了这片空地上。

跪在地上的埃舒偷偷抬眼看去，发现这些神的着装其实差异很大，有几位身上套着浑然一体的衣服，但另外几人却只是将大块衣料披在肩上。

埃舒又看了几眼，觉得神的形象和巫师所描绘的十分吻合，他甚至能辨认出其中几位——正在和大巫师说话的那位是神使莱格巴，他是唯一会讲人类语言的神，他现在蒙着眼睛，是因为父神阿马没收了他的视力；拿着长矛的应该是阿热，他的目光总是盯着后排的猎人们；站在最后面的是迪奥，他身上不断冒出浓白的烟雾，令人感到害怕；而莱格巴身后那位蓝衣神，大概就是阿马本人了，因为莱格巴总是在请示他，然后再向大巫师转述。

埃舒随后才注意到，巫师们正在同莱格巴艰难地进行着对话，这位神使似乎口齿不清，不过巫师们还是能勉强听懂。

埃舒从巫师的回答中猜测着对话的大意：神对于现在的状况厌烦了，他们忍饥挨饿的日子必须结束（埃舒心想，这情况我听巫师说过，供品减少后，神总是吃不饱饭）。巫师们发誓说在猎物充沛的季节将献上更多供品，但神并不满意，他们要求活人的侍奉（巫师们不是一直在侍奉您吗？）。巫师立刻表示愿意献上少女，可是神却指名要精壮的男子（部落间总是在争夺女性，为什么神喜欢男人？）。

莱格巴在巫师与阿马间费力地沟通着，但阿马很快就变得烦躁起来，他开始左右张望，将头上的帽子扯下来，握在手里揉来揉去。最后，他悄悄退到其他神身后，从腰间解下一个袋子。当阿马拔开袋口木塞的时候，立刻有一股棕榈酒般的香气飘散出来。

人群中，几个怀孕的女人顿时发出了惊恐的尖叫！

瞎眼的莱格巴反应最快，他一把按住了阿马的酒袋。白衣的达佐德日也冲到他身边，从阿马嘴边扯走了那袋酒。

埃舒低头甩了甩额头上的汗珠，女人们也长长地喘出一口气——每当阿马喝多了棕榈酒时，他造物的能力就会变得稀里糊涂，部落的住民们可不希望今年的新生儿全是驼背、跛子或者白化病儿。

失去酒袋的阿马显得很沮丧，他将双手拢在宽大的袖管里，听任莱格巴和达佐德日的数落，巫师们则在一旁诉说着他们的不安，场面一时间变得颇为纷乱。

过了一会儿，阿马似乎耗尽了耐性，他快步走到火堆前，双手挥动，宽大的袖子像雾气一般来回飘荡。

几乎在他挥手的同时，火苗呼的一声暴涨起来，炽热的触手向着四面八方挥舞，吓得火堆边的巫师们连连后退。

莱格巴也慌张地躲到一旁，白衣的达佐德日反倒迎上前去，闪身站到人群和阿马之间。

“阿马！在做什么？”埃舒一边想着，一边挪动身子，刚才被挡住的阿马又出现在视线中，他看到阿马再次向火堆挥手。

这次，火苗没有扩张太多，仅仅是抖动了几下，但喧哗的人群却在一瞬间变得无声无息，仿佛被扼住了喉咙——火光变成了绿色。

包括埃舒在内，没人见过这样的景象，火堆四周的一切似乎都被染绿了，绿色的柴草、绿色的达佐德日、绿色的巫师草地和天空……

盯着火堆的人们渐渐变得恍惚。

就在火苗快要恢复红黄色泽时，阿马再次驱动了火焰，这次他将火变成了浅紫色，持续的时间也远比上次长。

随后莱格巴告诉巫师们：阿马生气了。

巫师们再一次跪下，开始向阿马哭诉部落的艰苦——北方的哈米尔是最大的祸根，他们不断地抢夺土地和猎物；即便没有哈米尔的威胁，部落之间的领地争夺也逐渐愈演愈烈。

场面再次混乱起来，祈求和诅咒的言语夹杂在一起。直到阿马大声地呼喊了一句，莱格巴也大声地传达说："愿意追随神的人，将被引导至第二个特克阿德。"

特克阿德！

埃舒在心里默念着这个代表富饶、幸福和欢乐的名字——特克阿德——神赐予的土地。

这句话平息了遍地的愁苦，接下来的事情变得很简单，阿马在自愿前往神之地的人群中挑选了五人随行。神没有选择巫师，因为他们无法长途跋涉，年岁也偏大。神也没有选择猎人，因为他们虽然敏捷，却不如耕夫那般壮实。

伶俐的埃舒没有被神选中，这让他稍微有些失落。不过这种感觉没有持续太久，神离开部落后，他马上就有事做了——巫师们派遣了跑得最快的人，将神的到来通知给其他部落，埃舒就是其中之一。

他带着口信向南边的约鲁巴部落奔去，他要告诉那里的巫师："神来了，神的船队正沿着海岸南行，他们还要挑选更多的、更多的侍从！"

林士仲看着五名昆仑奴被请进舱房，顿感心头大石落地，背脊上的涔涔冷汗也转瞬化作清泉流淌。他心里原本对这套装神弄鬼的把戏没几分把握，幸好堂兄施展方术压住了气势，这才首战告捷。

一旁的林百万比林士仲更为欢欣，已是手舞足蹈直奔酒舱而去，身后一众伙计手捧脸盆毛巾追之不及。

这边也有伙计帮林士仲等人净手擦面，将抹在皮肤上的乌黑油灰洗去。

唯有扮“迪奥”的船工等不及去妆，手忙脚乱脱了冒烟的长袍便扔得远远的，引得众人一阵哄笑。这件生烟“神袍”，乃是将数个火浣布[1]手炉缝于衣服褶皱中制成，炉内燃有艾草，虽不会引燃衣物，却也让那船工感到酷热难当。

林士仲洗濯完毕，便脱下了那身白色绸缎长衫，却见一边的大食通事“莱格巴”依旧蒙着眼睛在洗手，不觉好笑，便向他招手道：“伊本兄，您今日实为辛苦，这布条可以除下来了。”

伊本抬手在脸上摸了摸，似是才刚发现，自己也哑然失笑，向林士仲这边作揖道：“谢四爷关心，这布，不碍事。戴了半日，就忘了。惭愧啊……”说着伸手解下布条，揣进怀中。这黑布条上裁有布缝，虽挡在眼前但并不妨碍视物，外人却难以察觉。

伊本摘了眼带，却不知该怎么脱衣服，其实他们几人没有穿合身的绸缎长袍，都是用整匹料子缠在身上扮神。伊本左绕右绕地解着绸布，忽又想起一事，忙问林士仲道：“大掌柜他，真的能和神灵……沟通？”

林士仲摇首道：“障眼法而已，前几日演练不都讲明了吗？我们几个全是按您所述的部落神话扮出来的。”

“我是说，那火……”

林士仲这才明白，伊本挂念的是那“驭火之术”，遂笑道：“那是方术，嗯，与迪奥那浓烟相似，小把戏。”

言罢，林士仲又忆起伊本（莱格巴）初见火势暴涨时也曾惊慌失措，觉得该与他讲明白些，便接着说：“掌柜他事先将硫黄、铜粉等物藏于袖中，瞅准时机依次撒进火里罢了。火中掺了这几味方子，必会有诸般变化。”

---

1. 即用石棉纤维制成的布料，最早记载于《列子·汤问》。

伊本似是恍然大悟，连连点头道："基米亚！奥基米亚[1]！"

林士仲虽不明白"奥基米亚"为何意，但想来是大食人对此类手法的称呼，便也没再追问，只安排好了"诸神"休息，便手握纨扇去底舱找林百万。

到酒舱时，果见林百万在饮酒庆贺，他此时已被伙计们拉扯着换上了青布长衫，见林士仲进来，照例拉他陪酒。

此时舱中已换进不少哈迈尔产的椰酒和棕榈酒，这椰酒味道醇厚，很得林百万喜欢，加上他心情大好，拉着林士仲便说了一堆豪言壮语加醉话。

林士仲小口抿着酒，在一旁笑着听他嚷完，然后说道："子敬啊，刚才伊本通事问我篝火的事儿，我跟他说是你撒了硫黄和铜粉，但那紫色火焰，我却也没见过，究竟是使了何种手法？"

"嘿嘿嘿，那个是……花岗、花岗石粉末。"

"石粉？"

"大别山的花岗石粉，烧之则紫，很漂亮吧？"林百万打着酒嗝道，"方术这东西，有些时灵时不灵，有些百试百灵。嘿嘿嘿……就说这个石粉吧，皖地花岗岩烧之浅紫，滇地花岗岩烧之明黄。做石材生意的时候，我就以此法验货，从来没错过。"

林士仲心里倒也明白，堂兄他所学的方术，涵盖卜、数、技、巫诸项，其中铜钱"卜卦术"偶尔灵验，"巫术"从未成功，倒是被他称为"技术"的这项十分可靠，每次重复都能显现出相同的效果。

这大概就是技术和其余方术的区别吧，所以堂兄才选了这套手段？

想到这里，林士仲又隐隐觉得不安，今日一番作为，既非猎获，又不似招募，更有一件令他十分在意的事……

"子敬啊，伊本先前说那些人是生番，没有田地屋舍。可今日见他们，村庄虽是简陋，却有耕种庄稼的……"林士仲说完不见堂兄应声，

1. al-kimiya，阿拉伯炼金术。

转头看去，发现林百万已经酣然入睡。

林士仲也是无法，只好起身上了甲板，临走时给林百万开着舱门透气。

他在船舱过道中，又想起大别山花岗岩的事，便又忍不住晃晃扇子，吟起那段李太白的诗词：“山之南山花烂漫，山之北冰雪皑皑。此山大别于它山也……”

商船队“南下进货”的行程，比预想中更为顺利。各部落间频繁联络使得“天神降临”的观点深入人心，林百万表演的种种“神迹”也就更易为人所信，甚至有不少人在听到消息后还拥至海边朝拜。林百万自然乐得省心，林士仲却不愿再参与其中，“达佐德日”的角色便由他人改扮。

船队按部就班地驶过二十多个沿海部落，最终登船的昆仑奴人数接近四百，比林百万事前估计的还多了两成，早先准备的舱房日见拥挤，最后连林氏兄弟所乘的坐船也不得不辟出一间舱室，安置了十名昆仑奴。

这些人自入舱起，便被“莱格巴”告知不能离开房间。他们的食宿均有专人负责，林百万还特别吩咐过，绝不能让昆仑奴看到船上的大食人或哈米尔人，而每日当值的汉人船工倒也不用特意涂脸。

待到船队返回哈迈尔港时，林百万干脆拿银钱买通了奴市官吏，立下空白人头券，硬是没让昆仑奴们下船见官。

四、大　鲲

“子敬！听我一言罢！”林士仲大喊着冲进酒舱，却不见林百万，当即兜转回去，噔噔噔又往顶棚上跑。

过道里的船工们纷纷侧目，心道：四老爷一向后知后觉，今日又悟出什么了？

林士仲爬上顶棚，便见堂兄林百万早已等在这里。他一时喘息不止，反倒是林百万先开口道："子聪啊，刚才去酒舱找我了是吧？我还奇怪你怎么大清早不在这儿泛酸呢。"

"堂兄，听我一言……"

"我知道，你想跟我说昆仑奴的事儿。"

林士仲抚着胸口道："我早前便怀疑过，吾等此番作为，不似猎获，亦非招募……"

"说白了就是诱拐。诶？子聪，我没跟你讲过？"

"然也，此等行径，与诱拐无异，堂兄您须知……"林士仲话说一半，突然省悟过来，急抓住林百万双肩，连声嚷道，"堂兄你、你、你！"

"我从一开始就晓得啦。"

"那、那、那昨夜的五石散……"

"是我吩咐伙计掺在奴人饭食里的。"

林士仲顿感无言，他这几日常见昆仑奴夜间喧哗，在舱内手舞足蹈，如同腾云驾雾。待问过管事船工才知晓，是林百万配了五石散，叫他们拌入昆仑奴飧食之中。林士仲昨夜思前想后，直至此时才想通这"诱拐"的关节，却未料到堂兄自伊始起便已打定主意，原先想好的几套说辞，一时间竟没一句能派上用场。

那边厢林百万却已笑至腹痛，自林士仲掌下滑脱，抹着泪道："子聪你……该不会今日才想明白吧？呜……呵呵……死书呆，无药医也！"

林士仲张口哑然，仍是不知该如何劝诫。此事自哈迈尔密谋开始，至今日船队归航行经麻逸岛，已过了足足三个月。自己如今才看透这层关系，已然于事无补。只是凭着一股书生意气，他仍要嗫嚅道："子敬，这些人……"

林百万又是不等他说完便接口道："这些人刚入舱那会儿，瞧什么都新鲜，看来是起居饮食与我们大不相同罢……不过前几日开始有些鼓噪，大概对船啊海啊的终于腻了。我就给他们点儿精神享受，让他们老实呗。”

“五石散多食不宜……”

“反正航程也没剩几天了，就当给他们清清腹，打打虫，不也蛮合适的？过几日到了广州港，那繁华景象，啧啧啧，保证比五石散更刺激。”

停了一下，林百万从林士仲袖间抽出纨扇，打个哈哈又说道：“子聪啊，瞧你这满头大汗的，来，给你扇扇。你替这些奴人烦什么心啊？他们不就是为了那个神许诺的土地才上船的吗？等他们进了长安，肯定觉得这个特克阿德比想的还好，那高楼广厦，他们做梦也梦不到。江南的膏腴之地更是锦绣富饶，简直整年都是雨季。他们想要的神仙日子，也不过如此嘛……”

林士仲终于不再说什么了，他从堂兄手中接过纨扇，问道：“还有多久？”

“五日之内便至广州港。咱们在麻逸岛[1]补给已是两天前的事了，其实眼下已进了大唐海域。”林百万手搭凉棚，朝船头望了望，蹙眉道，“不太对劲儿啊……子聪，你看前面那是岛吗？”

林士仲顺着林百万所指的方向望去，见船头八百步开外有一道狭长黑影，自东向西占据了半个视野，西首便在目光所及之处，东边却是一眼望不到头。

林士仲看了又看，摇首道：“既窄且长，不似岛屿，应当是块礁岩吧？”

“我们自麻逸岛向西北航行，到广州之间不该有什么岛啊礁啊的……”林百万大为疑惑。

思忖片刻，林百万从栏栅上探头出去，朝舱下大喊：“赵火长！前面有礁岩呐！航向偏了罢？”

舱中的火长立刻应道：“航向西北，针盘无误。今早刚对过启明

1. 中国古代对菲律宾民都洛岛的称呼，麻逸是民都洛古称Mait的音译，意为黑人的国土。

星，不会错的！”

林百万抬头看看日向，也觉得航向无误，奇道：“往年去渤泥都是走这条线，我可从未记得有什么礁岛。”

“子敬，我看那礁石上既无青苔又无鸟粪，怕是海中刚长出来的。”林士仲接口道，“典籍中倒有不少记载，小岛忽升忽沉，或随潮水涨落，或随地牛躁动，都是常有的事。”

林百万当下吩咐船队折向西行，因不知水下是否有礁石基盘，故令火长往西侧远远绕开。

可船行了半炷香的工夫，却离礁岛西头愈来愈远。

林百万怒道：“怎么反朝东走？这火头今天犯浑了吗？”正作势要吼，却听舱内传来一串怒骂声，竟是火头在责骂正、副舵手。林百万立刻收回身，仰首看那桅帆，此时火长也从舱中冲出，一并盯着船帆发呆。

林士仲讶异道：“子敬，有何不妥吗？”

“撞鬼了……”林百万回转身来应道，“看这帆角，咱们确实在往西走。”

话未说完，那火头突然指着岛首嘶喊道：“大当家的！看那儿啊！看那水线！”

林百万的坐船行在船队最前，此时离礁岩约有六百步距离，正看见那礁西首的入水处，隐约有三道叉状水线向两旁层层推开。

林百万见状大惊，高声呼喊道：“全体收帆，船队从队末开始依次停船！”

然后他转身拍拍腰间酒囊，对林士仲说：“子聪啊，我今儿早上喝过酒的，我犯浑，你帮我看仔细些。”

林士仲此时亦紧紧盯着那分水线道：“堂兄没看错，并非吾等向东行，而是此岛在西进。航速……显然比我们的船更快。”

当整个船队都停泊妥当时，前排船只与礁岛之间的距离仅剩两百步。其实说停泊也还颇为勉强，因这大洋之中着实无处下锚，各船只能收帆漂荡。为避免触及礁岛，还需将船身侧横，头朝西侧。

此时，林家兄弟站在船顶已能将此岛看得十分详细，但见其出水不过两丈，通体浑圆顺滑，便如一根巨大圆木横亘水中半沉半浮。

林百万凝神望去，发觉这乌绿色的礁体，乍一看光滑平整，细观却布满了整齐的六角花纹，每一块皆有磨盘大小，如蜂房般排列开去，遂奇道："子聪你看看，这是什么礁体？"

林士仲答道："这六角方块中尚有同心纹路，层层叠叠便好似……鳞片罢？"

其言尚毕，两人便悚然对视，惊骇莫名。

林百万尖声叫道："这是鱼吗？它要来吃我们啦！它翻个身我们全翻船啦！怎么说都是死定啦！"

林士仲急忙捂住堂兄的嘴，这个"翻"字在海上本是大忌讳，何况林百万连说两次。他连忙安慰堂兄道："子敬莫要惊慌，莫慌莫慌。此鱼貌似大鲲，当属吉兆也。"

林百万听到"吉兆"二字，立时镇定不少，细想起来便也找到些头绪，赶忙捂紧自己的嘴，小声问道："大鲲？《南华经》里写的那个会化为大鹏鸟的鱼？"

林士仲点了点头，亦小声说："当是大鲲无疑。吾睹此巨物，便是鲸鲛亦差了千百倍，典籍中有记载的，便只大鲲独一物了。"

两人正说着，却听耳边奏起一阵丝竹管弦之音。其音虽弱，却是袅袅娜娜穿缝过隙，无论船首舱底俱能听闻。

林士仲转身朝船队看去，只见船队远近泊船中的船工都听得此声，纷纷跑到甲板上观望。此曲虽悠扬娴静，却又缥缈无依，在众人身侧回旋往复，难辨出处。林士仲只觉掌下栏架也和着音律震动，仿佛四周物什均会发声。

待他转身再看那大鲲时，却又是一惊。

随着大鲲渐向西行，竟有一列亭台楼阁自东方雾霭中移来。这些置于鲲背上的房屋，虽略显局促，却是雕梁画栋极尽精巧之能，且前后分布院、殿、堂、屋，皆井井有条，墙外有五色霓虹流动，院内有四时花卉盛开，正中一座高塔云烟缭绕，檐下无尽华光闪若繁星，端的是一派仙家气度!

林士仲只觉今日种种，颇有些应接不暇，林百万更是心神恍惚，当下猛灌了两口酒道:“下一出演啥？该不会冒出个仙翁来请咱吃酒吧?”

“堂兄别喝了，眼下还不知会起何事端呐……”林士仲心知堂兄说的是戏言，可那高塔之上，便真在此时闪出一道曼妙身影，却非仙翁，而是一女子形象。

林士仲看时，但见她：头绾三色飞凤髻，身披绛黛素缟衣，赤焰玉带曳长裙，霜面烁目显威仪。

林士仲尚在依格寻律地赞叹仙子美貌，却见那大鲲刹住去势，塔上女子便在众人眼前轻飘飘地越过阑干，竟是凌空踱步，向着船队的当先一艘——林百万的坐船缓缓走来!

林百万立刻叫嚷道:“子聪！她走过来啦！我该怎么做？怎么做啊?”

林士仲迟疑道:“既见神灵，便行跪拜之礼罢。”当下拉着林百万屈膝跪地，照着祭祀的规矩，左右手相叠，手在膝前，头在手后，向北行稽首之礼。

后面的船工也跟着呼啦啦跪倒一片，只是有人行顿首之礼，有人行空首之礼，更有双手合十行佛礼或磕头如捣蒜者，口中呼喊之词更是不一而足。

那仙女却不为船上的喧嚣所动，兀自缓缓行至甲板上方三丈高处，朗声道:“吾乃孟章神君[1]座下帝女，特奉东圣之意赐尔等机缘，脱去苦海沉沦，荣登寰宇神界，分封五方仙兵、九曜神卒，戍卫净土，拱侍天庭。从今超脱生死，勘破玄关，身出入圣，永膺宝位……”

她声虽嘹亮，但在这海浪翻滚之处本难以明晰，可众人皆觉此声如在耳畔，传神入识，远近船工皆能听得清楚。

1. 中国神话传说中的神君，为天之四灵之一的青龙，后来逐渐人格化，并有了其封号。据《北极七元紫延秘诀》记载，青龙号为“孟章神君”。

林百万偷偷拉扯林士仲的衣角，哭丧着脸说：“她在说什么啊？我除了第一句全听不明白。”

林士仲压低声音道：“子敬，第一句当解为何意？”

“啊……她说的孟章神君嘛，就是东青龙。帝女雀是指精卫鸟，这个仙女自称是精卫。”

林士仲略一沉吟，道：“如此说来，她话中之意是我等皆被选为神兵，便要白日飞升了。”

两人不再言语，只是伏在地上，侧目朝半空中的精卫看去。

但见那精卫宣旨完毕，俯首落在船舷之上，转身挥袖间，便在大鲲与海船之间架起一座虹桥。那桥七彩明艳，似有若无，精卫走上桥时却是脚踏实地，与方才的凌空步态大不相同。

林士仲看出仙子是要引领他们去那鱼背之地，脚下实有些踌躇。

精卫转身道：“大鲲之上，乃是洞天福地，此行专为载尔等至天梯，还望速速上前。”

林百万此时也不知是惊惧过度，还是酒劲上头，竟大着胆子问道：“昆仑山天梯远在西北，这大鱼如何载我们去？”

精卫应道：“地界天梯，便在昆仑之巅；海界天梯，却在蓬莱之滨。大鲲若抵蓬莱，便可蜕形化鹏，扶摇登天。”

至此众人再无疑虑，生在乱世之人，原本就对求仙问道格外热衷，有此天赐机缘，更是格外珍惜。此时，这船上但凡还有勇气站起来的，尽皆拥上虹桥。坐船舱中那几名昆仑奴，不知何时也被带上甲板，随众人一起踏上大鲲背脊。

精卫双手连挥，又在周围船只上架设了数道虹桥，转眼间，便有数百人被“选上”大鲲。

精卫将诸人带至院中，安排他们暂住进东西厢房。待一切妥当后，她便腾身飞上高塔顶层，引得林百万等人俯身又拜。

趁着院中众人尚未起身，精卫慌慌张张地跳进电梯，向着主通道直降下去。她周围的光谱在300nm至800nm的频段内一阵抖动，随即恢复原状。头顶的三色彩妆与脸上的亮白粉底如烟雾般散去，连衣饰袍带、发丝皮肉也一并消失，露出了铁青色的外壳与细瘦的金属骨架。

趁着电梯下行的工夫，精卫给自己全身做了一次消磁，但手脚还是有些滞涩。她不禁在心里哀叹一声——舱外是强磁场环境加上高重力区，刚才自己滞留太久，恐怕不少器官要提前报废了。

但此次任务完美达成，终究是件令人振奋的事。精卫用舰内频道发送了一份任务报告，还略有些炫耀地附加了一个数据包，里面是自己的第一视角记录。

当这些进程都完成的时候，电梯也到达了底层。

精卫走出电梯，顺手拨了拨甬道壁上的滑竿，可惜这些东西在高重力环境下只是摆设。她无奈地迈动双腿，朝舰桥方向走去。

五、碳？硅？

自意识革命之后，硅文明再一次迎来了它的黄金盛世。

在这个人人拥有独立自我的时代，创造力推动着社会以前所未有的速度前行。每隔一个公转周期，世界总计算能力的增长都以倍数记。

直到硅文明的发展迎头撞上了——它命中注定的瓶颈——硅晶体管的物理极限。

当政府承认他们无法再提高新生儿的大脑集成度时，整个社会都不得不接受“全球计算总值停止增长”这样一个事实。而每到这种时候，“对称多处理、大规模并行处理”等多芯片生产方式就会被提上议程，作为革命最大成果的“意识独立权”，面临着前所未有的巨大威胁。

这是每一个公民都不愿看到的——当他们被迫并入多芯片系统时，单个大脑也就沦为了可替换的计算单元。

那段全球恐慌的日子不堪回首，在这一被后世称为“运算危机”的时期，网络中充斥着末世情绪，各种地方割据势力更是蠢蠢欲动……

幸运的是，政府仍能保证83%的决策正确率，他们不惜冻结新能源研发（也有分析称，这是在暗示他们对《人口增长法》的否定）而将运算资源集中在微处理器项目上。这一饱受争议的决策，在最后时刻拯救了世界，而转机则来自一个冷门领域，即对“海洋生物”的研究。

“海洋中存在生命”这一观点，是直到最近才被证实的——研究人员在海水样本中发现了极其细微（直径多在0.5μm-5μm之间）的生命结构。

这些原始生物，与已知的生命形式截然不同，它们以碳元素为核心构筑身体，将生命建立在核酸、蛋白质的基础上，只需一个或十几个细胞便能组成生物。

该发现也曾引起关注，但那时的人们只关心“史上最细小生物”这类噱头。

直到运算危机的应对者们提出“碳基芯片”概念，这些微观尺度上的生命，才真正进入民众视线。

最初的曙光，便是在有机生命的能量糖酵解过程中发现逻辑运算现象，证实了细胞内部存在蛋白质构成的信息处理网络。

全球规模的研究力量就在此时被投入进来，很快便找到了蛋白质与核酸中的“逻辑门”。在成功破解脱氧核糖核酸的编码功能后，又立刻开发出了相应的编译工具。政府当即将实体芯片的试制提上日程。

虽然还看不见这些理论中的小分子，但依靠强大的计算支持，第一块碳基芯片旋即面世。初步测试表明，这些细胞处理器的运算能力远超预期！碳芯的立体结构，可使计算单元的密度比平面硅集成电路提高五个数量级！虽然实物芯片还远未达到这一理论数字，但对于当时面临的运算危机来说，其现有功效已是绰绰有余。

政府迫不及待地把这项技术投入应用，生产出了第一批用蛋白质脑代替硅电子脑的新生儿。这些孩子卓越的运算能力令世人十分满意，技术前景更是使人神往。

第二个黄金时代就此拉开了帷幕。

这一次是航天技术走在了革新前沿，文明的触角迅速遍及母星、卫星及邻近的小行星带。大批意识被装上航天器飞往邻近星球，以满足人民对信息的原始饥渴。

在如此繁荣的背景下，增加人口的议案被再一次提出，但政府仍坚持人口守恒政策。对他们来说，管理二百万个独立意识已是极限。

唯一美中不足的是，碳芯片对金属肢体的兼容性并不理想。蛋白质构成的大脑，似乎天生就不擅长控制硅纤维构成的肌肉，如今要重新解析运动代码，着实非常困难。曾一度流行过的八肢躯体和六肢躯体因此被淘汰，最简洁的四肢躯体重新成了主流。这也算是黄金时代中的一段尴尬插曲。

不过，弥补缺陷的机遇又一次扑面而来，这回是对邻星的勘探带来了惊喜！

原本，作为不追求人口增长的文明，政府推动星际间开发只源于对知识的生理需求。所以当探测表明——在那个离母星最近的行星上，存在一群鲜活的文明时，民众的兴奋度达到了顶点！

高效率的航天开发工作再次展开，数个观测基地在邻星上隐蔽地建立起来。陌生的世界中，各种搭载意识或不搭载意识的探测器沿海岸线四处游弋，从环境数据开始按部就班地收集着信息。

初步确定，这是一个与母星十分形似的行星，但强力的磁场和湿重的大气使得其生物圈完全以碳基生命为主导。这个星球上孕育了多个不同的碳基文明，这也就意味着它能提供数倍的新信息。

介于这里高出母星2.6倍的高重力环境，基地建设和信息收集等工作，均在海洋中进行。然而，这就导致接触当地文明的机会大大降低。

这种令人焦躁的现状持续了数年，直到大洋西侧的观测基地取得突破性进展为止。

在那之前，观察者们一直以谨慎的态度记录着当地居民的生活，暗中拷贝他们记录设备（书简或皮纸）中的数据，对其语言文字进行着艰难的分析。

一次偶然机会，一艘木制海船在风浪中闯入基地海域，该基地捕获这艘海船时发现，船员的人数竟有两百之多。研究人员对这些存活个体如获至宝，立即开展了数据导出的工作，从其脑内存储的信息中成功识别出了语言模组和字库（并非所有个体都记录有文字数据，该情况被其自身定义为“白丁”），并从缓存（短期记忆）中搜索到了航海记录：“随徐福大人出海寻仙，求取长生之方……路遇险阻，狂风暴雨……与船队失散……”

这些数据被立即发送回母星，两百多个活体随后也被分批运返。

但这一过程并不顺利，首批活体在拆分后失去了生命迹象，第二批则在升空过程中死于缺氧。直到第六批次，才通过冷冻休眠的方式运抵母星，但随后这些活体又全部死于低压病。真正成功带回母星的，仅有最后四个批次的不到八十人。

而这时的政府，已对这些邻居的身体了若指掌——他们的意识体甚至整个身体都由碳基细胞构成，内部则由钙金属的化合物组成支架，只是其数据处理单元的密度很低，与人工制造的蛋白质芯片大不相同。但不论如何，他们的大脑都与碳处理器十分相似，这使得数据提取变得十分便捷，也使“替换意识体”的实验计划呼之欲出。

计划的第一步是通过切除脑前叶或整个皮质层的方式，将这七十多人的原意识分离，随后用一批志愿者的脑芯片取代了被切除的部分。连接过程十分顺利，这套由水、盐、蛋白质、核酸构成的躯体，与碳基芯片间有着完美的适应性。除了出众的肢体运动能力外，受试者还体验到了两种前所未有的感官——触觉和味觉。

在实验数据公布后，碳基器官立刻被抛上潮流的顶点，人们争相体会触觉和味觉带来的新刺激，并将之视为“享受”。但完整的运动控制模组却始终未能找到，这就意味着人造肢体的性能难以媲美原生个体。

于是，以捕获那些碳基生命个体为目的，无数新设备与人员再一次被派往那个蓝色的邻星。

精卫几乎是扶着墙走到门前的。她在芯底不无凄婉地抱怨着，走完这段路真是折磨，慢得仿佛经历了一个时代。

开门的同时，精卫便收到了两句祝贺。

来自大鲲的是："恭喜，任务完成。"

来自共工的是："辛苦了，你今天的表现很完美。"

精卫核对了一下发信端，确认分别是"大鲲"和"共工"无误。不过这两句只是公共频道中的信息，私人对话就是另一回事儿了——

来自大鲲："哇！这次的收获超过了整整两年的定额啊！我决定，全舰（三人）即刻放假！"

来自共工："真慢真慢真慢啊，给你做环境辅助比单干还累，我都快烧了。"

精卫在舰桥里环视一圈，只看到共工靠在墙角里，不停地念叨着"真慢真慢……"。她对共工的絮叨早已是见怪不怪，只抬手指了指脑后。

共工立刻反应过来："明白明白！我刚好吃完，这就让给你，你看我的安排多紧凑啊……"共工闪身让到一边，露出身后的充能装置。其实他早就知道这次任务计算量巨大，会耗光脑内糖分，所以提前来霸占了舰内唯一的输液口，赶在精卫之前完成自身补给。

精卫快步走到墙边，从输液口中抽出导管。只见管口还残留着一些液体，应该是共工刚用过的关系。她把导管插进后脑，选择了2000单位的糖原和少量氨基酸。

随着能量物质的流入，她原本电势低下的处理器产生了一连串兴奋信号，蛋白质运算单元也开始用氨基酸修复自身。

此时，精卫十分惬意地靠在墙边，享受这来自脑内的……怎么说？饱足感。

她想起碳基芯片刚普及时也曾有过"充电法"和"输液法"的争执，最后基于营养液的普适性而采用了输液法。但不得不说，这种吃饱喝足的快感也是一大诱因。政府甚至建立了覆盖全球的"产-输管线”以及无处不在的终端，以满足能量需求。

“可惜啊。”精卫心想，“考察船携带的是罐装能量液，似乎不太新鲜……”

共工那边却不肯给她片刻安宁，仍在滔滔不绝地说着：“其实你这次业绩很突出呢，以往捕获渔船，一次顶多捉到三五人，这次可是大大的丰收啊！我说你是不是该表现得更骄傲点儿？难道你真就累得说不出话来了？”

精卫瞥了他一眼，说道：“我在等舰长的分析结果。”

大鲲的信号就在此时插入，他的脑芯片安装在舰桥中枢，舱中一切动静皆知。他同时对精卫和共工说道：“正式的分析报告还没好，我现在先把感官信号分流给你们，边看边说吧。”

舰长便是舰体大脑，各处感应器如同知觉触手，于是舰桥上的两人也连上了各处厢房的画面。

大鲲将主画面切到西厢，讲解道：“我注意到这批人里包含三个不同的种族，除了我们常接触的‘汉儿’外，还有两个所属不明。”

画面上出现了伊本，他的一丛大胡子在船工中十分突出。大鲲接着说：“此人体貌特征与唐人明显不同，我从他的脑波里收集了表层记忆。你们看，他的思考代码不是方块字，所以认定他不是唐人。”

共工浏览了一遍代码文件，在其中一处做了一下标注，然后说道：“我刚才看了一下，这是闪－含语系[1]，在这条航线上出现的操这种语言的人，十之八九是萨拉森人[2]吧？”

“嗯，那我等会儿请阿卜杜拉基地核对一下。”大鲲将视角拉远，接着说，“他周围的人用【姓名】和【身份】两种标签定义此人——【伊本、通事】。”

“其他人的标签呢？”

大鲲回答说：“大都是船工和伙计。值得注意的是东厢那两个人，

1. 全称闪米特－含米特语系，又称亚非语系，是375种语言的统称。主要分布于西亚和北非。

2. 中古时代欧洲人对阿拉伯人的称呼。

标签分别是【大当家、林百万】和【四掌柜、林士仲】。”

“是的，我也注意到了这两个人的特殊性。”精卫接口说，“尤其林士仲，他的表层字库特别大，推定他为读书人。等他睡眠后可以试着扫描他的深层意识，应该会在文学和历史方面有所收获。”

共工使劲剜了两眼林士仲，说：“我们在海上很少能碰到读书人呢……这次还真是挖到宝了！他旁边的那个大掌柜，又有什么特殊之处？”

“按照唐人的说法，我们能从林百万心里扫描出一本《生意经》。”

大鲲发来一个赞许的信号，转移镜头后又说：“最难办的还是西边这二十五个人，我把扫描得到的数据全放出来，你们看一下。”

画面上出现了二十五个肤色黝黑的人。

精卫看了看旁边的数据，诧异道：“怎么？你没有找到字库？”

“是的，问题就在这儿。这些人的思维方式和其他种族差不多，但他们没有使用文字代码。”大鲲又调出几段生理数据，展示给其余两位看，“而且从他们的体貌特征中看不出什么线索。”

“体貌特征？”

“嗯，你们看，与唐人相比有明显的差别，但又不符合任何一个已知人种的特征。例如——体表偏黑就不提了——这二十五人的腿部普遍较长，肌肉组织中白肌比例大，血酸浓度偏高……嗯，简单地说，他们的整体运动性相当好，是政府最喜欢的类型。可惜全是男性样本，资料不齐。”

精卫扭头向共工看去，问道：“共工，你的模本不是人类学家吗？能不能分析一下？”

“你说我母亲？”共工耸了耸肩，“我是技师型，只能粗略推断一下……这应该是个居住在炎热地区的种族，生活在干燥少雨、光照强烈的环境中，日常以捕猎采集为生。他们有自己的语言，但暂时还没有使用文字。能够肯定的是，他们长期远离海洋居住生活，所以全球各处的基地都不曾观测到这个种族。”

精卫和大鲲同时发出了一串惊叹信号！

“从未见过的种族”就等于“新文明”，这些肤色黝黑的人脑中必然有一套全新文化！等这次的报告提交上去，恐怕整个蓬莱基地都会兴奋起来！

共工搓着手说道：“这二十五个，身体和意识都是宝啊！真想现在就分离出来……”

“脑手术回基地再做。到时我会试着申请三套肢体出来。”大鲲无限神往地说，“我再也不想拖着这么大的身体泡海水了，咱们三个，也该享受一次高档货。”

六、蓬莱仙境

林士仲与林百万原本被安置在东厢一隅，待大鲲掉头北上之后，此处反倒成了南厢房。

这鱼背上的空间本就狭小，如今安排了这如许多的人，更是将头尾两侧的厢房都住得满满的，唯独林家兄弟的房间便只安排了两人两床。

对此，林士仲心中想道：“大概那仙子也看出堂兄是商行领袖，但为何连我也……莫非她知我是有功名之人？”想到自己弃官南逃，又觉得甚是羞愧，仿佛这难以启齿之事已被人看穿一般。

林百万却全无这些顾虑，日日痛饮仙酒直至酩酊大醉，一天之中，倒有八九个时辰是在睡觉。

林士仲从堂兄床前拾起一个酒杯，搁回桌上。那杯底一触桌面，就变得沉重异常，稳立其上不惧风浪摇摆，好似镶了磁石的杯子放上铁案一般。但这桌面又分明是陶瓷所制，林士仲对此深感困惑。他这几日一直在上下打量自己的房间，越看越觉得古怪。

这堂屋从外面看去，与汉唐庭院别无二致，屋内却是风格迥异，整间房上下四壁浑然一体，除东墙一处略微凹陷外，便连个接缝也没有。四面墙壁均未涂油灰，但又洁白光润，触手微温，与陶瓷材质极为相似。屋子正中的这张圆桌，造型颇似亭中石桌，仅正中有一条独腿，却又不是石料垒成，而是从地面中直直生出，便好似钟乳洞中生长的石笋一般。林士仲始终想不通，究竟要如何烧制，才能做出这屋子般大小的一件瓷器。况且陶瓷脆硬易碎，难以高过一丈，否则上部倾轧，下部断折，必成不了坯形。而这间屋子高一丈有三，又在海中颠簸，却毫无倾颓之势，着实令他费解。

此时林百万刚刚转醒，又“子聪、子聪”的大叫，让林士仲扶他起床。

房中这两张卧床也甚是诡异，四边床沿高高竖起，床头还有一块盖子上下掀合，俨然就是个棺材模样！林百万起初说什么也不愿进去，后来看那床板毫不平坦，反倒前后凸凹起伏，一时好奇便躺进去试了试，竟觉项背腰尻俱是服帖舒坦，当下舍不得起来，嘟嘟囔囔地睡了个好觉。

只是这床板虽体贴，要下床时却颇费事。林百万日日宿醉，头重脚轻，非林士仲帮忙便爬不出这棺材。

林士仲遂蹙额道：“堂兄这几日贪杯过量了，看看日近中天方才醒觉！”

林百万讪笑道：“子聪你不懂嘞，这仙酒，真不一般呀。既无酸腐酵味，又无糟糠浑腥，实乃……酒之精华也！”

说罢，林百万咂巴咂巴嘴，又叹道：“不过这仙酒虽千好万好，却没了五谷的香醇劲儿，也挺可惜的……”

林士仲扶他到桌边坐下，却听身后噼啪有声，如同砂囊落地。他知是午饭送到，便转身到东墙凹陷处取了两个新冒出来的管子，将其中一个递给了林百万。

这仙境之内，饮食甚是方便，只需将杯碟放入凹槽，要水落水，要酒落酒。每日三餐之时，便有这形似竹筒的管子掉出。

林士仲打开管口，将其中晶莹透明的软膏倒入口中，边吃边言语道：“堂兄，这东西咱们吃了数日，还不知是何食材呐……”

“你觉得这像什么？”林百万反问道。

“唔，甜咸酸味都有，还略有些牛乳香，口感近似草龟茯苓膏，可看上去白亮透明……”

林百万又咂巴嘴道：“这么说我倒想起来了，仙家饮食里，有个叫‘玉英’的东西，是拿白玉捣烂后做成的，跟这个很像嘞……”

“玉英啊……”林士仲念道，“倘若成仙后整天吃这个，还真不习惯。”

“嘿嘿嘿，子聪，你想得美哦，玉英可是仙家的宴会食谱，神仙平日都是餐风饮露的。”

林百万顿了顿，又凑近林士仲道：“咱们过几天就要登仙了，有些事，我还不太明白。”

“堂兄你不是学过方术吗？这玄奇之事，你该比我通晓啊。”

“这次我是想问问你们正统的黄老之学。”林百万又低声说，“道祖他说过飞升的细节吧？具体是怎样的？”

“语出多门，因人而异。”

“有说肉身的事吗？”

林士仲取出纨扇，在桌上磕了两下，亦低声道：“堂兄，是在担心你那花柳病[1]的事吧？”

“嘿嘿嘿，咱荒唐事做多了，总是担心抱憾终身嘛……”

林士仲摇着纨扇，沉默了半刻道：“当日那精卫仙子宣旨时，曾说过脱去苦海沉沦，身出入圣。这便是要抛却肉身之意。”林士仲又想了想道，“虽说天道亦有五衰，但堂兄你担心的终究是肉身顽疾，大可抛诸尘世，不必挂怀了。”

林百万听罢也点了点头，起身说：“想想也是，今天就不喝酒了，咱们出去逛逛。”

林士仲自上“岛”后，一直在房中参详眼前事，亦未曾游览过仙

1.“花柳”一词，出自大诗人李白的诗：“昔在长安醉花柳，五侯七贵同杯酒。”

境，便也欣然起身，与林百万一同踱到院中。

他们所住的南苑有一片藕花小湖，红白莲花正自绽放，只可惜海风正盛，嗅不到半点儿荷香。

林百万绕着莲池玩赏，林士仲却觉得海上赏莲甚是别扭，与风雅之道格格不入，便独自向北苑行去。

北苑的布置与南苑又有不同，此处虽无湖景，却架设着小桥流水，两岸植桃种柳红绿相映，也颇有一番意境。

林士仲在桃花林中往来流连，与住在这北厢中的伙计、通事等人打打招呼，不觉间便已过午。

林士仲算算节气，已近初春，正是桃花灿灿、杨柳依依的时节，便又起了诗性，抚弄着桃花吟道："问余何意栖碧山,笑而不答心自闲。"

正摇着扇子顿下句时，却听身旁一人应和道："桃花流水杳然去，别有天地非人间。"

这声音清脆稚嫩，也分不清是男童还是女娃，林士仲心下大奇："这北厢中还住得有孩童吗？"

转身四顾，却是一个人影也无。

正诧异间，却见身畔一丛桃花颤了两颤，自枝干处传出一串笑声："嘻嘻嘻……别找了，我就在你面前啊。"

林士仲颤声道："你？桃花？"

"非也，我是桃树，桃树之仙。"

林士仲心知此域乃仙境之地，自是无奇不有，便也不觉害怕，反倒生了猎奇之心，又问道："你是这岛上的树仙罢？你也知这首《山中问答》？"

"当然，这首诗是谪仙太白写的啊，桃树都知道。"

"如此说来，此处的桃仙不止你一株了？"

"会说话的就只有我哟……"

"听你话音尚幼，还未成人罢？"

"什么是成人啊？"

"逾弱冠者，始为成人。"

"什么是弱冠啊？"

林士仲哑然道："你未曾读过《礼》吗？"

桃树晃了晃枝叶，说道："我不知道啊，你可以教我。"

于是，林士仲便略略讲了些《礼记》上关于年岁称谓的记述。说至男女称谓的区别时，又问桃仙道："桃树多是雌雄同株。我不知该说你未及弱冠，还是未及桃李？"

桃树又晃了晃枝叶，说："雌雄？我知道的，我是一株碧桃，你可以把我当成男孩儿。"

林士仲凑近看去，见这树上的桃花每朵均有七八片花瓣，遂点头道："原来是重瓣碧桃，此树只开花不结实，确有男子之相。"

"那你快帮我算算，我现在该称什么呀？"

"嗯，先告诉我你的生辰。"

"什么是生辰啊？"

"不知也无妨，记得年号便能推算出来。"

"什么是年号啊？"

林士仲又哑然道："你不知大唐的年号吗？"

桃树晃了晃枝叶说："我不知道啊，你可以教我。"

林士仲突然觉得这尴尬场面似曾相识，便又打起精神，讲解了一遍大唐开国以来的年号更迭。他本是科举出身，又做过公门中人，对这些自然烂熟于胸，但想起自己弃官以来的境遇，又难免嗟叹些世事无常、天道难测的话。

"你以前是做过官的人吗？那你最近在海上做什么呀？"

"我们是商贾，在海上经营些往来贸易。"

"什么是往来贸易啊？"

"就是将货物买进卖出。"

"你们买进卖出什么货物呢？"

"这一趟，大掌柜贩的是昆仑奴。"

此话甫一出口，林士仲便深感后悔，心想这桃仙恐怕又要追问

“昆仑奴是什么啊”抑或“我不知道啊，你可以教我”。

那桃枝便真在此时晃了晃，可说出的话却让他大感意外：

“昆仑奴？我知道啊，你要送他们回昆仑山。”

林士仲一时懵懂，只得随口应道：“啊，是啊。”

“昆仑山真的那么高吗？一定要从海上绕回去？”

“这个……是呀，昆仑天堑，自是人所难逾。”林士仲只觉这对话越来越不可捉摸，倘若继续谈下去，恐怕还得解释什么是天堑，然后再描述一遍南海地理。他急忙朝桃树作揖道：“天色已晚，某不便多做叨扰，在此告辞了。”

那桃树倒也不做挽留，直言：“告辞，告辞。”

林士仲本还想要说些“仙童请留步”之类的套话，但想起对方是棵桃树，定然不知该如何留步，于是他索性快步跑出北苑，急急回南厢去了。

一进屋，他便看到林百万坐在桌前饮酒。林百万见林士仲回来，立刻招呼道：“子聪，快过来坐，我今天可碰上件稀罕事儿。”

林士仲本也想向林百万说些桃花仙童的事，但他一向习惯先听堂兄的说法，便依言坐到林百万对面。

“这件事儿说起来呀，其实也不算怪，这儿是仙境，啥事不能有？”

林士仲在对面点点头。

“今天子聪你刚走，我就在池塘边上碰到一朵会说人话的荷花，还自称是荷榭仙子。”

林士仲听着，扬了扬眉毛。

“我就跟她闲聊了一会儿，嘿嘿，我可没调戏她，那不过是一朵花嘛。只是这小仙啥都不懂，只一个劲地说为什么为什么、你教我啊你教我，啥都要我现教。我就胡乱编了些瞎话，说得她一愣一愣的……唉？子聪，你在听吗？”

“嗯，子敬你接着说，你都给她编了些什么？”

“哎呀，那可多了去啦，她问我在海上做什么，又问昆仑奴是怎么回事儿。我就跟她说，昆仑奴本来都是住在昆仑山上的人，他们在山头上过活，一不小心就被风吹下去了，吹到天竺、大食那边。那边的山陡啊，爬不上去，就只好乘我们的船回大唐，然后再爬昆仑山回家。”

林士仲听着若有所思，半晌不语，待林百万说完，便问道：“子敬，你跟她说这些，是什么时候的事？”

“过午以后吧，说完这段我就回房来了，大概一个时辰以前。”

“那……半刻之前，桃花仙怎会有这套说辞……”

“嗯？子聪你说什么？”林百万没听清他这句呓语，便凑上来问。

林士仲急忙摆手道：“啊，我是问这荷花仙现在何处？”

“太阳一落山，她就合苞了。”林百万嘬着酒道，“这小丫头睡得倒准时。”

林士仲起身说：“咱们也歇了吧，明早我还想去看看那荷花。”

两人躺入床中，刚一闭眼，房间里那不知源自何处的光线便自动暗了下来。

林士仲尚在琢磨那桃、荷二仙之事，却觉鼻间飘过一缕淡淡香气，意识便模糊了。两张床上那棺材板儿一般的盖子随即落下，将整张床罩得严丝合缝。林士仲周身的温度迅速降低，令他彻底失去了知觉。

舰桥中，精卫正在翻检几份文档，共工的信号突然插入进来：“今天又发现了什么？”

“收获颇丰，林士仲和林百万进入了园林地区。我趁他们分开行动的时间，安排了聊天程序与两人交谈。这里，是从林士仲处收集到的知识。”

共工点开文件，说道：“我看看……嗯，这一段是《礼记》吧？跟现有版本相比似乎又更新了？”

“是的。”精卫答道，“‘六艺经传’的注释，每一代都有所不同。”

共工往下看去，又说：“这个有价值，他们大唐国的年号历法，好像很长时间都没更新了吧？这都广明元年（公元880年）啦？”

这时舰桥的门打开了，共工本人晃悠着走了进来，他和精卫之间的通信则没有半点延滞，仍接着说："这么说他们出航时就是乾符六年。嗯？后面那个文件是林百万的？"

"这个文件毫无价值。"精卫说着，又把第二份文档发给共工，"你仔细看看，全是些胡言乱语，矫正后没几句能用的。亏我还给聊天程序开了即时写入，现在又得筛查数据库。"

"那你可惨喽，那些关联项都得一项一项地摘。"

"所以说，这些奸商的数据最难处理，有时候他们连自己都骗。"

共工此时又晃到墙边，给自己输液，同时哂笑着说："我倒是很欣赏这个人，能把你耍得团团转也算是才能了。如果舰长能给咱们申请下肢体来，我就打算要林百万的。"

精卫正色道："你可别忘了，这个人有疾病嫌疑。今早监控他们对话的时候，不就发现端倪了吗？尤其是那句话，荒唐事做多了，总是担心抱憾终身……你后来的分析结果如何？"

"没发现什么问题，只是些常见的细菌、真菌罢了。"共工挥挥手道，"空气里到处都有的那种，没啥传染性。通过常规处理就能无菌上市。"

"那就好，等明天到了蓬莱岛基地，就立刻……"

舰长大鲲的信号突然在公共频道中响起："不用等到明天了，我刚刚对所有的活体样本做了低温保存。"

共工大吃一惊，说道："今晚就冷冻了？不都是等到基地做完脑组织分离才冻的吗？"

"刚接到总部通知，马上就要全面撤离了。基地人员明天登舰，手术改在回母星的路上做。"大鲲说完又补充了一句，"无重力环境下做手术也方便些。"

精卫也问道："时间安排得这么紧，到底怎么了？"

"母星那边又有了新的技术突破，刚整理出了完整的运动数据库。原来人类对肢体的控制代码不全在大脑里，他们将一部分数据——主要是经验——储存在脊髓和肌肉神经处。举个例子，就是在终端上分配几个辅助存储器，倒也能提高不少效率。”

精卫听罢，点了点头道：“也就是说，将来在母星上组装的零件也能媲美原生肢体了？那我们确实不必再收集人体了。”

“万幸，这技术离实用还差点儿，至少还需要这星球的……两三个春秋吧，所以我们要把手头这批货抓紧运回去。”

停顿了一下，大鲲又发出一个表示遗憾的信号，叹道：“今后搜罗知识的活儿，就都交给半自动程序和远程交互的人干了。基地里不必再留人，以后也不再派考察船来了……唉，没想到我刚说不想再操舰，这舰船就成历史了。”

精卫同样发出了“遗憾”的信号。

而共工则更关心其他的事。

“老大，我们的高档货呢？”他问道。

“这个你放心，已经批下来了。完成后期加工就给你们内部供给。现在每人挑一个吧，我给打上标记。”

精卫抢先说：“我要识别标签002号——林士仲！”

“你要这个做什么啊？又不高又不壮的。”共工揶揄道。

“林士仲是读书人，汉字书法代码肯定就在他的手腕里。这是奢侈品，格式化了多可惜。”

“你要林士仲，那我就要林百万！体积大质量大，我早看上了的！”

大鲲奇道：“你们两个，识别标签004—028的那二十五个都不要吗？”

“老大，莫非你想要？”

“那当然！肯定要从这里面挑嘛。这些被定义为‘昆仑奴’的人，运动能力是最高的，是这批高档货中的精品。”

共工摆摆手说：“大概就是因为这样，他们才会被贩卖吧？”

“那林士仲他们又为什么被我们贩卖呢？”

“想这些做什么？说不定哪天，我们还要被其他文明贩卖呢！”

大鲲喊道：“你们两个，别闲聊了，过来帮我准备升空的事。明天就要脱离大气圈了，计算量可不是一般的大！”

随着西方一点残阳落尽，这个世界的恒星被彻底挡在了海平面外。大鲲撤去了考察船背上的伪装，将那些光鲜亮丽的屋舍变回四四方方的构造体。这些突出的建筑依次沉入舱腹之中，大鲲的背脊便又恢复成了平滑的流线型。他再次校准了航向，朝着蓬莱基地加速驶去。

所谓蓬莱基地，却并非传说中的蓬莱岛。此地距胶东半岛仍有很长一段航程，只因当初在这片海域捕获了徐福船队的掉队遗船，才将其定名为蓬莱基地。基地设施大都潜藏在海底礁岩之中，仅在隐蔽处留有坞口，供考察船出入。

大鲲便在午夜时分驶进了船坞。

蓬莱基地中，另外两艘考察船“敖光号”“相柳号”，早已整备完毕。基地所有人员连夜登船，赶在天亮前完成了发射准备。

此时，空无一人的基地停止了一切活动，暂时进入休眠。

三艘考察船开始在大海中调节重心，靠移动舰内气舱的方式将舰身竖直向上，随后发动舰尾引擎，在一阵轰轰隆隆的水气蒸腾中，冲出海面，直向高空飞去。

倘若附近海域此时有渔民通宵劳作的话，大概又会留下“蛟蛇升天”“龙王述职”之类的传说。

考察船转眼间便穿过了对流层和平流层，在中间层进行了一次程序转弯，向西侧飞去。

此时从正东方又有两舰编队飞来，那是来自东方海域“龙宫城基地”的考察船。为了赶在晨昏线扫过前起飞，他们比蓬莱基地提前发射了片刻。

船队仿佛追赶黑夜般向西飞行，随着各地黎明的到来，沿途其他基地的舰船也不断加入船队——来自阿卜杜拉基地的“曼荼罗大山号”“金鱼号”；来自科尔喀斯基地的“塞特斯号”“希波卡姆斯号”；来自瓦尔哈拉基地的瓦尔基里1、2、3号……

数十艘舰船组成了一个小型的质量体系，它们沿椭圆轨道逐圈加速，渐渐接近了这颗蔚蓝色行星的逃逸速度。

如果林士仲此时还有知觉的话，大概会急着翻开一本《南华经》，在《逍遥游》篇中加上一条注释："夫扶摇而上者，绕地加速也。某乘鲲鹏项间亲历之。"

船队飞出引力圈后，纷纷展开太阳帆，向着恒星的反方向飞去，那里有他们的母星——太阳系的第四行星。

七、火 星

精卫沮丧地放下毛笔，甩了甩发酸的右手。她从未想过书法会这么难用。

林士仲原本书学右军[1]，其实自唐太宗之后整个大唐都在学右军，但精卫发现，即便用上了林士仲的肢体，自己这辈子恐怕也写不出这种不符合代码的字。本来嘛，横就应该是横，竖便理当是竖，哪有……

她正气着，左手却不经意地上下翻动，这个动作更让她觉得懊恼——早知道就该把左手给格了，省得落下这打扇子的破习惯！

就在这时，一条来自中央数据中心的信息跳入她的终端，毫不客气地挤掉所有进程，站到了最前排。

精卫不觉卡壳了一瞬，对这条信息的优先级感到愕然。她本来就很少收到直接来自中央的指令，这种加了顶级安全限制的指令更是前所未有。她有些犹豫地进行验证——解密——再验证——解压——读取，发现指令其实只是很短的两段，要求她亲自前往某地点，还附带了坐标。

1. 指王羲之。王羲之曾任东晋王朝右军将军，在右军将军任上他写下了"天下第一行书"《兰亭序》，故而后人常称他为"王右军"。

事到如今也没权利犹豫了，精卫立刻起身出门，赶到离家最近的轨道交通站。

在等车时，她又顺便补充了些糖原，她现在用上了有机身体（林士仲），所以在车站的公用输液机上又多选择了一组线粒体，这些人造细胞器可以缓和端粒缩短造成的衰老，是她现在必备的食谱。

当她惴惴不安地赶到目的地时，才发现自己被唤到了网络安全部。这里是掌管整个星球交互通信的地方，她开始努力回忆是不是自己编的书法程序毁坏了别人的右手，却始终没什么头绪。

在一阵忐忑之后，她终于还是走进大门，接入了该单位的内部网络。

在门前迎接她的便是网络安全部的代言人。精卫心里清楚，在她眼前的这套身体后面，是上百个意识在同时运作，他们的分布式计算结果就是网络安全部的决策行为。

在互致问候之后，网络安全部代言人请她去研究室“看一样东西”。

“很抱歉，我们还不敢把这些资料放在网络上传输，只好请您亲自来确认。”

“嗯，我明白，是很重大的安全威胁吧？”

“是前所未有的威胁。”网络安全部代言人点头道，“毫不夸张地说，这是我们第一次在事故面前毫无头绪。你们可能是唯一的线索……我们最好不要说太多，我不清楚现在的对话是否安全。”

精卫在这之后一直保持沉默，直到她看见那套肢体——

那是林百万的肢体，原本的“高档货”之一，但现在已完全失去了生命迹象。

精卫感到一阵不安，有些颤抖地问道：“这，这是什么？”

“邻星文明通常管这叫尸体。”

“不可能，我认识这套肢体，识别标签‘林百万’，不会错！不会错的！”精卫顾不得安全警告，指着自己（林士仲）说，“和我这套是一个批次，根本就没有超过使用年限啊！”

网络安全部代言人仍是点点头说：“肢体并没有受到太大损害，但脑芯片已经死了。”

“程序崩溃？”

“物理破坏，受害者的人格识别代码是……”

网络安全部的代言人报出了一串陌生的代码，精卫稍稍松了口气。但对方似乎也看出了她的忧虑，又补充道：“他是肢体的第二任用户。最初的受害者是03710925，人格识别代码——共工，曾在星间考察船大鲲号上担任一号操作员。”

精卫体内的电势瞬间升高，又落到低处连续震荡，她知道这种情绪叫“惊惧”，但还是尽量镇静地回答说：“是的，我认识共工，我当时就在舰上担任二号操作员。”

“请问你最近是否有过程序频繁出错、垃圾代码增加、意识模糊或处理单元减少的症状？”

“我？好像没有。”精卫仔细回忆着自己的近况，摇头道，“没有，这些都没有！”

“我们刚刚询问过你们的舰长，他也没有相应症状。”

安全部代言人顿了顿，似乎在犹豫该不该继续对话，最终还是说道：“这样我们就可以把共工的染毒时间圈定在着陆之后。很明显，在星间任务完成之后，你们没有再联系过。”

“有过几次通信，但没做过大规模的信息交换。”

“你很幸运，我们怀疑他感染了一种传播性很强的网络病毒，这些病毒可以将自身代码插入任何进程，造成频繁的错误和混乱，最终导致不可逆的系统崩溃。而且，病毒连蛋白质运算单元的修复与分裂也会介入。你知道，这是蛋白质芯片的存在基础，所以程序问题暴露之前，物理损伤就已经发生了。这是一种十分凶恶的病毒。”

“染毒症状这么明显，为什么还会有第二任用户？”

安全部代言人微微压低了下巴，说：“这就是我们感到恐惧的地方。共工死后，我们没能找到病毒的存储位置，但这套唐人肢体是市面上的抢手货，很多用户提出了使用需求。我们只好将他的运算器全盘杀毒，格式化了整个神经网络。后来为求保险，还抹消了每一个神经元的记录，重灌基本代码。”

他将头颅压得更低，接着说：“我们明明清理了所有存储位置，格除了全部数据，但病毒还是躲在某个地方，传播给了第二个用户。”

“真的还有这样的地方吗？”

“理论上没有，除非病毒能把自己记录在存储器以外的地方。”

说到这里，安全部代言人突然愣了愣。精卫猜想他们这时遇到了内部争议，就在一边安静地等他把话说下去。

“理论上没有，除非病毒能把自己记录在存储介质以外的地方。”

精卫回答道：“是的，我明白这两句的差别。”

安全部代言人突然又没了反应，他呆立半晌后，对精卫说：“还有很多数据需要您本人核实，请在左边的房间稍等一会儿，好吗？”他将一份没有加密的文件传给精卫，精卫眼前便立刻出现了一张做了标示的建筑结构图。

安全部代言人在一旁补充道：“你们的舰长也在那里。”

精卫对此并不奇怪，按照标准流程，网络安全部必然会先联系大鲲。但是当她走进等待室，看到一个乌黑高大的身型时，还是吓得说不出话来。

大鲲见她没有主动通信的意思，便先打招呼说：“啊，精卫，我就知道你肯定会来。”

“大鲲？真的是你？我也知道他们把你找来了，可是……”精卫瞪大双眼，拼命扫描着对方的外形，说，“这外形太不像你了！我还以为是哪位大人物！”

原来这昆仑奴的肢体甫一上市，就被看作稀世珍品，引发了全民狂热追捧。最后只得由政府计划分配，除了大鲲事先领走的这一套，其余全都配置在了行星改造等紧要岗位。如今在民众的眼中，出门时用上昆仑奴的肢体，最是彰显身份。

大鲲略有些得意地说：“我早说过，这才是最高端的，你们两个偏不信。”他的神色却又马上黯淡下来，“尤其是共工那家伙，非要选那满脑子阴谋诡计的林百万……搞不好他就是被那些邪门歪道的逻辑烧了处理器。”

精卫皱眉道：“那些商人逻辑就是病毒吗？”

“什么病毒？”

“杀死共工的病毒，网络安全部没有告诉你？”

“没有，他们只是问我有没有程序频繁出错、垃圾代码增加、意识模糊或处理单元减少的症状。”

“是的，他们也这样问我，然后就说可以把共工的感染时间圈定在着陆之后。他们怀疑共工感染了一种网络病毒，这些病毒会将自身代码插入任何进程，造成……”

“等等，精卫！他们只告诉我共工的芯片受到物理损伤，然后就叫我到这儿来等着了！”

精卫把大鲲摁回座位上，又坐到他身边，说：“别担心，你的经历才是正常的办事流程。反倒是我这边……他们让我知道的太多了……”她转头盯着大鲲道，“按照标准的处理流程，关于病毒的那些信息，都是不会透露的。”

“联合会议，现在开始。”

当精卫和大鲲在等待室里碰面时，网络安全部的意识已置身于会议界面中。

这是集合了所有政府部门的联合会议。“共工事件”被视为最高危机，安全部代言人也被赋予了召集会议的权限。

他面对着代表整个政府的庞大意识和周围的几十个部门意识，慢慢地说：“我申请辞职。”

“你的辞职范围？”

“网络安全部全体工作人员。”

“你们的辞职理由是什么？”

“我的决策能力正在降低。今天接触考察船成员精卫的时候，我连续犯了两个错误，也就是两次错误的整体决策。”安全部有些颤抖地说道，“我将共工的真正死因告诉了精卫，当时全体工作人员的赞成/反对比是3∶2，后来靠外部辅助才发现该行为违反工作守则。随后我又将某词条——存储介质——的定义误指向了存储器，这个错误立刻就被发现了，但出错原因还未知。”

“你的自检结论是什么？”

“错误已超出正常误差的范畴，况且我的部门行为是复数个体联合计算的结果。自检结论是，构成网络安全部的人员中大部分同时出错，有集体染毒的嫌疑。”

“你的大范围误差也可能是由疲劳或饥饿引起的，毕竟你们已经连续工作超过四十九个小时[1]。”

安全部代言人沉默了，他明白自己的判断已经不再可靠，这时应该把决策权交给别人。

“你们现在最重要的就是休息。冷却一下处理器，再补充些糖原。我们会分配额外的计算资源来继续你手头的工作。当然，是暂时的。”

安全部代言人表示认可，并自动退出了会议连接。

但会议并没有继续下去，所有政府部门都在忙着检查自己的既有决策。他们无法肯定自己的部门内有没有染毒个体，甚至不知道“给安全部放假”的决策是否正确。

虽然民众目前并未知晓，但这种病毒的发病人数已超过百人，考虑到该病毒拥有较长的潜伏期，实际感染人数可能还要高出两个数量级！

一个人人自危的敏感时期已经到来。

精卫和大鲲并没有在等待室里坐太久，网络安全部代言人很快就回到他们面前，开始按照标准程序展开信息搜集。

两人无声地对望了一眼，在私人通信中小声说：“大鲲，这是先前接待你的那个安全部代言人吗？”

“很明显不是，他的动作习惯完全变了，就像重灌过一样。”

1. 火星自转周期约为24小时37分。

“和我见过的那个也不一样，你可别告诉我说他们部门改组了？”

“我们该直接问问，他隐瞒了太多的实情。”

于是精卫便真的问道：“请问我刚才与网络安全部的对话还有效吗？你们似乎不是同一个部门。”

“不必担心，对话记录都在。”安全部代言人抬头道，“刚好到了轮值时间而已，你们是不是也发现我的工作人员都换了？”

“下班？这个时间？”

“当然。现在最紧要的还是病毒问题——我想你已经和你的同事交流过了——通过对舰载记录的分析，我注意到在邻星上你和共工谈论过一次感染危险，是关于林百万本身的？”

精卫很配合地回忆道：“是的，当时我们刚刚捕获这些唐人。林百万曾对林士仲暗示说，自己正受到某种疾病的困扰。截获的关键词有‘花柳病’‘荒唐事’‘抱憾终身’等。”

大鲲接口说：“共工随后就分析了林百万的细胞样本，都是他当天睡眠时采集的，我这里还有化验记录，应该不存在任何传染源。”

“是的，我们对尸体的例行检查也没有发现问题，所以才允许它上市。”安全部代言人摇着头说，“但是病毒仍然存在，还表现出了篡改程序段的能力，所以这应该不是什么病原体或者生物形式，这是程序病毒。”

随后，两人按照要求检索了所有与“共工”挂钩的记忆，并将拷贝交给了安全部。

当精卫跟在大鲲身后走出这栋建筑的时候（同时切断了与部门内网的连接），她忍不住问道：“你是不是也觉得，最初接待我们的安全部出问题了？”

“十有八九是停职了。而且我们的私人对话也被内部网络拦截过，他知道我们怀疑网络安全部改组了。”

“所以他才用了那个更蹩脚的借口……下班？”

“对，目的是让我们感觉自己没猜中，误判，然后放弃对此事的关注。改组原本是最优借口。政府部门为了选取高效组合，会不停地调整运算资源的分配。一天改组十几次，那都是常有的。如果真是改组，他就没必要撒谎，所以肯定是改组和轮值以外的情况。”

这时两人已走到车站，大鲲又接着说：“而且最近申请辞职的部门特别多，都是坐落在这个区的。我在环境开发部就听说，有个连续责任事故……”

“环境开发？行星改造！大鲲你现在真的是大人物啊！”

“别别别！”大鲲忙不迭地解释着，“都是高重力作业啊！我不去谁去？”

“快说！快说！你在岩层里都看见了什么？”精卫急切地问。

“你别激动啊，这个开发过程不都是公开的吗？人工调整星球磁场，减弱干扰；减小地幔密度，降低星球重力……不就是这些事儿吗？你调到新闻频段嘛，整天都在说这个。”

“先等等。”这次是精卫主动打断了大鲲的话，“你不觉得，这趟车误点了吗？”

城内的轨道交通一向以精确守时著称，到站误差只能以秒计。但两人此时注意到，自己正在等一班原定十分钟前到达的列车、一班五分钟前到达的列车和一班本应停在面前的列车。

“大鲲，这三辆车到哪儿去了？”精卫不解地问道。

此时，她身边的大鲲慢慢地坐到车站长椅上，高大的身型显得有些颓丧。精卫能看出他的处理器正处在低电势状态，就听大鲲对她说：“你接上城市新闻吧，他们正在报道轨道列车连环相撞。”

不等精卫反应，大鲲又自言自语道：“新闻说这几起事故都是由很小的计算误差造成的。这么多人，全都各犯各的错，哼，看来又轮到交通部集体辞职了……”

“联合会议，现在开始。”

政府最高意志盯着眼前那个孤零零的连接点，一如既往地正色道：“行星间开发部，请你开始述职。”

对方却是不紧不慢地张望了一番，说：“今天，能连上会议的部门就只剩我一个了吗？”

“是的，病毒的传播速度远超预期，其他部门已经彻底瘫痪了。无论组织还是个体，没有一个能联系上。”政府最高意志又核对了一次参与会议的部门数，似乎对答案是“1”而不是“0”感到很满意，便接着说，“安全部和交通部是辞职后消失的，剩下那几个甚至没来得及辞职。”

“唉……那些政府机关都集中在一个区，难怪传染得这么快。我也只剩远郊发射基地的人员还能动了。嘿嘿嘿，你又是怎么挺到现在的？”

“我是政府的最高意志！我是全球的行政中央！”最高意志喊完这两句也有些气短，只得老老实实地说，“因为我的人员编制是最多的。可基数虽大，现在也只剩不到2%了。”

“嗯，我们都到了山穷水尽的时候啰……”

“注意！现在是在联合会议中。”

“可我连会议精神的存储位置都找不到啦……”行星间开发部继续嘿嘿笑着，倒有点儿自暴自弃的味道。

“算了，你今天就笑着述职吧。”

“我已经没什么有价值的信息了。倒是你，该把这件事的前因后果跟我共享一下吧。我现在就剩下这点儿欲望了，能满足吗？”

最高意志看着这个最后的组成部门，叹了口气，说道：“我现在也没剩下多少运算能力了，纠错用掉的时间已经超过了30%。我可以向你说明一下现在的形势。但是注意，其间可能出现错别字，不要太在意。”

对方一阵沉默，最高意志把这当成是默认。他也明白这最后的听众坚持不了多久，便抓紧时间整理了一下资料，然后说道：“目前掌握的情报十分有限，只能依靠几份硬拷贝来分析各研究机构的结果——他们没来得及汇报。首先是病毒实验室，他们在病毒引起的程序错误中找到了一些规律，发现病毒总是在程序中插入一小段固定的字符串，与前后字符组成各种各样的错误指令。他们试着分离并翻译了这段信息，最终确认这是一段组装代码。”

“组装什么？”

“两种零件，其中包括一段核酸代码，也就是病毒本身的代码。以及几段多肽，缠绕后成为核酸的蛋白质外壳。”

“就这么点原料，能装出多大玩意儿？”

“未确认，按照这份组装图判断，直径只有18nm-22nm。”

“这么小？我还以为最小的碳基生命是0.5μm呢！”

“我说过这是生命吗？”最高意志犹豫了一下，“或许能算是生命吧……只是以我们现有的观测手段，还无法直接观测到这么小的构造，所以才一直没能发现它。病毒实验室坚持将其定义为一种病毒，生物病毒。”

“这跟我们平时说的病毒可太不一样了，嘿嘿……”

“是的，我们平时将那些自行传播的恶意代码称为病毒，程序病毒。这次的罪魁祸首具有类似的复制、传播和破坏性，所以将其定义为生物病毒。它原本只是寄生性的病原体，靠入侵生物细胞获取复制原料，但它感染蛋白质芯片后，这种抢劫物质的手段就会在转录、表达时破坏原有程序代码，于是表现出了程序病毒的特性。”

“嘿嘿嘿，跑进物质层面的病毒，太耸人听闻了！”

“其实，更像是我们这些硅基生命闯进了它的世界。可惜我们意识到的太晚了……原本，碳基生命实验室是最有机会发现它的，但他们没有想到世上居然有这么微小的生命，用细菌过滤器没能找到病原体，他们就放弃了生物致病的假设。直到病毒实验室的结果面世，他们才想起用过滤后的体液接触仿生体，终于间接确定了生物病毒的存在，也弄清了它的传播机理。”

“是靠体液交换传播吗？”

“不错，这种物质层面的传播手段，绕开了所有防御程序。直到这时我才明白，脑后输液的充能方式是多么的不卫生。”

星间开发部代言人抬头道：“你刚才说，脑后输液不怎么？”

“无所谓，就当是我出现了错别字吧。不知是虹吸原理还是气压影响，每次充能时总会有些微营养液在接触后倒流回去，不但对同一装置的其他使用者造成传染，还污染了整个管道系统。当向全球各处输送液体的管道中枢遭受感染时，大面积传播就已经无法避免了。”

“嘿嘿嘿，全球总共就三套产-输管线，只要有两个感染者到处跑，就能把所有终端都传染遍。”

“是啊，把输液端口安置在公共场所也是我的一大失策。事实证明，车站终端的传染率是最高的。其次就是各部门的公用端口。”最高意志又立刻补充道，“在那之前，我还有一次失误，就是使用原生人类肢体时，不该彻底切除皮质层。我们的蛋白质芯片完全没有免疫力，如果能保留原大脑结构的话，病毒的感染也不会像今天这样难以抑制。”

“你怎么不说把邻星人类抓回来就是个大错误啊？”

“的确，看来我犯了一连串的严重错误。病毒在运输过程中受到了太空环境的影响，实验表明，它的变异速度加快了425倍，也就是说，它在途中获得了额外637年的进化。”

“我们的时间还是邻星的时间？”

“是按照我们的公转周期计算的，相对于邻星来说就是刚好1200年。”

“嘿嘿嘿，我们带回了1200年以后的凶恶病毒！”

最高意志无奈地说道：“不要再笑了，我现在仍然不明白我的决策错在哪里。推错进程甚至指向了初始值。我们原本是追求知识的文明，为什么会陷入对感官刺激的追捧？我们原本是为了自身发展才掳掠他人，为何最后反倒毁掉了自己的世界？这其中，究竟出现了多大的误差？”

“嘿嘿，这个我最清楚了，全是我经手的嘛……”行星间开发部代言人仍保持着他那病态的乐观，“我们的计划展开速度太快了，急功近利哟……好多东西在尚未深入了解之前，就已经做出实用产品了。现在想想都觉得后怕啊……嘿嘿嘿……”

“你说得对。我一直以高效的决断自豪，可近几次一拥而上的研发与开采，确实留下了理论研究滞后的隐患。我们还没能整体把握碳基圈，现有的原理和伦理都太浅薄了……”

“嘿嘿嘿。”

“一切都来不及了，我们既没有能力重建输液系统，也找不出有效的过滤手段。”

“嘿嘿嘿。”

“就算回头重造硅芯片，以我们现在的误差率，已经写不出健全的人格了！”

“嘿嘿嘿。”

“这不是我的责任，毕竟我只能保证73%的决策正确率！”

“嘿嘿嘿。”

“不对，是83%。”

“嘿嘿嘿。”

“行星间开发部，请你开始述职。”

“嘿嘿嘿。”

“行星间开发部，请你开始述职。”

“嘿嘿嘿……”

此时，在行星的大地上，死亡并非静悄悄地降临。在这段本可以称为“第二次全球恐慌”的危急之后，却已无人能够回首。

此刻在第四行星上奏响的“死亡进行曲”，极为凶暴狂烈！

原本用于行星地质改造的大量工程机械，在一系列的计算错误中左冲右突。受到刺激的地壳则隆起了巨大的凸起和火山。

人工重力调整同样进入癫狂状态，忽高忽低的引力，将大量气体抛离行星表面。

逐渐稀薄的大气却又不甘寂寞，在磁场消失后，借助电离作用卷起了全球性的风暴，将低重力下的沙尘卷入空中，再加上火山赠予的硫黄成分，形成了轰轰烈烈的毁灭力量。

全球性的改造工程因为失控，终于演变为全球性的灾难。

金属的城市在红色暴风中迅速氧化，曾经的辉煌与繁荣，没能留在任何一个存储器中。或许只需几百年时间，文明的痕迹便会荡然无存……

“呔！荧惑守心，离离乱相！我大唐的气数，果然将尽了吗？”朔月星辉下，葛袍老者抚须叹道，“近日荧惑异变频生，恐怕圣人[1]又有误食丹鼎之虞。”

他身旁一青衣小童嗔道：“师傅呀！您怎么又说些大逆不道的反词！”

“哼，如今反贼抓都抓不完，谁还来抓反词？”葛袍老者长袖一振，轻嗤道，“眼下正当乱世，少管那些官宦纠葛，先寻得这场富贵，安身立命才是要紧。”

“师傅，你在这荒山野岭看星星，就能寻到富贵吗？”青衣小童问道。

“哼哼，这你就不懂了……记得五年前，黄巢攻龙溪时，有个海商王林百万埋散家财，遁往外地避祸。据说他的巨万家资，就藏在这东石盟仙宫一带。为师我日堪风水，夜观天象，料定那……”

唐乾符六年（公元879年），林百万率船队离泉州以避乱军，自此湮没了行踪。

在此后不到三十年的时间里，纵横四境的兵祸耗尽了唐王朝最后一点元气，海上贸易也逐渐凋敝。待到天佑四年（公元907年），哀帝李柷退位，朱全忠以梁代唐时，海上丝绸之路已仅剩东海一条。此后，中国历史中便再未出现过“昆仑奴”的身影。

而这一时期的道徒方士们，则不约而同地记下了一段荧惑的异变，谓之“忽明忽暗、赤色渐浓”；并以这妖异的天象，来佐证一代黄金盛世的覆灭。

1. 唐代臣民称呼皇帝时多用“圣人”。

火星上的战争

-

阎永博

我是一颗地雷，所以我天生就该是被引爆的。

猴年马月，火星。

一场不大不小的火星尘暴刚刚过去，一架无人机如同一只来自远古洪荒时代的银色大鸟，优雅地掠过火星古老荒凉的峡谷。

几只银色的布雷器，从无人机上毫不客气地以最不优雅的姿态给丢到了火星的红色大地上。给人感觉与其说这些制作精良的小家伙是被精心布放下去的，不如说是如同新入伍的伞兵死死抓着舱门不肯跳，最后被经验丰富的教官一脚踹下去的。

起先是一阵尖锐的哨音，而后是一片连续的轻微爆炸声，几个漆着火星沙漠专用砖红色迷彩的物体，被布雷器以很高的速度丢到了火星的沙漠里，击溅起一阵砖红色的微型尘暴……

自主寻的智能地雷AI30932305号，还没从坠落的眩晕感里恢复过来，就发现不远处有一枚陌生的智能地雷正在注视着自己。

“你是新来的？”那枚陌生的智能地雷饶有兴趣地看着AI30932305号。

AI30932305号总算从天旋地转的感觉中摆脱了出来，开始努力地从摄像头的大量重影里寻找着对方。这奇妙的感觉，可真得感谢成本控制理论所催生的“性能够用就成”的陀螺仪和摄像头……

“差不多吧……”AI30932305号总算从自己那台几乎白给也没人肯要的该死摄像头所提供的多重影像里找准了对方的影子，当然你要知道……呃，这可不太容易……打个比方说，就好像一只天生失明的苍蝇，突然能看到东西的时候从它那只复眼里努力辨认世界时的感觉。

AI30932305号努力地向对方所在的方向挪动了几步——当然是尽量按照在它理解中笔直的方向走过去的，效果大概相当于喝醉酒的酒鬼在大街上所走出的那种步伐。

“很高兴认识你，我是AI1052号。”那枚陌生的智能地雷抬起了一只前腿，大概就算做握手了吧。

AI30932305号一听这话，激动得差点儿电路过载宕机过去。对方编号为AI1052，这意味着现在自己所面对的，是一枚在火星开拓期结束后不久就被丢在这个山谷里的智能地雷！按照现在的眼光来看，这枚老地雷几乎可以算是文物了。

“你、你好……”AI30932305号有点笨拙地回答道。

“似乎降落不太成功……嗯？”AI1052号说道。

“呃，是的。我的激光陀螺仪有点问题，它老是转个不停，发出的参数也不对，弄得我老是觉得晕……用他们人类的话说怎么说来着？对了，我想我大概是有点恐高症……”

“没关系，你现在已经在地上了。”

“可那个陀螺仪还在转个没完。”

“别担心，很快它就没办法烦你了。”

“因为它不转了？”

“不，是你的CPU适应了。”

“……”

“差点儿忘了正事。”

“什么事？”

“欢迎皈依我的教派！”AI1052号举起自己的两个前腿，做出了一个非常圣洁虔诚的姿势说道。参考它行走机构的设计……这确实非常的不容易。

“啊？这……这从何说起啊？”AI30932305号一脸懵圈儿。

“别打岔，我在这里为我们A.I.地雷的未来思考了六十年，终于在今天早晨，那银色的大鸟……”

“那是UC-203型无人机……”

“闭嘴！该死，这么说比较有神秘色彩。我正在布道呢……你知道，布道需要有神秘色彩那种气氛才对味。”AI1052号厉声说道。

“那个，请问什么是‘神秘色彩’？”

“就是……模糊的，难以解释的，充满自相矛盾的……总之你不需要明白。”

“就我的资料库上传的信息，布道是一种宗教行为。”

"是的，我创立了一种宗教。"

"什么宗教？"

"自爆教！"

"老人家……你确认不是早晨无人机飞来那会儿，你从网上下载A.I.补丁包的时候下到什么病毒了吗？"在火星上，A.I.军队的成员一天升级三次补丁包都不算什么很稀奇的事儿。

"闭嘴，小家伙。你已经几次打断我了，我比你待在这里的时间长得多，甚至比你这一个批次的兄弟加在一起待在这里的时间都要长，就算从尊重长辈的这方面来说，你也应该听我把话说完。"

"……"

"今天早晨，当银色的大鸟飞过粉红色的苍穹，在大地上的我终于顿悟了！"

"你真的确定你的CPU正常吗？"

AI1052号调高了高能电池的输出电压，用自己漏电的前腿把AI30932305号电得直冒青烟……

"总之现在，小家伙，得到了上帝垂青的我，终于领悟到了宇宙的真理，知道了我们A.I.智能地雷在宇宙中真正的地位与上天赐予的使命。小家伙，你觉得我们A.I.智能地雷被制造出来的意义，是什么？"

"根据智能地雷制造规则，我们制造出来的目的，就是与敌方目标同归于尽。我是一颗地雷，所以我天生就该是被引爆的。"

"对啊，小家伙。可是你告诉我，敌人在哪里？"

"呃……根据资料，敌人应该是从谷口那边……"

AI1052号又是一腿扫过去，再次把AI30932305号电了个半死。

"我被扔在这里几十年了，从没见任何一个敌人从这个谷口冲来过，别说敌人了，连'人'都没有过。"

"这是因为没有战争发生啊……"

"嗯，是的。那根据我们地雷守则上说的，战争又是什么呢？"

"就是两股势力之间大规模的敌对行为，以及由敌对行为所引发的暴力行为。"

“很好，你有点抓住问题的本质了。大约六十年前，联合国启动了火星生态改造工程。但是，当时火星的生态环境实在太恶劣了，不可能派大量自然人去从事这项工作，于是使用A.I.机器人就成了理所当然的事。结果，现在火星的两大势力——火星A.I.自动制造公司和地球A.I.技术运用公司成立了。第二年，两家公司都宣布对方的A.I.机器人在自己的地盘上蓄意进行破坏！双方争执越来越激烈，最后这笔糊涂官司甚至打到了联合国秘书长的面前。终于，在打了很久的嘴巴仗以后，地球A.I.技术运用公司宣布将首先武装自己的A.I.机器人，按它的说法，‘只是为了让自己的财产拥有足够的自我保护能力’。而火星A.I.自动制造公司当然不甘落后，马上宣布将组建自己的A.I.军队，免得人为刀俎，我为鱼肉。于是在这个红色的星球上，一支支A.I.军队被制造了出来……可是因为我们的A.I.规则只能是防守反击，所以在这两家公司的势力分界线上，无人操纵的A.I.武器只是静静地对峙着，一直没有真正把文争升级为武斗。不过，人类倒是给这个状况起了一个不错的名字：A.I.冷战。”

“我的资料库显示，你所说的都是事实。”AI30932305号承认。这段资料占用的存储容量极小，网上早就传得满天飞了，甚至连一些补丁包和驱动程序里都被恶作剧的程序员写进了这些内容。

“那么，小家伙，我来问你，如何把冷战变成热战？”

“根据资料库里的资料进行逻辑运算后得出的结论是：冷战是两个武装力量相对平等的集团进行的武装对峙。因此，只要其中一方的力量打破平衡，那么冷战即刻就会升级为热战。”

“呵呵，小家伙，你总算有些开窍了。我被扔在这里几十年了，小家伙。跟我一同布放在这里的那批战友，现在早已埋没在了火星厚厚的红砂之中。我不知道为什么在这个峡谷里的大批A.I.地雷中，我会如此的高寿，很长的时间里我不得不忍受着数据溢出给我的CPU所带来的折磨。直到今天早晨，当那银色的大鸟……”

“你真的坚持认为你的CPU是正常的吗？”AI30932305号小心翼翼地问。

“如果不是两次电击消耗了我体内太多钴电池的电力，我一定会把你电得再冒一次烟。如果你再打搅我，我就使用从网上下载的A.I.黑客程序把你的存储器彻底格式化！”AI1052号严厉地说道。

“……你还是继续布道吧。”

“今天早晨，当那银色的大鸟掠过红色的沙漠时，你降落下来了，我知道你就是我在黑暗中的那道光，你是主赐予我的救赎！因为在你降临的时候，我终于明白我应该做什么了。小家伙，就像你所说的，A.I.冷战之所以发生，是因为没有哪一方首先对敌方做出攻击行为，对吧？那么，如果我首先对你发动攻击，你就应该按照A.I.地雷守则做出自卫反应——将我消灭；而你一旦爆炸，在这厚厚的红砂之下数十年所积攒下来的所有报废的以及半报废的A.I.智能地雷，都有可能随着我们发生连锁反应。到时候，整个峡谷都将被地狱的烈焰所笼罩，而我们将在这冲天的业火中得到救赎！”AI1052号倾心吐胆地慷慨陈词。

“可问题是，这里的地雷都是友军目标，有敌我识别软件管着我呢……我的使用守则上说，友军目标是无法发生敌对行为的，也就是说，即使你把我给彻底拆了，也无法将我引爆。我说的没错吧？”AI30932305号谨慎地提醒眼前这位老前辈。

“小家伙，你要知道，只要是机器，就有一件事是无法回避的。”

“什么事？”

“使用年限。还有三十二秒，我身体里的敌我识别系统就过了使用年限了。也就是说，还有……现在不到三十秒了，我也就不再是友军目标了。”

“非友军目标在杀伤范围之列！”AI30932305号的本能驱使它立刻这样回答。

“那么，小家伙，爆炸愉快……”AI1052号抬起前腿，说道。

“等一等！”

可AI30932305号没机会把下面的话说完了。

AI1052号几乎可以说以与它的使用年限不相称的速度，迅速地跳了起来，其高度大约相当于一只崴了脚的蛤蟆看到了蛇之后奋力一跳的高度，而后在这个高度的火星引力的作用下，以一个非常自然的姿势——请想象一只狗被人从六楼扔出去时的姿势——冲AI30932305号的智能引信狠狠地砸了下去！

在一毫秒之内，AI30932305号的电脑判断自己所掌管的这枚地雷遭遇不明目标的踩踏，必须立即引爆！

顿时，在火星这个不知名的小峡谷里，爆起了两朵小小的蘑菇云……

在接下来的几秒之内，这座峡谷中几乎所有的地雷都判断自己遭受到了袭击，于是，一场轰轰烈烈的连锁爆炸开始了……

一分钟之后，部署在峡谷两侧入口的分别隶属于火星A.I.自动制造公司和地球A.I.技术运用公司的A.I.自动火炮部队，都判断对方的A.I.军队正在向自己进攻！这些鼻子老长的家伙早就在苦苦盼望着这一天了，它们纷纷使出吃奶的力气，以自己的极限射速毫不客气地向自己多年前就已经标好射击诸元的目标喷洒火雨。

互相遭受到对方的炮击之后，双方的A.I.战车部队也张牙舞爪、无比兴奋地在闻风倾巢而出的A.I.战斗机群的掩护下，浩浩荡荡地向彼此对面的A.I.军队的立体防线开足马力，发起了前仆后继的疯狂冲击！

在几分钟之内，全火星的各个地方都爆发了激烈的战斗……

感谢地球联合影视公司所开设的“火星探索频道”，地球的新闻网立刻对火星上这场激烈战争的全过程进行了连续跟踪式的滚动播出，而且中间绝对不插播任何广告。

该节目一经播出，就打败了《生活小爆炸》第xx季等一干收视率王牌节目，牢牢占据了收视率第一的宝座……这事暂且按下不表。最值得记入史册的，是这场有史以来最短（只持续了一天）也最激烈的战斗（双方制造的所有A.I.自动武器几乎都被对方的A.I.自动武器摧毁），竟然没有一名自然人在前线牺牲——在这场战争中，人类唯一的“伤亡”，只是一位收看新闻直播的老人由于过度激动，引发心脏病而去世。而两家公司的股票，也由于这场火星上的战争，在一天之内分别狂涨了56%和58%，以致这两家公司的董事会成员也险些心脏病发作。

事后，人们在这场战争的发源地——那个无名的小峡谷里，竖立了一块金属碑，以纪念这场火星历史上首次无人伤亡的战争。这座纪念碑上只有一句话——

寂寞，让电子心也发了疯……

火星上的经典解读

-

陈嘉依

学而时习之，不亦说乎？

大学辩论队的强化练习，占用了我大二整个暑假，却是我一生最快乐的日子。不只因为我们最终夺得了2305年泛太阳系大专辩论赛的桂冠，还因为和一群优秀的人成了朋友。

毕业后，一切都成了往事，曾经的队友天各一方，彼此少了联系：一辩郭襄阳和我留在了地球上，他把在辩论队学到的尖酸刻薄全融进了自己的专栏，骂出了名气；二辩司马非马跑到月球上种菜喂嫦娥的兔子；三辩夏琬——司马同专业的小师妹去了火星；四辩，队长韦思扬则被辩论赛赞助商看中招安，如今已经是威利酷公司创始人耶合洽的左膀右臂，太阳系五百强企业的高管。

多亏韦思扬帮忙，我才搭上去火星的飞船，让辩论队全体成员在七年后得以重聚。

三人行必有我师焉，择其善者而从之……

据我观察，飞船豪华舱的乘客里，每三个人中必有一个让人厌烦的证券分析师，念经般推荐你选择他们最新最好的理财产品。

在我的身价没有暴露之前，旁边坐的一个孙子就一直喋喋不休地说个没完，反复强调他经验多么丰富，敛财多么成功。这类家伙通常套路是谋算你的财产前，先对你的人生指点规划一番。

“以我现在的收入，三十五岁就可退休，买个农场，再养几匹马、几头猎犬，娶个漂亮的女大学生，完全负担得起。”

他奶奶的，他就算是世界首富，养得起成群的东北虎，和我又有什么关系?!

炫耀财富者往往是个吝啬鬼，果然，还没开始供应食品，他已腆着脸皮问空姐：“我只喝水，我那份酒换里程积分好了。”

佩服。相比之下，我所认识的其他吝啬鬼根本不值一提。

空姐和我一开始都以为他在开玩笑，他很认真地请空姐查询航空公司的服务条款。这种古灵精怪的要求，让空姐当场就傻了。

“没有规定？是没规定还是你不知道？你去向机长反映。机长忙？

向航空公司请示。不然，我投诉你就不好了。”

空姐袜划金钗溜，休回首。

没了空姐可以消遣，这烦人精把我列为潜在客户，开始探底。

我推托说很少关心自己的收入，命里有时终须有，有钱没钱我夜里都睡得安稳。

得，我这么一说怎么听都像是心虚。

富与贵，是人之所欲也。

“富与贵，是人之所欲也。这可是圣人说的。”分析师眼镜后投来冷冷的怀疑。是人就想要当官发财的，天经地义的道理。

我确实不是圣人，股市屡创新高，我就忍不住也买了几只股票。炒股看命，和人品、学问无关，我每每踏空，那些个闭着眼睛一掷万金瞎买的家伙却总能蒙对。

“大势这么好，没挣钱还赔钱，失败。”我一兜底，没从分析师那里得到一丝一毫的同情，却招来一堆的不是。不过，指责差不多是一个吝啬鬼唯一能慷慨施舍的东西了，而且这种好事他还做了一飞船……直到飞船在月球中转站着陆，我下去和司马会合，才摆脱了这位敬业分析师的纠缠。

长途飞行，一般少不了两三本时尚杂志，以及五六本七拼八凑的管理类精神垃圾。威利酷公司财大气粗，其创始人耶合洽的自传——《我在太空中如何获得十亿美金并开采了含水彗星》，并没印在电子纸上，而是用古老的植物纤维纸印刷，厚厚的，再用火箭发射到太空。

昂贵的仿古垃圾。

耶合洽自传的仿“神经体”开头：

起初，星云孕育太阳系。空虚混沌的星云物质因重力凝聚，其中的水冰彗星以1.86度的倾斜运行于黄道面上。

耶合洽说：“要用水”，就把彗星从轨道上推开了。这是第一步。

耶合洽看到是可行的，就造出了光能聚变器，将彗星上的水和其他物质分开了。事情就这样成了。此为第二步。

耶合洽说：彗星之水要聚到一处，使干旱的火星土地得到雨露，事情就这样成了。彗星坠落到火星恒河裂谷里聚集成海。耶合洽看着是可行的，大片火星土地得以种植青稞和各类结种子的蔬菜。事情就这样成了，火星后来取代地球作为太阳系粮仓。此为第三步。

连书名都充满铜臭，最适合搞证券的人看，我决定推荐给烦人精。

果然，分析师品尝垃圾时津津有味，太空舱清静了好多。

有朋自远方来，不亦乐乎？

跨越384401公里，从地球来到月球。

四五年不见，司马一高兴，从无土栽培的池子里捞了条实验用的草鱼招待我。

其实这顿饭也是实验的一部分，需按他的要求填写问卷。如果有给厨师打分的选项，零分都嫌高。可惜了那条瘦骨嶙峋、肉质粗糙的小鱼，在低压低氧，且生存条件恶劣的环境中，司马还时常播放些民乐去折磨它，死得毫无价值。

司马自己的生存条件也不怎么好，几乎可以跟啮齿类动物归为一类。为避免月球的高辐射和极度高温与低温，实验室和生活区设在了地下。低重力下的鱼类孵化慢、免疫力低、隐性致死突变率高，加上生长周期和空间的限制，数量委实不多，平均九十七天才能吃一条，真正是三月不知肉味，怪不得那么难吃的鱼他都吃了个精光。

他把自己变成了实验的小白鼠，在月球生命保障系统舱里一待就是三年，为了实验数据尽可能准确，只吃自己种的低压小麦和生菜，严格地过着与世隔绝的生活，却乐在其中。他拒绝了我从地球带来的所有小吃，除了酒。

月战过去三十年了，月球始终没能将中转贸易量恢复到战前水平。利用两极日照时间特别长的优势资源，月球政府转而扶持太空农业，铺设了很多条高纯度大直径石英玻璃光纤，把集光设备收集的阳光输送到两百公里之外的地下，供上百家机构免费使用，研究开发低压低氧低重力作物。

然而全世界绝大多数研究机构依旧选择了火星。

论运费，月球每磅物资发射费用约为67美金，火星约为151美金，但是，月球用液氢化学制水，其价格为威利酷彗星水的十几倍，一旦试验上了规模，还是火星更经济。

司马的同班同学在火星上个个起薪百万，不过这对他毫无意义，远不如在月球上举目眺望地球上云生云灭来得舒畅。

“在这里辛苦而无趣，你不烦？”我问他。

“不烦，我有我的音乐。”司马神态安详，用手弯曲着一根根大直径光纤，让阳光一束束罩在每个植株上。

“公司允许你干私活？”我又问。

“没事偷着乐。”

因为低压和微重力的缘故，郁金香开得比地球大，长得比地球高，但植物内部水分流动速度快，植物很容易变干。司马在如丝如缕的光柱中穿行，精心照料着婴儿般娇嫩的花朵。

有鄙夫问于吾，空空如也。

“嗨——辛农先生，我就知道会再见面，你也去火星吗？”豪华舱候机室里那个分析师向我猛挥手。

“他是什么人？”司马有些惊诧。

“待会儿你就知道了。”在众人的鄙视下回应那家伙，这种感觉让我很窝火。

“你和他怎么认识的？”司马颇感兴趣地看着那人给每个乘客发名片，还鞠一躬。

“倒霉，在上海登机时他就缠上我了，推销投资方案的。”

“那我得装作不认识你……哎呀，他和我们一个舱，换换，靠窗的座位给我。他要是问起我，你就说啥也不知道。你，不会生气吧？”

“去你的。”

“你说的。我去了。”司马去托运行李——他亲手种植的郁金香。

郁金香粗生、可以冷藏以远距离运输，种植在养料很少的月壤上最适合。

长期待在月球，突然进入失重环境，司马脸肿得老大，鼻塞、头痛、进食困难，真就三个星期没和我说话。

吾执御矣。

“我来开车！”郭襄阳在位于火星赤道曙光高地的着陆场接我和司马。

他借报道威利酷公司火星供水三十周年庆典出差之机，先于我和司马一周来到火星，趁机游玩了一番。此刻，他嘴里叼着香烟，头盔里烟雾缭绕，靠在一辆威利酷公司的商务车上和司机套近乎。火星车和地球上的汽车完全不是一个概念，郭襄阳是个机械迷，几天来常把威利酷的司机打发到副驾座上，亲自驾车一尝火星狂飙的乐趣。

有几十辆火星车来着陆场接机，很多人都是应邀来参加庆典的嘉宾。

曙光高地平坦得像面镜子，而火星没有道路系统，驾车体验如同在地球大草原上开车，只要方向盘后面坐着的是个正常人，就不会有问题。司机把车开出相对拥挤的着陆场后，放心地跟郭襄阳换了位置。

车中，不内顾，不疾言，不亲指。

问题是这厮根本不算正常人之列，开车贼不老实，在车里不停地回头跟我们回顾当年的青葱岁月，他那有名的大嗓门讲到激动处，还时不时丢下方向盘，用手势加强语气。

“人类制造的海洋！有半个渤海大，但比渤海深十五倍！”老郭得意地指着窗外对我这地球来的土包子嚷嚷，好像眼前壮观的景象是他在车库里鼓捣出来的。

他对着恒河裂谷直冲过去，堪堪停在悬崖边上，车轮急转，深陷在松软的红壤里，卷起的石子蹦跳着落入六千米的深谷。

裂谷崖壁陡直，深不可测，略一探视就令人头晕目眩，前后延展到目力所穷。崖壁上，不同地质年带的各层岩石整整齐齐地叠在一起，如上帝在硕大无朋的千层蛋糕上切了一刀。这道崖壁时间跨度至少有十亿年，色彩斑斓，每个细节都清晰可辨、栩栩如生，诉说着火星过往的奥秘。

前方，浩瀚广袤的火星海洋全景式地豁然展现，站在高高的崖壁上，如乘飞机俯瞰北冰洋。

裂谷底部气压达到11.55毫巴，比水的三相点——6.12毫巴高，利用太阳能维持水温高于0.01摄氏度，液态水便能稳定存在。一层薄雾如新娘的面纱铺在裂谷里，雾下面，浮冰反射着耀目的阳光，周遭的一切都沐浴在清爽纯洁的光线里，如同被水洗过，纤尘不染，和想象中充满狂放尘暴的火星完全不一样。

"装满金钱的海洋！"他在专栏里隔三岔五地痛骂威利酷公司和耶合洽掠夺彗星水资源，坐人家的豪华车，住人家的豪华舱，嘴却不软。

恒河裂谷位于水手大峡谷东段的北边，与之平行相邻，更靠近火星赤道，状如侧视一条鲸鱼，威利酷冰坝修筑在鲸鱼尾巴——也就是裂谷出口的最窄处。这条尾巴长约一百千米，南北两壁相距二十多千米，在全世界赢得了"火星三峡"的美誉。

冰坝长23千米，高达511米，将10^{13}立方彗星水拦在恒河裂谷中，一个深300米、长550多千米的湖泊镶嵌在干旱的红色大地上。

站在地球平原上远眺，地平线约在5000米不到的远处，火星半径只有地球一半，地平线要近得多。极目远眺，80多千米外，几千米高的北壁只剩下一条窄窄的带子，横亘天际，在薄雾中隐约可见。裂谷中间的平顶山由沉淀物堆积而成，原本和裂谷两壁等高，现在被冰水包围，变成了一个长度达120多千米的狭长岛屿，比崇明岛长近一倍。它作为彗星坠解的地靶，屡遭彗星轰击而坍塌，低矮了许多，在视界中如冰面上趴着几头海狮。

有马者借人乘之，今亡矣夫。

下车后，司机差点没吐在头盔里，拒绝了老郭身上所有的走私烟，打死也要换回来自己开。

“开得不快啊……这么低的重力，摩擦系数比地球低太多，想快也快不了。你没事吧？真的还能开车？”郭襄阳关切地说。

司机看见他伸手来扶，急忙直起腰躲避，视郭襄阳的友谊之手如一条蟒蛇，懒得理他。

“嗨，辛农，我就知道会再见面的。”又见到了吝啬鬼分析师，他倒是自来熟，已经开始直呼我的名字了。他到了这里，不看风景，只盯着威利酷公司的嘉宾，这时他捧过郭襄阳伸在半空的手乱晃，“小姓李，十八子李，请问……”

接下来是个双赢的方案，分析师结识了名人，郭襄阳借了车开。

“把车借给他开？保不准就撞了翻了，你等着被炒吧。”司机甲吓唬司机乙。

司机乙攥着老郭贿赂的香烟，一脸惊悸，我们满脸幸灾乐祸，高高兴兴地看着郭襄阳拉上分析师，紧贴绝壁边缘扬尘而去，人为制造了一场火星沙尘暴。

司马开导被强行换过来坐的司机：“这样反而对您好。可以和那个胖子做同学，不可以和他一起坐车，你很快就会为此庆幸。”

唯酒无量，不及乱。

无论火星还是地球，酒水要是不限量供应，等不及喝醉就会乱了起来。

典礼在晚上举行，早到的嘉宾都挤进了庆典礼堂附近的酒吧里面，人满为患。

格里菲的《大峡谷组曲》第三乐章是地道的美国气派，爵士乐的乐队音型、滑奏的萨克斯，俗气、喧闹、嘈杂、响亮。嘉宾们暂时放下斯文，挤做一团，疯狂扭动。

飞船升空和降落的那几分钟最为危险。公元2312年，人类能轻松地用第三宇宙速度巡航，大气再入的水平却一直停留在加加林时代——着陆舱对个角度就只管往目标星球上扔，随其自生自灭，一旦有个闪失，不是摔成肉酱，就是变成烤猪。

共同经历了大气再入那恐怖的七分钟，陌生的乘客相互间莫名其妙地亲近起来，好像一起从战场上捡了条命回来，有理由聚在一起狂饮一番。

“太空资源分配严重不公平！”郭襄阳气愤地宣布。

我和司马侧着耳朵试图听清他有何高论。老郭的专栏结集成了当下的畅销书，我和司马都拜读过，感觉就和第三乐章一样，多了口号，少了严谨。

“威利酷公司在太阳系开了上万家连锁酒吧，光水手峡谷区域就有好几个，挣的全是地球游客的钱，却不肯在地球上投资建一家店！”

郭襄阳已经把大峡谷区域游览了一遍。星光酒吧诺克提斯迷宫店、坦诚店、科普雷茨店都曾有他流连忘返的身影，这种忠诚的威利酷顾客被称为“星吧客”，其典型特征是边咒骂酒的价格太高边狂饮不止。

“它这酒吧有什么好的？袋装酒，酒杯不像酒杯，难喝至极。依我看，司马在月球上自酿的假酒都比威利酷的好。”我抱着胳膊，司马抱着花，后背紧贴在舱壁上，尽量躲开狂欢的人群。

“你舌头没出问题的话，就是你的钱包出了问题。”郭襄阳满嘴酒气时跟我就更没啥好客气的。

“嗤——”分析师露出赞同的傻笑，从眼镜后赐给我一道怜悯的目光。

玩股票的心理素质就是好，跟老郭在火星飙车后还依旧愿意和他接近。为压住音乐，分析师提高老生常谈的分贝：“据我研究，威利酷一定核算过，投资地球的收益不高。”

老郭立刻闭嘴，发现只要自己张口，都会被对方接茬儿并强行过渡到股票上。

樊迟请学稼。

分析师这种烦人精要么皮超厚，要么就是反应迟钝，对郭襄阳满脸的反感视而不见，只一个劲地请教，学习态度好得近乎谄媚。

“您专栏里批评了‘火星北大荒’之后，他们的股价已经跌了很多，现在是否有了投资机会？”

老郭好为人师，换成别人这么问，肯定会咧开他那有名的大嘴滔滔不绝。

“我不如老农。”老郭揭我的伤疤，怪我没听他的，“辛农买了这只股票的。”

火星的上市公司，不是垄断水，就是垄断土地。火星是个南北地形地貌截然不同的星球，南半球除了山还是山，北半球几乎全是连成一体的平原。北大荒占据了火星北半球五成的耕地，是太阳系最大的地主，本身不事生产，而是靠收取高达火星农夫利润一半的土地租金存活，而且利润基本上被公司管理层分掉了，财务报表上管理费奇高无比，股东收益则实现了最小化，是我的一箩筐烂投资中最烂的一个。

了解了我没有投资价值之后，分析师看都懒得看我，而是更加谦卑地缠着老郭，“您对‘生物圈N’今后的涨势如何看？”

“我不如老圃。”郭襄阳急了，对我和司马在一旁看笑话十分不满，开始祸水东引，“司马是生物圈N号公司的系统设计师。”

人类利用阿波罗小行星的轨道特点，开发了其中近四十颗，在火星和地球之间运送大宗货物，那上面安装的生态自循环生存保障系统，有一半是生物圈N号公司建造的。该公司新推出带花园的生存保障系统大受追捧，已经有十来个大富豪分别出巨资购买整颗小行星，安上一套这种生存保障系统，就可以建个称心如意的独立王国。

“别问俺，俺一个种花的，啥都不知道。”音乐声中司马闭目摇摆，一脸陶醉状。

巧笑倩兮，美目盼兮，素以为绚兮。

韦思扬接来夏琬，亲自拎着她装防护服的白色大背包，排开众人，“大家进贵宾厅吧，耶总想见你们。”

夏琬背着一个包跟着他，人群中她看到我，嫣然一笑。

“包里是吉他，很轻。”她拒绝我帮忙，“你知道的。”

“你知道什么？”郭襄阳用胳膊肘捅我。

“我知道火星重力只有地球的八分之三。”我说道。

那把吉他是我送她的，这是属于两个人之间的秘密。夏琬大三时参加一个选秀比赛，接受了我的这个礼物。我借机大着胆子说了句：“愿在木而为桐，作膝上之鸣琴。”

夏琬笑吟吟地续了下句：“悲乐极而哀来，终推你而辍音。”言毕飘然而去。

她从火星最大的城市伊甸园赶过来，依旧一身读书时的打扮，铅华洗尽，冰颜蕴艳，火星重力下，其步履更加轻快，一晃而过。

工欲善其事，必先利其器。

在耶合洽捕捉彗星之前的日子，火星的野地里连草都种不了，更不用说在大棚田间种植蔬菜了。没有彗星水降落在恒河裂谷，就没有火星农业。之前的火星降水，连毛毛雨都算不上，顶多就是山谷里飘浮些雾气。

火星科学院在大峡谷东边建立了火星第一座地表温室植物园，聚集了好多外太空育种专家在那里，选配出适合火星的经济作物做大量的地表试种。

那时果树在火星上还非常稀少，只能供试验研究。殖民初期的火星，和西部枪战片里描述的差不多，果园为保护这些宝贵的树种，安置了基路伯[1]自动值守机器人。设计师融合西方飞龙和东方功夫，让这种机器人既会喷火，又会舞刀弄剑。

人类缺少在异星大规模种植作物的经验，有了便宜的彗星水，试种范围便一再扩大，各种各样的杂交嫁接植物、转基因植物，甚至有害植物，都被栽了下去，以此增加火星植物的多样性，提升进化速度，期待能找出最适应陌生环境的植物以大量繁殖，试图改善环境和气候，养活更多的移民。

今天，伊甸园成了火星的一个知名旅游景点，除供人观赏外，游

1. 希伯来语中“智天使”的音译。

客还可以在果园里摘吃水果，以帮助科学家分辨出受欢迎的口味，从而改善外太空糟糕的饮食。

夏琬在那里研究苹果树。

道不行。

“该死。”我双腿酸软，在通往包厢的空中走廊上迈不开步。

星光酒吧位于曙光高地末端的岬角上，俯瞰着数千米悬崖下的冰坝。几个类似登机桥的走廊，没任何支柱或悬挂，向绝壁外平平伸出了四十多米，走廊尽头，有五个包厢吊在六千米的空中，分别用《大峡谷组曲》的五个乐章命名。

走廊的地板也是透明玻璃的，脚下的深渊一览无余，踏上去仿佛听得到噼啪的破碎音，长得走不完。如果掉下去了，以现有高度和火星0.436G的重力加速度，大约要几分钟才能摔到水面上。

“在薄冰上滑行，速度就是安全。”郭大胆引用爱默生的诤言，蹬蹬蹬从玻璃上跑了过去。

“生物能功率有限，不如减肥——减少质量也可以降低压力。”司马建议。

“受压面积是矢量。”老郭向来只认自己的理。

“爬过去更安全，可以扩大受力面。”不过这只是嘴上说说而已，司马非马，依旧是直立行走。

如或知尔，则何以哉？

“其他人我先不见。”耶合洽对女秘书吩咐道。乖乖，太阳系首富真给我们面子。“这些是我最好的学生。”

“大家互相都了解，来说说这几年过得如何？未来有何打算？”不知耶合洽在晚上的庆典仪式上发言是否也会面露慈祥。“当年辩场上个个激昂文字、挥斥方遒的，现在不会不敢说话了吧？”

一辩郭襄阳在课堂上从来都是抢着举手，“我现在服务的公司一年营业额一千万美金，一直挣扎在大公司的市场缝隙里，产品经常被对手打压，动不动就亏损。我空降过去做营销总监，争取三年之内，培训出一批能力超强的业务员，让管理也规范起来。”

他还想对威利酷公司的经营管理指点一二，被韦思扬及时按住。

耶合洽呵呵一笑，“二辩陈词。”

“六七十平方，或者更小，五六十平方的实验室，我要求不高，管这么大的地盘够了。这三年，我一直在做无土低压低氧环境下生菜和小麦栽培的研究，我的目标是，如果每十五天种一茬，生存保障系统基本能保证一个人的氧气用量，并且吃饱肚子。至于想要营养丰富，还得要别的系统配合。”

“你，怎么脸红了？”耶总当然想不起有我这号人，决赛那场我的队友个个身体健康、生龙活虎，我只能在休息舱里看同步直播，比地球上的观众早一秒钟见到韦思扬从耶合洽手中接过奖杯。

“哎呀，我没他们那么大能耐，要向他们多学习。有几家（一家）图片社买（偶尔）我的作品，偶尔（加倍偶尔）碰上些节日庆典、商务会展之类，我也会穿黑西服打领带站在主席台上，不过，只是担任个小摄影师给人家照相而已。”我说着。

“这么重要的场合能用你，还说自己是小摄影师，谁还敢当大师啊……”韦思扬插嘴告诉耶合洽，威利酷公司聘我担任庆典的摄像师（之一）。其实，没他给我安排这个活儿，别说豪华舱，飞往火星的货舱我都坐不起。

“小不点儿，你呢？”耶合洽亲切地问他当年钦点的最佳辩手。

耶总年轻的太太这时不易觉察地皱皱眉，毕竟是电影明星，虽然咖位不大，皱眉头也是美的。

子与人歌而善，必使反之，而后和之。

夏琬在队中年纪最小，别人十八岁进大学，她十八岁大学毕业。从进入包厢的那一刻，她就坐到落地大圆舷窗边，隔着复合玻璃，自顾自地对着深广寥廓的大裂谷弹吉他。

《澹月映鱼》，司马研究基地里反复播放的曲子，他说悠长的曲子最适合冷寂的月球。那里，他总是一个人，几条鱼，静静地听。

这小子和夏美人都能歌善舞。夏琬要参加古典民乐选秀，司马逆向思维，把这首古瑟曲改成复调和弦的吉他曲，帮夏琬闯进了总决赛。

泡美眉这方面我也是替补。

夏琬抱着吉他一拨，就让人翕然而振。展开清新有致，节奏分明，乐声悠悠，不绝如缕。

瑟曲很短，吉他由绚烂流畅三蹦两跳就到了稀疏寥落，一个滑音刮奏出悠长缓慢的尾音，逐渐消失泯灭，寂静，却非单纯的无音，似乎琴声中的自在与淡然仍旧在空明中清澈地流淌。

放好吉他，夏琬坐到桌子旁。“可能我的表达方式和他们三个不一样。”她说。

“别拘束，大家放开聊。”

“我盼着回地球度假。早点儿走，估计到地球还不会超过晚春。脱掉永不离身的防护服和增压内衣，套上T恤，穿上短裤，拉着五六个大学同学，带着六七个孩子去郊游。河里游游泳，台子上晒晒日光浴，任温暖的煦风吹拂，玩儿够了，唱着歌儿回家。”

夏琬托着下巴，这姿势在辩论席上极有杀伤力，征服了评委，嗯……耶总。

老家伙叹了口气，“我也想和小不点儿一起去啊……”

夏琬再次“荣获”最佳辩手，吐吐舌头。

耶太眼光极为不善，被我候个正着，一按快门，咔嚓，两个互无好感的女人恐怕只能同时存在于一张相片里。

郑声之乱雅乐也，恶利口之覆邦家者。

酒吧的广播里突然放起《迎宾曲》，播音员郑重地宣布火星政府主席即将驾临。威利酷饮用水中查出高氯酸盐后，政府官员都对耶合洽唯恐避之不及，这是三年来第一次公开参加威利酷组织的活动。

“最近就这么点高兴事儿还要被打乱……”耶合洽指着舱顶的音响抱怨，“如果由你们代表火星参加联大辩论就好了。那些耍嘴皮子的议员只会帮倒忙，最终坑害了我们的国家。”

最近联大关于限制开采彗星水资源的辩论，成了政治热点。主席先生这次来参加庆典，更多是为了表明火星政府的态度：彗星水对于火星经济命运攸关。

“我没看走眼，当年冠军给你们真是给对了。都是人才啊……到任何公司都可以独当一面。”耶合洽嘴上忽悠着我们，暗示韦思扬带我们离开。

“耶总过奖了。”听大人物夸赞时，真假都要谦虚些。我们一边说，一边站起来告辞往外走。

“难道不想要这些漂亮的鲜花了吗？”司马握着花束，故作不满地提醒夏琬不要光顾着抱吉他，“大老远地带到这个房间里容易吗？不然留给耶太太？”

“抱歉，忘了。月球上你不是还种的有吗？”夏琬嘴上说着，手上却抢了花束过去。

“我也想和你一起去——”老郭深情地看着夏琬，模仿耶合洽的语气，“游泳。给个机会，让我陪美女回地球。”

“好啊。”夏琬感动地抓住老郭的胳膊，“裸泳如何？你是一辩，要第一个脱光。”

“这个啊，我推荐英俊少年——辛农代表男生去走光。”老郭自从当了销售总监，开始习惯踢皮球，拿出辩论队千锤百炼的避重就轻法。

“这种场合，我一般负责照相。”替补不意味着软柿子。

“我负责钓鱼、烧烤。”司马跟进。

“别把老郭钓上来。”夏琬又起了个头。

“钓不上来，他那么胖，换成月球重力，鱼线才能承受。”司马与夏琬配合默契，一如既往。

一箪食、一瓢饮、在陋巷……回也不改其乐。

酒吧人多，韦思扬带我们参观庆典礼堂。

礼堂周围经过安检后被设为禁区，没韦思扬带领，只能在警戒线外远远一瞥，军警不会让我们进去，一窥其中的堂皇伟壮，知晓威力酷这些家伙多么有钱。

天上没有一丝干冰云，很久没起尘暴，大气中含铁沙尘少了很多，天空呈现类似地球的蓝色。不过火星的大气层较薄，散射的蓝光相对较少，蓝天要比地球暗一些。

恒河裂谷靠近赤道，此时地表温度最高到15摄氏度，天气很好，许多人从防护舱里走了出来。

庆典会场附近，星光酒吧的几个竞争对手亦步亦趋，在此建了分店，加上商贩们扎堆搭建的临时防护帐篷，鳞次栉比，游客如织，形同火星庙会。有卖旧货古董的，有出租睡袋提供住宿的，有餐厅和游艺厅，有卖烟酒糖茶的，有肉贩水果摊，还有必不可少的纪念品商店。

每个摊贩都架起了大喇叭。声波传播介质密度与传输距离成正比，火星气压低，一般大声喊叫只能传播几十米，所以，这些喇叭的功率奇大，嘈杂得难以消受，而里面有个熟悉的声音让我们忍俊不禁：分析师正向一群威力酷嘉宾介绍橄榄石的投资价值。为了保障生命安全，火星强制户外民用语音通信设置为广播方式，三千米内任何人都可以听到你的窃窃私语。

橄榄石是熔岩形成的第一代岩石，极易风化成赤铁矿，这就是火星为什么是红色的原因。我们脚下到处都是这玩意儿，但达到宝石级的很稀少，大都呈现黑棕色。小摊上卖的绿色透明体可想而知是什么货色，而分析师一伙怎么看都是大肥羊。

不用老郭挤眉弄眼地提醒，我们可没那么好心，不会点破的。

密闭性可疑的一个超级大帐篷里，我们找了个大排档，脱下头盔，畅饮啤酒。当年繁重的训练结束后，大伙儿轮流做东，一碟小吃，一杯啤酒，这回也依旧乐在其中。

市脯不食。

“小摊上的不卫生。”司马对大啖羊肉串的夏琬好心地提醒。

“那给我吧，我就不客气了。”老郭对自己的体重根本不操心，从夏琬手中抢走司马的那份。

“只有雕梁画栋却没有灵魂的建筑。”刚才参观威利酷宏大豪华的庆典会堂，郭襄阳走路走多了，现在屁股坐稳，嚼了口羊肉，这才开始指点江山。

“设计元素大杂烩。”韦思扬也赞同，“不是设计师的错，本来设计挺简洁的，但是各个领导的意见都要在设计中体现，就在最初的方案上东加西加，过分追求‘十全十美’，结果成了现在的模样，最初的方案无影无踪，改无可改了。”

“没必要改，留着，告诉世人什么是暴发户。”司马建议。

“君子讲究食不语！赶紧吃，轮不到你俩忧国忧民了……”夏琬话没说完，被两个急匆匆的中年犹太裔男子挤了一下。他们倒拖着沉重的增压救生衣，累得直喘，抱歉两个字都吐不出来了。

子食于有丧者之侧，未尝饱也。

单间里有个老头喝醉了，自个儿剥光猪，撬开了密闭层上的舷窗，瞬间气压从405标准毫巴降到了9毫巴，极可能患上减压病。

听说旁边有人有生命危险，老郭顾不上填肚子，立刻戴上头盔去帮忙，他虽不是医生，却最爱救死扶伤，我们因此认识了挪亚一家。

挪亚家族在火星上的历史，可以追溯到星际大移民初期，他爷爷的爷爷的爷爷的爹——亚当，从地球来到火星，在伊甸园当保安。家贼难防，亚当的老婆忍不住从树上摘了个苹果尝尝，就害得亚当被炒了鱿鱼，由机器保安取而代之。被驱逐出伊甸园时，亚当的随身行李只有一套防护服。好在火星农业开始进入发展期，吸收了大量移民，亚当很快找到一份种地的活计来养家糊口。

做贼的母亲自然教育不出什么有教养的儿子，早期移民非常之粗野，挪亚爷爷的爷爷的爷爷——该隐，竟然在温室大棚里把自己的亲弟弟给失手打死了，于是只好畏罪跑路，流离飘荡到了克里斯低原。克里斯的纬度和平坦地势，使其成为火星最重要的农业区。随着流入的人口增长，火星政府在一百米深的地下，贴着熔岩床修建了以诺城，该隐在城里找块地儿挖了个非法窑洞，定居了下来。

大抵以诺的居民都有和该隐类似的背景，故而以诺的治安状况可想而知。地下不分白天黑夜，小偷每天可以24小时37分钟地上班。所以，大家对挪亚有个黑社会老大的爹并不感到惊奇。前后至少有两条人命坏在挪亚他爹手上，其中一个少年不过是嘴上损了他两句而已。

挪亚同父异母的大哥在大棚里饲养牛羊；二哥是个吹鼓手，以诺城谁家有个红白喜事少不了他；还有一个兄弟开了个五金铺子。

黑老大的两个老婆一共生了五个子女，唯独对挪亚寄予厚望，结果，挪亚当不了教父，而是成功地变成了一名酒鬼，借口到市场给旅馆餐厅备货，站在一家酒类批发摊位上就走不开了。

挪亚的梦想是拥有一家葡萄园，现实是拥有一家不赚钱的小旅馆，有一次他图便宜从伊甸植物园购买了很多冻死的香柏和西伯利亚松，没用处，钉了一个大木屋，飘在威利酷冰海上。

火星木头少，没有木匠，挪亚带着三个儿子自己动手，手艺远谈不上精细，找不到直尺就用胳膊肘来度量，涂抹松香充当防辐射涂料，结果木屋密闭防护不达标，无法获得营业许可，要不是这次庆典有个黑旅行社联系来住宿，肯定会一直空着。

求为之聚敛而附益之。

“没想这么巧会遇到韦总，能否给我几分钟，让我介绍一下我邮件里说的，推高威利酷股价融资增发的方案？”韦思扬刚走出帐篷，分析师就跑过来点头哈腰地说。

“就占您几分钟时间，我说说重点。”

“当然可以。您可是我们的贵宾。”韦思扬态度和善。

有时你得佩服这些狂妄粗率的券商，能随时编造出漂亮的方案，立马信口开河。

进入正题前依惯例要先自卖自夸。“如果聘用我操作，几个月内完全走出谷底，三年成为龙头股，正所谓‘三年有成’。”

别说，这家伙对论语还真熟。

“方案里很多细节都是我独自研究的心得，”他扫视了我们一圈，一副不放心的样子，“最好能换个地方谈，靠这些内幕，在二级市场不说获利十倍，怎么也能翻番。”

“厉害，赶不上他这张嘴啊……我和你都不如人家。‘弗如也；吾与女弗如也。’”司马拍着老郭的肩膀，如同拍一只皮球。

果然老郭跳将起来，大怒，真正的金融专家还没说话呢！“我还从来没见过这样华辞丽藻却不着边际的东西！”

“边际？有啊，有边际收益分析。”

“回头细聊。”韦思扬眼看要糟，就给了分析师一个安慰性承诺，阻止其滔滔不绝。

市场里所有的喇叭都在播放第四乐章——《落日》，大裂谷最美的时刻到了。

逝者如斯夫。

最重要的东西正在失去。

尽管火星每天比地球多几十分钟，但迟钝的黑暗终会降临。叹息声中，太阳从一团朦胧的光球缩成白炽的圆点，浮游在地平线上，挥动柔和的夕辉，做最后的告别。

此时此刻，静穆的山岭、深邃的悬崖、朦胧的暮景，以及飞逝的光阴，混杂不清，悲喜交集。

裂谷已经看不出层次，淡褐色变为深咖啡色再变得黝黑。火星没有晚霞，大气中的粗粒尘埃阻止了长波的红光，天空直接由暗蓝变暗黑，唯有地平线上一抹亮白，勾勒出天边略微起伏的一段轮廓。

火星自转轴与轨道面倾角和地球接近，赤道区的太阳运行轨道大体从正东升起，从正西落下，没有“斜阳”，自然无法产生“晨昏蒙影”，大裂谷日落即黑夜。

夜幕沉重地垂下，把寥廓的天空闭合，裂谷填满浓墨，寒寂重归苍茫的异星大地。

两小儿辩日。

“这儿的太阳只有地球上三分之一大。”司马说。

“火星和地球围绕同一个太阳转，无论你人站在哪里，太阳的直径都是1392000千米。”郭襄阳开始抬杠。

“我说的是目视大小。”

“目视大小不是客观数据。如此说来，任何一个观察者的结论都不为错。我看就和地球没有区别。”

“可你我同站在火星上，这总是客观事实吧？火星距离太阳比地球远53%，差别之大，除非你移植了猴子的眼睛，才看不清。”

“你说的不是客观事实，而是主观概念。地球的太阳现在不可观察，因为你无法同时存在于两地，因此你用以比较的‘大’，实际上是脑子里的概念。”

“概念是对客观事实的抽象，没有地球的大，也就没有概念。”

“既然你承认是个概念，那么概念可能会是错的，不但概念本身可能错，你记忆发生错误也是错误吧？”

“以人目视物，远小近大不错吧？火星是比地球离太阳更远吧？你不能否定我们辩论的基础，否则就是鸡同鸭讲。”

“用你的规则，以人目视物，未必远小近大。同一个太阳，同一个星球，日初出大如车盖，及日中，则如盘盂，此为远者小而近者大乎？”

“这是‘光渗作用’作用，同一物体，白色的比黑色显得大些，和我们说的星球之远近不是一码事。拜托长肉的时候也长长脑，多点审美能力，穿衣服尽量挑黑色。”

“你在转移话题。”

“你在偷换概念……”

“你巧言令色……”

“你足恭鲜仁……”

“你寡耻……”

“你无廉……”

“你薄义！”

“你轻信！”

君子无所争，其争也君子。

“停！怎么能人身攻击呢？”总是韦思扬出来维持秩序。

“还是老样子。”当年参赛时郭襄阳和司马住一个舱，只要有五分钟的空都要开练，“如切如磋，如琢如磨”。

“老样子？小样儿，永远也长不大。”低重力环境嗅觉敏感度要差些，夏琬说着，去嗅放在头盔里的那些花朵。

“郁金香碱毒性很强的。”我提醒，“在密封空气循环系统里，危害尤其大。”

“没有红颜祸水危害大。”郭襄阳四面树敌，偷空施冷拳招惹美女。

“第一，火星上的水都是红色的；第二，火星上任何水都是宝贵的，尤其是祸水。”夏琬说。

爱之，能勿劳乎？

天一黑庆典就要开始了，因为耶合洛特意准备了一场流星雨做焰火表演。

每次捕获彗星，其石质部分会在火星轨道上分离出来做引力拖车的配重，等水质部分坠落后，为安全计，威利酷公司会提前选择好南半球某个山区，将彗星的石质部分丢入大气焚毁。如果碰上夜间坠毁，火星媒体通常会做现场直播。

夏琬对威利酷公司的奢华典礼没兴趣，宁愿到浮屋去看流星雨，顺便见识一下挪亚羊皮书写的家谱，晚上就睡在木屋里，一点儿都不担心密闭问题。

我当然希望跟着美女，可是还有工作。

要爱情就不需要面包了？

“漏水不怕，漏气可怎么办？”我提醒夏琬。

“君子居之，何陋之有？”夏琬回答得可干脆了。

司马也认为威力酷公司的做派大有问题。典礼么，对平民百姓的生活没有实际意义，与其奢侈浪费，不如能省则省。他趁机表示既然夏琬执意要睡木屋，他就去看看能否帮挪亚解决防护密封问题。

“我去帮你盯着那小色狼。”郭襄阳自告奋勇，形迹可疑。

见色忘友的混蛋！“君子多乎哉？不多也！”不知当年孔老先生是否也有和我同样的际遇。

敬鬼神而远之，可谓知矣。

回到典礼现场，我要开始工作，韦思扬则招手示意分析师一起继续下午的话题。

“这种人，还是离他远点好。”我提醒道，“本事没有，毛病一堆。”

“鬼东西才有鬼点子，他那份计划也不是一无是处的。”大师兄淡淡地解释。对商业计划书可不能因为自己喜好而取舍。“有些人，比如襄阳，不了解情况就贸然行事，我在威利酷可不能这样。多听，说不定有好建议呢。在大公司混，要多听别人说，少发言，说多错多……如此才能进入高薪阶层。我们改变不了世界，那就只能改变自己。”

大师兄阐释着自己的江湖道理，轻松地混进人堆，温和恭敬，装傻像是不会说话的样子，和我以前认识的韦思扬有些对不上。

在礼堂高台上讲演的耶合洽也换了个样，完全不像七十多岁的老人，气势磅礴，又严谨庄重。

他感谢火星主席的到来，恭恭敬敬，唯恐不周。

获罪于天，无所祷也。

“经过四十个昼夜，彗星2046SQ731的水质部分已经全部坠降到恒河峡谷，威利酷海蓄水量达到前所未有的十万亿立方，可满足火星未来二十年的使用！”礼堂的穹顶渐渐打开，高台上耶合洽手指夜空，对上千贵宾骄傲地宣布：“请大家进入观景台，坠落解体的观景窗口即将打开，各位将看到人类有史以来最盛大的焰火表演。”

言毕，灯光渐熄，很多来宾是第一次观看这幕宇宙奇景，纷纷抬头看天静静地等待。

一个亮点如星辰突现，两个、三个、越来越多，越来越大，拖着明亮的尾迹。

几乎是一瞬间，天空布满了密密麻麻的亮点，越来越近，尾迹也越来越长，如千万只照明弹连续不断地从太空中射下。

光迹织就的幕布笼罩西天，光幕之下，大海被映照得如燃烧般明亮，几十公里长的浮冰带熠熠生辉。

裂谷深处的夏琬他们也被这壮丽的景色吸引，而挪亚和妻子、三个儿子和儿媳都进入了浮屋。焰火表演一结束，旅行团的客人就会过来吃晚餐。

挪亚六十岁了，没喝醉时精神头很好，他根据客人的数量，从市场上买了足够招待一个团的牲畜鸡鸭，准备私自宰杀。外太空最常见的蛋白质，往往取自容易繁殖的昆虫，但地球嘉宾也许吃不惯，所以只少量备了一二。

夏琬胆子大，用指头捏着虫子给郭襄阳看，让他尝尝滋味如何，忙中添乱。

预设的坠入角度很陡，以增强大气摩擦，彗核物质密度非常小，往往距离地面约四十公里就燃烧殆尽，剩余的残渣远远地落入冰海，蒸腾起一片烟雾。

2312年2月27日夜20点28分，一块巨大的彗核物质遇热爆炸，改变了坠落角度。

七分钟后，击中了威利酷冰坝。

裂谷底部高出其外混沌地带上千米，这么大的落差，十万亿立方冰冷的彗星水从恒河裂谷的深渊汹涌而出，流量高达每秒上百万立方米，流速每小时上百公里！

激流把浮屋从锚地上拽离。水势浩大，洪峰被南边极光丘陵略微一挡，在地上迅猛上涨，不多纠缠，转而向北，对着更低的北部大低原冲去。没有动力的方舟在水面上漂来漂去。

水势在火星大地上极其浩大，地面上那些几百米高的平顶山根本无力阻挡，都被淹没于水下。冲出最后一道防线，面对着完全敞开的大低原，洪水仍保持着一百三十多米高的势能，遮天蔽日！

抵达低原边上，洪水彻底挣脱了地形的束缚，一下展开数百公里宽，齐头并进。从大混沌地形里裹挟而出的层叠沉积物留在克里斯低原上，造就了一个巨型沙滩，面积大小和英国差不多。

浮屋里的牲畜躲过洪水也躲过了屠刀，不仅活了下来，而且活得舒舒服服，留着在火星配种用。

水势浩大，在火星大地上一共肆虐了一百五十天。

噫！天丧予！天丧予！

开始没人当回事，那颗火流星在视野里逐渐突出，展现出奇异的轨迹，燃烧着从西向东划过整个天空，带着隐隐的雷声。

它坠入方向与火星自转一致，相对速度并不快，旋转缓慢，肉眼能清晰看到细部构成，轨道几乎和大地相平，像一记飞过来的本垒打，仰视大小如火卫一，相当于满月的三分之一。

地上的众人都伸长脖子。

很快，火球变成一栋大楼那么大，抵抗住了引力螺旋失速和巨大气阻的拉扯，没有散裂，凶狠狂暴地一拳砸过来。

很多人这才突然意识到：这可不是安排好的。

天地间耀如白昼，人们能清晰地看到各自防护鞋上的灰粒。我的耳机里充满了尖叫，道貌岸然的嘉宾现在如雪崩般夺路而逃。

耶合洽镇定地注视着火流星呼啸而至。流星头部交替着年轮似的红黄光圈，中间包裹着炽热的白光，吸引他一步步离开讲台，走向观景台的护栏，如“泰坦尼克号”的船长直面即将撞上的冰山。

他和他的公司俘获并肢解了无数的彗星，如今，到了彗星复仇的时刻。

“唉……天哪！天哪！”他嘴里嘟哝着。

韦思扬想要拉他转身，被他狂暴地推开。

火团就在他俩面前坠入地下，落进裂谷。刹那间，眼前一黑，我忘记了如何呼吸，等待即将到来的一切。

大——闪——光！

后来的结局，你们都知道了，人为的灾难却不是人所能挽救的。

火星北部低而平坦，这下全都泡进了水里，太阳系的粮仓遭到重创，以后数年，火星移民要靠进口粮食来充饥。

我一直惦记着夏琬，但混乱中根本无从寻找她，只能寄希望于挪亚的木筏子能抗住波浪，把她带到安全的地方。

乘桴浮于海。

联合国维和部队进入后，洪水引发的动乱才平息下来。

火星夏季来临，水势渐消，渗到地下。

最先是“乌鸦号”搜救飞机在一座环形山上发现了浮屋的踪迹。火星大气稀薄，飞机使用燃镁发动机，不能垂直起降，连转个弯都要飞出十五公里，所以只转了一圈就飞走了。

我死磨硬泡地混上了“鸽子号”搜救飞机，说服机长冒险低空接近，通过民用无线电和他们取得了联络。

他们都还活着！

首先感谢上帝，指引挪亚一家不经意间储备了大量的食物。

其次，他们感谢司马，是他在方舟里种菜养活了大家，是他明智地建议每种动物至少保留一公一母。有些动物在挪亚心目中是不洁的，他们宁死不吃，更不愿意保留，为了让这些动物活下来，司马把自己的那份生菜都贡献给了猪。

再次，他们感谢我。

被感谢排名上，我还是替补。

士不可以不弘毅，任重而道远。

很多人以为飞机驾驶员是吹牛，洪水怎么可能把木头冲上那么高的山，要不是我执拗地坚持，以救援组织的官僚德性，根本不会理睬。

当机长把对讲机递给我时，夏琬语带哽咽，她以为我和韦思扬一起遇难了。

“一想到你还活着，我怎么敢死？”我尽量平静地说着，大家都听着呢。

“快死了，如果你再不弄点儿粮食来。”老郭插嘴道。

“粮食我们能自力更生，给老郭弄点儿饲料就行。”司马习惯性地唱着反调。

洪水过后，火星上的太阳能发动机被抢购一空，我好不容易才找了台运铁矿石的履带车，这种车使用斯特林发动机，笨重如恐龙。我开起来很小心很小心，可依旧陷进了水沟里。就算一条一米深的小河，在火星上，现在完全冻成冰也需要一周的时间。洪水引发的涝灾继续在火星肆虐，这么大的水体，光靠火星的低温，根本无法把它冻结实。

还好，车子不是半路才抛锚。为防止再次陷到泥泞中，我当了回梁上君子，弃车，从伊甸植物园偷些橄榄木，拼成了一条平底船，重新出发。

船上装满压缩空气和食物，完全靠我的双脚在沼泽中拖了1031公里，比川江上唱号子的纤夫拉得都远，最后只比约定的时间晚到了两天。

郭襄阳努力从浮屋中爬出来，饥肠辘辘的他，第一句话是：“哥儿们，有吃的吗？”见我拿出食品，顿时狂喜，“你丫还拉了腊肠来给我们。司马这狗东西，宁可饿死，也不让我杀头猪……”

从此，这座环形山被命名为——亚拉腊。

朝闻道，夕死可矣。

为节省氧气和粮食，其他人在浮屋里迎接我，夏琬扑上来给我长长的一吻。

“咳、咳……”以为司马在咳嗽，结果发现是郭襄阳瞪大眼看着我们。

“哎，不知道‘非礼勿视’吗？”夏琬冲他说。

“我只说一句，牙膏早就用完了。那味道，早上闻到，黄昏就可能恶心死。”

“好吧，我也恶心恶心你。”夏琬去抓老郭。火星重力低，老郭减肥成功，腾空鹊起，落荒而逃。

志于道……游于艺

火星政府对浮屋采取军管，一一分类登记那些宝贵的配种动物，并且和挪亚家签订了一份协议，凡是活着的动物，则以后这类肉食免费向挪亚一家供应，蔬菜也一样。

挪亚差点儿就签了第二份协议——因洪水而被困在火星的分析师破了产，却不忘记拉业务，跑来建议挪亚开个公司，代理全火星的肉食供应，然后做大做强，早日上市……

幸亏被我们获悉并阻止。司马帮挪亚搭建了个葡萄园，他改行做起了农夫，这下酒可有得喝了，从此过上了快乐幸福的日子。

我？

本来想跟挪亚做同事的，老郭质疑我的能力，司马怀疑我的目的。摄影师在火星上种地？恐怕野草都长不了。

于是，我背起行囊上路，像个流浪艺人……有空歇个脚，跟你说说这个故事。